論創ミステリ叢書

27

山下利三郎探偵小説選Ⅰ

論創社

山下利三郎探偵小説選Ⅰ

目次

凡　例

一、「仮名づかい」は、「現代仮名遣い」（昭和六一年七月一日内閣告示第一号）にあらためた。
一、漢字の表記については、原則として「常用漢字表」に従って底本の表記をあらため、表外漢字は、底本の表記を尊重した。
一、難読漢字については、現代仮名遣いでルビを付した。
一、あきらかな誤植は訂正した。
一、今日の人権意識に照らして不当・不適切と思われる語句や表現がみられる箇所もあるが、時代的背景と作品の価値に鑑み、修正・削除はおこなわなかった。
一、作品標題は、底本の仮名づかいを尊重した。漢字については、常用漢字表にある漢字は同表に従って字体をあらためたが、それ以外の漢字は底本の字体のままとした。

山下利三郎探偵小説選Ⅰ

誘拐者

上　悪魔の手

綿布《めんぷ》問屋新田善兵衛の娘ゆき子は公会堂からの帰途《かえりみち》何者かに誘拐されてしまった。当夜伴をして一緒に行った女中の話によると同夜××夫人の演奏会が済んで公会堂を出た主従は電車に乗って家近くの停留場で降りた。家の方へ曲がろうとするとゆき子は弟の善太郎に喰べさせる菓子を女中に買いにやった。女中は菓子を買い求めて前の所に来てみると、主人の姿がなかったので待たずに帰ったのかと思って、戸を開け離れ座敷のゆき子の室《へや》へ行ったが帰っていない。善兵衛に聞くとまだ帰らないという。店の若い人達も娘の姿を見たものがない。女中は怪訝な顔をして、引っ返し停留場付近を探し求めたが、更に判らないので律儀《りちぎ》な彼女は半泣きの体《てい》で帰って来て、善兵衛に斯くと告げた。善兵衛も驚いて心当たりへ電話で聞き合わせたり、居合わす店員を指揮して知辺《しるべ》を尋ねたが皆手を空しく帰って来たのである。

そのうち善兵衛が娘の部屋を調べると、机の抽出《ひきだし》から戦慄すべき脅迫状が現れた。白の封筒に白い書簡箋《レターペーパー》に左の意味が書かれてあった。

今まで数回の通告に応諾の意を表さなかった貴女は当然制裁を甘受せねばなりません。明夜十時三十分を期して密かに、戸外へ出て一丁東の四つ辻まで来て下さい。この命令に従うことが、貴女及び貴女の家にとって、最も安全な得策で万一、不注意、反抗等から秘密

の漏洩や命令不履行の際は必然降《くだ》るべき復讐の手が如何に惨虐《ざんぎゃく》苛酷であるかは覚悟しても
らわねばならぬ。

音　羽　組

凶悪なる毒手が紙背に潜むがごとき、凄い文句であった。善兵衛は各々若い者に自身《じぶん》も混じ
って、停車場や郊外電車起点へ見張りをしたが、何の効《かい》もなく何《いず》れも夜が明けてから悄然と引
き上げて来た。然るに朝になって悪魔は嘲るごとくまたも新田一家を愚弄した。それは配達さ
れた一通の郵便で、粗悪な封筒と巻紙に墨痕踊るがごとく、

昨夜以来御心痛拝察奉り候、御令嬢は恙なく我輩の掌中にこれ在り候えば慮外ながら、御
放念相成りたく万一御希望なれば、金一万五千円〇〇山麓記念碑裡、稚松《わかまつ》の根方へ御埋没
あり次第御帰還の取り計らい仕るべく、最も安全なるべき警察力を利用せらるるは、貴家
にとりてかえって怖るべき禍根と相なるべく慎重なる御熟考を勧むる所以に御座候。敬具

音　羽　組

と毒づいてあったので、剛毅《ごうき》な善兵衛も色を失った。消印を見ると三十哩《マイル》ばかり隔てた□□
市から速達便で郵送されたことが判った。

善兵衛は警察の手を借ることに躊躇した。それは凶漢の復讐を怖れるよりも、事件の公表さ
れることを憚ったのである。ゆき子は十日ほど前に当市の市参事会員橋本氏の紹介で、現在勅

選議員で羽振りの利く森本庄右衛門の次男から結婚の申し込みを受けた。善兵衛からゆき子の意嚮《いこう》を聞くと、一週間ほど考えさせてくれとのことで、やっと一昨日《おととい》内諾の意を父に伝えた。善兵衛は大いに歓《よろこ》んだ。初め新田の方に差し支えがあれば何ほどかの持参金付きで養子に行《や》ってもよいと先方からの申し条に大変乗り気で、この良縁こそ逃すまいと力を入れて、明日にも橋本氏へ承諾の回答を送るべき矢先であった。

　春日が電話に接して、助手兼秘書の渡辺を同伴《つれ》て新田家を見舞ったのは第二の脅迫状の着いた間もなくで主人は二人を客間に通して、具《つぶさ》に昨夜以来の出来事を語り、証拠の書状二通をも渡して見せた。春日は渡辺に顛末をすべて速記させ、なお手紙も詳細に調べたがそれは、預かって懐中《ポケット》へ収めた。

「どうでしょう、万一娘に瑕《きず》でもつけられるようなことになると困りますから、至急□□市へ出張して調べてもらえませんか」

「それよりお嬢さまのお部屋を調査させてもらいましょう。誰か朝から、そこを掃除するか出入りした方がありますか」

「いや昨夜私が鏡台と、机の抽出を探した他にまだ誰も這入《はい》りません」

　椽側から廊下伝いに、離れ座敷の階下ゆき子の部屋へ導かれた。整然《きっちり》片付けられた座敷の正面床《とこ》の脇に、淋しく立て掛けられてある琴が、在らぬ主の俤《おもかげ》を哀れに偲ばせた。春日は中央《まんなか》でじッと四辺《あたり》を見回して後、箪笥の抽出を下の方から順に抜いて錠を一つ一つ入念に調べた。それを差し終わって、地袋を開くと中に新刊らしい書籍が薄暗《うすやみ》の中から金文字を輝かしている。横には、菓子器と歌留多《かるた》の箱があったので叮嚀に何れも蓋を取って中を検《しら》べ、やがてもとのようにすると、押入れを開けて本箱の中から数冊の書籍や前年度の日記を撰《よ》り出して精密に調べ始めた。その間に渡辺は、この家の見取図を書くべく命ぜられて鉛筆を忙しく走らせる。

　善兵衛は不平らしく手持ち無沙汰に控えた。娘の一身安危の場合に杖とも頼む春日が、機敏に□□市へ急行してくれると思いの外、愚にもつかぬ方を調べているのに業を煮やし、早その手腕をさえ疑い、眼に軽侮の色を浮かべて、せわしく咳払いをしはじめた。春日はそんなことに頓着せず押入れの隅から、火の気のない火鉢を障子の際まで持ち出し、頻りに灰を掻き回し何やら紙を出して包んだ。そして更に机や手文庫を逐一調べて腑に落ちないか、チェッと舌撃ちをしたが、突如《いきなり》しゃがむと机の下から座蒲団とともに、皺になった新しい手巾《ハンカチーフ》を引き摺り出した。飽かず眺めてちょっと鼻に嗅いで満足らしい笑みを漏らした。善兵衛は莫迦莫迦しいと言ったふうに、顔を外向《そむ》けてしまった。こんどは渡辺の描いた見取図を受け取って、

「フーム、Fの字みたいな建て方だな、この離れが一番上の横線に該当するね。中庭を隔てて御主人の居間と向き合うて二階が弟さんの御部屋か……」こう呟いて沓脱ぎの駒下駄を履くと、グルッと庭を回って座敷の裏手へ出た。そこは納屋と空き地があり、忍び返しのついた黒板塀で囲われてある。足許に注意しながら春日は塀の隙間から覗いた。外は小路を隔てて向かい側は他家《よそ》の塀で、通行は稀らしい。

　眼を離すとき左手の丸木柱と塀との間に、六寸ほどの竹片《たけぎれ》が挟んであるのを見付けて、指を差し込んだが春日の指に比べて隙間が少し狭かった。ようやく取り出してみると、尖端《さき》に泥が乾き着いていた。足許に気がつくと柱の根元三寸ほどの所、塀に密接して、新しく土を埋めたらしく柔らかくなっている。竹片を紙にくるんで懐中へ入れると台所の方へ歩いていった。

襷《たすき》がけ忙《せわ》しく働いていた下女は二人とも、春日の姿を見ると叮嚀にお辞儀をした。その一人の方へ近づくと優しく、

「貴方でしたか昨夜《ゆうべ》お嬢様のお伴をなすったのは……飛んだ御心配ですね。お忙しいのに気の毒ですが少しお尋ねします。昨夜最初ここへ帰ったときは何時でしたか」

「十時三十五分には少し前でした」

「裏の納屋の方は誰がいつもお掃除をせられますか」

「毎朝お嬢様が運動だとおっしゃってお掃きなさいますので、妾達《わたし》はあそこの掃除をしたことはございません」

「お嬢様のお召物を買うのはいつも主にどこです。それから当家の墓地はどこですか」

「横町の大村屋で御座います。お墓は○△寺です」

「よく気のつく愉快な方であったと思いますが、前は気難しい沈んだ方ではなかったですか」

「よく御存じですこと。この春まではおっしゃるとおり陰気なお方で、お変わりになったのには妾も不思議に思っているので御座いますよ」

「よく判りました。ありがとう御邪魔しましたね」

会釈して春日は旧《もと》の客間へ還った。善兵衛は苦り切っていた。しかしまだ少し既往について直聴して置く必要があった。

「この度の結婚の話の他に以前にどこからか、申し込みがありましたか」

「エエありましたとも、たくさんありました。この前のは東京に開業して居る年老《としと》った医者が、四月頃来て田舎の甥に嫁が欲しい、少々の財産もあって両親《ふたおや》には早く別れて兄弟二人きり

だとかで、本人は文学士だと言ってましたがこれはあまり話にも、気乗りがしなかったので謝絶《ことわり》しました」

春日は更に一年間の、家庭用領収簿の閲覧を要求した。善兵衛は忌ま忌まし気に立ち上がり帳簿を取って来て見せたが、春日の悠々として迫らず一頁《ページ》ごとに眼を通してゆく態度に、堪え忍んだ肝癪《かんしやく》を破裂させた。顔を蒼くして唸《うめ》くようにいった。

「止めてもらいましょうッ、娘が疵物になるかならぬか危急の際ですぞ、貴方は他人じゃから痛痒を感ぜぬか知らぬが、頼まれた上は何故□□へ行って下さらん、愚図愚図詰まらんことを調べて何になりますかッ、あんまりな仕打ちですぞ」

春日は呆れたように相手の顔を見上げ、

「□□へ行く必要があるんですか?」

「必要があるか? 娘は今現在□□で悪い奴の、手で苦しめられて逃げることもできずに、泣いているのですぜ。もう貴方には頼まん、初めから警察へ持ってゆかなんだが俺《わし》の手落ちじゃ、警察へ頼みます、帰って下さい」

「そうです、そうすれば貴方の名誉と信用と、それから御希望を砕いてしまうのに一番早道ですね。まアそう怒るものじゃありません。大体御依頼がなくともこの事件は調査しなければならないのです。居所だけでも報告して上げましょう」

「余計なお世話だ、どうせ碌なことが判るものか、何一つ頼みませんぞ、若僧に何ができるかッ」

「そうですか、では御随意に。角を撓《た》めようとして牛を殺さないように」

「ナニ何ですと」
「イヤお邪魔でしたね渡辺君帰ろう、さようなら」
善兵衛は激怒のあまり、証拠の書類を取り戻すことさえ忘れていた。

下　最後の訪問

新田家を辞した春日は、電車通りまでゆくと渡辺には役場へ戸籍と名寄帳を写しに行くよう命じておいて、自分は市内でも一流の文房具や帳簿等を売る店を訪ねて、あまり急ぎもせずに事務所へ帰った。しばらくすると自転車から降りたらしい若者が慌ただしく這入ってきて、自分は新田の店員だが主人の命で、証拠の書類を返してもらいにきたと告げたから春日は笑いながら返してやると、そそくさと走り去った。

とかくする内に渡辺が帰って、筆写書類を見せた。戸籍を見るとゆき子の母は家付きの娘で前夫も入夫《ようし》であったが、十八年前死亡し、それから一年ほどしてから、今の善兵衛が入家した後、長男の善太郎が生まれたので、母はゆき子が十七歳、善太郎が十一歳の年に病死した。ゆき子は数え年二十二才としてあった。

ゆき子名義の宅地五筆《ひっ》合計千七百五十坪はそれぞれ設定がしてあった。

「なるほど八十五円平均か、まアそんなものだろう」

と判らないことを呟いたが、気をかえて簡単に食事をすませると、渡辺を伴《つ》れて麗らかな秋の街を散歩でもするような足どりで歩き出した。二人は漸次《だんだん》郊外の方へ近よると、そこには黒ずんだ○△寺の山門が見えた。春日は石畳の道を切れて爪先登りの墓地へ入り込んだ。累々たる墓碑の中から目的のを見出すにも、さほど暇はかからなかった。

境内を出てから四五町行くと、フト右手に新しい世帯道具を商う店があった。さり気なく近寄って所狭きまで列《なら》べられた種々《さまざま》な道具に眼をつけて、小首を捻っていたが、格別気に入った品もないらしく手に取っても見ない。店では主人が品物を置き換えに忙しそうである。春日は店頭《みせさき》を離れてふと顔を上げて標札をふりかえって眺めながら歩むうち、足元の荷車に衝き当たりかけて、ヒョイと飛び退《の》いて不審そうに、その荷車を打ち守った。渡辺は今朝から少なからず悩まされた、馴れてはいるが今日の春日は大分変である、何の目的で歩いているのやら、機に臨んで要領を得ないような挙動《ようす》をやられるので始終ハラハラした心持ちで随《つ》いてゆくのであった。

また四五町行った頃四つ辻へ出たが、今まで黙々と考えながら歩んでいた春日は急に晴れやかな顔をすると、懐中を探って煙草に火を点《つ》けて、勢いよく角家《かど》の「貸家老舗《しにせ》案内社」と染め抜いた暖簾を潜った。そして特別料金を払って、仔細に一枚一枚綴じ込み帳を調べた上二十分も経ってから、

「女将《おかみ》、こちらの赤線《あかすじ》で消した分は、いつ頃約束済みになったのです」

「エー……それは一週間ほどになりますねえ」

「ではこちらの方は？」

「それは一昨日お手打ちが済みました」

春日は自ら手帳を出しこれを写して、そこを出ると懐中から時計を覗かせて、ちょっと眺め

ると、突如《いきなり》どしどし急速に歩き出したので、渡辺は呆れて眼を円くしながら、後れじと跡を逐わねばならなかった。十分間もこんな状態が続くと、春日は△△中学校と門標のある中へサッサと這入り、名刺を出して校長に面会を求め、少時《しばらく》何か話していたがやがて生徒名簿を借り受けて、拡げ出した。或る一頁を読み耽っているから、渡辺が速記簿を出そうとすると、春日は黙って、首を振って静かに名簿を閉じると同時に、放課の鈴を小使が振った。

門を出ると春日は渡辺を顧みて、

「サアもう一軒訪問したら今日はおしまいだぜ」

渡辺は苦笑しながら、

「今朝の事件に関係があるんですか」

「まアそうだね」

「ずいぶん複雑してるじゃありませんか」

「なアに平凡さ、新田の爺さんは可愛想に運を掴み損なっているんだね」

道はやや通行人が少なくなって、店舗《みせや》は稀にしかない住宅区域の、郊外に近いところまで来た。と見ると新築間もない小締《こじんま》りした家の格子を、腹掛けをした帳場の親方らしいのが雑巾がけをして、中ではまだ片付かぬらしい物音が聞こえる。新しい標札をチラと見た春日は帽子を取って、

「御免下さい」

と案内を乞うた。玄関の障子を静かに開けて丸髷の初々《ういうい》した二十二三の美人が、淑やかにお辞儀をした。

「中岡さんがお在宅《いで》ならちょっと御面会願いたいですね」

名刺を差し出すとどうぞしばらくと、言い残して二階へ登《あが》って行くと入れ違いに快活な三十歳ぐらいの男が降りて来て磊落《らいらく》な語調《ちょうし》で、

「サア上がって下さい、移転《ひっこし》早々で取り乱していますが、どうぞ二階へ」

「じゃ失敬します」

渡辺の耳元へ低声《こごえ》で囁いておいて、自分独りで二階へあがっていった。やがて低い春日の声に混じって、主人《あるじ》の太い声が断片的《きれぎれ》に洩れて聞こえてくる。

「……、そう責められると今更弁解《いいわけ》がありませんな、アハ……、あればかりのものを亡くしたからって決して悔いてはいませんよ、吾々の幸福なことはまだ他にあります、……あれにはあれとして進むべき道がありますからね、啓《ひら》いてやりたいと思うのです、……幸福にしてやるために、払う犠牲は惜しいとは思いませんよ……」

茶を運んできたこの家の美しい奥様は、耳朶を染めながら嬉し気に頰笑んだ。

＊　＊　＊　＊　＊

楽しい新家庭に訣《わかれ》をつげて、春日と渡辺が事務所へかえったのは、灯《あかり》がついてからであった。

渡辺はようやく笑《え》ましげに、

「ねエ先生、中岡という家の奥様は、もしや？」

「今判ったのか、ゆき子に違いないのさ。探偵学でも研究するものは、頭を敏活に働かせねばいかんよ。まあ掛けたまえ、事件の推理方法を説明しよう。

初めに見たゆき子宛ての脅迫状は、書簡箋《レターペーパー》にインキでかいてあったが、その筆蹟はどうしても筆記《ノート》を永年やりつけた者か、職業的にペンを使用する人に通有の癖があったから、智識階級の仕事だと睨んだ。これが第一歩だが君は娘の部屋を見たね、鏡台の抽出と机を除いて、あまり冷たく生帳面《きちようめん》に整理されてあったよ。娘の部屋として不似合いにね。簞笥は平素錠を下ろさない癖らしく一番上の、比較的高貴でない品を入れた抽出だけ常に錠を掛けてあってそこには既に何らの秘密も蔵《かく》されてなかった。地袋の中には、汚れや傷み方から観察して新年に一度か二度使用した歌留多があったね。賢い女だが昨年度の日記を葬ってしまわなかったことと、下女に買物をさせるに菓子を撰《えら》んだことは捜査上非常に推理を容易ならしめた、菓子箱はまだたくさんあったよ。

日記で見ると、年の暮れに弟の友達と自分の知り人を新年の歌留多会へ招待することを姉弟《きようだい》して相談した上で客の顔振れも確定したのだけ記してあったが、僕は善太郎の学友の名を暗記しておいた。彼女は義父の圧迫や、空虚な家庭内の淋しき生の悩みなどで神経的な沈鬱な性情に変化していたことは日記や書籍を通じてうかがい知れる。けれども近頃読んでいた地袋の新刊書籍《もの》から測るに、その煩悶を信仰によって救われている。その信仰に走った刺戟と機会とを与えたものがあるね。それは、この紙包みを見たまえ、火鉢の中から出てきた燐寸《マッチ》の燃え滓《かす》と紙を焼いた灰だ。彼女は莨《たばこ》を喫《の》まないぜ。この燃え殻《かす》の紙は脅迫状の紙と同質なんだ。机の下から発見した手巾《ハンカチーフ》ね、あれには手紙を包んであった皺が瞭然《はっきり》残って、しかもナフタリンの匂いが沁みこんでいた。簞笥の中にあったものたることは疑われない。然りとすれば脅迫状の主と、娘とが常から通信をやっていたことになるね。不届きな郵便屋だ、ここに捕縛して来た、これや君、女学校で用《つか》う手芸用の箆《へら》だよ。此奴《こいつ》が裏の塀の根元を掘って手紙を埋めたり掘り出したりした奴さ。塀の内外は夜なら誰にも知れず一仕事やれるからね。脅迫状にも細かく折った筋が残っていたね覚えているだろう。

それで近頃衣類を新しく調《こし》らえた形跡がなくて、通信用の書簡箋を鑑定するに及んで物資の窮乏を感ぜない、まア資産階級の仕事と判った。君女は吾々と違って洋服一点張りじゃいけないのだ、これから時候は寒さに向かって、しかのみならず常着《ふだんぎ》から総てを新調して世帯道具を揃えることはなかなか容易じゃないよ。

公然単独《ひとり》で墓参に行くと、そこには必ず誰か彼女を待っているものがあった。いわゆる誘拐される四日前も二人は遇った、そして女は降りかかる結婚問題を噺《はな》したのだね。相手は彼女に所有財産の放拋《ほうき》を勧め決然二人が先んじて結婚してしまおうと提議した。墓地を出て淋しい街を撰って行くと、そうら道具屋があっただろう、彼所《あそこ》で相手は必要なものを注文し移転《ひっこし》の日かその翌日……すなわち今日だネ配達するように命じて、出がけにあの標札を見たのだ、それには町名が音羽町と記入してあった。それが潜在意識となってあの脅迫状の署名に知らず識らずに音羽組なんて茶番をやったのだよ。

それから相手の気がついたのは、非常手段で娘を奪略しても隠れ家に困ることだ。そこで案内社へずいぶん高い金を摑ませて到頭迅雷的に彼家《あのいえ》を買ってしまったものだ、弟と同じ家に置くのは困るからね。これで案内社へ入った理由《わけ》が判ったね。次に、学校へ行ったのは、日記を調べて覚えた、善太郎という弟の学友の名前だ。名簿を見ると、『中岡進二郎、保証人実兄中岡徹雄』と載ってあったのだ。校長の話では某県下の大地主で両親《ふたおや》はなく文学士の兄が弟を監督しているとのことで、もうこれで疑いの余地がなくなったから、最後に直接訪問をしたわけだが、なぜあんな脅迫状を贈ったかは事実《まつたく》好奇心から来た悪戯に過ぎないそうで、酷いことをしたものだ。あの人なんか人格、識見を備えて財産と大切な女の心を握って居るから、悪戯ですむが、他のものが真似でもすれば大変なことになってしまう。しかし善兵衛老人も自業自得だ、娘といって、義理だがその財産を消費した以上《うえ》は公然《おもてむき》にもできない上に大変損な立場にある。だけれども中岡氏も捨ては置くまい、今日は僕らも飛んだ悪戯をして一日を過ごしたね。

何ッ、まだ聞きたいのか、アア二度目の脅迫状あんな悪戯なら誰でもやれるよ、わけはない。遊びに行って先方で郵送すればいいサ、要求金額はゆき子名義の地所千七百五十坪に対する設定金額と同じだ。どうせ実行しないのは判っているからサ、エッ？　二人が相識ったのは歌留多会からだ、双方に理解があったのだ、今度の事件は二人とも、道徳上問題だが、二人の仲に関して道徳を課するのはどうかね。まア仲介者を入れて中岡氏から善兵衛老人を援助してやって旨く解決するだろう。何しろ、金も力もある色男だからねハハハハハ」

詩人の愛

一、真理の片影

泌《し》みるような寒さが膝蓋《ひざがしら》から脊髄の方をずーいと走ってゆくように感じると、渡辺は我にもあらずぶるぶると身を顫わせて外套《オーバ》の襟深く頤《あご》を埋めた。

凄いほど冴えた寒の月に照らされて霜に凍《いて》た路を、さっきから黙々と歩いていたが往来の稀な後前《あとさき》を見回すと、声を低くして、

「ねえ先生、今の家から何か収穫がありましたか」

「まあ少なくとも、真理の影だけは摑んだつもりだがね」

「へエ……影を？」

「そうだよ、探偵の秘訣は君、真理の捕捉に迷って徒《いたずら》に遅疑するより、仮令《たとい》影でも好い狙いを定《き》めることが第一だ。影でも捉えてから光原を求めてみればそこに必ず真理の実体がある。好いかね、ここから事務所まで帰るのに徒歩と電車とで二十分はかかる、この事件の経過を綜合して一つの測定を立ててみたまえ。練習としては恰好な問題だ、さあ遣ってみたまえ」

春日は衣囊《ポケット》からネビイカットを探り出して火を点《つ》けると、ぱっと白い煙を夜の冷気に吐きつける。

渡辺は歩みながら一語も発せず、眉間の観察性中枢に精神を凝視して真相の臆測に努めた。

――これは事件の発端に溯って解析してみなければならないぞ、依頼者たる瀬川清彦氏、こ

れは永く海外に発展して米国にその根拠と家庭とを置く成功者で、見た所、成金臭くない人だ、――一緒に帰朝した娘……久代が、彼地《あちら》で育ったとしてはお転婆らしい所の微塵もない淑《しと》やかな女だ、僕のこの鑑識は決して誤ってはいない。……第一あの容色《きりよう》だ、眼が好かったな、魅力というのはないが極《ごく》澄んだ深みのある瞳、画然《はつきり》として輪廓の正しい瞼、あれは恭順な愛に富む心の持ち主の有する眼だ、先生が請求した時にトランクから明石氏の写真を取り出して、先生に渡さず父親《てておや》に渡す所なんかはどうしたって、日本式な家庭教育を授けられているんだ、可哀想だなあ。

明石氏の方にどんな事情が伏在するか知らんが、もしも他に情婦でもあってみれば、あの娘は如何に失望することだろう、今でも堪《こら》えているが、帰朝前の欣《よろこ》びが大きかっただけにかえって悲しみはそれ以上だ、瀬川氏が――、もしや情婦でもあるとか俺《わたし》の娘が気に入らないのだったら、潔く四年前の約束を解いて俺ら父娘《ふたり》は米国へ帰ります。……と言った時に娘がポトリと手の甲へ落とした一滴《しずく》がすべてを語っているんだ……オヤ推理が少し脇道へ外《そ》れたぞ。エエと瀬川氏が郷里を訪《と》うて明石氏の母堂とともに遥々来ていよいよ結婚をさせようとした時に初めの承諾を変改して明石氏はなぜそれを拒んだか、これがこの事件の主眼なんだが、母堂の激怒を購《か》ってまであの聰明で美しい久代と結婚を避ける理由がどこにあるんだろう。

瀬川氏は見たままの子煩悩な人格の高い趣味性の豊かな好紳士だ、海外から土産に持って帰った美術品に対する批評を聞いただけでも判っている。舅として尊敬の価値は充分だが……。

待て待てそれより明石氏の人物はどうか。

今新人間に明石古堂氏といえば天才詩人として知らないものはないくらいに、讃仰されている芸術界の寵児だ、従って多数の若い女性間から憧憬の的《まと》になって、或いはそのうちの一人やそこいらと――、うむ僕もあの人の作品を読んだことはあるが、何でも愛を貢ぐ悦びとかいう一篇なんかは、どうしても自己の体験から出た創作でなければあの感じは表せない、してみると他に愛を移すべき婦《ひと》があるとしなければならない。

けれども先生は瀬川氏が御参考にと提供した△△人事調査部の報告の＝素行は善良にして酒色の席に出入りせず、一部友人間に仙人と綽名《あだな》さる＝とあるのを批評して皮相ではあるが正確だと言ってたぞ。すると僕の観察は根底から覆されてしまう、先生のことだ何か自信があるに相違ない、さあ判らないぞ、いや酒色の席と情婦とは必ずしも一つじゃない……やっぱり駄目だ＝妾《めかけ》もしくは情婦関係等の事実なきものと認む＝が難しいなあ。

性格の項には温和にして無邪気なれどやや偏狭なる嫌いありとあったが、なるほど、瀬川氏も言っていたぞ、現在の母親でも書斎へは入れないくらいの変屈だと、まあ見た処そうらしいな、今晩明石氏の宅を訪問した際の印象や、これが肝心だなッ、ええ順序通り辿ってみよう。

取り次ぎに出たのが彼《あ》の六十くらいの江戸っ児の爺さんで、他に書生も誰も居らずほんとの二人限《き》りらしかった。もちろん僕は下駄箱も庭も覗いたが女の履物なんぞ見当たらない。梯子を攀《あが》って右側が壁と押入れでその間は四畳半、左の方が唐紙で仕切って次が八畳の客間だったがよく整頓してあって何一つ女の物は探し出せなかった。そこで明石氏と逢って先生が原稿を依頼したのだけれど談話中に暗示《ヒント》となるべき事柄は何もない、ただ少し焦々《いらいら》した神経質な人に相違ないと感じただけである。

要談が果ててあの爺さんと二人に見送られて戸外《そと》へ出て……。別段異《かわ》ったことはない、そうすると報告書は正確だな、品行は善良だと定めるより他はないな、明石氏が感情家で瀬川氏父娘《おやこ》に対し、何か誤解しているんだ……むむそれに相違ない。

「先生発表しますよ、僕はこう断定を下しました。――当事者たる明石氏は感情の疎隔に基づく誤解からこの婚約を破棄しようとしたものです」

「甚だ抽象的だね、誤解、むうそれもあるが或いは君のと僕の思うのと少し意味が違うだろうよ、断定は最後のものだよ君、しかしさっき玄関から上がろうとした時に来た呉服屋の店員が渡した紙包みを僕が取り次いでやったが、あれは触感や容積重量から推して小浜か錦紗《きんしゃ》と鑑定した事実をどうするね、それから客間へ出された火鉢の内部《なか》に乾きついて居った白粉《おしろい》のような、白い小さな飛沫《とばしる》に気がつかなかったかね、もっともよほど注意しないと認められないほどの少量だったが」

「ちょっと待って下さい、そりゃ僕は知らなかったんです、じゃ断定は訂正します……これはやはり初めの推測がほんとかも知れんぞ」

「何だか曖昧なことを言ってるな、では最少《もすこ》し解剖刀《メス》を見せて置こう。あのお誂えものは女羽織だよ、男物として錦紗や小浜はあの二人に縁が遠いんだ、まあ断定を保留して今晩ゆっくり考えたまえ、オオちょうど電車が来た乗り換えなしだ、サア乗ろう」

二、怠業の酬い

翌朝春日が来信や新聞に一順眼を通して後、書架から抜き出した一冊に読み耽る内に十時を打った。渡辺も速記の翻訳を日記へ写し終わったので二人とも外套を被《き》て事務所を出た。

或る百貨店へ寄って売り場主任に面会の上審問すると、春日の意《こころ》を了解したように明快に答えてこう語った。

「明石様は下宿時代から洋服だの、御身の回りは一切弊店《こちら》で御調達《おこしらえ》です。そうですなあ女物を御註文になり始めてからもう三年ほどにはなるでしょう。エエ、そういえば誰がお伺いに行っても奥様らしい方はお見受けした者がありませんが、これはお国許の方へでもお送りになるんでしょう。お召し物は明石様がお見立ての上弊店で仕立ててお届けしています。他に頭《おぐし》のもの等も前は櫛や簪《こうがい》類がゆきましたが近頃はやはり中挿しだの横櫛といったようなものをお買いですね。大抵は御届けしていますが、時によると老人《としより》の方が取りに来られることもあります。エ？　ちょっと待って下さい帳簿を調べてみますから、お肌着から半襟までもお願いしていますが……お下駄や傘類は一度もお売りしていませんよ、化粧品もどこか他でお求めのようです。あっもうお判りですか、いいえどう致しまして差し支えのない事柄でしたら何なりともお話しします。もうお帰りですかまあ好いじゃありませんか」

要事を済ませて出口へ回った。

「やはり大商店の係なんかは判りが早くて解放的だから調査が楽ですね」

「左様、隠し立てをしても顧客《とくい》の利益《ため》になるか贔屓《ひいき》の引き倒しになるかは疑問だ、さあ少し早いが昼飯を喰ってしまおう」

とある片側の綺麗に流し浄められた三和土《たたき》を踏んで「うなぎ」と染め抜いた暖簾を潜った。

時間が早いために二人は寛いで昼仕度を済ませることができた。そして、別に土産を取り寄せてその家を出るとあまり急ぎもせずに徒歩で、昼少し過ぎた頃に昨夜《ゆうべ》来た明石氏をまた訪れた。

玄関から声を掛けたが答えがないため、春日は独り通り庭を裏口へ出てみると爺さんはせっせと植木棚の藁屋根を繕うっている。莞爾《にっこり》笑って詞《ことば》をかけると爺さんも手を休めて小腰を屈めた。近づいて行って他意なく折を渡してやると迷惑そうに手を引っ込めたが、それでも到頭礼を言わされてしまった。

「なアに、ちょっと仕事を怠けてその辺まで遊びに来たんだが……どうせ場違いだから小父さんの口に合うような鰻《もの》じゃないよ……就いては無心があるんだよ、連れの渡辺君が腹痛を起こしてね、何か喰い合わせたのだろうと思うんだ、薬を服《のま》せるから湯を一杯くれませんか」

「へエ、そりゃ悪《いけ》ませんね、何か酢の物を喫《や》ったのじゃねえかな、鰻だア禁忌《てきやく》だからなあ、好うがすとも」

爺さんは腰の手拭いで手を拭きながら前《さき》に立って台所の方へ行く。裏口を這入《はい》ろうとすると春日は何に躓いたか、よろよろとして柱を摑まえて踏み留まったが途端《はずみ》に釣るしてあった屑籠を転落《ころげ》させて庭中紙屑が散らばった。

「ああ危ない。やッ飛んでもない失策《しくじり》をやったぞ、いや小父さん僕が拾って前《もと》の通りするから早く湯をやって下さい、どうせ手の汚し序《ついで》だから、好いんだよ僕が拾うってば」

無理に蹲踞《しゃが》んで屑を拾い集める。爺さんは玄関へ来てみると渡辺が下腹を押さえて顔を顰めているので座蒲団を敷かせて鉄瓶から湯を汲んでやったり容態を尋ねたり気を遣ってくれる。春日は手を洗ってから玄関に来て心配そうに渡辺の顔色を打ち守っていたが、爺さんと二つ三つ世間噺などしている内に、どうやら腹痛《はらいた》も癒《おさま》ったらしいので爺さんには厚く礼を述べて明石氏にも宜しくと言い残して、二人は帰っていった。

三、雪の夜噺

その夜少し更け初《そ》めた頃、明石の宅には驚くべき劇的場面が展開された。

爺さんが二階へ攀《あが》って明石の書斎を開けて、

「只今お客様がお越しですよ」

と言う声に明石が振り返ったとき、明石の答も待たず爺さんを押し除《の》けるようにして、ヅカヅカと素早くこの室へ闖入して来るものがあった。そして聳然《すっく》と立ったまま自分の顔を見下ろす相手を見ると、明石は向き直りざまに叫んだ声が怒りに顫えていた。

「失敬じゃないですか、君は、なぜ許しを待たないで這入って来るんです……出てくれたまえ」

相手は飽くまで沈着《おちつい》て答えた。

「御立腹は御もっともです、不法闖入の罪は不肖春日甘んじてお受けします。しかしこれによって貴方がより以上の幸福を求め得らるるならば、僕はなお一層の不徳といえども犯すことを悔いません」

「何が幸福です……おい小父《とっ》さん一体これはどうしたのだ」

爺さんを睨んで叱咤《しか》るように言うと、爺さんは膝の手を畳に支《つか》えてがっくり首を垂れた。

「もう駄目です旦那、春日様は何もかも見抜いて知っているんだ、俺《あつし》ア飽くまで素白《しらっぱく》れる心算《つもり》だったが図星を刺されて泌々《しみじみ》今夜は泣きやした。すっかり諦めたんで」

咽《む》せ返ったように呟く。明石は激昂に吃りつつ、

「そんな……そんな馬鹿な……」

「まあお待ちなさい、そう激昂なさらずとも許せなければ僕も小父さんも御制裁を受けましょう……貴方どうかお這入り下さい」

春日が振り顧《かえ》って呼ぶと、白髯豊頬の瀬川翁が静かに姿を顕した。

「あッ、瀬川の伯父さん……」

度を失って驚く明石より、瀬川翁はこの室内の光景に少なからず感に打たれて立ち竦んだ。蒼青《まっさお》な顔に唇を顫《おのの》かせ痛憤と羞恥に眼を輝かす明石の横には、交錯せるこの場に関わらざるがごとく黙然と座っている妙齢の美人があった。

灯に照らされたその横顔、何という美しさ？　何という神々しい面影《おもざし》であろう？　房々とした髪、愛と情とに満ちた瞳、探せばとて批難の点所《うちどころ》があろうか、肩から胸への線なだらかな、楚々たる体を心持ち傾げて、読みさしの冊子《ざっし》を膝へ伏せたまま机の上に明石の書き流した原稿の文字を凝視《みつめ》ている。

「明石様《さん》、如何に貴方が詩想の揺籃《ようらん》として深く愛を感じて居られても斯かる不自然が、果して人間たる貴方を長く真に幸福に生かしてゆくことが可能であると信じますか。僕は大なるこの誤謬を悲しまずに居られません。瀬川様《さん》、明石様《さん》が人に秘めて愛を注いでいられたその佳人は実に生き人形であったのです」

瀬川翁は愕然として耳を疑った。明石は絶望の叫びを揚げ頭を抱えて崩れるように座した。

「瀬川様《さん》、この不可解な事蹟を目撃されましてどうお感じですか。斯かる尋常人の夢想だに能《あた》わぬローマンスを描き出すに一つの美しい挿話があります。

ちょうど三年前の或る冬の夜でした。頼るべき子に先立たれて自棄《やけ》から酒に身を持ち崩した老人が、放浪の旅に出ましたが何日《いつ》か金も費《つか》い果してしまって、狂人《きちがい》のような姿で或る街を彷徨《さまよ》った揚句に、居酒屋で泥酔するまで飲んだが持ち合わせが無いために主人《あるじ》から巡査に引き渡されようとした時、通り掛かった年若な気高い婦人が紙入れから出した金で払ってやった上、その哀れむべき老人に若干《いくら》か握らせたまま、何処《いずく》ともなく名も告げずに去ってしまったのです。

その後幾日か経ってその老人が、頼る人もない旅先で宿を失った上に雪の夜道で病苦に悶えて苦しむ処を、折よく一人の若者が発見《みつけ》て親切に自分の下宿へ伴《つ》れ帰り医師《いしゃ》にかけてやりました。こうして二人は因縁の糸に結びつけられたのでした。老人は病気が癒《なお》ると深く厚意を徳として、恩に報ゆるために心血を濺《そそ》いで彫刻に取り掛かりました。その老人は生人形師《いきにんぎょう》で一時全国に盛名を唄われた名人の成れの果てです。

もう一生鑿《のみ》を持たない心願で標型《セモル》には、過ぐる夜金を恵んだまま影のごとく去った、気高い婦人の俤《おもかげ》を偲んでようやく彫り上げたものは、実に稀代の絶品でした。

かつて何かの中で、或る考古学者が埃及《エジプト》から発掘した女王の木乃伊《ミイラ》に対して、止み難い恋慕の念を生じてついに自殺を企てたということを読みましたが、これを一概に変態心理から生まれた悲劇だと貶《へん》し去ることはできません。吾々はそれにも増して著しい事実を生々《まざまざ》と見せられたではありませんか。

虚偽や不平のない人形は毎例《いつも》、人間苦に悶え惑う若者を慰めてくれました。あまり偽りの多い人間生活に慊《あきた》らなかった若者は、人形を恋し妻と呼んで爾来三年、その詠む神秘的な詩の愛はいつもこの人形に対する恋に胚胎していたのです。若者とは言うまでもなく明石氏その人で、余生を捧げてこれに奉仕した人形師こそ、そこに居らるる坂井義三郎老人なのです」

こう説き終わった春日は一座を見渡して嘆息した。明石も老人も石膏像のごとく動かず、ただ瀬川翁のみが感に堪えざるように人形を見ては嘆息するのである。やがて春日は滔々と明石に向かってその不自然を喝破した。瀬川翁は醇々《じゅんじゅん》と人間の真の愛を説いた。そして坂井老人は涙を流して明石を諫めたのである。がそれ以上に最も深甚な感激を与えたものがあった。

春日に呼ばれて次の室《へや》に控えた久代は静かに這入って来てこの人形を見ると感嘆の叫びをあげて近寄り、魅せられたように昵《じっ》と顔を打ち守ったが、人形に向かって語《ことば》を惜しまず讃美した。そして明石から愛せらるることを祝福した後、明石に向かって浅間しい愛慾から斯かる神秘境を瀆《けが》した罪を謝したのであるが、その詞にはいささかも心の動揺が表れていなかった。明石はついに純潔な久代の愛に目醒めざるを得なかった。

久代が春日に数々の労を謝してこの室から退こうとした時、明石は意を決して呼び止め、瀬川翁と二人に過去の一切を詫びて久代との結婚を誓った。久代は自分が愛を奪うに忍びないと躊躇したが、明石の懇請に動かされてこれを請けた。斯くて事件は一瀉千里《いっしゃせんり》の勢いで解決したが、困ったのは人形の処分である。明石もこれには顔を曇らせた。

しかし瀬川翁は自分が久代を嫁がせた後、是非この人形と坂井老人と一緒に引き取りたいと提議したので愁眉を開くことができた。瀬川翁はなお感嘆して、

「春日様、貴方の手腕は確かに奇蹟じゃ。斯くまでも秘密に企んだことを、一体どうして看破されましたな。不思議じゃ」

「お褒めに預かるほどではありません。では坂井老人の喋ったのでないという疑念晴らしに概略御説明しましょう。

初めてこの家を訪問した時、その火鉢の内部に白い飛沫が付着してあったのを、僕は白粉と仮定して調査の歩を進めましたが、百貨店から婦人用衣服はもちろん装身具の一切を調達していますけれども、傘及び履物類と化粧品は一度も購求されないことを突き止めたのです。そしてこの家に婦人用履物や化粧品の残骸を見出せない所から次の推論を得ました＝明石様と交渉のある婦人は一歩も室内より出でず、近隣の人はもちろん朋友や機敏な△△調査部員の眼に触れないくらい、巧みに隠蔽できる場所がある＝こうです、それで最初聞いた、現在の母親すら書斎へ入れないくらい変屈な、云々《うんぬん》の詞に不審を抱かざるを得ません。梯子を攀って斯くのごとくこの側は壁と押入れで塞がれていますから、誰も押入れが二重仕切りになって秘密室があると心付きませんが、僕は階下《した》の坪数に比して二階のしかも、この押入れに疑念をつけました。

然るに白粉を用うるにかかわらず行水を遣う容子《ようす》もなければ、銭湯に行く形跡はなおさらないのでちょっと難解に苦しみましたが、謎を解く鍵は屑籠から出ました。すなわち羽二重の小片《こぎれ》と二三本の毛髪《かみのけ》及び二三の紙屑です。羽二重と毛髪の端には膠《にかわ》の付着していること、毛髪は生き毛でなく薬品で染めたものでどちらも鬘《かずら》地に使用したものと検査の結果鑑定がつきました。なお進んで紙屑に乾き着いた白い粉末を分析してみますと、炭酸鉛の反応は顕れないで炭酸石灰でありました。実に白粉でなくして精製した胡粉《ごふん》と砥粉《とのこ》と及び膠の混合物から成り立っていました、適確に謎の正体を推断することができたのです、すなわち最近にその人形は羽二重の形状から推して右の揉み上げの毛を植え換えて修理を施した際に火鉢で胡粉を沸かしたものなんです。

直ちにさる方面へ電報を以て照会しましたが、返電によって、三年ばかり前に生人形の名手が土地を出奔して消息不明になった、名は坂井義三郎、年齢より人相まで判明したので、賺《すか》さず明石様の下宿時代を調査して如上《じょじょう》の事実をことごとく探知することができました。

そして昼間の礼を述べる心で坂井老人を宵に料理屋へ招いてから、此方《こちら》から秘密を摘剜《てきえつ》して驚かせ縷々と人情を説いたことは貴方も御承知の通りですね。電話で略《ほぼ》お噺しましたっけ、明石様が恭虔《きょうけん》な久代さんとの御結婚によって、如何に大きな幸福を享《う》けらるるかは予期するに難くありません」

頭の悪い男

「あの男は始終この家へ来るのかね」亮吉《りようきち》は廊下の方へ気を兼ねながら、女中にこう訊いた。

「折々お越しになります、好いお客様ですわ」軽く愛想笑いをして答える。

彼は盃を卓上《したそつ》に静とおいて、またその記憶を繰り返してみた。

＊　＊　＊　＊

――夕飯後、筆記《ノート》を懐中《ふところ》へ捻じ込んだまま、明るい街を通っていつとはなく、縁日の人混みの中へ押されながら紛れ込んだ。と突然、

「久保様じゃありませんか?」と呼びかけられたが、袂を引かれなかったら、彼は自分のこととは知らずに、行き過ぎてしまうところだった。

断っておくが彼の名は、吉塚亮吉であった。振り返ると風采の好い二十八九の男が、慇懃《いんぎん》に帽子を脱いで会釈した。だが亮吉にはそれが誰であるか頓《とみ》に想い出せなかったので、

「君は誰でしたっけ?」と訊ねると相手は隙も与えず、機先を制して、

「どうも久濶《しばらく》でございます、相変わらず御壮健で……一度お伺いしなければならないんですが、つい敷居が高くなって御無沙汰ばかりで申し訳がありません……というのが、実は何だか人に顔を見られるようで誠に辛いもので、心にもない不義理をしていますが」

相手の歯切れの好い丁寧な言葉と、態度には亮吉も少なからず面喰らって、ただ無意識に、「ハア……ハア……」と機関《からくり》のように頭を下げる途端《はずみ》、雑踏《ひとごみ》のために足をいやというほど踏まれたかと思うと、背後《うしろ》から無作法に尻を衝かれて、危うく相手の顔へ頭突《ずつ》きを持ってゆこうとした。彼はますます困惑を感じて、一刻《とき》も早くこの場を免れたかった。

「君は何か人違い……」と口を開こうとすると、またしても相手は頓着せずに、

「いずれ近いうちには名乗って行きますから、今日までの処は一つお見逭《みのが》しをねがいたいものので、はははははは、時に立ち噺も何ですから、御迷惑でなければその辺をお伴しながら、色々お話をしましょう」

迷惑でないどころじゃない、すこぶる困っているのだが、まだ承諾とも同意とも表示しない前《さき》に、その男はもう体の向きを換えて歩行を促すように肩を並べた。

今更人違いとも言えなくなった。この上は人混みに紛れて撒いてしまうより仕方がないと考えて、心ならずも歩きだした。けれどもその男は容易に離れなかった。その内に、すぐ手近の料理屋の前まで来ると、その男がツイと向き直って、

「恐れ入りますが、今晩は私に交際《つきあ》って頂きたいもので、……まアそんな堅いことをおっしゃらないで、さあ這入《はい》って下さい、人が見ると笑いますから」

と亮吉の背後へ回ると、退路を塞いで押し込むようにした。こうなっては今更逃げもならず門を潜ると、前に立たされたまま玄関へ来てしまった。

「おい空いてるか……好い座敷が?」

その男は打って変わった横柄な口を利いたが、出迎えの女中はすこぶる愛想よく、この室へ

案内したのであった。電灯の明るく照らす座敷の絹蒲団に座らされると、亮吉はあまりに見窶《みすぼら》しい自分の服装《みなり》を顧みて年甲斐もなく羞《はに》かんだ。こうした場席へくることは彼の近頃の生活としては実に何年か振りであったのだ。

「おい姐《ねえ》さん見繕って美味いのを運んでくれ。……しかしほんとに好い所でお目に懸かりましたね。そう堅苦しくなすっちゃかえって私が窮屈ですから、切望《どうぞ》御遠慮抜きで……何ですか、やはり以前《もと》の所へ勤めていらっしゃるので？　へえ嘸《さぞ》お気骨が折れましょうね、何しろ相手が訳の判らない者ばかりで、中には質《たち》が悪くて手に余るのもたくさん居ましょうからねエ」

如何にも同情《おもいやり》のあるような言葉付きである。その内に女中が芳醇な香を漂わせて、酒と突き出しの物を運んできたので、話は途切れたが献《ささ》れるままに黄金を溶かしたような液体が滑らかに、亮吉の喉を流れてゆくと、いつか心は落ちついてきて、今自分がよしなく人間違いのことを打ち明けた時のその男の失望を想到すると、最早機会は疾《とう》に過ぎてしまっていた。しかしまた、自分の忘れている、ずっと古い知己なのかも知れないとも思うと、まあどうにでもなるようになれ、といったような棄て鉢な気持ちになって、女中が次から次へと運ぶ気取った肴を貪るように眺めた。そして盃の重なるにつれて、相手の男とも段々と親しむようになってきた。酒はよく回って亮吉がもう陶然となった頃、その男は亮吉と女中とを残して電話をかけに中座した――

＊　＊　＊　＊

「何を考えていらっしゃいますの」

女の声に我に還った亮吉が顔をあげると、女中は笑っていた。
「いいや、別に……」ひどく狼狽《あわて》たので、照れかくしに盃を執り上げると食卓の隅に載っている不可解な男の持ち物へ眼をやった。それは大型の黒革の提げ鞄と、無造作にたたんだ新聞紙とであるが、妙に白けた——淋しい雰囲気に包まれたような所在なさを覚えて、その新聞を手に取った。しかし別段こんな席で新聞を読むのが目的ではなかった。ただそうやって神妙に読む態《ふり》をすることが、この場面の間隙《ギャップ》を塞ぐのに都合がよかったからである。漫然と三面記事の中段へ視線がゆくと、その欄の短い記事が妙に彼の神経を惹きつけた。

それは或る有価証券仲買店が巧妙な手段で、現金二万円を詐取せられた事件で、犯人はまだ縛《ばく》に就かないことが報じられてあった。

亮吉は新聞の犯人が自分の前の刺身皿を浚って逃げでもしたように、眼を瞠《みは》って一字一句丁寧に読むと何を思ったかハッと息を詰めた。ちょうどその時廊下に足音が聞こえ、その男が帰ってきて、機嫌よく盃を執りながら、愉快らしく話しかけるのを、亮吉は首肯《うなず》きつつも鋭く相手の容貌や風采を見直していよいよそれに相違ないと信じたのである。

「——年頃の二十八九も合ってれば、贅沢な服装《みなり》、殊に金縁眼鏡の紳士風とあるのも何よりの符合だ。この才気走った人相は一面に奸悪を意味する。此処《ここ》の上客というからは金銭《かね》を湯水のごとく費消する男に相違ない。ますます怪しいのは奥歯にものが挿まったように、『人に顔を見られるのが辛い』だの、『名乗って出ます』『見逃してくれ』だなんて言葉だ。そんな言葉は決して普通人の口にすべき言葉じゃない、前科者かお尋ね者と推断しても決して早計じゃない。しかしこの自分に何の目的でこうやって御馳走をするのだろう……詐欺犯人が畏怖し尊敬するものは……まず裁判官か巡査――あっそうだ、刑事！　なるほどこれで思い当たるのはさっきの『訳の判らない相手ばかりで、中には質の悪い手に余る悪いもの』と言った言葉だ。あれは自分自身の仲間の悪党のことを言ったんだな、必然俺《てっきり》を刑事と間違えているんだ。久保なんて刑事にありそうな苗字だわい、それに俺はこうして髭を生やしている。ヘン一体どうだい俺のこの観察の素晴らしさは！　理路整然たるこの推理に対して、誰が俺を捉《つかま》えて、『君は近頃どうも頭がわるいよ』なんて貶《けな》すのだ。見てくれ、依然として俺の頭脳《あたま》は明晰だぞ」

彼は鼻の孔を膨らませ眼を好奇に輝かした。

「君は近頃何をやっているね？」

この問に対してその男はひどく恐縮したように、「へえ、相もかわらず危ない綱渡りをやっていますが、でもまあ失敗《へま》もふまずに暮らしています……実は昨日少し大きな仕事で儲けましたからしばらくはまた楽です」

「たくさんもうけたのかね」

「いや僅《ほん》のこれっぱかりですがね」

その男は指を二本出して見せた、亮吉はさてこそと胸を轟かせた。

「ふうむ、けれども君、儲けたものは好いが、金を亡くした人の心も考えてみなければねエ、君はそんな職業を悪いとは思わんかね」

「そりゃ私も早く足を洗って、何か手堅い商売《あきない》でもやりたいと思わないでもありませんが、他に自信《おぼえ》がありませんしねエ」

頭を掻きながら弁解《いいわけ》がましく言って笑った。亮吉はもうそれ以上を口にする勇気はなかった。自分の観察が、斯くまで確実な裏書きをされると、急に黒雲のような怖れと焦躁《しょうそう》が胸の中に湧き上がって、絶えずその男の足跡を猟犬のように嗅ぎながら捕縄を扼して、近づき寄る刑事や巡査が今にもこの室へ闖入してくる状態《さま》を、想像して我知らず戦慄した。何の弁解《いいわけ》が立とう。その時は自分も共犯者の嫌疑を受けねばならぬ。と、聯想されるものは柿色の浅間しい囚人姿である。

「僕、僕は……急にこうしていられない用事を思い出したから……せっかく御馳走になって勝手らしいけれども……僕これで失敬する」

自分でも判るほど狼狽《うろた》えた言い方で慌ただしく立ち上がった。その男は呆れたように、

「まだお早いですのに、そうですか、それはお忙しいところを御迷惑をかけました。じゃちょっとまって下さい」

女中に言い付けて折詰を拵えさせ、亮吉に渡すと、玄関まで見おくって来て、亮吉が今降りようとする袖口を捉えながら、

「お帰りになったら何卒《どうぞ》よろしく言ってくださいよ……どうも失礼しました」

意味ありそうに言ったが、亮吉は無意識で首肯いて、下駄を履くさえ悖《もど》かしそうに、華やかな女中の声を夢のように聞き流しながらその家を飛び出して縁日を横に突っ切った。

二三丁を行く間も絶えず背後を振り顧《かえ》ったが、誰も後から跟《つ》いて来る影のないことを確かめると、彼は初めて救われたように吻《ほっ》とした。

大分夜も更けた大通りは、電車が唸りを立てて走り去ると、その捲き起こす砂塵が旋風《つむじ》のよ

うに線路の辺りを旋転する。彼はわざと電車に乗らず、街の軒先を顔を伏せたまま黙々と歩いた。そして軽卒であった宵からの自分を内省して、犇々《ひしひし》と胸を締められるように感じたのである。

鼻紙を出そうとして、彼が袂の底を探ると、心覚えのない紙包みが指頭《ゆびさき》に触れた。何だろうと思って、取り出して仄白い軒灯《けんとう》に透かして拡げると、突然釘付けにされたように立ち留まった。どうしたというのだ。手を切るような十円紙幣《さつ》が……しかも五枚!

危うく息の詰まりそうな叫びを挙げようとして、やにわにその紙幣を握ったまま、拳を袖口の中へ引きこめると彼は気忙しく四辺《あたり》を見回した。贋造でも偽造でもない、胸は早鐘を撞くようで腋《わき》の下にはつめたい汗が流れだした。

「さっき玄関で俺の袖を引っ張った。あの時に入れたに相違ない……しかしこれを受け取っておくとしたらどうなるだろう」

彼は全く途方に暮れた。すぐにも引き返していって、まだあの家に居るだろうからそっくり返してしまおうか。しかし考えるとまた今頃はもう刑事達が踏み込んで捕まえられているかも知れない。うっかりそんな処へ飛び込んだら事である——困惑に乱れ平衡《バランス》を失った心を抱きながらも彼の足は中央政府の大混乱を知らざるもののごとく、我が家の方へと徐《おもむろ》に進んでゆく。

「今俺は五十円の金を握っている。これが自分の金なら……、一家五人の生活に月々要する予算が月俸に比して、著しく超過している今日の俺にとって……洋服も月賦の心配なしで新調できる、あんな膝の抜けた洋袴《ズボン》をはかなくても……長男の通学に自転車を買ってやっても好い。電車賃だって馬鹿にならないからなあ……それよりか、こんなときに思い切って妻《かない》の晴衣《はれぎ》を一枚拵《こさ》えるかな……いやいや構うもんか俺の洋服にする、晴衣なんか拵えてやらなくっても好い。大体彼女《あいつ》は近ごろ嫌に俺の頭を圧《おさ》えつけようとしやがる。なるほど近頃こそ毎月の入費の三分の一は手内職で補助しているが、それが何だ。一昨年《おととし》のことを考えてみろ、彼女の妹のお梅が一年ばかりも厄介になった揚句、近所の不良青年と駈け落ちしたとき、俺がその行方を探すに夜の眼も寝ないで三日もかかって、到頭世帯を持たせてやるのだって、どれほど骨を折ってやって貧乏したか知れないんだ。義理を思えばこそ尽くしたのだのに、それも忘れて増長していやがる、一度近い間《うち》に雷だぞ。近頃頭脳が悪いからってお為《ため》ごかしに晩酌の楽しみを減らすことばかり考えている。怪しからんことだ！」

実際の家庭においては妻に向かって寛容な人物のはずの彼が、飛んだところで晩酌の鬱憤を漏らしかけたが、その間に知らず識らず、この金を最も有意義に使用しようという予定が、その心の大半を支配してしまった。

世の中に義賊という種類があって、強慾な富豪を襲うかわり、生活難に苦しむ者には惜し気もなく金を頒《わか》ち与えるそうだが、恐らくあの男もその部類に属するかも知れない。この金にしたところで処分するに二つの道よりない、返却できなければ活用するまでだ。しかし前者が危険で無意味なのだから、後者を選ぶより仕方がない、とこう彼は解釈してみた。けれども、厳正な意味からいえば、毎例《いつも》学校から俸給袋を貰って帰るときのような穏やかな心持ちでないことは、彼がすぐ向方《むこう》に見える交番の灯を避けるように横町へ迂回しただけでも明らかである。

少しも早く家へ帰りつきたかったので、足早に暗い横道を急ぐうち、闇に靴音を忍ばせて巡回してくる警官の黒い影に、またもや脅かされて息を呑んだ。

自分がこの道を通ることを知って、あの交番から先回りをしたのじゃないかというような、無稽な妄想が湧いて足の裡《うら》が擽《くすぐ》ったくなる、擦れ違うときには気の故《せい》か、変に自分の方をその眉廂《まびさし》から睨めているように感じて、微かな佩剣《はいけん》の音さえ著しく彼の興奮した神経を突っついた。早五六歩行き過ぎたが、彼には到底振り返って見るだけの勇気がない。背部《せなか》から後頭部《ぼんのくぼ》が痺れるようで髪が一本ごとに逆立つかと感じられる。今にも背後から鋭い声で呼びかけられるか、黒い大きな手が襟髪へ摑み懸かるかと、薄氷の上を歩む心地で警官と一歩一歩引き離れてゆく。

「吁《ああ》、こんな思いをするくらいなら金を返却《かえ》せばよかった。俺が捕まえられたら、妻や子供達はどうなるだろう」

そう思うと、謹直にして精励と評された四十有余年の生涯の安っぽい名誉は、踏み潰された空き鑵のようにクシャンとひしゃげて見えた。握った掌には汗でベットリ紙幣が膠着《くっつ》いている。大通りへ出ると幾分恐怖は減じたが、まだ耳鳴りと動悸は已《や》まない、フト次のような言葉を思い浮かべた。

「小人《しょうじん》罪なしか……万一《ひょっと》、小学教員詐欺漢を脅迫して賄賂を取るなんて新聞に載るとしたら？」

一刻も躊躇する場合でない。この足で警察へ行って斯々《かくかく》と訳を言って金を届けようか……いやいや途徹もないことだ、係官が、「では犯人が如何なる理由で、その金を提出したか？」なんて詰問されたら大変だ。官名詐称に問われるかも知れない。吁あんなことを言うんじゃなかった。

落胆《がっかり》した彼はフト自分が今、基督《キリスト》教会の前を歩いていることを意識すると、足を留めて、窓から洩れてくる讃美歌の合唱を聴き入った。

　喜びいさみて主のみまえに出づ
　　我がありのままを君は受けたまわん。
　罪より他には捧げるものなきを
　　主はいと豊かに愛をこそたまえ。

合唱の声が止むと若い男の声で天国を説くのが聞こえる。

亮吉はつかつかと中へ入って行くと、聖壇の脇に椅子を占めた初老の牧師の前に近づいて低い声で囁いた。

「少しばかり寄付したいのですがね、この教会へ」

牧師は弾き上げられたように勢いよく突っ立つと、叮寧にペッコリと頭を下げた。

「そうですか、それはどうも……切望《どうぞ》こちらへ」

別室に導かれて椅子に就くと、牧師は揉み手をしながら、

「貴方はやはり当教会の御信者で?」と訊いた。

「いや、僕は耶蘇《ヤソ》教じゃありません、浄土宗ですが……」

牧師は脳天をグワンと喰わされたように、眼をパチクリさせたが、すぐ笑顔に復活して、

「イヤ結構でございます、御奇特なことで」そう言って立ち上がると、牧師は神様に奉仕するその手に、手ずから台所の茶を汲んで眼鏡越しに亮吉の見当を見定めると、スリッパを引き摺りながら敬々《うやうや》しく茶を勧めた。亮吉は例の紙幣を机の蔭で捻操《ひねくつ》ていたが、

「寄付したいのは此金《これ》です……五十円だけ」

特に五十円に力を入れて言うと、牧師の口辺には驚異と歓喜とが溢れた。全く予期せぬほど多額の寄付であったから……。

「ハッ、五十円だけ」

慌てた牧師も同じく力を入れて鸚鵡《おうむ》返しにいって手を差し出した。亮吉が馬稷《ばしよく》を斬るような意気込みで渡すのを受け取った牧師の掌は、信者達ばかりじゃない、亮吉をも天国へ乗せて行ってくれるほどの大きさであった。そして立ち上がると生帳面《きちようめん》に腰を屈めた上、

「莫大な御寄付をありがとう御座います、就きましてはお住居《すまい》は孰方《どちら》でござりますかな?」

説教の時、鳩のようなお嬢様の顔を覗きこむのに馴れた動作《モーション》で尋ねた。

「どうか処も名前も聞かないで下さい、ほんのわずかばかしの金ですから」

牧師はなるほどと大きく首肯いて、「イヤ実にお床《ゆか》しいことで、ではちょっと感謝状を」

「僕はそんなものは要りません、少し急ぎますからこれで失敬します」

立ち上がった亮吉は、繰り返し繰り返し礼を言う牧師に送られて、この小さな教会を出ると、やれやれといったような軽い清々《すがすが》しい心持ちになった。俺は到頭捨ててしまった。しかしそれで総てを忘れてしまうことができるんだ。あの苦痛から免れるためには、あんなものなんか惜しくはない。寄付!　寄付!　何という素敵な想い付きだろう、俺は匿名の篤志家なんだ。俺は初めて無名の寄付をやったが決して気持ちの悪いものじゃないナ、……いや俺はこの折詰だけで沢山だ。

肩を聳やかして大股に歩き出すと、今は摺り減った下駄の音さえ快く耳に響く。しかし膝の

抜けた洋服のことが心に浮かぶと、ちょっと佗しい気がせぬでもなかったが、強いて紛らわしてようやくのことに我が家へ辿りついた。三人の子供はもう寝てしまって、台所で手内職をしているはずの妻が奥から出てきた。

「まあ貴郎《あなた》、遅いじゃありませんか、あのね今さっき新之助さんがいらっしたの」

「新之助？　って誰だい」

「あらッ……どうしたのですよ、貴郎はまあ記憶《おぼえ》の悪い」

呆れたように良人《おっと》の顔を見たが、奥を憚って声を秘《ひそ》め、

「お梅の亭主じゃありませんか……そうら一昨年駈け落ちをした。今株式屋《かぶや》へ通勤《かよ》ってるんですが、何でも大変儲けたのですって」

「うんうんそうだったたね、そりゃよく来た」と彼はそのまま、奥座敷の取り合いの襖を開け、この深夜の訪問客の顔を一目見ると立ち竦んだ。頬の筋肉は痙攣的にピクピク慄えて眼の方へ惹きつけられ白い歯を見せて、ニッと笑うようにしたが、それは泣き顔の方に近かった。

座敷の中からは客が歯切れの好い声で、

「やあさっきは失礼しました、私も慌て者ですな、貴方の苗字を忘れて妻の実家《さと》の久保さんなんてお呼びしましてね、ハハハ。実はあの料理屋の座敷に、貴方の教材筆記が忘れてありましたから、明日は是非お入り用に違いないと思いましてね。一度奥様《おくさん》にもお目に懸かりたかったし大急ぎで、お届けに参りましたよ」

君子の眼

俺《わし》は先祖伝来この家に住んでいる、住み難《にく》いからって他へ移ればなお住み難くなる。

吾々の領域はちゃんと限定されてあって、互いにその神聖を犯しあうようなことはなく、屋根族は決して溝《どぶ》へ行かないことに定《き》めてある。だから人間のように裁判所で骨肉が相争うような憂いはなし、また生活難や生死観に煩悶する心配もない、到る所に食餌《しょくじ》と住家を求め得られるから安心だ。

しかし食餌は近頃よほど警戒をしないと飛んだ目に遇う、先日《このあいだ》もある一匹《なかま》が居なくなったから探してやると、隣家《となり》の縁の下で冷たくなって死んでいた。人間が毒薬を盛ったものに相違ない、彼奴《あいつ》が用心しないものだからあんなことになった。しかしあの毒薬で人間もちょいちょい死ぬそうだから好い気味である。

それに困るのは猫を飼われることだ。この家でも以前飼っていたからその期間吾々の家族を携えて他家《たけ》へ避難しておった。間もなくこの猫君は猫捕りに盗まれてしまったから斯くの通り舞い戻って来た。

この家の人間はお妾《めかけ》という種族で大抵一人で居る時が多い、俺は静かな家が好きだ。

人間は仲間の所有品を黙って盗《と》るのを鼠賊《そぞく》というそうだが、実に失敬な言い草だ。爾来注意してもらおう。吾々鼠が餌《え》を漁るのは生きんがために自然から命ぜられた行為である。生命の危険を慮《おもんぱか》るから人静まって後出動するのだ。その時に当たっても正々堂々縦横の奇智を絞って、いったん狙った得物は滅多に縮尻《しくじ》らない。

お妾が朝遅く起き出ると俺らは夜来の活動を収めて鳴りを静める。家中の掃除が済むと御飯を煮る、買物に出掛ける、今が溝の尻禿君《しりはげくん》と縁の下の連中の活躍期である。

お妾が帰ると芳醇な匂いが天井板を透して漏れてくる。煮魚だな、何しろ我が領分を多く残してくれると好い。食事が終わったお妾は奥へ寝そべって小説本を読む、あれでよく病気にならないものだ、ほとんど寝てばかりいる。吾々は時々力限り天井裏を馳《か》け回らないと軀が頑丈《しつかり》しないのだが。

板敷きに置かれたのは想像通り煮魚の骨だった。窃《そつ》と咥《くわ》え出して巣へ運んでおくと少時《しばらく》眠る、階下《した》から三味線が低く聞こえる、小説にも飽きたらしい。俺はあの三味線というものは嫌いだ、いつか何で作ってあるのかと見たが怖ろしい猫君の屍骸だったには驚いた。

表の格子がガラガラと響くと、

「奥様《おくさん》研ぎ物の御用はありませんか、庖刀《ほうちょう》小刀類から鋏剃刀大工道具……何か研ぎ物はありませんか」

太い男の声、お妾は三味線を止めて何か研がせに出す、この間に少時《しばし》ウトウトとしたが大きな甲高いお妾の声に眼が醒める。

「女一人だと思って馬鹿におしでないよ、出刃庖刀とそんな小《ちい》っぽけな鋏と剃刀とで二円五十銭だなんて……新しく買えるじゃないか」

悔しそうに声が顫える、研ぎ屋は済ましたもの。

「買えるか知らないが研ぎ賃は二円五十銭ですよ」

「お巫戯《ふざけ》でないよ、もう要らない、これをお前さんに上げるから持ってお帰りよ馬鹿馬鹿しい」

「こんな刃物を貰っても仕方がねえ……研ぎ賃が貰いたいんで」

二人で頻りに争っている、俺もどんな奴かと梁の所から覗いて見ると、研ぎ屋という人間は眼の光る凄い男だ。これは山窩《さんか》といって人間の中でも凶暴な部類に属するそうだ、迂潤《うつか》り見付かって焙《あぶ》って食われたら大変だから身を縮めて見ていると、研ぎ屋はニヤリと笑って、奥様水を一杯おくんなさいよと、勝手に台所へ這入《はい》って流しの棚にある湯呑みで水を飲みながら、上眼使いにジロリと俺の方を睨み回す、何だか怖ろしさに身顫《みぶるい》が出る。

結句どう折り合いがついたか知らんが研ぎ屋は帰ってゆくと、跡はお妾がプリプリしながらそのまままた小説本を読みだした。

そうこうする間にだんだん日暮れが近づく。

お妾は気がついたように赤銅《あか》のバケツに雑多なものを詰め込んで、格子に錠をかけたまま隣の門口から

「ちょいとお内儀《かみ》さん、お湯に行って来ますからお頼みしますよ」

声をかけて行ってしまう。さあまた少時《しばらく》我輩の世の中である。寸善尺魔《すんぜんしゃくま》というから今の間に好もしいものがあれば、籠城を支え得るだけの糧食を曳いておこう、おう幸い糠壺の蓋があいたままだ、仲間は此所彼所《ここかしこ》に跳梁する。

吾らが心ゆくばかり徴発を行《や》った頃お湯から帰って来た。見ると襟首は真っ白だ、鏡の前へ

座って念入りに髪をいじくり回して顔へもその白いものを塗りつける。人間というものは厄介な手数をかけるものだなあと感心した。

そのうちに灯がつくとまた長火鉢の前で御飯を食べる、このとき格子が開《あ》いた。

「御免なさい」

聞きなれた若い声だ、ははあ例の色の白い俠《いなせ》な人間に違いないが、いつも来る時には定《き》まって変に改まった声を出すが何故だろう。俺はこれが何者であるかは知らないが、これが来て話し声が漏れると隣家のお内儀が亭主に拇指《おやゆび》を見せて、またレコが来ているよ、よく見つからないことねえ。と眼を見合わせて笑っている、拇指《れこ》という名だろうか。

好いのよとお妾が声をかけると格子をかっておいてづかづかと上がりこんで胡座をかく、そしていつものようにこの二人は子供みたいに巫戯けて仲よく遊んでいる。従ってどちらが喋ることも他愛がない、馬鹿気ているから隣のお内儀を真似て、

「よく見つからないことね」

と天井裏から怒鳴ると、あら鼠啼きだわ、きっと好いことがあるのよ、と嬉しそうに笑う。お妾は寸善尺魔を知らないのかな。

戸棚から林檎を出して小刀《ナイフ》で皮を剝くうちお妾は手を辷らせて指先を斬る、疵口を押さえて眉を顰めて痛いわと鼻を鳴らす、そうらそれが寸善尺魔だ。

男はそれをさも大事件のようにどれどれと女の指を紙で結わえてやって、痛むかいと心配そうに聞く。

なんだ僅《たつた》あれっぱかりの疵を甞《なめ》ときゃ癒《なお》るのに。

男は自分の指についた血を紙で拭ってぽいと捨てて、今夜は大丈夫かい、と聞く。

「老爺《おやじ》のこと？　さあまだ旅から帰って来ないだろうよ、来たって構わないじゃないか」

「だって心配だよ」

「そんなに恐いの、もし来たら二階へお隠れよ、そうすりゃ、妾が巧く帰してしまうから、吁厭《ああ》だ厭だ、あの老爺いけ好かないちゃ有りゃしない、寧《いっ》そ旅から帰ってこなければ好いのに」

「へん、あんまりそうでもあるまいぜ」

見ていたところで芳しくもないから、林檎の皮と蔕《へた》とを夜中の楽しみにして引き退《さ》がる。

少時すると格子を揺すっておいおいと呼ぶ声がした。二人は大変慌てて男は二三度唐紙を撫でまわして這うように二階へ昇《あが》ってきた。この男感心に敏感だった、お妾が表を開けるとやはりそれは老爺さんである。大きな荷物をドサリと抛《ほう》り出して、

「今帰ったばかりだ、これが土産だよ、ドリャ一本燗《つけ》てもらおうか」

長火鉢の前へ座ってお妾の酌《つ》ぐ酒を飲みだした。俺はいつもこの親爺さんの顔は干し鰈《がれい》の頭に似ていると思う。この干し鰈はチビリチビリ盃の縁をなめながらことりと言う二階の物音に仰向いた。

「何だろうなあの音は」

「鼠ですわ、近頃悪戯をして詮方《しかた》がありませんの、どうしてもまた猫を飼わなければいけませんわ、どこかで探して下さいな」

このお妾飛んでもないことをいう、大変な冤罪だ、これじゃ荒神様《こうじんさま》へお願《がん》をかけなければならない。

「むう、どこかで仔猫を貰って来てやろう」

へん干し鰈なんてお芽出度いものだ、間もなく盃を伏せて起《た》ち上がる。

「今日は帰ったばかりで用が多いから、明日ゆっくり来るよ」

「あら旦那、帰らなくちゃならないんですか、まあ詰まらない、泊まって下されば好いのに」

俺は呆れた、だから人間は嫌いだ、実に大嘘吐《おおうそつき》だ、お妾はさっき老爺はいけ好かない奴だと罵っておいて、面と向かえば鼻を鳴らす、どちらが本当か判断がつかない。

「近頃世間が物騒だから、戸締りをよくしてお寝《やす》みよ」

干し鰈は帰ってしまった。表をかったお妾は吻《ほっ》として二階の男を呼ぶ。

「驚いたねえ。まさか来やしないと思ったんだが……お前さんには済まなかったよ」

「済まなかったどころかい、馬鹿にしやがって……泊まって下されば好いのにな……もし泊まって下さるといえば俺はどうなるんだ、真っ暗な中で風邪を惹かせる量見か……糞おもしろくもねえ」

「どうしたんだよお前さん……あのときにはああ言わなけりゃ収まらないやね」

「収まるも収まらねえも平常心《ふだん》に思ってるから口へ出るんだあ、吁やだ、俺は日蔭者だから言いたいことも言えねえし……どうせ詰まらねえ」

犬も喰わないという痴話喧嘩を始めた。犬ならずとも吾々鼠だって御免だ、男は日蔭者だから詰まらんという、俺なんか年中日蔭だが詰まらんと思ったことはない。

しかしどうしたのか風雲ようやく急に、男はますます猛って容易に機嫌が直らない、従って声は少々高くなる。

「愚図愚図言や殺しちまうぞ、今までよくも嬲《なぶ》りやがったな、殺したって腹が癒《い》えねえ」

「まあ今日はどうしたのさ、悪ければ謝罪《あやまる》じゃないかね、待っとくれよ」

「勝手にしろ」

荒々しく突っ放して男は往来へ飛び出してしまった。お妾は呆然《ぼんやり》長火鉢の前で思案に暮れている。嵐の跡のような静寂《しづけ》さだ……隣家の夫婦は壁越しの騒ぎに眼を見合わせて驚いていた。お妾もようやく顔をあげてちょっと舌打ちをしたが、詮方なしに奥で蒲団にくるまって寝てしまう。

夜は更けて来た。隣家の人間も寝たらしい、いや世間も大方寝ただろう。そろそろ吾が仲間の出稼いでもよい頃だ。

裏庭の方でゴトリと音がする、何だろう？ 怨敵猫君の来襲かなと少時《しばらく》物蔭で息を潜めてみたがそんな形勢もない、不安ながら窃《そっ》と屋根庇から覗くとなんのことだ大きな人間が板塀を乗り越えているのだ。大地へ降りると少時は蹲踞《しゃがん》で容子《ようす》を考えていたが、腰を伸ばして雨戸の節孔から座敷の中を覗《うかが》って見る。

別段俺に危害が加わるようなこともなさそうだから、安心してその人間のすることを眺めていると、台所から回ってのそのそお妾の枕頭《まくらもと》へやって来た。その手にはいつの間にか昼間研いだばかりの出刃庖丁が光っておる。

帽子をすっぽり眉深《まぶか》に冠《かぶ》って顔はよく見えない。この人間も生きるべく自然から命ぜられて飯櫃《おはち》でも盗みに来たか、吾々の領域侵犯かな。お妾は驚いて起き上がったが、怖ろしいのか蒼くなって顫えて歯の根も合わない容子だ。

「大きな声を出したら、これだぞ」

例の庖丁を灯にピカピカさせる。

俺も怖いには怖いが昵《じっ》と天井裏の隙から見下ろすとお妾さんは突如《いきなり》その男のために横様に倒されたから俺は驚いた。

やはりおなじ家に住んで居ればお妾に同情するのが当然だ。お妾が力限り藻掻《もが》いて相手の顔を掻き毟るが到底大きなその男に敵《かな》いっこはない。俺は見兼ねて隣の壁際で精一杯、

「お妾が大変です、殺されるかも知れませんよ——オ」

と声限り怒鳴ったが隣の夫婦はぐうぐう鼾声《いびき》をかくばかりなかなか起きない。人間って寝坊で危急の間に合わないものだ。

何という凶暴な奴だろう、どこまで惨忍なのかわからない、お妾がふとその男の顔を見て、

「あら、お前さんはッ」

と言うが早いか出刃庖丁はお妾の頸のところへ、グサリと突き刺さった。お妾のうーむと唸る断末魔の凄い声、あッ怖ろし……、俺は夢中で巣の中へ隠れた、吁お妾は殺された。

実に寸善尺魔だ。

いったん巣へ這入ったものの、あの惨虐な人間が何をするか見たくなったで、再び窃と出て見ると、その男はふッふッと息を切りながら流し元のバケツの水を汲み出して血の着いた手を洗ってる、そして腰に下げた汚い手拭いで手と顔の汗とを拭う。そこにあった一升壜に眼をつけて栓を抜くとちょっと嗅いでゴクッゴクッと飲んだ。座敷へ取ってかえすと箪笥の小抽出《こひきだし》の環《かん》を、その手拭いで押さえて抽《ひ》き抜き、中から金や指輪や時計やお妾のものを皆浚《さら》え出して懐

中へ捻じ込んだ。すっくと立つとそこに四肢をだらりと拡げた屍骸を尻眼で見たまま、沈着《おちつき》払って表の格子から悠々と出て行った。

お妾は二タ目とは見られない格好で死んでいる。そこら一面に血が跳ね飛んで出刃庖丁なんか真っ赤な血の海に沈んでるようだ。腥《なまぐさ》い匂いがして厭な気持ちになる。

人間も脆いものだ、俺の仲間が鉄の穽《おとし》に罹《かか》って死んだのを見たが、人間だってあんまり異《かわ》らないなあと感じた。俺は何だか胸が悪くなったので巣へ帰ったら若い仲間達も働きから帰って互いに彼《か》の凶悪な人間のことを噂し合っている、俺は眠ってしまった。

翌《あく》る朝は大変な騒ぎだ。

最初巡査が来る、裁判所から役人が馳けつける、お医者も来れば、刑事も蝗《いなご》のように八方へ飛ぶ。天威を康正して八極を密定するというから早くあの悪人を捕まえて、お妾の霊を慰めてやって欲しいものだ。

静かだった家が急に騒々しくなった。

俺は裏の屋根庇から外を覗いて見る。塀外は付近の女房達や弥次馬で一杯だ、そして口々にがやがや喚き合う。死者に対する敬虔な礼儀というものを心得ておらぬ、人間の癖に片腹痛いことである。

板塀に張った蜘蛛の巣が破れている、昨夜《ゆうべ》犯人が乗り越えるときに頭へ引っ懸かったのに相違ない。そして板塀に微かな指型が残って、まだそこらは犯人臭い匂いが膠着《こびりつ》いている、所へ鳥打ち帽の刑事が裏木戸からニュッと顔を出したのでびっくりした。

御医者が屍骸を検めている。俺はこの人が大嫌いだ。われわれ鼠がペストの本元でもあるように言い触らしたり、ビスケットに毒を仕込んだりするのは、皆この人の智恵だそうな、不倶戴天の仇といっても好い。

一方では簞笥の環や出刃庖丁の柄に何か粉を振りかけて見る、こうすれば下手人の指の型が判るのだそうだ。なかなか想い付きだがそれは無駄なことだ、出刃の柄はべた一面の血だし、環は手拭いで捲いてあけたのだもの……あッそんなに無暗《むやみ》に振りかけちゃ、せっかく膠着いている手拭いの手垢の匂いが消えてしまうじゃないか。

皆は失望したように目を見合わせた。指紋とかが表顕しないのだそうだ。裏の塀に気付かないのかなあ。犯人が酒を飲むとき一升瓶に手をかけたから、あれに粉をふりかければ好いのに。

「やあ縁の下君か……昨夜は驚いたねえ……えッ流しの隅に血の膏《あぶら》が浮き着いてるッて……これだけ居る人間に誰も気がつかないって？　人間なんて鈍感なものだよ」

おやッ、何だいあれは、昨夜色男が指の血を拭いた紙じゃないか、あんなものを拾って喜んでいるなあ、なるほど歴然と指紋がある。

ああ干し鰈がいろいろ訊問されてる、おう隣家のお内儀も調べられているな……そうだそうだ正しくその通り……色男が痴話喧嘩をして殺しちまうぞと怒鳴って帰った。それから犯人が来たんだよ……おいお内儀さんそれを言ってやらなきゃ駄目じゃないか。

えっ何だって？　二階の手摺りから指紋がとれた……なるほどあの色男のだね、だんだん不利な証拠が挙がってくるようだ。それより死骸の爪の垢でも調べりゃ、激しく相手の顔を掻き毟ったことが合点できるだろうになあ……おう忘れていたわい、そらその障子の際に小さな鋏と剃刀が昨日のままで置いてある、それを嗅いでみればまだ研ぎ泥臭いんだ、研ぎ立てだもの、それの指紋と蜘蛛の巣とそれから環の匂いとを綜合すりゃ、すなわち殺した奴は誰だと推定がつくじゃないか、エエ焦《じ》れったい悟れないかな。

大体人間も詰まらないことを研究する暇には、吾ら鼠族《そぞく》の言語を勉強しておけば、屋内犯罪なんか解決するのは朝飯前なんだよ。

おやおや色男が鳥打ち帽の刑事に引っ張られて来た。昨夜の勢いはどこへやら、恐怖と不安のために真っ蒼な顔をしてる。

髭の生えた役人が隣のお内儀の証言と血の付着した紙の指紋を楯にとって、厳しく色男を調べる。なるほど昨夜殺しちまうぞと叫んだ一言と、血の指紋とを材料として嫌疑をかけたのは立派な考察だ。だが惜しむらくはその推論にはそもそもの出発点において誤謬がある、それに気付かずこの色男が犯人であるかのごとき測定だ、色男も覚えのないことだから頻りに弁解する。干し鰈は憎悪の眼《まなこ》でその横顔を睨みつけている。ついに色男は弁解の甲斐もなく悄然として、ともかくも拘引されて行った。

誰も板塀と一升壜とそして鋏剃刀を調べるものはなく、流し元はザアザア水が流され刑事達の埃だらけの掌《て》は洗われ、環の匂いも消されてしまい、役人達は皆引き揚げてゆく。

何が判らないってこんな倒逆《さかさま》なことがあるものか。証拠を探しに来て証拠を消滅して行ってしまったようなものだ、こんなことでいつになったら無念を呑んで凶刃に斃《たお》れたお妾の意趣を晴らしてやることができるのだろう。

だから人間社会には不可解という言葉が絶えないのだ。

それから数日経ったある日、隣の夫婦が話すのを壁越しに聞くと、

「ねえお前さん、お隣のお妾さんを殺した人は、まだ真実《ほんとう》のことを白状しないんだってね、ずいぶん強情だわ」

当然《あたりまえ》じゃないかと憤慨に堪えられなかった俺は、お内儀さん貴女の考えは誤ってる、と叫んだらお内儀は気味悪そうに叱々《しっしっ》と逐《お》い立てる、エーイ勝手にしろ。

ほんとに人間なんぞは信頼できないものだ。広い世界にたった俺だけが現場で目撃して、詳しく知っている犯罪の真相を、誰一人問いにくるものもない。

まだ蜘蛛の巣は破れたままで風に吹かれているのに……鋏剃刀、研ぎ物は如何という声はその後も聞いた、あの汚い手拭いはやはり腰にぶら下がったままでいる。

小野さん

小野さんはとうとう巡査になった。

労働をやるには郷党への言い甲斐なく、職工となるべく彼の自尊心は強すぎた。市電の運転手も気が利かず、さりとて文筆で喰《た》べてゆくには自分ながら今少し教養が足りないようで自信がない。職業選定でかれこれ迷ったが、ふと巡査募集の広告を見たとき小野さんの食指は頓《とみ》に動いた。

これならば小野さんとして郷党への面目も失わず、第一勉強次第で部長から警部、課長から警察部長、いや知事さんにでもなれまいものでもない。仮令《たとえ》平巡査でも名目がすこぶる気に入った。良民保護だ……それにあの洋剣《サーベル》が好い。

斯くして胸をどきつかせた試験も都合よく通過《パス》して、あの規則づくめな――それでも定規で飯を掬うくらいな融通の利く巡査教習所の生活から解放されて立派な一本立ちの巡査になった。母牛《おやうし》が犢《こうし》を従えるように、教官に引卒されて見学に出るとき、意地悪く股倉に挟まって夥しく小野さんを歩き難がらせた洋剣も、近頃では調子よく腰にぶら下がり、自分の官服姿を飾窓《ショーウインドー》の硝子《ガラス》に映してぐっと納まりかえるときにあたって小野さんの野心は熾烈に燃えたのである。

一番に郷党の面々へ見せたかったのは、手帳と捕縄《ほじょう》だった。

表紙の裏に某警察署詰め巡査、小野正太郎と記して、〇〇警察部之印と牡丹餅《ぼたもち》ほどな判が明瞭に捺《お》されてあるが、この手帳の威力は素晴らしいもので、私服のまま興業場へいったときなど、ちょっと見せると木戸のものは恐縮して優遇する、だから活動や安来節が恋しくなるとちょいちょい発揮してみる。

捕縄はまるで蚊帳の吊り手みたいな麻縄だ、これで暴逆な犯人の諸手《もろて》をひっくくるのかと思うと小野さんの血は躍って、是非大賊《たいぞく》を捉えて功名せねばならないと決心した。

それから呼子笛《よびこ》だ。

これは交付されたときから何だか玩弄品《おもちゃ》をもらったような気がした。よく鳴るのかどうかしらんと、或る日署の庭でぴりぴり——と吹いてみたら、巡査部長から眼玉が飛び出るほど叱られたから、その後見るのもあまり好もしくなくなって渋々携帯している。

その次に国許の阿母《おふくろ》に見せたいのは、朝の訓示場で署長や当番警部の質問に対する、明快な答弁のできたときの得意さである。

指名されるもののも、愚答を頻発させる、と署長《おやじ》の御感《ぎょかん》は甚だ斜めとなり、その比麻子油《ひましゆ》を舐めたような難しい顔は一層嶮悪となる、額から顳顬《こめかみ》へかけて青蚯蚓《あおみみず》に等しい隆起ができる。そのときに我が賢明なる小野さんが吃々《きつきつ》として答えると、さしも嶮悪な青蚯蚓も立ち所に退散し比麻子油のおかげで、腹中を颱風一過した跡のような穏やかな御機嫌になられる——ことほど左様に小野さんの頭脳《あたま》は明晰であって、大いに将来を嘱望されているが、ただ惜しい哉《かな》小野さんにたった一つの瑕瑾《きず》がある。

それは少しばかりそそっかしいことである。或る日、休息時間にあたって、派出所の裏で帽子も佩剣《はいけん》もとってしまって、バケツの中でじゃぶじゃぶと手套《てぶくろ》から肌着まで洗濯をやった。そして最後に汚れ水を前の溝《どぶ》へ流そうと思って、片手にバケツを引っ携《さ》げたまま聞き覚えの安来節か何かで浮かれた気持ちになりながら、扉《ドア》を開いてひょいッと見ると南無三！

金線《きんすじ》を巻いた髭面《ひげづら》の警部巡視!!

両方の視線がカチッとぶっつかった、間髪を入れず小野さんは活潑にぱっと右手を挙げて敬礼した。

ぎろりと凄い眼を光らせた警部は、取りあえず眉毛の上の蠅を逐うような手付きで答礼したが、その剃刀のように光る眼が見る見る団栗《どんぐり》のように円くなって、小野さんの爪先から頂辺《てっぺん》まで見上げて視線は真っ向にグサと刺さった。

立ち番の奴めつまらなそうに顔を背向《そむ》けてクスッと笑う。と霹靂一声《へきれきいっせい》。

「小野巡査ッ……なあんじゃその敬礼は」

「はッ」

バケツの遣り場がないからやはりさげたままで直立不動。

一体何がために叱られるのか判らなかった、股倉から異常な戦慄が伝わる。

「帽子も佩剣も脱《と》っていて……挙手の礼をする奴があるかッ」

失策《しま》った、自分が休息中であることを失念しておった、全体どうしてこの混乱せる時局を収拾しようかと大いに努めたが妙案がない、詮方《しかた》がない自分で号令をかけろ。

「元——イ」

精一杯呶鳴って恭《うやうや》しく地頭を下げた、警部は止むをえずまた答礼した。

「この後気を注《つ》けにゃ、いかん」

「は――ッ」

叱ったものの警部も失笑《ふきだ》しそうである。ついに堪えかねてふいと出ていってしまった。

我慢しきれなくなった立ち番の奴は腹を抱えてゲラゲラ笑い出す。

それがために小野さんはその日一日を悲観のうちに過ごした。

しかしそのくらいのことは小野さんの人格のために、その嘱望面の額の黒子《ほくろ》ほどにも甲斐にはならないと自ら信じて、課長になるまでの初志貫徹を夢想して精勤をはげんだ。

それが派出所詰めになってからは、勤務も暢気なかわりに一日ごとに初志貫徹が怪しくなってきた。月曜の朝は本署の庭で当番巡査が整列の上、兵隊上がりの巡査部長の号令で「回れ右前へ、オーイ。前腕を平らに延ばせ――始めッ」でお一ッ、二と猫も杓子《しゃくし》も鬚も阿爺《おとっ》さんも、中には今年五つになる孫のある大木さんまでが炎天ぼしで小学校の子供みたいに操練をやらされるとき、署庭の周囲《ぐるり》の二階から若い奥さんや娘達が、あちらからも此方《こちら》からもお掃除の手を止めて、面白そうに見下ろしては笑われるのがいささか気まりが悪くって、平巡査の果敢《はか》なさがしみじみ身に沁みて、隅の柳に止まっていた小鳥と一緒に、課長というものが知らない間に手の達《とど》かぬ大空へ遁《に》げていってしまったような失望と悲哀とを感得させられた。

そんなときでも刑事部屋の連中は暢気らしく莨《たばこ》を吹かして、何やら談笑しているのが、羨ましくって仕方がなかった。がそれ以上に辛かったのは午前三時から五時頃までの立ち番と巡回とで、それは巡査にならない前には想像もつかないほどの眠さと臆劫さとであった。

派出所勤務の要領が一通り呑みこめて、起き番のときでも警察法規を卓上において、椅子のまま俯向《うつむ》き加減に……誰が見ても熱心に勉強してるように見せかけて……事実泰然と居睡れるように馴れてくる時分には、初志貫徹はますます影をうすくして警部になる慾望も陽炎《かげろう》のように消えていった。

斯くして知事さんに累進する階梯を、まるで時間の切れた乗換え券のごとく容易に放棄した小野さんも、刑事――私服巡査に対する憧憬だけは捨てるに忍びなかった。

交番勤務で官服に埃を浴びて立ち番のとき、洒落た服装《みなり》で暢気に遊びに来られるから羨ましかった、小野巡査と呼ばれるよりも小野刑事と称される方が、自己の賢明を裏書きするものであると考えたから好きであった、署長や警部が犯人検挙のとき非常なる信頼を払ってくれるから何より頼もしかった……だからどうでも刑事になろうと決心した。第一に自分が刑事に適任であるという素質を認めてもらわねばならない。だから一つ功名をして署長《おやじ》以下の衆望を一身に集める必要がある。

努力だぞ、努力だぞ、大いに霊腕を奮って抜摘《ばってき》の要あることを示してやろう、と野心の方向転換を試みた小野さんの精励振りは爾来大いに面目を改めて、真に光彩陸離たるものがあった。蓋しそれは非番の日に限りで、当番の日は依然としてどこを初志貫徹の風が吹くかと嘯《うそぶ》いているほどに平凡たりである。

まず非番の朝勤務をすませて下宿へ帰る。午過ぎまで眠って眼を優待し、然る後銭湯にいって英気を養う。そして懐中《ふところ》には大いに発揮すべき手帳と捕縄とそれから六十五銭を奮発した懐中電灯、鳥打ち帽に麻裏草履の扮装《いでたち》で小野さんは威風堂々として出動する。

ずいぶん彼は根気よく街から街を押し歩いた。しかし意地悪く小野さんの歩く道筋に限って事件は一つも起こらなかった。小野さんは時々悪人がことごとく自分を畏怖して犯罪を遠慮するのでないかとさえ思うこともあった。ワイワイ騒ぐ群集《ひとだかり》にさてこそ喧嘩か人殺しだと胸を躍らせて駈けつけると、なあんのことだ詰まらない、猿回しの芸を大勢が取り巻いて興じたてるのにはさすが温厚にして辛抱づよい小野さんも癪にさわって、馬鹿面をした一人一人を殴りつけたいほど激昂した。

またこんなこともあった。ある貧しい街を通りかかった夜、一軒の見窶《みすぼら》しい格子の家から年増らしい女と、うら若い娘の泣き声が漏れてくる。それは如何にも悲痛な忍び泣きで断腸の響きがこもり切れ切れに、

「もし……お父《とつ》さんてば……」

「ああお前さん……どうぞ待って……」

訴うがごとく尽きぬ哀愁が綿々としている。これこそ事件だなと直覚した……凶暴な夫が妻娘《つまこ》の諌めを聴かず酒色に溺れて家族を虐待する、そして今夜も酩酊の上嫌がるのを無理無態に酒代に換えるために、娘の一張羅を剝いで行こうと、妨げる妻娘を暴力で折檻する、まあ世間にざらにあることだが、秩序維持のためから看過することができない、大いに説諭してやろう。また叩けば意外な獲物があるかも知れない、手帳を有力に発揮すべきときだ。

「おい開けろ……早くここを開けないかッ」

常に考えていた中でもっとも威厳の添う声を出して戸をがたがた揺すった。

「はい」と低い女の声がして間もなくガタビシと戸は開かれたが、出て来た四十ばかりの女はその泣き腫らした眼で不審そうに見上げた。

「……誰方《どなた》でございますか」
「僕は△△警察署の……ものだが、今の泣き声は何だッ」
「……誠にすみません」
「主人《あるじ》はどうした、不都合な奴だ、早くここへ呼べ」
「はい……実はその主人が永らくの病気でございましたが、たった今息を引き取り……ま……して……」

また悲しさがこみ上げたか前掛けで霰《あられ》のような泪《なみだ》を押さえる。小野さんは自分の立っている大地が宙返りをしたように眼を円くした。そしてとうとうこの場で気分錯誤なお悔やみを言わされてしまったのである。

斯くまで武運拙《つたな》き彼は、天公我がために是か非かと慨嘆やや時を久しゅうして、そろそろ自分の霊腕をさえ見くびりかけた。それでも強いて元気をつけせめて掏児《すり》でも見つけてやろうとこんどは活動小屋を張り込んだ。

薄暗い中から眼を光らせていると、いつの間にやら面白い映画の進行と弁士の流暢な説明に魅せられて、北米の大自然や南欧の情熱に陶酔しながら、好い塩梅《あんばい》に異国情調にひたって帰ることが多かった。

その小野さんが今度は意外な大事件にぶっ突かった噺である。

ある晩、飯をすませてから公園を一まわり迂路ついた後、今夜は早く下宿へひき上げて郷里《くに》への手紙を書こうとの心組みで、とある大きな寺院《てら》を通り抜けた。広い境内に疎らに樹《た》つ街灯の仄暗い灯は充分にとどかず、片方は鼻を摘まれても判らぬ木立の影、右手は見上げるばかりの崖があって、鬱蒼たる老木がその枝で路上を蔽うている。

今小野さんはわが村の小間物屋のお源ちゃんが、自分の巡査になったことを聞いてどう言ってるだろう、と想像してみながら懐手をしたままこの道を悠然と歩んだとき、崖の上から啻《ただ》ならぬ物音が聞こえた。

暗《やみ》の中から低い力のある声で、「国賊ッ」と罵ったものがある。それからすぐどしんと地響きうって何か斃《たお》れたような気配である。

小野さんの神経は飛び上がった。神経が飛び上がると小野さんも飛び上がった。何か容易ならぬ事件がもちあがったらしい。しかしながらそこからは崖上の状態《ようす》を見ることができないので、逸《はや》る胸を無理に静めながら昵《じっ》と見上げた。

崖の上には二人以上の人間の居ることは明白である、そしてその吶声と物音の様子ではまず争闘のあったものと見ねばならなかった。彼は続いて聴こえる物音に耳を聳《そばだ》てたが、そのまま何も聞こえてこない、けれども闘争のあったものとすれば必ず一方が斃されたものと考えるのが至当であった。

さすれば一方は凶器をもっているかも知らない……小野さんはちょっと躊躇《ためら》った。一走り最寄りで応援を頼んでみようか……そうすれば自分だけの功名にはならない、まずその状況《ようす》を見届けてからにしようと、この所番狂わせな沈着さを見せて、適当な足懸かりを探した。

だが崖の上へ出るにはどうしても半町ほど迂回しなければならないので、その方へ回ろうと一歩踏み出したときに、崖の上のずっと彼方で凄い嘲笑《あざわらい》の声が静かな森の空気に谺して聞こえた。しかもそれは二人らしい。小野さんの血は一時にかっと頭へ上って訳わからずに亢奮したまま、野猪《いのしし》のごとく崖上へ突進した。

樹々《きぎ》の間を注意深く匍伏《ほふく》しつつ跫音《あしおと》をぬすんで接近し、賺《すか》してみたが不思議に人影はない。もう逃げてしまったものか、それなれば豪勢機敏な奴らだ。

小野さんは淡い失望とそして安堵とを覚えて、一体今ここで何があったものか観察してやろうと、そわ立つ魂を臍下丹田《せいかたんでん》に落ちつけて精神統一を試みた。一つ六十五銭也懐中電灯の威力は遺憾なく認識されて、疑問の場面はぱーっと明るく描き出されたのである。

長く延びた青草が所々蹂躙され、たおれているのはやはり乱闘の跡であることを思わせた。何か遺留品はないかと根気よく這いまわっては、六十五銭を濫用した。まるで近眼が眼鏡を遺失《おと》したように顔を大地へ接近させて……。

けれどもその苦心と努力も空しく消えゆく水の泡に過ぎなかった。草叢《くさむら》からは猫の糞一つ出て来ない。こんなはずではないと少時《しばらく》茫然自失の体《てい》だったが、このまま引き下がるのはわが希望に対して忠実なる所以でないと、新たに勇気を鼓舞して逃亡の跡を突きとめるべく新生面を開拓したのである。

小野さんのこの不用意と軽率とを非難する人はあるかも知れないが、彼の功名慾に対する忠実なる忍耐と、秩序を想う真剣なる奉仕の前には、須《すべから》く嘲笑することを少時控えてもらいたい。これから起こるところの事実は恐らく真摯《まじめ》なのだから……。

ようやくこの辺から逃げ失せたと想像される捷径《ちかみち》を発見した。それは境内から公園へ通ずる裏道だが、彼は汗だくの姿で何一つ痕跡を見落とすまいと、路々も懐中電灯を照らしては走り、立ち留まっては賺《すか》し見、大童《おおわらわ》になって猟犬のごとく身体中の官能を隼敏《しゅんびん》に働かせた。

天何ぞ斯かる尊き努力を払うものに対して与《くみ》せずに居ようぞ、小野さんはついに一歩ずつ事実に向かって接近してゆくのである。

現場から一丁あまりも進んだころ、路傍《みちばた》に棄てられた泥まみれな紙屑になんとなく心を惹かれて拾い上げた。その反古《ほご》はインキで細々と何か認められてあったが、それをひっ摑んだままで忙しく追跡すると、とうとう今さっきまで散歩した公園へ出てしまった。この公園こそ小野さんにとって独壇場である、しばしば密行の練習をやってみたところであるから嚢中を探るごとく地理に明るかった。隅から隅まで立ち回って或いは逍遥する人を或いは憩う人を、ことごとく物色してみたが、実は声を聞いただけで風態《ふうてい》も輪廓も見なかったのだから、まるで吹き過ぎる風を追っ駈けるより徒労である。

尋ねあぐねて落胆《がっかり》とベンチに腰を下ろした彼は腕拱いて、刑事たるまた難い哉と天を仰いで長蛇を逸したる鬱憤を漏らしたのである。

ふと心づいてさっきの反古を瓦斯《ガス》の灯に拡げて見ると、ロール半紙にペンの乱暴な走り書きで所々書いては消し、消しては書き込んだ跡が見え、それには刷毛で薄《ぼか》したように泥が膠着《くっつい》てある。要するにただそれだけのことで皺を延ばしても、振っても嗅いでも何の特長も異常もない。朧気ながら判読するとこうである。

「この追憶は新たに蘇る、寒風が吹き荒《すさ》ぶ田舎の小駅に、隔つるものとて汽車の窓一つ、吾の沈み勝ちなに引きかえ彼は勇み立った……身体を大切にしたまえ……と言った、俺《わし》は知らず識らず瞼が熱くなって彼の顔をさえ画然《はっきり》と見ることができなくなった。ただわずかに……君も……と呟いて声を吞んだ。気忙しい時は用捨なく経って告別の情をさえ尽くさない間に列車は動《ゆる》ぎ出して、この若い友同志の運命を左右に引き放してしまった……爾来友恋しの音信《おとずれ》は雨に風に交わされたが、去るにしたがって日に疎くなった。けども笈《きゅう》を負うて都へ上った友の俤《おもかげ》は、そう容易《たやす》く忘れてしまうことができるものでなかった。時折こちらから出す便りは主《ぬし》に届かず帰ってくるようになった。ついに彼の消息は杳《よう》として途絶えた。俺が出京して既に数年、その間にもそれらしい噂はないかと耳を立てた。

　然るに或るとき新聞で社会主義者としての岩淵吾六の名に接した俺の驚愕《おどろき》はどうあったろう、実になつかしかった、すぐ逢った。けれども俺は年来憧れ尋ねるその友が、社会主義者中でも最も過激なる実際運動家としての、岩淵君であったことを知った俺の不幸を悲しまずに居られない。日を経《ふ》るにしたがい、逢うことの重なるごとに、その驕激な思想と貪悪な行動を知って俺はどんなに痛惜しただろう。しかも今彼は戦慄すべき不逞なる陰謀を企図している。不肖野田琴次の奉ずる氷炭《ひょうたん》相容れざる主義の見地から、どうあってもその不心得を諫めて、もし容れられずんば親《しん》を滅して旧友をも斃さなければならない。友誼と大義とのために進退ここに……」

　ここまでで文字は尽きている。

　泥を払い落としては読みゆく小野さんの眼は奇しくも輝いた。文意から字句を推定してもこの前後にまだ長い文章がなければならないが……この一枚だけでもこれが決して無意味な反古でないことは明らかである。そこへさっきの国賊という言《ことば》を当て嵌《は》めてみるとどうだろう。

　聯想してみるとこれは確かに過激主義者を屠《ほふ》る国家主義者の斬奸《ざんかん》状の一節である。前後のものがどこにあるか、この一枚が何故泥をふいて棄ててあったか、そんなことは今小野さんの問うべきでない。やはり崖上では凶行が演ぜられたに相違ないと断案を下した。

それにしては血は一滴もこぼれていなかった、或いは絞殺——したのかも知れない……屍体はどうしたろう？　小野さんは礑《はた》と横手をうった。

「そうだ……二人だったから屍体を担いで逃げたな——旧友の亡骸だから捨てておくに忍びなかったのだ……それに犯跡隠蔽の上からでも遺棄しておいては損だ……」

ある自信が胸に閃いて、血の高鳴る腕をうんと延ばし勢いよく立ち上がった。眼の前に署長の恵比須顔と感状とがポルカを踊るようで、晴れ渡った空には燦然たるアストリアの女神が彼の光栄を祝福するように輝いた。

貴重なる証拠物件を叮寧に手帳に挟み、やおら公園を出て坂下の、あるカフェーの軒を通り過ぎようとしたとき、窓の中から漏れてくる笑い声に、愕然として小戻りした。

崖上で起こった笑い声にそっくりだった。真偽を顧慮する暇も判断する余裕もない小野式の本領を露骨に発揮して、力強く扉を押しあけてぽーんと飛び込んでしまった。

内《なか》には三組ほどの客が卓《テーブル》についていて眩い光で見るといずれも男客ばかりだが、今笑ったのがどの組だか、ちょっと見当がつかない。入口の所で仁王立ちのまま手持ち不沙汰にくるくる見回している小野さんを見ると、女給は心得て愛想よく椅子を勧める。

妙な端目《はめ》になったものだ。この場合どうも素直に腰を下ろすより詮方がない……物を喰いに這入《はい》ったのではないけれど……腹が空いているのではなおさらないけれど。

「何にいたしましょう」

「うん、ライスカレー」

昂然として命じた。事実彼は郷里《くに》にいる時分からライスカレーだけ知っていた。だから洋食といえばライスカレーのことだと信じている、すなわちカフェーへ這入ればライスカレーを命ずるものと考えて、とっさに処して立派に命じたが誰も軽蔑するものはないかと見回した。言うまでもなく勤倹なる小野さんは臍《ほぞ》の緒きって以来《このかた》、カフェーへ這入るのが初めてである。註文のできて来るまでには可なり手間がとれた。待つ間にどれが笑ったのか観察した。右方《みぎて》に居るのはお店《たな》ものらしい角帯の一人客、こいつではない。中央《まんなか》のところのは洋服と飛白《かすり》の学生でこれらしくもない。

も一つのはあまり風態の立派でない同志の二人、これだ、正にこれらしい。

一人は痩せた血色の青白い見るからに営養不良を想わせるような人物で、相手は痩せてはいないが丈《せい》の高い髪茫々に無精髭がもじゃもじゃと生え茂った男、どちらも風采の揚がらない癖に贅沢な肴を前にして、さっきから名の知れない酒を傾けている。

二人は小野さんの存在を認めないごとく、何ごとをか囁き合っているが、声が低くて聞き取りにくいから感づかれないように、ずっと近い隣の卓へ転宅した。そこで耳を澄ますと二人の会話は小野さんを愕《おどろ》かせるに充分であった。

「僕が忠告したように、あんなに惨酷に殺しちまわないでも、何とか方法が考えられなかったかなあ」

無精髭がこういうと、うむと唸った不良は眼を細めて首を傾けながら、

「だけど……彼奴《あいつ》は殺した方が都合が好い、……大体僕は血を流したり或いは争闘めいた暴力は嫌いなんだが、今度だけは詮方がない、そうしないと事件の進捗が旨く運ばないんだもの」

「すると奴《やつこ》さん二三ケ月も経ってから、ぽっかり飛び出して騒がれるんだね、どろどろに腐

って ね」

「おい大きな声をするな、聞こえるじゃないかッ……」

不良が相手を叱って睨みつけると、無精髭は首を縮めててれ臭そうに小野さんを振り顧《かえ》った。此方は躍る胸をやっと制して素知らぬ顔に、今運ばれたばかりのライスカレーを覚束《おぼつか》ない手付きで一口掬いこむ。

「……で奴は自己の欲するままに生きて……殺《や》られたわけだね……そりゃ……迷宮に入ってしまうね……名探偵だって困らあね、えーおい君ッ」

無精髭が声を潜めて続ける言葉を不興気に聞いていた不良は、何を思ったか突然《いきなり》帰ろうと言い出して、勘定を払うと無精髭を連れ出してしまった。

狼狽《うろた》えざるを得なかったのは小野さんである。彼はこの時ライスカレーを半ば喰ったばかりであった。心はその皿に残れどもこの二人を今遁《にが》しては、せっかくの功名も永遠にわが手に還って来ないのである。

「おーい幾らだッ」

と叫んだが生憎小銭がないので、五十銭を投げ出したものの剰銭《つりせん》を出す暇を地蹈鞴《じだんだ》ふんでもどかしがった。ようやくひったくって驚く女給に尻眼もくれず飛び出すと、這《こ》は如何に右にも左にも姿が見えない。ちぇッ虻も蜂も逃がしたかとカフェーの灯を恨めしそうに顧みたが、天祐か、直前《すぐまえ》の停留場から電車に乗ろうとする不良の横顔を発見しておッと喚きざま駈け出して危うくも同じ電車に飛び乗ることができた。ほっと一息して車内を見ると二人とも気不味《きまず》そうな面でぶら下がっている。まずまず安心と喜んだが以前《まえ》にこりて厳重な監視を怠らなかった。

幾つかの停留場を走り過ぎて、曲街《カーブ》のところで電車が止まると、どうやら二人が降りるらしいから、小野さんは先に降りて混雑にまぎれ、悟られぬように困難な尾行を始めた。

明るい商店が疎らになるとそこはうす暗い学生街で下宿屋ばかりが軒を並べている。それもいつしか尽きて人気尠《すく》ない郊外へ近づいた。七八間前方《けんまえ》をゆく二人は素より尾行《つけ》られていることを知らない、つと細い道を曲がると垣根の破《こわ》れかかった小さな家の中へ姿を隠した。小野さんは惨憺たる苦心を払った応酬として、ようやく二人の巣窟を突き留めるまで漕ぎつけた、もう功名は半ばまで手に入ったも同然だが、さあこれから先をどうしたものだろうと思案に暮れた。

不良だけなら一人で踏みこんで抵抗されたところで、自分にも腕に覚えはある。郷里の青年大会で相撲のあったとき、川向こうの甚太には敗《ま》けたが池下の勝《かつ》を投げて奇勝を博したことから見れば不良ぐらい何でもない。しかしもう一人無精髭が居る、彼奴は六尺に垂《なん》なんとする大男だから力も素敵にあるだろう、二人を一緒に向こうへ回しては危険だ、到底勝ち目がない、決して臆病なからではない。あんな獰猛な奴らのために犬死にを遂げては詰まらない、ハテ好い工夫はないかしら……小野さんはその家の前を何遍となく檻の熊のごとくに行ったり戻ったりした。

ようやく観念の臍を固めた彼は入口に近づいて懐中電灯に読んだ標札には川村寓とあった。虎穴に入るの概をもって入口の戸をがらがらと開くと途端にベルがちーんと鳴った。不良にしてはハイカラな仕掛けだと思ったが、一面にはこの家の警戒が厳重であることも証拠立てるものだとも考えられた。

「御免下さい……ごめーん」

努めて平凡に優しく虚心に訪《おとな》うと、間もなく畳ざわりが聞こえて誰やら玄関の障子を開けるものがある。いずれ不良か、でなければ無精髭だろうが決して気を呑まれないぞと、下腹にうんと力を籠めて見回すと、這《こ》は何事ぞ、十四五になる小娘であったには、かえって度胸《どぎも》を抜かれて、狼狽気味《うろたえぎみ》になると詞が吃ってしまう。

「御……御主人は、お出でですか、確か、確か今帰ってこられたですな、ちょっと遇いたいから、そう言ってくれたまえ」

「あのう、誰方ですか」

「御主人に、ここの御主人に……ああ僕か、僕はその小野、うん小野です」

しどろもどろになった彼は小娘が去ってから、脇に汗の吹き出ているのを覚えた。

やがて此方へと導かれて奥座敷へ通ると、六畳ばかりの室《へや》に古ぼけた机を置いて、堆高《うずたか》く積まれた書物の中に、鹿爪《しかつめ》らしく不良が控えている。この男が主人とすれば偽名かな、無精髭は何だろう、友人かそれともいわゆる同志かな、一体どこへいったやら影も見えない。

「さあ、ずっと此方へ……僕がお尋ねの川村ですが、何か御用件だそうで」

「僕は小野です、ちょっとお尋ねしたくって来ました……早速ですが今夜貴公《あなた》は公園方面へ行かれましたね」

盗人《ぬすっと》猛々しいだ、容易ならぬ犯罪をやってなおこうまで白々しく装うとは、此奴《こいつ》たいした悪党だ、それなら諾《よし》ッ、と延っ引きさせせぬ質問を浴びせた。

「はい行きました……それがどうしたのです。あッそうだ、彼所《あそこ》のカフェーで御眼にかかったようでしたね」

こういった不良の顔には隠し切れぬ不快な憎悪の影が流れた。小野さんは何とも答えないでぐんぐん質問を進めてゆく。

「あの時のお同伴《つれ》はどうしました……一体あの人は貴公の何ですか」

動揺する相手の表情を見遁《みのが》すまいと打ち守れば、不良は射かえすようにぎろりと眼を光らせながら突慳貪《つっけんどん》に、

「あの男は次の部屋で横になっています……友人で森野君って今では宅の食客《いそうろう》ですが、何故そんなことも御聞きですか」

次の間からエヘンという大きな咳払いだ。この示威運動からして小野さんは自己の危険なる立場を意識した。不良顔に似合わず語気強くしかも沈着《おちつ》いた調子で逆襲してくるから、返事をして迂濶に捲き込まれたら敗北しそうだ。小野さんは相手の思惑など忖度《そんたく》せずに飽くまで先方《むこう》を質問で陥落させようとする。

「いやまだお尋ねすることがあります。貴公は岩淵という人物を知ってるでしょうね、それから野田という男も……」

質問はこれ正に突貫の状態にある、この手痛い巨弾を急所に受けた不良の居丈高な虚勢は、いつの間にやら抜けて驚愕とも怪訝ともつかぬ貌《かお》つきになったが、やっと吾にかえって呻吟した。小野さんは油断なく身構える。

「貴公は実に妙なことをおっしゃる、一体どうしてそれを御存じでしょう、如何にもその二人は僕にとって関係のないものではありませんが、なぜそれを聞くんですか」

「今夜おこった事件に関係があるから聞かなければならないです……実をいうと僕は警察のものなんだが……」

「エッ警察の……今夜どんな事件があったのです」

小野さんは嘲笑を含んで冷やかに不良を一瞥した。片手を懐中に入れて取り出したのはさっきの反古である。黙って不良の鼻先へつきつけたら不良は審《いぶか》し気にそれを拡げて、

「ほう……これは僕が書いたものだ……うむ、こりゃ確かにさっき……」

「……でしょう、さっき公園裏で泥を拭って捨てたものに相違ないでしょう」

「これと事件と、どう関係があるんです」

「白っぱくれないで、自分の胸に聞いて御覧なさい」

不良はさも当惑したように首を捻った。小野さんは優しく言って怒らせずに連行した方が、得策だと考えて満を持す。

然るに不良は何を考えたか、礑《はた》と小膝をうって莞爾《にっこり》笑った。おや、胡麻化そうたってその手は喰わないぞ。

「いや判りました……恐れ入ったものです、この反古に端緒を得て警察の貴公がお越し下さったことは、この僕にとって実に光栄至極ですよ」

人を莫迦にしてる、今捕縛されるのに何が光栄だい、どこまで図々しいのか判らない、飽くまで人を茶羅《ちゃら》っかすならつもりがあるぞ。

「この反古はつまり……下書きなんです、浄書しかけた犯罪記録がここにありますから、御覧下さい」

何だか知らぬが細々と書いた四五十枚のものを差し出す。こう油断をさせて逃げ出すか飛び飛びに頁《ページ》懸かるつもりだろう。何糞ッ、弱身を見せるものかと、敵の態度を監視しながら飛び飛びに頁をくると、それには幼馴染みの友人同志が久々に都会で出会《でっくわ》したが、二人は全然相反する主義を抱いて面し合った。そこで国家に憂患を醸す主義の敵として、親愛なる友人を斃すに至る一伍一什《いちぶしじゅう》が詳しく記述され、屍体は裸にして石を錘《おもり》に川へ沈める方法まで叮寧に書き込んであった。

「ふーむ念入りに書いたものだ……国家を想う至誠には同情しますが、法はまげられない……ではこの証拠は僕が預かるから、一緒に警察まで行ってもらいましょう」

小野さんはそれをクルクルと円めてすっくと立ち上がる。不良は慌ててその袖をつかんだ。

「まアちょっと待って下さい……困りましたね、どういう理由《わけ》で警察へ行かなければなりませんか」

くどいッとばかりに小野さんは相手を睨み据えて語気を改めた。

「じゃ言ってやろう、公園裏で殺人をやったじゃないかッ」

「へッ……殺人?」

「そうだ、あの崖の上で二人して岩淵という男を殺したじゃないか、国賊という声を聞いた、現場の様子を見て居ったのだ」

さあこれでも言い免れる道はあるかと意気込んで、手早く捕縄を取り出した。不良は真っ蒼な顔をして烈しく首を振る。

「違います、いいえ違います……僕らはそれを書くために森野と二人で公園へ行って、あそこで……」

「馬鹿なことを言えッ、君は岩淵を殺すためにこんな斬奸状を書いたのじゃないかッ」

「斬奸状?……それが違うんです。斬奸状でも何でもありません、まあ聞いて下さい、こうなんです。僕はある人から頼まれてそれを書きかけたのですが、こういう犯罪ものに筆を執るのは嚆矢《はじめて》ですから思うように仕事が捗らないので、今夜森野君と散歩に出た序《ついで》に自信を裏づけるため彼所で二人して、殺人の型をやってみたのです……森野君が倒れたときについた泥をその書き潰しで拭って捨てたのですが、そこを計らず貴公が御覧になったのでしょう……そうなんです、だから決してほんとに人殺しなんかやったのじゃありません……」

小野さんは何が何やらさっぱり判らなくなった。自分の信じていたのが嘘なのか、大汗で弁解する不良の詞が事実なのか、茫然としてその書類と不良の顔とを等分に見較べた。

「これでお疑いは晴れたでしょう……とにかくそれを返して下さい、それを持ってゆかれては僕達は飯が喰ってゆけないんです」

「これで……飯を喰う?」

「そうです原稿ですから……僕は小説を作るのが職業なんです、お判りですか」

やっと判った、小野さんは思わず、あッと嘆息する。途端次の間からは天井を突き抜くような哄笑が起こった。

混沌たる小野さんの眼には署長の恵比須顔と感状と、そして刑事任命の辞令とが喪服を着て昇天するように中空遥かへ飛び去ったように見えた。

夜の呪

熊谷《くまがい》工学士の家は以前《もと》ある会社の事務所であったが、改築を加えたのでかなり瀟洒《しょうしゃ》な小締《こじんま》りした平家建てである。

広い前庭には植込みもあって、道路から鉄柵越しに眺めるとなかなか洒落た構えで、一棟を六つに画して表が端の書斎から中央が玄関、もう一つを女中部屋に遣って、廊下を隔てた裏の方は、書斎と向き合って寝室兼居間、中央が台所、残る室を食堂に宛ててあった。

昨夜（土曜）――遅くまで書斎で調べものに耽っている熊谷が、時計の音に気がつき切り上げて寝室へ行くと、一昨年《おととし》結婚した妻の玻瑠子《はるこ》が奇麗な罐から何やら出して喰《た》べていた。

「お一つ如何？」

「なんだい？　ああココ菓子か、真っ平だ」

生来上戸《じょうご》の熊谷はちょっと眉を顰めて笑いながら、寝衣《ねまき》に着換えて寝台に藻繰《もぐ》り込んだ。

間もなく昼間の疲れと宵からの微酔が、彼を心地よい夢路に誘い入れた。

どのぐらい眠ったか、彼が昏々たる無想の境からうつつともなく醒めかけたとき、彼の頭上には死のような黒い影が、静まりかえった暗中に蠢《うごめ》いていたのである。

彼が何かに魘《うな》されたような気持ちで、横にゴロリと寝返りをうった、間一髪、頬の辺りにさっと空気の波動を感じて、何か枕に突き刺さった。はっと我にかえって眼をひらくと、電灯は消えて黒闇々《こくあんあん》たる中に言い知れぬ不安の気が漲って、枕へそっと手をやると刃物の柄が冷やりと触れた。

愕然と跳ね起き、寝台を降りて開閉器《スウイッチ》を捻ったが、突如画《えが》き出された室内の光景に思わずアッと叫び声をあげた。白い寝衣《ねまき》姿の玻瑠子は絨氈《じゆうたん》の中央に倒れたまま気を失っているではないか。

すぐさま妻を抱き上げ寝台に横たえたが更に驚くべきは、枕に刺さったのは両刃の鋭い土耳古小刀《トルコナイフ》で書斎の卓《デスク》の抽出《ひきだし》に入れてあった彼の所持品である。

窓は明け放たれて犯人はそこから逃げたものか、早影《はや》も形もなかった。

やがて下女のまさを起こして種々《いろいろ》介抱すると、間もなく玻瑠子は正気づいたが、頭を打ちつけたものか頭痛がするため水枕で冷やしたりなぞしたのである。

そうして熊谷が後から灯を便りに、家の横手にあたるこの明け放たれた窓の下を調べたが遺留した証拠品とてはなく犯人の足痕さえ認めることができなかった。

間もなく急報によって警官が来た。熊谷や玻瑠子から当時の状況を聴取して現場を臨検し、いちいち手帳に書き留めて二三尋問したのち帰っていったが、こうして不安な間《うち》に一夜は明けたのである。

朝になると玻瑠子も気分を恢復させて起きた、所へ一名の刑事が訪ねて来て、また昨夜の巡査と同じように検証し夫婦の話を聴いてから後、家の内外を一通り調査していった。

日は朗らかに晴れたが、一家にとっては実に不快な日曜であった。

昨夜《ゆうべ》の不祥な出来事を聞き知った出入りの人々は、一様に驚きの目を瞠《みは》って口々に見舞いを述べた。別けても今日熊谷夫婦と郊外撮影に同行するはずであった妻木という青年は、異変を聞くと非常に心配して今日の予定もなにも捨て夫婦と寄り寄りに善後策を協議した。

妻木はその母が玻瑠子の乳母として永年玻瑠子の実家なる、都築《つづき》博士邸に住み込んでいた。縁故から一緒に邸へ引き取られて、母の死後も博士から貢ぐ学資で三年ほど前に商業学校を優秀な成績で卒《お》わるとすぐに、現在《いま》の貿易会社に入って新嘉坡《シンガポール》支店詰めとして最近まで彼《か》の地に在ったが、本店へ招還されると此家《ここ》からほど遠からぬ下宿から通勤していた。

それだけ玻瑠子とは親密な間柄でしばしばおとずれ、熊谷とも大変意気が合った。

そして昨夜の事件についても、犯人はよほど巧妙な手段の惨忍なのにつけても今後油断がならないから、いっそ警戒のために私立探偵でも頼んでみたらどうかと意見を述べた。

そこで熊谷も多年親しくする春日のことを思い出して、その事務所へ急使を馳せたのである。

「むう。では君が眼を覚まして電灯をつけるまでの間に何も物音は聞こえなかったのだね……窓から飛び降りる音も、入口の扉《ドア》の閉まる音も」

春日はこういって相手の顔を打ち守る。

「何も聞かなかったように思う、夜中のことだから聞き遁《のが》すようなことはないはずだが、電灯をつけた時にはもう煙のように消えていたので僕は斯かる奇怪は有り得べからざることだと思うがね」

「そうだ全く有り得べからざることだ、ところで夫人《おくさん》、貴女が気絶をなすった前には？」

「はい、それが不思議でございますの、近頃神経の故《せい》か時々眼が冴えて眠れないことがありますが、昨晩《ゆうべ》も何だか妙に息詰まるようでしたから窓を開けて、外の空気を吸うていますと何だかぼうとした、まるで霧のようなものに軀を包まれて後は喚《よ》び起こされるまで何も覚えませんでした……はい、その時は電灯はついていましたわ」

昨夜の恐怖を追想してちょっと唇を戦慄《おおのか》せた。

「君、夫人はどういう態《ふう》に倒れていられたか」

「ちょうどこの中央《まんなか》に頭を窓の方にして、少し横斜めに俯向《うつむ》いてこういう態に……」

春日は鋭く床の上を注視して、

「それで刑事はこの窓框《まどわく》をも調べたんだね。それからこの絨氈《じゆうたん》と窓際の内部《なか》の床も、ほほう、では僕は廊下の方を調べて来よう」

塵一本も無意味に見遁《みのが》すまいと拡大鏡《レンズ》を手に、廊下の彼方此方《あっちこっち》と這い回った後、寝室《ねま》の裏庭に面した縁側を調べるとその顔は、俄に曇って腑におちない表情をした。

その縁側は寝室から便所へ通ずるもので、便所は二間《けん》ほど裏庭へ突き出ている。

そこに脱ぎ捨てた草履の裏をほじくって居った春日は折から来合わした夫人を捉えて、

「夫人、この草履をはくのはお夫婦《ふたり》だけですか」

「はあ……どうか致しまして？」

「はははいや、何でもないことなんです」

笑いながら春日は庭下駄を履いて、裏庭から窓下を概略調べ、漸次《しだい》に塀に添うて表の鉄柵まで来た。ところがその鉄柵の土台たる人造石と板塀との隅から一尺ほど離れた湿地に一つの足痕を発見した。

それは家の方に向いた靴の爪先だけのもので他を探してもそれ一つより見当たらない。

そこは植込みの蔭になって下は芝生であるが隅だけが湿地であった。

「渡辺君、なるべく人の眼にかからない間に早くこの型をとってくれたまえ、石膏《ギプス》で」

助手にこう命じて少時《しばらく》付近を眺め、なおそれから鉄柵伝いに反対側の板塀をも熱心に調べ、奥へ奥へ進み食堂の窓下まで来ると、地上三尺ほどの所に少しの泥が放射状に擦り着いてあった。

これを認めた春日は何思ったか、台所に働いていた下女のまさを食堂に連れ込み、窓も扉も鎖《とざ》して秘密に何事をか審問したが、間もなく台所へ帰ってきたまさの顔はやや蒼醒めて亢奮の色が見えた。

やがて主人夫婦の居る書斎へ来た春日は、

「夫人がお就寝《やすみ》になる前に、何も異《かわ》ったことはなかったですか」

「いいえ、……寝台《あちら》で十二時近くまでお裁縫《しごと》をしていましたが、あまり更けましたから片付けてお菓子を頂いている所へ、主人が来て先に寝《やす》みまして間もなく妾《わたし》もふせりましたの」

「ほう……どんなお菓子を？」

「ココ菓子ですの、妻木さんが下さった南洋土産の、ちょっと待って下さいお目に懸けますから」

美しい鑵の蓋をとった春日は珍しそうに、

「なるほど、こりゃ珍しい……僕は一度誰かから貰ったことがある、実は僕も好物なんです」

「お好きなのでしたら喫《あが》って下さいな」

「お言葉に甘えるようだが二つ三つ衣嚢《ポケット》へ頂戴して帰りましょう」

一摑みを衣嚢へ入れて、フト卓上の滴瓶を取り上げて震蕩《しんとう》しながら賺《すか》して見て、

「ああ、相変わらず君はコカインをやっているな」

「うん、やはり鼻が悪くてね」

春日は栓を回そうとしたが固くて抜けないので、燐寸《マッチ》の火焰《ほのお》で瓶の口を焙った。

「時に君、僕が帰ったあとで何か僕の細工に気づくかも知れないが、それを破壊しちゃいけないよ、仮令《たとえ》知らずに破壊しても気がついたら旧《もと》の通りして置いてくれたまえよ……時に妻木氏は見えないね、彼《あ》の人は君達とどういう関係があるんだね」

熊谷は簡単に妻木の経歴や人物を説明した。噂をすれば影とやら妻木が扉を開けて這《は》入って来た。そして春日に敬々《うやうや》しく、

「色々お骨折りです、何か手懸かりはありましたでしょうか」

「そうです、およそ見込みをつけました……。警察も略《ほぼ》僕と同意見でしょうから間もなく犯人は捕まえられるでしょう」

「その犯人は？」

「強盗ですね、順序を概略《あらまし》いうと犯人は鉄柵を乗り越えて食堂の窓から忍び込みこの廊下伝いにまず書斎へ這入ったのですが、そこには金目になるようなものが無かったので、万一の用心にあの小刀《ナイフ》を攫《さら》って寝室へ来たんです。

あちこち探すうち夫人《おくさん》が目を覚ましたので、窓巾《まどかけ》の蔭に隠れて動静《ようす》を伺うと、夫人はそれに気付かず風に吹かれているのを幸い、背後から忍び寄って麻酔剤を嗅がせた上、斃《たお》れたのを見済まして電灯を消し、寝台の熊谷君を刺し殺すつもりが殺《や》り損じて狼狽のあまり、賊は何一つ

盗《と》り得ないで逃げ出したのです」

「けれども窓から逃げた形跡はないとの刑事の説でしたが」

「同感です、窓から遁《にげ》ずとも扉があります、彼らは凶行に先だって遁路《にげみち》を開けておくのが普通です、扉は開けたままになっていたそうです」

「どういう人間でしょうね」

「犯人ですか。……左様。身長は五尺一寸より高くはありますまい、腕力《うでちから》のある身の軽い職人風の男です。

食堂の窓を御覧なさい、地上五尺の窓を小男の癖にほんの片足の爪先で軽く支えて一度で跳ね上がるのは身の重いものでは不可能です。で凶行後も同じ食堂の窓から逃げたのですが、家の内部に足痕を残さない所なんぞは充分な沈着《おちつき》のある男ですね、しかし彼方《あちら》の塀際には麻裏の痕が微かに遺っていますよ」

「そうすると犯人が確実に捕縛になるまでは油断がなりませんね」

「はははは。いえ決して御心配は要りません。悪党だって自分の身が大切ですから、一度失策《しくじ》った家へ二度襲うて自ら陥穽《おとしあな》へ飛び込むような愚はやりません。まあ免疫といっていいでしょうよ」

「大丈夫でしょうか」

「保証します。ところで熊谷君、後はもう警察の手に属する仕事で二三時間後には犯人も逮捕されるだろう、僕はいまだ他に頼まれた仕事にかからなくちゃならんからもう帰るよ、それが君大変なんだ家出人の捜索だからな、二日ほど旅行して事件が片付き次第にまた来るよ。じゃ夫人決して御心配なく枕を高くしてお寝みなさい……妻木さんこれで失敬します」

手鞄を提げ渡辺を従えて疾然《とつと》と帰ってしまった。

◇　◇　◇　◇

大自然は生物に対して昼と名づくる活動を命じて、夜と称する安息を与えた。すべてのものがこの法則によって新たなる生命が蘇る、しかし人類はこの恩恵にすら叛逆を企てた。而《しか》して好んで滅亡に近づこうとする。けれども寛容な自然はこの悪《にく》むべき叛逆者にすら平等に安息の影を投げて沈黙と静止とを教えている。

暗《やみ》の色はいよいよ四辺戟として声なく、動くものとては大空に瞬く星のみで、熊谷邸の夜は甚《いた》く更けた。

斯かる逢魔《おうま》ケ刻《とき》の真夜中に建物の横より一個の黒影が、土を踏む音さえ立てず前庭へ現れてスウと隅の植込みに吸い込まれたかと思えば、またもや風の流れるごとく旧《もと》の路地伝いに建物の裏へ忽焉《こつえん》と消え去った。

続いて死のごとき寂寞の幾分時！

植込みの樹木は俄に揺れてざわめき、一声二声叫びと唸《うめ》き声が聞こえたがそれさえ止んでまたもや静けさに還った。

と突如寝室の扉を忙しく叩く音に熊谷は夢を破られて跳ね起きた。轟く胸を押さえて扉を開いた、もちろん玻瑠子も目を醒まして顔色を変えた。扉を開くとぬっと顔を出したのは春日である、熊谷は唖然とした。

「君、気の毒だが、少し噺《はな》したいことがあるから書斎まで来てくれんか」

「春日君、君は旅行をしたのじゃなかったのかい」

「それは後で話す……夫人貴女には後で好いことをお知らせしますから此室《ここ》で待っていて下さい、決して心配なことではありません」

熊谷は審《いぶか》し気に春日とともに書斎の椅子にかけた。

「一体これはどうしたのだ」

「君。……仮にこの室の入口に具足偶像《でく》を飾るとすれば戟《ハルバート》を持たせるだろうが、それがどうかした途端君の方へ倒れ懸かったら、君は疳癪紛れにその偶像を叩き砕くかね」

「なんだいそれは……何のことなんだ」

「まあ何でも好いから返辞を聞かせたまえ」

「そんなことは恬《てん》で問題にもできないじゃないか」

「むう、きっと問題にしないね、よし、それじゃ話そう。君昨夜の事件が一切解決したよ」

「あれは君、昼間強盗の所業《しわざ》だといったじゃないか」

「そうだ強盗……強盗、それよりもっと酷い惨忍な奴だ……まあ君聞きたまえ。

あの犯行は主として君を殺害することが目的だったんだよ。

どうだ驚いたろう。

ではその殺害の理由は何であるか？　君として起こる当然の疑問だ。君は決して人に恨まれるような覚えはないといったね。

しかし君は大いに呪われていることを知らなかったのだよ。

では僕が昼間得た証拠を綜合して推論を立てた順序からいおうか。

窓から逃げだした物音が君の耳にはいらなかったとすれば、犯人は窓から逃げたのじゃない廊下から逃げたのでもない、あの寝室のどこかに潜んででもいたものとするのが妥当だ。それから夫人が倒れていた位置だね、窓際に立っていて昏倒したのなら足を窓の方にして頭部を外の方へ向けているべきものだ。そこで夫人が知覚を失ってからその軀幹《からだ》が移動されたことを立証することができる」

「ちょっと待ってくれ、君はまさか玻瑠子が犯人だというのじゃあるまいね」

「僕は残念ながらそう言わなければならない……まあ待て、有力なる証拠があるんだ、だが君失望するのは早いぞ。

あの便所へ通ずる廊下には細い長い疵が無数に刻《つい》てあって、それが通いに履く草履の裏に嚙み込んだ砂のためにそうなったことが判った。その砂は比較の結果この家の横の路次のものだと断定した、君あの草履は君達夫婦よりはかないのだろう。庭へ降りるなら下駄もあるんだ、それに草履を履いてこの路次を歩むのは少し変だね。ところが夫人は近頃夜眠れないことがあるといったね、恐ろしい陥穽に罹《かか》っていたのだよ君、夫人は毎晩夢遊病者のように知覚を失って庭を逍遥しておったのを夫婦とも知らなかったのじゃないか。

しかしそれは病気でもなかった、悪魔が息を吹き懸けて夫人の魂を引き抜いてそうさせたのだ。

大体僕はあの犯行は決して外部から侵入したものの行為でないことは感得したんだよ。

夫人が霧に包まれたようになったのは、悪魔の息が吹きかかった時だ、夫人が倒れたのは君が眼を醒まして電灯をつけたから、それを遠くから眺めた悪魔の幻術が破れた時さ。

今悪魔の正体を見せてやる、おい渡辺君、引き摺りこめ」

言《ことば》の終わらぬ内にさっと扉を排して渡辺が一人の男の肩口を摑んで室内へ衝き飛ばした。よろよろと蹣跚《よろめ》いた男は危うく踏み留まったが、洋服の彼所此所《かしこここ》に泥がまみれ、顔は蒼醒めて眼は血走っていた。

熊谷は一目その顔を見ると、呀《アッ》と叫んで立ち上がり棒のごとく突っ立ってその面《おもて》には押さえ切れぬ心の衝動が現れた。春日はその男の顔を睨みつけ、

「おい妻木君、到頭僕は仮面を引き剝いてやったぞ、恩知らず、悪魔ッ、エゴイスト、もういくら素白《しらばく》れたって駄目だ、僕の言うことを聞け、そして違ってたら抗議しろ。好いか。

博士の恩も忘れて君は玻瑠子さんを恋して相手に優しくされりゃ己惚《うぬぼ》れて君は南洋へ行った。その後で熊谷君と正式の結婚したのを知らずに催眠術や印度魔術を研究したりなぞして日本へ帰って初めて玻瑠子さんの結婚を聞いたのだ。失恋の果てに復讐を心に誓って、内心飽くまで熊谷君を呪いながら、表面《うわべ》は君子を気取って夫婦に取り入って機会《チャンス》を待ったのだ。

馬来《マレイ》の媚薬をココと混じて菓子を改造したりする手際は感心なものだ、……熊谷君を殺害しても直接証拠を残さないように、夫人に催眠術をかけて本人の持ち物で殺させようなんぞもう古いよ……熊谷君さえ殺せば玻瑠子夫人が旨々《うまうま》と手に入ると思ったのだろう。浅墓な男だ、さすが僕だって君が誠しやかに心配そうな顔で熊谷君を慰めているのには、初めはちょっと騙されたよ。それほどの智恵者の君も催眠術を懸ける植込みの隅にあった足痕の型と、その靴とを僕の助手が比較しておいたのを知るまい。それから昼間の強盗説には一杯かかったね。食堂の

足痕と塀際のは仕事に来た植木屋のだよ、下女の情夫さ、下女と牒合《しめしあ》わせて斯く忍んでいたのを君には霊感はなかったのか。

さあこれだけ侮辱されて癪に触ればなぜ突き懸かって来ないか、君は名誉のため僕は朋友のためだ、それができなければサアこの滴瓶を嗅いでみろ。僕がして置いた封蠟が破れてるぞ。嗅げないだろう卑怯な奴め知覚のない夫人に毒薬を投入させやがったろう、何という奇智だ、コカインを注入すれば熊谷君は何一つ犯跡を残さず死んでいったろうが、まだこの男は社会に入用だ、さあ熊谷君の寛大な慈悲の前に許しを乞うてから自首したまえ」

熊谷は粛然として春日を制した。

「待ってくれたまえ。君が憤慨する心は僕にとってよく判っている実に嬉しい、だが僕はこの男も憎めない。その罪が恐ろしければ恐ろしいだけ妻木君の心根が可愛想だ、さあ懺悔したまえ妻木君、……春日君万事僕に一任してくれたまえ、玻瑠子が乳母に対する報恩の道だ――ね許してやってくれたまえ。

明日都築のお父さんを呼んで総ての御指揮《おさしず》を願おうよ」

春日は石のごとく黙し、妻木は崩れるように熊谷の足下にひれ伏した。

寝室の方からは微かに歔欷《きょき》の声が漏れる。

ある哲学者の死

如何に巫山戯《ふざけ》た人間でも、死という真摯《まじめ》な問題に当面するとき粛然として襟を正さざるを得ない。

各々の背後を顧みてそこに不用意に忘られたる死が生と隣合って、昵《じっ》と自己を凝視しているのに心づくと、人間のすべてはこの際敬虔な態度に立ちかえらされる。

死は忽焉《こつえん》として襲う悲劇であって、それは何人といえども忌避し否定することができぬ。

前へ！　前へ！　暴君的な絶対権威の下《もと》に号令されて、永劫の陥穽めがけて前進しなければならない。

平常《ふだん》巫山戯きった彼らの集団が思いがけず真剣な、そして胸の中へ犇《ひし》と喰いこむような凄惨な心持ちを実感させられたのはこれがためである。

事件の顚末はこうだ。

或る夜、彼らがいつもの通り桃陽軒《とうようけん》の二階広間で明るいサンデリアの下で、白い卓布《クロース》を囲んで銘々が、飲み物に煙草に、肩の凝らないような雑談に耽っていた。

別段趣味を論ずる会合でもなければ、色彩のある結社でもない、ただ漫然と来り会して気が合えば語り、誰が飄然と背《そむ》き去ろうとも彼らの上には風馬牛《ふうばぎゅう》である。

この小さな粗野の社交団……強いていえばだが……を形作るものは諧謔的《ユーモリスク》な弁護士、慷慨家の新聞記者、大学の助手を勤める医学士等を中心に、商人、美術家その他十数人多種多様でその交わさるる話題においても区々《まちまち》である。それを叙しては際限がないが、しかし悲劇がその夜の取りとめもない会話のうちに端なくも胚胎したとすれば、重大なる意義を含むことになるから、冗漫の嫌いはあっても記さなければならない。

髪を綺麗に撫でつけた佐村医学士は、さっきからやや興奮したように語りつづけていた。

「……現在のような有り様では、生活に対する刺戟というものがすこぶるもの足りない、吾々の欲するものは、もっと糜爛《びらん》した疵口を錐で攪《か》きまわすような痛感なものでなければならないのだ。

一体人間の文化が進むほど肉体にうくる痛覚は鋭敏になるが、反対に精神的な刺戟にたいする抵抗はますますつよくなるのが事実だ、なお一層強烈な刺戟を求めて止まない、近頃の芸術にたいして得る僕の心持ちが適切な好例を示している。どれもこれも生温い倦怠《けつた》るい……梅雨あけに金魚売りの声を聞くような感じしか出ない、何かこう毒々しい黝血《くろち》がしたたり落ちるような気持ちの好いものができそうなものだと思うがねえ」嚢中《ポケット》の莨《たばこ》を探る隙に、頬杖をついた経済科出の白川が眼鏡をキラリと反射させていった。

「君なんか病院で始終はげしい刺戟をうけているだろう、屍屍室《しししつ》へゆけば毎日のように新しく呼吸を封ぜられた醜い屍体が横たわっているし、外科手術で膿だらけな腐った肉を剜《えぐ》りとったり、到底堪え切れない刺戟じゃないか」

「いや、それが駄目だ、死屍解剖で頭蓋骨をチゼルで砕いたり、肺臓を両断したりするのは、君達が膳の上の小魚を捲るのよりもっと職業的だよ。切開手術でもあのキラキラ光る解剖刀《メス》で患者の腹部や肉をギギギッと、切り開くときには何とも名状できない快感を覚えるが、しかし相手は麻酔剤で知覚をうしなっているんだから、さほど僕の感興を奮わせない、あれが痛さと苦しさに死に物狂いの抵抗をしてくるのを押さえつけて切るのだと、どんなに気持ちが好いだろうと始終そう思うんだ」

「漸次人《だんだん》ごろしに近くなってゆくようだね」

隣席《となり》の弁護士高畑が笑った顔をみると、佐村は昂然と肩をそびやかして、

「イヤ、事実この心に一度人ごろしがやってみたいと思ってる」

「物騒なお医者だ、おい皆わすれてもこの男に脈をとってもらうなよ」

高畑の言《ことば》がおかしかったので皆は声をあげて笑った。すると新聞記者の東《あずま》が佐村に訊いた。

「君はそれでも何か、小説のようなものを読んだことでもあるのかい」

「小説？……いや近頃あまり読まない、面白くないから」

「読まないで芸術を貶《けな》せるか、でも前には読んだことになるね、一体どんなものを読んだ」

「いろいろ読んださ、これでも女の一生《ウーマンスライフ》やマクベスくらいは知っているよ」

「偉い……じゃドストエフスキーやガボリオのものは」

「いや知らない、面白いのか」

「その中には犯罪や、読んでいても慄然《ぞっ》とするような惨虐が構想のうちへとり入れたのがある、まあ探偵小説といっても好い」

「なアんだ低級なものじゃないか」

「オスカア・ワイルドだって探偵小説を書いているぜ君、単調な生活に倦んで飛び込むとこ

ろが犯罪の世界なら、平凡な芸術に刺戟を得られない趣味のおちつくところは探偵小説なのだ。君達の専門眼で読んでもおもしろい所があるはずだ」

「そうかなあ」

肯定とも否定ともつかず答えた佐村は、急に黙りこくって何か考えだすと、銀行員の松田が口を開いた。

「今ある犯罪が行われたと仮定して、ここに小説中の名探偵のような理論家と、あくまで過去の経験に信頼する実際家との二人が、同時にその犯人検挙の任務にあたることになれば功名はどちらのものだろう」

「さあ……小説に表れているような高踏的な一部分だけでなく、どこまでも科学的に理論を究極してゆけばもちろん理論家の勝利に相違ないが、しかし現在実社会の探偵制度では少なくともこの実際家を没却できないわけだ。まだ何といっても科学捜索法の進歩は遅々たるもので、犯罪がいつも致動的に新しい機軸を出《いだ》すにたいして、捜索法は常に一歩ずつ遅れている、指紋や足型くらいを唯一の確証として誤った危険な断罪をせられても、それが冤罪でないと誰が保証できよう」

「ふうむ、一体犯罪ってどんなものだろう」

「犯罪の定義か……こいつはこの男の一手専売だよ」

東は頤《あご》で高畑の方を指し、

「僕らの解釈は藪睨みかも知れないが」

再び東が語り続けると誰かが佐村の顔を見てクスッと失笑《ふきだ》す、本人は気がつかないらしい。

「まあ……人間同志できめた約束に反《そむ》いた行為を指すんじゃないかな」

「では人間社会で一切嘘をいってはいけない、正直なことを言えと約束している、それを吾々が嘘を吐《つ》き合うのは、換言すれば犯罪を奨励することになるね」

「詭弁を吐《は》くな……いやまあそんなものだ、吾々はその日だけ正直に嘘を吐くが、見ろ、今どきの教育や宗教が何を教えてくれたのだ、吾らに人間らしい幸福を均霑《きんてん》するような真実を教えてくれるやつがあるか、政治家、教育家は民衆の幸福を看板にして年中嘘ばかり売っているんだ。

道路へ塵埃《ごみ》を捨てては見苦しいから、おたがいに捨てないように約束しておきながら、皆平気で塵埃を撒き散らす世の中だ。自分の家の前が汚ければ他家《よそ》の方へ掃き飛ばす、それが山のようにつもれば臭気で迷惑する人も、躓いて怪我をする人もできる。そこで人が迷惑しないように箒と塵取りを持った人夫も要る、新聞記者だの探偵だの謂わば便宜上つけた掃除人夫の符牒に過ぎないものだ」

白川はさっきから擽《くすぐ》ったそうな表情で聞いていた。彼の父は男爵で政治家であった。

「なるほど、して見ると新聞記者や探偵なんかは無くても好いようなものだね」

「うん、華族の存在が必要でないごとく……しかし華族より探偵の方がもっと価値がある」

「こりゃ酷い、……けれども探偵は詭道だ、昔から歴史の裏面にどれだけ多く世を毒しているか知れない」

「その替わり、世を益していることもどれだけ多いか知れないよ、……敵人の間《かん》きたりて我を間する者を索《あなぐ》る、よってこれを利し導きてこれを舎《お》く。か……おい、西洋でもやはり皮肉な間をもちいたんだね」

「間、ってどんなものだ」

「探偵さ……軍事探偵とか間諜とか……それが近代ではコーナン・ドイルのゼラール少将叙勲顚末に詳しく描かれてある」

「ほう、どんなことが」

経済科でコーナン・ドイルを学ばなかった白川も他の連中も面白そうに東の唇辺《くちもと》を注視《みつめ》る。

「那翁《ナポレオン》時代だかね……巴里《パリー》が聯合軍の重囲に陥ったときに、田舎の方に大本営をおいた那翁がそこから、巴里に籠城している西班牙《スペイン》王の下へ密書を贈るのに、使者として選み出されたのがゼラールという軽騎兵将校と、他にもう一人の……将校なんだ、でこの二人に密書を一通ずつ持たせて、わざと違った道を別々に出発させたのだ」

「じゃ敵の重囲の中を密行するのか……ずいぶん冒険だなあ」

「その密書にどんなことが書いてあったのだろう」

松田と佐村は気になりそうに訊く。

「何が書いてあったか……それは知らない、まあ何だってかまわんさ、恐らく不可能という字は書いてなかったんだろう」

「ふん、莫斯科《モスクワ》の雪と火とを征服することは不可能だった癖に」

高畑が横槍を入れると一同《みな》ニヤリと微笑した、東もちょっとつりこまれたが笑いの影が消えると語《ことば》を続けた。

「ゼラールがこの敵陣地域を突破するにはずいぶん苦心をするんだ。獰猛な哥薩克《カザック》に逐《お》われて命からがら逃げた、勇敢に敵を斃《たお》したこともある。穴蔵に隠れて発見されようとしたとき畢生の機智を絞って危険から免れた、また敵兵に化けて味方に殺されかけたこともある……こうして幾度か死地に生を得て、ようやくの想いで巴里へ這入《はい》ることができた」

「密書を捧呈して目的を遂げたわけだね……それでもう一人の将校は？」

佐村はどこまでも独り極《ぎ》めに次を促す。

「その将校は途中で聯合軍のために捕まって、希望どおり虜になった、そこで……」

「おいちょっと待て……おかしいじゃないか」

「何が？」

「何がって、那翁は密書を持たせて巴里へ使いに出したのだろう、それが途中で捕虜になっては任務がすまんじゃないか」

佐村が判らなそうに詰《なじ》ると東は得意で、

「そこが反間《はんかん》の詭計《トリツク》で、まず味方から欺いて捕虜にさせ、その衣嚢《ポケツト》から出た密書によって聯合軍を謀ったのさ、ゼラールはそれに気がつかないで密書大事と命懸けで巴里へ這入ってしまったのだ」

「おやおや、ではゼラールは骨折り損の上に、那翁の計画を打《ぶ》っ壊しかけたわけだ、那翁は怒ったろう」

「むう怒った、雉子のような声を発《だ》したそうだ」

「そうだろうなあ……ふむ詭計だったか」

佐村が何に感じたか腕をくんで深く考えにしずむと、白川があとを引き受けて語を継ぐ。

「ははは ッ。那翁も馬鹿な男だ、子供使いじゃあるまいし、初めから芝居なら芝居だと打ち明けてやれば好いのに……失敗したゼラールがどうして叙勲されたのだ」

「目的は失策《しくじ》ったが途中の冒険を仕遂げた勇気に感じたのさ」

「それで捕虜になった方の将校は？」

「そりゃどうなったか書いてない、小説だから書かんでも好いのだろう」

東が突っ放すと白川はちょっと唖然たるものだった。

「ああ……小説だったのだね、僕は事実《ほんとう》にあったことだと思った」

一同はまた新しく笑った、このときまで口を出さずに隅の方で聞いていた哲学者めいた中林は、誰にともなく、呟くように言った。

「あの二つの呪われた国は永久に溶け合わない敵《かたき》同志の生まれ代わりだ、那翁から腰も立たないほど擲《たた》きつけられたゲルマン族は、ジョンブルの力を借りて敵を聖《セント》ヘレナへ送った。また巴里に城下の盟《ちかい》を強いられた普仏戦争の怨みはあのカイゼルを帝座から引き摺り降ろして、恐ろしい復讐は代々独仏両国に生まれる子供に遺伝して鋭い嫉刃《ねたば》を磨《と》いでいる、今の独逸《ドイツ》の子供が砂遊びにつかう貝杓子《かいじゃくし》は眉間尺の髑髏《どくろ》だ、親譲りの復讐に湧く血潮を注げば火焔が立ち昇るようだ。両国は永遠の修羅だよ」

考えていた佐村はこの詞《ことば》にチラと中林の顔を見たがちょっと憐愍《あわれみ》と軽侮の色を交えて、

「復讐が遺伝するってかい」

「うん」

「復讐が遺伝してたまるものか」

「なぜだね、遺伝しないかい」

「困るねえ、君復讐という観念は殺戮性と継続性の発達に伴う、慈愛性中枢の欠陥に基づいて起こるんだ、この惨虐な素質は遺伝するが要因がなければ発動しないものだよ。それが戦敗の悲哀や国家的にも個人的にも受ける圧迫に対する反抗から、鼓吹され刺戟され、擡頭してくる観念へ国権の消長が要因となって、はじめて勃発する。だから、復讐が遺伝するなんて言うのは可笑しいよ」

「可笑しいかね……可笑しくても僕はそう信じる、君は宗坦狸《そうたんたぬき》の噺を知ってるか」

哲学者は折々途轍もない方へ話題を向けかけるものだ、さすがの佐村も狸にしてやられて狼狽《どぎまぎ》したようである。

「狸なんか知らない」

「昔相国寺《しょうこくじ》のほとりに刧《こう》を経た古狸が住んで、自ら宗坦と名乗って茶道や碁の教授をやっていた」

「いずれ金毛九尾《きんもうきゆうび》というやつだな」

高畑はここで横槍をつけると中林は歯痒そうに顔を蹙《しか》めた。

「狸に金毛九尾はないよ……その宗坦狸がある日弟子達に悄然として、俺《わし》の余命は永くない最早死が迫ってきたと語って涙を浮かべたそうだ」

「ほんとの狸の空涙さ……」

「まあ黙ってろ、そこで弟子が訳を訊くと、この狸が前年山科に住む愚直な農夫を誑《たばか》って殺したことがある、その農夫が今犬に生まれ代わって八丁畷《なわて》に飼われて明け暮れ自分を狙《ねら》っている、数日の後にはどうしてもそれと逅《めぐ》り合わなければならない、それだけは遁《のが》れたくても免《のが》れられない前世からの約束になっていて、自分はその犬のために噛み殺されなければ業《ごう》が果たせないと歎いた。弟子はそれではその犬を早く殺してしまうか貴師《あなた》が隠れたら無難だろうと勧めたが宗坦は首を振るばかりだった。ところが間もなく桜が咲いたので、弟子達は閉じ籠もっている宗坦を気保養のために誘い出して、厳重に警衛しながら醍醐の花見にいった、そこで大勢の人混みに立ち交じって興じていたが、ほんの一瞬間弟子達が他のことに気をとられている間に宗坦の姿が見えなくなった。はっと気付いたときにはもう遅い、犢《こうし》のような犬のために噛み殺された後だったそうだ……君はこれを何と解釈する」

「伝説なんか当てにならない」

「そうだ伝説には相違ない、けれども全《まる》きりないことは伝わらない……罪科を得たものはそれだけの業報《むくい》を受けなければならん、血をもって得たものはまた血をもって奪われる。こうして両者の輪廻《りんね》は止むことなく繰り返され、しかも因果の循環は到底無智無能な人意をもって支えとめることはできない。いくら捥《もが》いても見えないばかりか、叛《そむ》けば両者の業はますます深くなってゆく、ただ偉大なる勢力の推移によって永遠の業が洗い浄められるのを、待つより他はないのだ。僕が復讐の遺伝を信ずるのはこれに他ならないのだよ」

語り終わってぐいと身を反らすと佐村もややもてあましたように笑った。

「見当違いな因果論を聞かされたねえ、僕は君が笑われると思うから忠告したのだ」

「笑われても好いからそう信ずる」

「愛嬌のない男だね君は」

「強者を懐柔して自己を利したいと思うから愛嬌が必要なのだろう、僕は君から何ものをも欲していない」

「勝手にしたまえ、口の減らない男だ」

次の沈黙は人々を手持ち無沙汰にしたが、この白けた座を取りなすように東がいった。

「よく講談なんかの仇討《あだう》ちになると、珍しや盲亀《もうき》の浮木優曇華《ふぼくうどんげ》のなにとか言って、長々しく名乗りかけるが大方好いかげんなよたかと思ったら、実際あれをやらないと具合が悪いそうだね、……しかし討つ方もその真摯な緊張した心持ちはいうまでもないが、あの鋭い冷たい白刃が、一つ眼の前で閃いたと思う刹那自分の肉体にザックと喰い入ったときは、どんな感じがするだろうなあ」

佐村は静かに眼を据えて、そういう感じを心でゆっくり味わってみるような表情をした。短い静寂の後に美術家の杉山が嗄れたような声で佐村に訊いた。

「自殺では縊死が一番楽だっていうが、そうだろうか」

「ああ……踏み台を蹴り返してとびおりた瞬間だけで苦悶を免れることができる」

「しかし首吊りはみな鼻汁《はな》を垂らすそうじゃないか……もっとも柔道の締めが利いたときでも鼻汁は飛ばすが……どうもあまり気のきかない格好だ、とても画《え》には描《か》けないよ」

サイドテーブルの置き時計はこのとき一点を報じた。階下《した》のどこかで皿のかち合う音が微かに聞こえて夜更けらしい淋しさが迫ってきた。

中林はまた反抗するように呟いた。

「画にはならないか知らんが詩にはなる、何ものにも囚われない自由な超然たる姿勢で、綱さえ見なければ地上を離れて昇天するところとも見えよう。いずれは高くより粛然と垂れ下がって火宅に蠢く衆生を白眼しながら、風吹くままにゆうらゆうら揺れているところなんか、実に立派な詩じゃないか僕はたまらなく好きだ」

「ほうらまた始まった、あれが癖だ」

眼を円くした杉山はちょっと頤《あご》をしゃくると皆と眼を見合わせた、だが一方はどこまでも真摯なのである。

「僕は首を吊るのは全く美しい死にかただと思う、どこにも醜い苦痛の影が見えなければなおさら理想的だ」

中林は頻りに首吊りを讃美したが、やがてふうむと呻くように吐息をして、

「苦痛なしで死ねるとは好いことを聞いた、専門家の佐村君が証明したのだからこれは嘘じゃなかろう」

このままに捨てておけば際限がないので、潮合いをはかって高畑が大きな声で制した。

「おい調子に乗ってまた一時を過ぎたぞ、もう今夜は帰ろう、遅くなると此家《ここ》でも困るだろう、僕はもう帰るよ」

と率先して帰り支度をしたので、さすがに話もそれまでで卓《テーブル》を離れた皆が三々五々、更けた戸外へ出た。斯くしてその夜の会合は終わったのである。

それからこの暢気な連中にもやはりおのおの一週間の日が公平に経過した。

息詰まりな雨を想わせるような生暖かい幾日が続いた、それでも真昼のからっと晴れた日和に風はおろか一点の曇りさえなく、永い冬の蟄居から免れ出た上で、この春の陽気に恵まれた

草や樹は、勢いを得てずんずん芽ぐんでいって梅は全盛を桃にゆずった、それさえ早保ちかねて桜は見る見る蕾をふくらませる。

俄拵えの花見茶屋が葭簀《よしず》がけさえ危うくも花のために出し抜かれるところだった。

まだ四月の声も懸からぬに名物桜が綻びたと花の噂は巷に伝わる。

その一週間目に日は長くなったとはいえ、気忙しい花時の行楽は頓《とみ》に暮れ易く、やがては黄昏も過ぎて街は明るい灯に飾られた夜――病院から帰りに佐村は、自宅へ寄らずにそのまま今夜の会へ行くはずにして、小さな折り鞄をかかえたまま全く暮れた街を歩んだ。そしてその頭にはこれから展開されるべき、愉快な会場の状況《ありさま》が歓楽を予言するように写った。

自分が行けばいつでも早くから来ている高畑は、あの丸顔の短い髭を指先でひっぱりながら例の滑稽《おどけ》た調子で、人を笑わせているだろう。

自分は機《おり》を見てこの……たった一つだがかれこれと考えた中から妙案だと感じた……考案を発表して皆を驚かせてやろう、まず入場《はい》ってゆくときからすこぶる沈着《おちつ》かない元気に振る舞わなければ映りが悪い、心の底から悦びにたえないように莞爾《にこにこ》していればきっと、みなが怪しむに相違ない。

そこで自分が喜悦《よろこび》を発表すると皆は、そりゃ芽出たいと祝ってくれるに極《きま》ってるから、諸君この魂を恵まれた僕の悦びに乾盃してくれたまえ、……と来るね。

彼は一同が捧げてくれるはずの鳶色に紅《くれない》に、或いは黄金色にきらきら輝くタンブラやグラスを想像してみた。

そこには前週に受けた不愉快な印象や、忌まわしい記憶は全く影を消しているのであった。

想像は尚つづく……いずれ祝詞は高畑が諧謔《おどけ》まじりに述べるだろう。盃が皆の唇に触れようとするとき、諸君希《こいねが》わくばその乾盃はここ数ケ月延期してくれたまえと止めると、皆はさだめて驚くだろう、イヤ実に面白い。

彼は歩きながら擽《くすぐ》られるようにフフと笑った。そしてもう会場では大方皆が揃って自分の噂でもしていそうな気がして、混凝土《コンクリート》の歩道の上を、この人混みさえなければ踊ってみたいような心持ちで歩んだのである。

混雑を縫いながら歩む佐村には、桃陽軒の広間は見えない。見えなければこそ軽い気持ちで急ぐ……誰でもこの無能な人間の誰でもが一寸前《さき》は見えぬ、それでこそ辻占《つじうら》は売れて糊口《くちすぎ》になり、大道の算木筮竹《さんぎぜいちく》に立ち留まる人影もある。桃陽軒の広間には大半の連中はそろっていた。しかし電灯がことごとく灯されてない故《せい》か、今宵はこの室一たいに陰鬱な影がみなぎって、あちらこちらに別れて囁き合う声までが何かを憚るように低い、その中には高畑も見えねば東も中林も来てはいなかった。会はまだ始められていない、私々《ひそひそ》と語る人々は元気の好い佐村の笑顔が顕れたのさえほとんど気づかないかのようであった。

「やあ皆きてるね」

燥《はしや》いだ佐村の声に皆は一様に顔をこちらむけて肯くように、無表情な会釈をかえしたのみで誰も答えなかった。その状態《ようす》はあたかも寂しい夜伽の席であるように見えて佐村の期待はまずこの場面のために第一に裏切られた。

「なんだか大変静かじゃないか、高畑や東は？　まだ来ないって、遅いねえ、一体どうしたというんだこの陰気さは、灯をみなつけりゃ……好いのに。皆なぜそんなに黙りこんでいるんだ」

一同は互いに顔を見合わせた。

彼はもっと種々《いろいろ》な雑談が交錯して一座に熱がのってこなければせっかくの妙案が、持ちくされになってしまうと憂えた。

「もっと一つところへ集まって賑やかに話したら好いじゃないか、なんだってそんなに鬱《ふさ》ぎこむんだ。花は咲いたぞ、人は皆小鳥のように浮かれているぞ、さあこの幸多き喜びの日を祝わないか」

皆だまっていた。ただ一人薄暗いところから声をかけたものがある。

「何か嬉しいことでもあるのか、莫迦に上機嫌だね」

「むむ、昨夜《ゆうべ》生まれたんだ」

「何が?」

「愚妻《かない》が昨夜産をしてね、幸い母子《おやこ》とも健全だ」

「そうかい……」

また話が絶《とぎ》れそうになる、何だか心細い。

この場合生まれた児が男か女かと、尋ねてくれないのが甚だもの足りないばかりでなく、計画の進捗を齟齬せしむる虞《おそ》れがあった。

「吁《ああ》、僕もこれで阿父《おとう》さんになったわけだ、名を何とつけてやろうかと考えているんだが、……可愛いものだぜ、おい」

誰もそりゃ芽出たいといってくれるものがないので拍子がぬけかける、気の回りかは知れないが誰かが、暗い方へ舌でも出して隣人《となり》の膝をこづいているのじゃないかとさえ邪推される。詞は硬《こわ》くても剛情でもやはり話し甲斐のあるのはまだ顔をみせない連中である、ちょっと時計を覗いた。

「高畑や東は何をしてるのかなあ、馬鹿に遅い」

「君はまだ知らんのか。……中林は死んだよ」

「エ？　中林が死んだ！　ほんとうに？」

彼は眼を円くして反問した。

「ああ本当だ、今朝死んだのだって、……人間の死ほど判らないものはない……そして死ほど正確なものもない」

その男はしみじみと述懐的に呟くとピタリとおし黙った。妙にシーンとした静寂さに襲われて皆肩をすくめた。

中に一人は堪らないらしく立ち上がると、袴《ズボン》の嚢《かくし》に手を入れたまま忙しく卓の横を行ったり戻ったりしだした。そして手を延ばすと壁の開閉器《スイッチ》を捻ったので室内は蘇ったように明るくなって、各々はいくぶん寂しさから救われたように天井を仰いだ。このとき佐村は沈黙を破るように気魂《けたたま》しく笑った。

「あはははは、おう危ない、あまり君達が真摯な顔をするものだから、迂《うっか》滑りのせられるところだったよ、ははは、そんなことで担がれてたまるものかい……死、ははは死んだとはよかったねえ。駄目駄目」

可笑しくてたまらぬように手を振る彼の顔を、一同は唖然として打ち守った。ようやく笑いが静まった頃一人の男が厳粛な表情で言った。

「おい、そう不謹慎に笑うな、中林の死んだことは事実だ、……今日昼に高畑から電話で聞いたときは僕も疑ったのだがやはり真実《ほんとう》だ、高畑と東とが懸かりきりで行っている、一時間ほど遅れるが此家《ここ》でみなと逢ってから報告するって言ったからもう来なければならないはずなんだ」

「本当に死んだのかなあ、何故だろう」

「高畑が来れば判る。僕らはまだ何も知らないんだ、……この前君とあの男とが変にこじれ合ったことがあったな、今思うとあれが逢い終いだった」

力なく言ったこの男はまた何か感慨に沈む、佐村はその詞にちょっと暗い心持ちに誘いこまれた。

そもそも彼は医を職業とする、あのとき学究の立場から、死に対する意見や遺伝説を争った談片は頭脳《あたま》に残っている、斯かるよしないいい言《こと》が中林の死を誘起せしめたとは考えたくもないが、職業的責任感も良心もこの心に根を張っている、万一《ひょっと》それがために死んだとすれば……黝《くろず》んだ影はチラと彼の頰をかすめる。

扉《ドア》が颯《さつ》とあいて高畑と東がはいって来た。皆はすぐどやどやと二人を取り囲んで、恐ろしいことでも聞かされるように片唾《かたず》をのんだ。

二人はぐったりと椅子に凭《もた》れると交々《こもごも》語りだした。

いつも早起きの中林が今朝に限って遅くまで顔を見せないのでその家の主婦《おかみ》が彼の部屋を覗くと真っ蒼な顔をして付近の人を呼んだ。

閉ざされた雨戸で光線を遮られた暗い座敷の中央《まんなか》に、哲人は超然として縊死していた。最寄りの医師を招いたが最早相当の時間が経過していたので手当ての施しようもなかったのである。格別土地に親族もないので主婦は困りはてて東の社の方へ電話をかけた。東が高畑にも知らせてその下宿へ馳けつけ、郷里へ急報を発したり二人で忙しく立ち働いて、郷里から来て悲歎にくれる母親を慰めつつ、明日当地で告別式を行って遺骨を郷里の方へ持ち帰ることに相談をきめた。

夕暮れ前には国もとの聯隊に勤めている中林のすぐの兄が来たので間もなく自分達は、ひとまずひき上げてきたとのことである。

そして高畑はこうつけ加えた。

「そこでこの集団《パテイ》からも何か贈らなければならないが、帰りに二人で相談して花環を註文した、それで異存はないだろうか」

皆は押さえつけられるような胸苦しさを感じていたが、松田がやっと答えた。

「結構だとも、そりゃ済まなかったね御苦労をかけて……ときに遺書はあったのか」

「いや、一通もない、だから初め理由が判らなかったが、日記にだけそれらしいことが書いてあった」

「どんなことが？」

「なあ君、言おうか」

高畑は東を顧みて訊くと、東は冷たい表情で否定した。

「言わない方が好いよ、いずれは判るがさしあたって感情をまずくさせるにも当たらないじゃないか、誰だって好い気持ちはしないから」
誰かが佐村の顔をちらと盗み見た、きっと下唇を嚙んで向こうの窓巾《カーテン》を眺めている、そのうちに皆はそれぞれ椅子についたが、力弱く唇《くち》から出る皆の詞は短い中に、死んだ中林を髣髴《ほうふつ》させる。

佐村は唖《おし》のように黙りこんでいる。

階下の表の方で女中を呼ぶらしい声がすると、間もなく扉が開いて若い女が佐村に面会者があることを告げた、この……時ならぬ来訪者の心あたりを考えながら彼が立ち上がろうとするとき、無言のままのっそりと女中の背後《うしろ》からこの室に姿を表したものがあった。

それは褐色の軍服を着た陸軍将校で、長い佩剣の把《は》を左手に提げて、眩しい電灯の灯に一座をずらりと見渡した。その日に焦《や》けた赧顔《あからがお》を一目見るとあっと叫んで高畑は忙しく立ち上がって近づいた。客は今日の労を謝して慇懃《いんぎん》に礼を言った。そして何か囁くと高畑は当惑したらしい容子で答えてそこを放れ、佐村のそばへくると低い声で、

「ねえ君、あれが中林の兄なんだが一度君に逢いたいんだそうだ、エ遇うかい、どこかほかの室《へや》でかね、ここで好いかい」

「うん此所《ここ》で逢おう」

と去り気なく答えたが、その心は或る種の不安に慄《おのの》いた。強いて波だつ感情を抑えるように努めながら立ち上がると中林の兄はづかづかと歩みよって三歩ほどの間隔をおいて立ち留まった。

「貴方が佐村君ですか。僕は中林の兄です、弟が始終御交際をねがったそうでしたね」

「はあ」

何の意味ともなくこうこたえて、よく相手を見ると中林には瓜二つの相貌で、やや老けて見えるのは日に焦けた皮膚と、髭のある故でもあろう。鋭い射すくめるように正視する眸《まなざし》は痛ましい悲哀の他に、思いなしか憎悪の光が漂う。佐村は圧迫されるような心怯えが生じて、そっと視線を外《そら》すと中尉の肩章の金モールに灯が照り映えた。

「弟は死にました……それは東君からお聞き下さったと思う、名も地位もない彼の死、そんなことは貴方にとって朋友《ともだち》という以外には、何の交渉もないことかも知れん」

ややともすれば激越しようとする感情を制して、咳嗄声《しわがれごえ》につづける。

「けれども私はただ、貴方の御感想を承って自分の意《こころ》を決するために来たのです。弟は……貴方の教えて下さった通りの方法をもって自殺をしました。

弟はこの以前《まえ》に貴方と議論をしたそうですね。それが自殺の直接原因だとは断言しませんが、この問題で非常に頭脳をなやまして考え通した後、自らこの疑問を事実に見証《けんしょう》をさせるために殊更死を急いだのです。

尊い生命を犠牲に真理を求めた弟の苦心の結果が、事実の上に顕れるか否かは元より、死んだ彼には判るはずがないのです。後事を日記に託して死んだ弟の遺言を捧じて、私はそれを執行しなければならないのです。……」

中尉の言うところは何だか、抽象的でよく判らなかったけれども、自分に責任を問うべく来たものであることは、察することができる。焦《もど》かしそうに眉を顰めた佐村は、

「で……僕にどうしろとおっしゃるのですか」

自棄的な調子に侮蔑の響きを絡ませて相手の顔をきっと見据えた。

「いや、別段難しいことを貴方から求めるのではありません。生前御交際の深かったにつけ、私の取りはからいでこうすることは、或いは故人の不本意とするところかも知れませんが、敢えて貴方に望みます。どうか故人の霊前でその軽卒を謝罪して下さい」

中尉は厳粛なる口調できっぱり言いきった。

相手からこう軍人流の赤裸々な少しの婉曲な言いまわしもない要求をうけると、佐村はむらむらと訳の知れない反感……ただなにがなしにその横面《よこつら》を力一杯殴《どや》しつけてやりたいような憤り……が芽《きざ》した。

「僕には……そんな莫迦げたことはできない」

考える隙もなくこんな詞が口から出てしまった。中尉はそれを聞くと佩剣の鐺《こじり》を床にこつんと突いて威丈高《いたけだか》になった。

「莫迦げたこととは何だ、失敬な、冗談や酔興ではないッ……私は貴方の軽卒から起こった過失に対して、もっとも寛大に罪を許そうとおもえばこそ、こうして穏やかに話をするんだ……貴方に兄弟はありますかね、恐らくは無いだろう。無ければこそそうした不人情な詞も出るのだ。可愛い骨肉をうしなった悲しみと恨みは到底貴方なんかに判るまい、さあもう一度お答えなさい、謝罪しますか？」

叱るようなその語気は妥協をゆるさない鋭さと冷たさが含まれ、きっと結んだ唇は最後の決断を示すものであった。

「おい、君い」

と聞き兼ねた高畑はすり寄って佐村の肱を摑んで引きもどし反省と譲歩を勧めるつもりだったが、突如《いきなり》その手をうるさそうに振り払われた。興奮と軽侮に満ち満ちた佐村のあたまには高畑の好意も、一座の怯えた囁きも全然影が写らなかったのである。

「幾度言っても同じです、謝罪なんかする理由《わけ》がない」

昂然と言い放った。見る見る中尉は唇も破れよとばかり嚙みしめ、頰は憤りにぶるぶると慄《おのの》いた。

不穏な空気がこの室を圧して、皆の瞳に危惧の影が閃くと、咽喉《のど》の破れそうな罵声が佐村の真っ向から浴びせられた。

「馬鹿野郎ッ」

中尉の顳顬《こめかみ》に太い筋がたつと佩剣と一緒に握った純白な手套《てぶくろ》は、佐村の頰へ力強く叩き付けられてばたりと床へ落ちた。

「男らしく決闘しろッ、生意気な奴だ」

「何ッ。馬鹿あ」争いの叫びは発せられた。皆は吾をわすれて総立ちになり二人の間を押しへだててしまった。

中にも高畑と東とは、すぐに中尉の両腕をひっぱって、ほとんど哀願するように宥めながら廊下へ連れだしてしまうと、他の連中は佐村を取り巻いて口々に騒ぎ立てて賺《すか》すものもあれば、廊下の方を向いて譏《そし》るものもあった。

「フン……誰が謝罪なんかするものか、おいッ誰でも好いから、喜んで決闘の申し込みに応ずるってそう言ってくれ」

蒼醒めた頬に眼ばかり異様に輝かしながら、佐村は怒鳴った。廊下の方でも剛情に譲らなかったので困りはてた高畑は溜息をつき舌撃ちをしては焦った。

「ねえ佐村君、僕らが困るじゃないか、君が中林の前で悪かったと一言言ってくれさえすれば事なくすむんだよ、飽くまで君が言い張れば決闘をやるより仕方がない」

「……構わんよ、決闘でもなんでもやるさ」

「まあ君、そんな乱暴な真似が今どきできるか」

「好いさ。意地ずくなら僕は何でも遣っつける……兵隊め剣と拳銃《ピストル》が得意だと言うんだろう。相手を恐がるような卑怯な人間じゃないんだ。さあ勝手なものを極めて来たまえ、ヘン何だって構うもんか、存分に闘ってやるんだ、畜生ッ」

如何なる調停も甲斐のないことになった。高畑はしばらく廊下の方へいっていたが、結局この席では迷惑だから他に場所を選定して二人の自由意志に任せることに相談を定《き》めて来た。同じ決闘をやるにしても規則的にやらせたいが、我が邦《くに》の現代では類例のないことだし、誰ひとり決闘の本物を見て知っているものはないから、ただ聞きおぼえの外国の式作法を用いる手筈に打ち合わせた。取りあえず介添え人として四人同行することになって、武器を手に入れるために行った使いが帰るまで二人を別々の室に休憩させたのである。

間もなく使いの男はどこからか二挺《ちょう》のピストルを持ってかえって来た。まず佐村に選ませることになったが、どちらも米国ダーナクション五連発で取り上げて見ると、掌に凶猛な器具の金属性な重さと冷たさが感じられた。玉虫色に燻《くす》べられた撃鉄《げきてつ》と曳鉄《ひきがね》の気味悪い呪いのような光沢は、今までそも幾人の血と魂とを奪ったのだろう、現在《いま》もまたあたらしき犠牲を求めんとしてその弾巣《だんそう》の中には鈍い光の鉛弾が蜂の子のごとく覗いている。

用意された二台の自動車に分乗した。佐村を中央に高畑松田が並んでかけると、車は進行しだした。彼は自動車がどんな道を疾走《はし》っているのか判断をする余裕もなかった。

努めて心を沈着けようと眼を閉じ呼吸を深くすると、胸から歔欷《すすりなき》に似たものが湧き意地悪の膝からは戦慄が全身に伝わる。舌の尖端《さき》にねちねちした唾が一ぱい溜まるのを、彼は幾度か咽喉をごくりと音をさせて嚥下《のみくだ》した。

握《グリップ》が破《わ》れるほど力を入れて拳銃をにぎってみた、もう幾分の後にはこれの尖《さき》から火を吐いて撃ち合うのだ。いくら二人が必死の力でこの凶器を強く握りしめても、どちらか一方にきっとダラリと垂れた血みどろな腕《かいな》から、これを捥《も》ぎとられてしまわなければならない。肉体も生命も、それから理想も歓楽もそれでおしまいだ……それは俺だろうか、彼奴《きやつ》だろうか、一方が殺されて一方が牢獄だ、死か鉄窓かこの二つより道はない。けれども俺が死ぬとは信じたくないのだ、誰でも今夜の自分の行動を目撃したものは、その態度を勇敢であると思っただろう、そして強い男だと信じたに相違ない。しかし自分ほどよくこの俺を知っているものはないのである、欺かざる自分は臆病なのだ、怯え易い弱虫だ、その弱虫が張った虚勢を人はほんとうに偉いのだと誤信している、だって今更本来の俺を告白することはできない、卑怯だと笑われるばかりだ。

今まさに無惨な劇が展開されようとする刹那に、どこからともなく美しい女が駈けってきて、自分の頸へその腕を投げかけて泣きながらその無謀を止めてくれる、その間に彼奴はドンと拳銃を撃つとその弾丸《たま》が女に命中《あた》って、女は悲鳴を挙げてたおれて自分の名を呼ぶ、自分は断末魔に喘ぐ女に温かい接吻を与えてすっくと立ち上がるとドンと撃つ、旨く彼奴に中《あた》って眉間からどくどくと血を噴きだしながら芝居のような手付きでもがく、俺は女の復讐をしたのだぞ！畜生ッ罪もない俺の恋人を射った罰だ！　……ざまをみろ。

彼は無茶苦茶に腹立たしく覚えて遥か前方を走る中尉の自動車の赤い尾灯《テールライト》を睨めた。今の妄想が何かの活動写真の場面で見たことがあるような気がしたが、どこでいつ見たのか思い出せなかった。街はだんだん淋しくなって大きな川のへりを車が驀進して行く。

間もなく自動車はある別荘の横手に止められた。そこからは皆下車して狭い道を徒歩でゆかねばならなかった。

仰げば空には勇者ヘラクレスに亡ぼされたアルゴスの巨蛇《おろち》が、何を荒ぶる魔の心か勃然頭を擡げて可憐なる仔犬をねらう、伏せば地上に芝草は萌え出て靴底へ和らかく触る中に去年からの落ち葉であろう、パサパサと小《ささや》かな音をたてる。四辺《あたり》は木の下暗《やみ》に覆われた中を進んでゆくうちに先登《せんとう》の東が声をかけた。

「おいここらが好かろう……」

皆は四辺を見回した。その辺にはもう道らしいものはなく、千古の歴史を語り顔の老木が聳え立っていた。

高畑と東とは何か囁き合っていたが、懐中《ポケット》から蠟燭を二本取りだして火を点し二人を呼んで準備《したく》をさせた。

「さあそれじゃ、生命の支配を天運に委ねて、弾丸のあるだけ闘って下さい、中林君は何か言い遺すことはありませんか」

「何もありません、平素に覚悟はできています」

「じゃ佐村君は」

「もちろん、何もない」

両人は左手に火のついた蠟燭を握って背中合わせに立ち、各々十三歩あゆんで直ちに向きなおった。静寂な春の夜、陰惨な森の暗は人に迫る、十間《けん》とは隔たず相対峙しいずれかは死の魔に曳かるべき敵と味方が捧ぐる灯火《あかり》は、さながら墓場に明滅する弔いの灯を想像させるものであった。佐村は左手を水平に拡げて右に拳銃を構えた。

名状し難い恐怖が襲うて、拳は不安に慄き、腋《わき》の下にはむず痒い汗が湧いた。

拳銃と一緒に名誉も自尊も足下へ抛《なげう》って屈服しようか、そうすれば死と殺人からは免れ得よう、一度曳鉄をひけばすべては終わる、危機は今の一瞬である。諾《イエス》か否《ノー》か、と高く心に叫んだ。食指《ひとさしゆび》に触れている滑らかな堅い曳鉄は、彼の心に反して自然の心が籠もったようにキリキリと寄ってきて、別な犯罪的快感を満足させてゆく——鼓膜を圧迫するようなぱーんという音響が彼の拳から起こって、颪もなきに左手の灯はゆらりと揺らいだ。

彼方《かなた》に中尉の差し向けた筒口に小さな火箭《かせん》が閃くとまた同じ音が静かな森に谺する。佐村はハッと我に返った、そしてどこにも異常を受けない自己の存在をそこに見出した。

敵の弾丸が自分のどの辺を掠めたかは判断がつかない。横を通していったかそれとも頭の上だったか、とにかくある天佑《てんゆう》が今自分の生存に可能の保証を与えてくれたのだと思うと、一種の感激が湧いて幾分勇気がついてきた。二度目の曳鉄をひいた、敵手《あいて》も依然直立したまま応射した。やはり弾丸は外《そ》れた。耳に馴れた故もあろう、また広い森の中で発散するその爆声を初めほどに恐ろしくはなくなったが、三発目のときには何かしら凶《わる》い予感が稲妻のように影を投げていった。何でも好いから早くこの残る二発の弾丸を撃ち尽くしてしまって、厭なこの争闘から解放されたくなって、また食指に力を入れた。そして軽い反動がその手先に感じたとき、向こうの樹の根方に佇立《ちょりつ》した敵の口から呀《あっ》と叫びが漏れて、蠟燭はバタリとおちて消えると同時に人の転ぶ気配がした。

東と白川が駈けよって慌ただだしい声で励ますのが低く聞こえる。

佐村は夢心地で佇立《つった》ったままで、横から軽く肩を叩かれるまでは何が何やら意識できなかったのである。

「おい……到頭殺《や》ったな」

高畑は緊張した声でこう咎めるのか賞讃するのか判らない囁きを残して敵の状況《ようす》を見に行った。佐村の心臓は奔流のように騒ぎ立った。異様な興奮に身を慄わして握ったままの拳銃を見た、蠟燭はヂヂヂと音を立てて燃える。

足下から這い出た太い樹の根が大地の脈管みたいにふくれ上がってあだかも、生霊《せいれい》あるもののごとく自分の方へ蜿転《のたくつ》てくると見る間に、大地はすーっと底の方へ吸い込まれてゆく……彼は眼を閉じた。

「おい……しっかりしろ、さあ灯火を消したまえ、人が来ると悪いから、そら帽子を着たまえ」

松田が拳銃と蠟燭とを取り上げたとき、呼吸《いき》も絶え絶えな墓場の底から唸《うめ》くのかと思われる呪いの声がきこえた。

「弟の恨みと……俺の無念はきっと晴らしてやる、代々貴様の家へ祟ってやるぞ……如何に弟の持論が、事実の上に正しいか今に見せてやる……」

あとは苦痛に堪えないか低く呟くのみで聞き取れない。佐村の背《せな》には悪寒が走って息を詰めた。

もう何もかも駄目だという絶望に心を支配されてしまった。闘いには勝ったがそれが何になろう。理由の如何を問わず自分は今国禁を犯し神を瀆《けが》した、自分のゆくてには刑罰が待っている。神の制裁がある。

平素神を疑った彼も今真剣に神の存在を認識しないわけにはゆかなかった。

わずかな理由であった……然り互いに理解さえできれば争わずとも済むべきほどのことで、斯くまでの惨劇を演じたのだと気がつくと、彼の周囲はことごとく暗黒であった。ようやく高畑が帰って来た。

「ともかくも僕らは一足前《さき》に帰ろう。どのみちあの連中は医者へ寄らなければならんから……傷はどうも暗くて判らないが、東君に後で聞けば好いから」

と誘い出した。道々も人に逢いはしないかと怯えながら、ようやくのことに自動車の待っている所へ帰ってきて、柔らかいクッションに疲れた身を投げかけた。

車中は隻語も発するものもなかった。電車通りへ出て自動車が軌道に乗ったときに、ひたと震動と騒音が止むと、ただ秩序正しい開閉弁桿《バルムステイム》の上下する響きだけが微かに耳に伝わり、まるで地上を放れて飄々と天空の風を切って、遠い遠い人生以外の未知の国へ辷ってゆくようでもあり、また暗い深い永遠の地底へ突進して行ってしまうのかとも思われて、そこに何か佐村の行くべき道を暗示しているようでもあった。

やっとのことで車が止まって、桃陽軒の階段を上がると広間に残った連中の視線は、奇蹟でも見せられたように佐村の身辺に注がれた。

高畑は彼を傍《かたえ》の安楽椅子《ソファ》にそっとかけさせて後、一同の方へ向かった。

「諸君幸いにして勝利の栄冠は佐村の手に得られた。君達は僕と同じくこの光栄ある帰還を衷心より祝福して下さると信ずる……しかしながら僕は同じ時において、中林兄弟の傷ましい敗衄《はいじく》をも弔ってやらなければならないのを悲しむ……さあそれには諸君酒を命じてくれたまえ」

一座は俄にざわついた。中には固く佐村の手を握って勝利を喜ぶのもあったが、佐村は黙って答えなかった。酒の整えられる間に高畑は簡単に闘争の顚末を報告した。

「さあ準備《したく》はできた、この悲壮な勝利を祝って乾盃しよう、佐村君盃を執りたまえ」

「いや僕は……苦しい」

「どうした？　気分でも悪いか、あまり亢奮し過ぎた故だろう……しかし君はどうするつもりだ」

「黙っていてくれ、僕は苦しくて堪らないんだ……教えられなくっても、僕自身を如何に処理すべきか弁えている、執るべき方法はたった一つだ」

彼は頭を抱えたまま肩を波打たせて喘いだ。高畑は心配そうな眼を彼の頰に注いだ後、優しく片手を肩にかけて、

「少時《しばらく》眠ったらどうかね……それとも少し酒を飲《や》ったら……」

その声も聞こえないように、彼は床を凝視《みつめ》て呟いた。

「如何に持論が事実の上に正しいか見せてやる……うむそうだ、とうとう祟りやがった、執念深い奴だ……吁《ああ》、とうとう僕が最もおそれた時機がやって来た、何もかも亡びてしまうんだ」

このとき扉の蔭から東と白川とが帰ってきた。

「どうした？　体でも悪くなったのか」

高畑はそっと目と手とで制した、室内一杯に不安な憂色が漂うて、サンデリアの光のみが皆の神経を突き刺すように輝く。佐村は絶望に蒼醒めた顔をあげて苦しそうに襟《カラー》の間に指をさしこんだ。

「君、襟を外してくれたまえ……ああ苦しい」

襟飾《ネクタイ》を解き釦《ボタン》を外す松田の手の甲に、忙《せわ》しい生熱い息が嵐のように気味悪く吹きかけられた。

「その鞄の中に験温器があるから……出してくれたまえ」

脇へ細い硝子《ガラス》棒を挟んだまま掌で胸を押さえ、高く低く乱調にうつ鼓動を数えた。

「吁、駄目だ……恐ろしい呪いのときが来た。この俺も同じ運命に陥らなけりゃならないのか……気が狂いそうだ」

生色とては更にない絶望的な唇から悲痛な叫びが漏れた。

「おい苦しければ誰か医者を呼ぼうか」

「いや、駄目だ、もう遅い……君達には判るまいが僕の脈管には恐ろしい……忌まわしい血液が流れているんだ。それがために僕は平素こういう時期のくるのをもっとも恐れていた……僕の父は気が狂ってあらゆる凶暴を行《や》って死んだ……祖父も精神病者だった、この血を伝承《うけつい》だ僕の精神が永久に健全で居られないことは覚悟をしていなければならなかった、がどんなに恐怖に堪えなかったろう。

……もういくら恐怖しても駄目だ。この二三十分の後には見ていたまえ、恐ろしい発作がやってくることが判ってるんだ。そら僕の心臓は今壊れそうだ……ああ頭の中は蝮が牙を揃えて嚙みちぎるようだ」

「誰か医者に電話を」

「まあ待ってくれ、僕が昏睡に陥ったら心臓麻痺の前兆だからすぐ医者に注射をさせておいてくれたまえ……それからまた狂暴な発作が起こったら君達はすぐ僕を縛って、病院へ送ってくれたまえ……ああ苦しい、この……この室が、くらくら回るようだ」

彼は験温器を取り出して朦朧たるその瞳にジイと眺めたが、最早それを見定める余力さえないのか、慄える手を延ばして高畑に渡した。灯に蒹して見ると、細かく刻した管の水銀は四十一度六分のところで停止して居った。

高畑は一同と眼を見合わせて吐息をついた。

「佐村君、僕は君に向かって謝罪をしなければならない、また諸君にもお詫びをする。

今日は嘘吐《うそつ》き日のはずだった……以前から何か皆を驚かせるような趣向をして呀と言わせたいと考えて、材料を探していたが幸いこの前に君が中林君と、一寸した議論をしたのをすっかり材料に取り込んで演じたのが、復讐の遺伝という野外劇《ページエント》だったのだ」

「恐ろしい計画をしたのだ……それで?」

「中林君は髪を短く刈って髭を植えたり顔を塗ったり、黒子《ほくろ》までくっ付けて旨く兄貴に化けた。拳銃《ピストル》は工夫して薬莢《ケース》の火薬をすっかり抜いて、雷管だけに弾を篏《は》めておいたのだ」

「作り言《ごと》とは信じられなかった」

「ほんとに何と申し訳をして好いか判らない、わずか一夕《せき》の歓楽を求めるために作った悪戯が、こんな結果を生むと知ったら誰がこの呆《たわ》けたことをやろう、皆僕の罪なんだ」

「いや、この東も帷幕《いばく》に参じたのだ、どうか許してくれたまえ」

佐村は長い吐息をついた。

「なぜ僕が犠牲に選まれたろう」

「君がただのありふれた刺戟じゃ到底満足できないと言うたものだから……」

「だってあんまりこの刺戟は強すぎる……中林はどうした」

「もう着換えも済んだろう僕が喚《よ》んでくる」

東が出ていって間もなく、常の服装《みなり》にかえった中林が憂いに閉ざされて這入《はい》ってきた。

「君、ほんとに済まなかった、こんなことになろうと思わないので、つい芝居に身が入り過ぎたが、どうか許してくれたまえ」

「……酷い目に合わせたね、僕は恨むよ……だが復讐が遺伝するなんて嘘だ……素質の遺伝だよ、君」

「うん済まない……済まなかった」

「……高畑君、発作の起こらない間に遺言状を書いてくれたまえ」

「だって僕はそんな必要は……」

「早くしないと危険だ……ぐずぐずしちゃ取り返しがつかない。紙なんか何だって好い……

じゃ言うよ、ウーム、妻とき子は実家に帰り分娩したる児をもって佐村家を相続せしむべし……中林氏を対手《あいて》取り慰藉料《いしゃりょう》請求の訴訟を提起し……その賠償金をもって幼児の養育費に充《あ》つべし……好いかね……ただし証人として高畑東両氏に依頼すべきこと……とき子は再婚自由たるべきこと……それだけだ」

室内には旋風のような恐惶の感情が捲き起こった。佐村はがっかりしたように腕をだらりと垂らした。

「吁、咽喉が乾く誰か飲みものをくれたまえ」

誰かが慮る慮るソーダ水を取り次いでやると、手を震わせてごくっと一口呑んだ、そして高畑の走らすペンの字を眺め、

「ああそれで好い……それから日付だ……今日は……誰か今日は幾日か知ってるか」

よろよろと立ち上がった彼は、片手にグラスを持ったまま皆の顔を睥睨《へいげい》した、すると後ろの方で誰か怯えた声で答えた。

「今日は四月の……」

突如！ 彼は物の怪《け》に襲われたようにゲラゲラと笑い出した。その笑いはますます烈しくなって制止するところを知らないごとく、果ては堪えられないまで卓を叩き床を踏み鳴らして笑う大声は、静かな室の空気を震撼させた。一同は愕然として色を失った。

吁悲惨なるこの男はついに血に呪われて狂ったのだ、と眼を見合わせてその憐れむべき末路を見やった。眼は異様に輝き態度は全く沈着と節制を失っている。

皆暗然としてそのなす様を眺めると、まだ狂い止まぬ佐村は、下腹を絞りだすような声で笑

いの中から怒号した。

「君達は……君達は今日が幾日か忘れたのか……今日は嘘吐き日だ……君達は僕の気が狂ったと思ってるだろう……僕の阿爺《おやじ》が気狂《きちがい》で死んだって真っ赤な嘘だよ……まだ国先《くにもと》でピンピンしている……それに僕はまだ……結婚していないじゃないか……君達は僕のメスメリズムに罹《かか》ったのだ……験温器を脇下で摩擦したのを知らないで、ほんとに熱が高いと思ってびっくりしたろう。僕は君達がさせようと思ってできなかったことを、君達にやらせたよ、頭を揃えて謝罪《あやま》ったじゃないか……これこそ素質遺伝の一幕というのだ……」

裏口から

戸外《そと》には木枯らしが吹き荒《すさ》んでも、屋内《やうち》は咽《む》せかえるような酒の香、肉汁《だし》のこげつく匂い、それに濛々と立ち上がる湯気や、人のいきれが混濁《ごちゃごちゃ》して電灯の光さえ充分に届かない、牛なべやの薄暗い土間の片隅に、黒く光った食卓《ちゃぶだい》に肱をついて伸ばした片手に、自分の前に列《なら》んだ徳利を一本ずつ取り上げて、絞るように滴を猪口《ちょこ》にたらしていた弁吉は、もうよほど酔っていた。冷たくなった猪口を含んで一息に呷《あお》ったが、苦そうに眉を顰めるとそれをこつんと卓《した》において、向こう側の方にがやがやと空景気《からけいき》をつけて喚く四五人伴《づ》れの狂態に視線をやった。

「いけ騒々しい奴らだなあ……ちょっ」

焦々《いらいら》したように呟いて、そこに脱いだ帽子を引っ摑むと片手に囊《かくし》の小銭を探った。

「おい姐《ねえ》さんッ……何程《いくら》だ」

自棄気味《やけぎみ》な大きな声で、忙しそうに働いている女中をよんだが、その声に驚いたように話し声は止んで、総勢《みな》が彼の顔を見たのを、何をッ……と言いたそうな眼で見回した。

何程かの勘定をすませて、あとの掌に残った乏しい銭をまた囊へ入れ、油光りのした洋服の袖で唇の周囲《まわり》をぐいっと擦って、型さえ怪しくなった帽子の庇を邪慳《じゃけん》に曳っぱり下げると、起《た》ち上がってわざと気どった足つきで、手垢だらけな硝子《ガラス》障子をひきあけて戸外へ出た。

師走の痛いような風が、ひゅっと頰を撫でても、急ぎ足になれないほど酔いがまわっていた。

彼が近頃になって酒を飲んだのは、今夜が二度目である。以前《まえ》のはほんの少量《すこし》であったが、今夜は思い切って銭のあるだけ飲んでみたのである。

「俺は酔ったのだぞ」

精一杯吸鳴ってみたかった。そして永い間の窮屈な禁慾生活に、酒を斥けていた頃の自分を顧みて、それを言《こと》限《ば》り存分に罵倒してみたいような心持ちで歩いていた。

酔いはますます回ってきた。場末のちょっとした賑やかな街へ出ると、その街角に丸太ん棒を組み合わせて、それに大きな鍋をぶら下げ、赤い帽子に黒い制服の男が二人、寒い風に鼻の尖《さき》を赤くしながら、鉱力板《ブリキ》へ礫《いし》ころを転がすような声を張り上げて交わる交わる叫んでいた。

「……お正月がきても餅も喰《た》べられない貧しい人達のために、切望《どうぞ》いくらでも小銭を入れて下さアい」

掌を口角にあてて足先でつん伸び、力一杯の声をふり絞っている。

通りすがりの中にはわざわざ歩みを止め、子供の手を持ちそえて若干《なにがし》かの銅貨を投げ込む女性もあった。そのたんび男は恭《うや》し《うや》く頭を下げた、そしてまた叫ぶ。

「これが餅になって貧しい人達のお雑煮になるのでありまアす、救世軍の社会鍋でありまアす……」

ちょうど通りかかった弁吉は、蹣跚《よろめ》く足をもろに踏んばって、視界の淀みがちな瞳をぐっと据えて鍋を見た。

「社会鍋か……慈善から社会へ出世をしやがったな、畜生ッ、方便なもんだ、はははは」

口から出任せに毒づいた上声高く笑った。それに驚かされた通りがかりの人等《ひとたち》は、それが酔漢《よいどれ》とわかると総勢《みな》気味悪そうに目を見合わせて足早にいってしまった。

彼はさすがになんとなく照れ臭くなって、わざと大袈裟に蹣跚《よろよろ》とこの場を通り過ぎたが、それでも呟々《ぶつぶつ》と何か判らない減らず口を敲《たた》いていた。それだけ彼には現在のあらゆるものを、辱め呪いたく思っていたのである。

酔っているその心にはどうせなるようにしか、なるものか、という棄て鉢的な放埒が擡頭する半面には、この酔いをもってしてもどうすることすらできないうら淋しさが、不思議に滲み出してきて、名利も歓楽も、いや生活や生命《いのち》をさえも投げ出してしまいたいような……まるで世間から自分だけが、圏外へ突き出されてしまったような……遣る瀬なさに囚われていた……


……………


街では赤い小旗や紅提灯に軒先を飾って、人達はこの年の暮れを多忙《いそがし》そうに歩いている。もう十二月も半ばを過ぎて目の前にせまってくる正月というものが、彼には一つの大きな攻め道具であった。

いくら無頓着な人間の目にもわかるほどになった近頃の不景気に、弁吉の勤めた会社もつい先達《せんだつ》て大分たくさんな人を減らした、そして彼も不用意な間に冷たい一片の、解雇申し渡しをうけた中の一人であったのだ。

会社にとって重要視されない、謂わば追い回しに過ぎない彼としては、素よりもらった解雇手当てなんぞも、それで差し迫った負債《かり》を返したあとは、感冒《かぜ》で寝ている子供の薬代にも足りないほどの、額《たか》の知れたものであった。

「どうするの、お前さん?」

彼の妻がもう手の届く年の瀬を苦にやむように訴えたとき、彼はとうとう予期した難関にぶっつかってしまったと思った。

「詮方《しかた》がないよ……思うように仕事がないんだもの」

「だって、もうすぐ大晦日よ、正一《このこ》も快《よ》くなったらお正月には、晴衣《はれぎ》も着せてやりたいし、早く何とかしてくれなければ困るわ」

「だから毎日仕事を探しに歩いてるじゃないか、この上どうしろてんだ、勝手にしやがれ、醜女《すべた》め」

むしゃくしゃ紛れに口汚く妻を罵って、帽子をひっ掴むと、ぽいと我が家を飛び出してしまった。

そしてその日は市中をあちこち歩きながらも、妙にこじれた心持ちで、何を目あてともなく時間を潰して、夜更けにこっそり戻って寝たのであった。

その翌日から妻は何も言わなくなったが、彼はかえって心のうちに、事実これはどうにかしなければならないと、真剣に焦慮《あせ》り出した。

しかし心易いさきや知る辺を訪ねていっても、今すぐにといって彼を使ってくれそうなところも見つからず、不安と焦燥の幾日が続くと、彼はもううんざりするとともに、その僻《ひが》んだ心に不平が湧いてきた。

訪ねてゆくさきざきで皆が会社を罷免《やめ》させられた自分の意気地なさを、不快《いや》な軽侮の眼で嘲っているような冷たさが感じられると、何でもと思いこんだ気勢を殺《そ》がれて、理由《わけ》もなく詫びしい気に誘われてしまって頼みたいことも口へ出てこないのであった。

遣る瀬ない淋しさと呪わしさから免れるために、彼は酒を選んでとうとう永い間の禁酒を破った。妻の心づかいや必然的な結果を考えないでもなかったが、強い誘惑の力はそんなことをわけなく打ち消して、その貧しい嚢《ポケット》をはたかせてしまったのである。

彼はこうなるまでの生活を回想しては腹立たしそうな舌撃ちとともに、心で絶叫した。

……何が神だ！

俺はたといわずかでも信仰的な生活をしてきた、だけれどもその間に信仰によって一体何ものを恵まれたか。

苦しい生計《くらし》の中から只管《ひたすら》神を祈った。それだのに神の恵は俺の頭上に降《くだ》らないで、反対に去年の夏二歳になった次男を奪《と》られてしまったじゃないか。

あのときだって痛々しいほど病み衰えた子供の枕元で、幾度祈禱《いのり》を捧げたろう。

「この幼いものに罪がありますならば、それは悉皆《みな》私の犯したものでございます、切望《どうぞ》私に如何なる重い制裁《おさばき》をお降しになりましても、この子供の命だけは、お許し下さいまし」

……だがとうとうあの小さな魂を俺の手から取り上げてしまったのだ。事実《ほんとう》に神が在るものなら、あれだけ自分が真摯《まじめ》に祈ったものを、何故《なぜ》取り上げてくれなかったのか。それから友達の受け判したのが祟る、景気は悪くなる、仕事はなくなる、この不幸続きが何で救いの手であろう。

神なんて在って耐《たま》るものか。

ありゃ売僧《まいす》どもが糊口《くちすぎ》のために、勝手に拵え上げたものだ。それが証拠に神を信じて金を授かったものが一人でも有るかい、神を画然《はっきり》見たものがあるんかい。

莫迦莫迦しい俺は痴呆《たわけ》のようになって、ただ時間を潰しては面白くもない説教を聴いたり、窮屈な祈禱をしたり、剰《おま》けに好きな酒も煙草も止めていたのは、何という間抜けさだろう。会社の同僚《なかま》は俺に耶蘇《やそ》という綽名《あだな》をつけて冷罵《ひやか》した、それでも辛抱していたのは神というものが、実在するものと信じていたればこそだ、何が天国なものか、糞っ。

俺はその天国を購うために、前の牧師の渥美という男から、高い犠牲を払わされた、彼奴《あいつ》らは大欺偽《おおさぎ》だ。

こうやって酔っているところが天国じゃないか。この気持ちが教会の奴らに判って耐るものか、まだ夢の覚めない嚊あ奴《かかめ》、やっぱり信者顔をして俺がこの以前《まえ》飲酒《のん》でかえったとき、悪魔が憑《つ》いたといって泣き顔をしやがった……あいつは、現在《いま》の川崎牧師をやたらに褒めて、大抵な日曜には行くようだが、あんな教会這入《はい》りはもう止させてやる、厭なこった、そう欺《だま》されてはいないんだ…………

神とそして信仰生活を罵った彼の酔いはいま頂点にあった。節制と訓練から破れて、久しく撓《ため》ていた粗雑な本性が、強い酔いによって再び頭を擡げてきた。

口をだらしなくへの字に歪めて、時々えへへへと自棄的な薄笑いをしながら、人形のように手をふらりふらりと不規則に振って、薄暗い街を危ない足調《あしどり》で歩いて……いや歩くというよりは身体を運ぶのに持ち扱っていたという方が適当であったかも知れない。

彼の瞳に映る電柱が……まっすぐに聳え立っているはずの……斜めになって非常な速度で、い、い、しゅっと彼の摺れ摺れのところを走り過ぎた、迂散なその歩き振りを怪しと吠えた斑犬《ぶち》が、彼の足下《あしもと》をぐるぐると……見る見る一匹の斑《ぶち》が五六匹の同じ犬に殖えて取り巻いたと思うほどに

……目まぐるしく、見えたと思うと彼自身の顔のまん前へ、ぬっと出た大きな顔が不思議そうに凝視《みつめ》ていたが突如《いきなり》、

「おい大将、だいぶ御機嫌だね」

皮肉に煽動《おだて》るような口調に言ったかと思うと、その顔は暗《やみ》に消えて呵々《からから》と笑った。それが如何にも彼を揶揄《からか》うように聞こえた。

「大きなお世話だ、俺の銭で天国を購《か》ったのがどうしたい、巫山戯《ふざけ》るな畜生ッ！」

大きく呶鳴ったが、この警句に誰一人答えるものは居なかった。彼はそれから酔いに任せて道順なんかほとんど意識せず迂路ついた末、来かかったのはやや寂しいもう郊外に近い住宅地であった。

倦《だる》くなった脚をやすめようと思って、彼はある街角の塀に体を凭せかけて、人気のない四辺《あたり》を見回した。

向こう角はやはり板塀を回《めぐ》らした小締《こじま》りな邸宅《やしき》で、建物の状態《ようす》から推すとかなり古びた住宅《すまい》らしいが、ただ門だけは新しく建て換えたものか、丸い軒燈の灯にくっきりと美しく浮き出されてあった。

少時《しばらく》やすんだ彼はようやく身を起こして、その門の新しい家の横を塀にそうて歩き出したが、何故か突然立ち停まった。

その朧気な視線にも、この家の裏木戸が忘れたのか故意《わざと》か一二寸開け放たれてあるのが、見えたからである。

彼は奇妙《ふしぎ》にそれが気になり出して、少時そこを注視していたが誰も出てくる様子もない……

知っているのだろうか、知らないのだろうか、棄てておこうか、訊いてみようか……酔った頭脳《あたま》の中で押し問答してみたが、結句その戸を顔の幅ほどにあけて、低く呼びかけた。

「もし戸があいてますよ……誰か居ないんですか」

その声は空しく暗い植込みの中へ消えていった。彼はそって戸をあけて一足踏みこんだ。

「戸があいていますよ、要心が悪うがすよ」

今更捨てておけなくなって声を高めたが、それとても冷たい静かな深夜の空気を少し慄わせたに過ぎなかった。つかつかと勝手口らしいうす灯のさす戸口へ進みよって、試みにひくとその戸は難なく開いた。

「もし、誰方《どなた》か居ないんですか……裏の戸があいたままになってますがね……用心が悪いですよ」

まったく時の勢いでそうしたのであった。最初彼が裏木戸を一歩踏みこんだとき、万一人《ひょつと》に見咎められて現在の行為を非難された際のことを、彼はその考慮のうちに取り入れていなかった。この不用意にして深夜人なき家の戸を開くことができた、ただそれだけだ。

理非、責任、結果を論じなければ、彼は偽りなき善人である。然り、人間の行為の善と悪……果してそれが画然《はつきり》と区別できるものであるとすれば……それは奈辺までを善と称し、何処《いずこ》よりを悪と呼ぶべきであろうか。

或いは善と信じて行うことも見地の異なるによって、悪なりと指され終わることが無かろうか、将《はた》、善を志して行くといえども区分の境を見出し得ずして、悪の領域に踏み迷うことは有り得ないことだろうか、善と言い悪と呼ぶも所詮、その領界に厳正なる区分点を下すことは、人間の力をもってしては為《な》し得らるることであろうか。

彼は目的のために手段を誤っていることすら心付かなかった。その足を大胆に台所まで踏み入れて、いよいよ誰もいないことを確かめると、何故かそのとき急に胸を波立たせた。そこに貧しい己の家を顧みた。そして自分を期待している妻と児を想い出した。豊かなこの家のものをもって自分の貧しいところを充たすことを考えてみたのである。

凶悪な酔いはまだ理性の躍動をゆるさぬほどに、彼の体を支配していた。押さえ切れぬ不平はその慾望を唆《そそ》って止まなかった。

彼の腕《かいな》は伸びてその流し元にある出刃庖刀《でばぼうちょう》を手にした……万一の場合に自身の安全を求めるためには、背に腹は代えられぬ、とそんな考えが瞬間的に頭脳《あたま》に浮かんで……そっと刃先に拇指《おやゆび》を当ててみると、それは可なり斬れ味が好さそうだった。

薄ぼんやりした光線を透かして次の間の気配を窺うと、おおかた茶棚にでも置かれてあるらしい置き時計の、秒《セコンド》を刻む音がチッキ、チッキと規則正しく漏れてくる。何だか下腹がむずむずと蠢動するようで……便意でも催しそうに……気味悪いのを耐《こら》えながら注意を払って取り合いの障子を一寸ばかり開いた。

そして自分の眼界に何の不安なものもないことを確かめると、少しは勇気が出て、庖刀を逆《さか》手《て》に握ったまま廊下に出た、廊下は彼方《むこう》へ突き当たって右へ続いていた。多分塀外からちらと見えた洋館の方へ通ずるものらしい。

初め覗いて見たのは茶の間だった、それを素通りして廊下の曲がり角の部屋に這入ってみると、そこは客間にでもつかっているのか、整然《きちん》と取り片づけた中に桐の火鉢と座蒲団があるきりで、彼の欲しいものとては何一つ備えられてなかった。

少し焦々した彼は廊下一つ隔てた、向こう側の室《へや》に這入ってみたが電灯は消されてあった。物音をたてぬように探りよって頭上《うえ》の電灯栓《ねじせん》を捻ると、眩しい灯に展《ひろ》げられたこの室は、壁の方に立派な硝子張りの書棚があって、それには何か判らぬ書物がぎっしり詰まって、背皮の金文字は冷たそうに光っていた……窓寄りの方には机が据えられて、その上にペン皿やインキ壺や、二三冊の書籍《ほん》や紙……おう、机の下には黒く艶やかに塗られた金属性の四角い小匣《こばこ》が置かれてあるではないか。紛れもない手提げ金庫が！　これだ、これが欲しかったのだ。

彼は安堵とも歓喜ともつかず、どきんとして胸を踊らせた。

好餌を投げ与えられた猫のように眼を細めて、その手提げ金庫を凝視したとき、何を耳にしたのか、彼は悸然《ぞっ》として首を捻じむけた。

とん……ぱた……ぱた……ぱた……

彼方の方で襖を閉める音に続いて、廊下を歩む軽い跫音《あしおと》……襟下《えりもと》に冷水《ひやみず》を浴びたように颯《さつ》と悪寒が走る、と彼の顔は絶望に硬《こわ》ばった。わずか十五歩にも足らぬ廊下、しかも逃げ口を塞がれてしまった、握った庖刀の柄が砕けやしないかと思われるほど固く力を入れた。

跫音はひたと止んだ。その息詰まりな静寂、重苦しい沈黙……彼はじっと耳を澄ましたが、心は電《いなずま》のごとく、忙しく働いているのである。

この一重《ひとえ》の襖を取り除かれたら、それこそ自分のすべては終焉《おわり》でなければならぬ。何と弁疏《いいわけ》したところで恐ろしい強盗の罪名を免れることはできない。人を斃《たお》して己を保護しようか、すっかり告白して許しを乞おうか、後者は危険で不確実である。彼は何を顧慮する暇もなく、襖にぴたっと身を凭せて、出刃庖刀を振り冠《かぶ》った。

ぱた……ぱた……和らかい跫音は果してこの襖の外で止まった。

片唾《かたず》を呑んで息をひく彼の心臓の響きが、自身の耳にも聞こえるほどだった。

やがて襖が五六寸……尺と開かれる。

家の主《あるじ》か、妻女か、はたまた婢《おんな》か、いずれにせよただ一撃ちで勢い込んで這入ってくる人の頭へ打ち下ろそうとした、とっさに目をやれば這《こ》は什麼《そも》。

それは、ほんの五歳《いつつ》ばかりの女の児が寝衣姿《ねまき》ではないか……。

危うく白閃虹を描いて得物に衂《ちぬ》ろうとした彼は、踏んばった足の踏み途さえ失ったように愕《おどろ》くと、素早く刃物を背後《うしろ》に隠した。

少女はこの怖ろしい凶暴な闖入者に対して、何の恐怖も疑惑もあらわさず、黒く澄み切った瞳に相手の顔を見上げたが、その和らかい豊かな頰には漸次《だんだん》に濃い笑みが浮き出てきた。

「小父さん……遊んでくれない?」

心持ち首をかしげて人懐《ひとなつ》こい調子によびかけた。それは彼にとっては降って湧いた当惑であった。

恐怖《おそれ》と驚愕《おどろき》とが人間の健康を支配するのが事実なら確かに何時間かの寿命を縮めたろうと思う跫音が、何事をも鑑別《みわけ》のつかない少女であったことは、彼にとっては天祐《てんゆう》といわねばならなかった。けれども今もしこの少女が前後構《あとさき》わず高声に話しかけるのを、家人が聞きつけてこの室へ来たらもう破滅の他はない……意外にもこの家は留守でなかったのだから。

彼は眉を顰めて、物を言うなという合図に、忙しく手を振って見せた。

「……遊んでくれないの、ええ小父さん」

甘えるように見上げた少女は、この見ず知らずの男の方へ一足摺り寄った。彼は詮方なしに肯いて手招きで少女を隅の方へ導くより他はなくなって、声を潜めて少女の耳へ囁いた。

「大きな声を出すんじゃない……遊んであげるから、黙って、ね」

少女は柔順《すなお》に肯いた。そして少時の後にはこの二人は膝をつき合わせて、二三枚の折紙を手にして座っていた。少女が覚束《おぼつか》ない手付きで折る小さな舟を、さも感じ入ったように首を振って見せなければならぬ彼にとってはこの四五分間がいかに長いことであったろう。

さっきからちょいちょい少女の耳元で家内の状態《ようす》を訊くと、可笑しいことにも少女もその可愛い口を尖らせて温かい息を彼の耳へかけながら低い声で答えた。それを継ぎ合わしてみると、主人夫婦は宵の口から買物に出ていって、家には乳母とこの少女とが留守をしていたが、乳母はこの少女を寝かしつける考えで自分から先に睡《ねむ》りに陥《おち》てしまって、少女がいま眼を覚まして寂しさのあまり揺り起こしても、昼間の労《つか》れで、居汚く眠りを貪りつづけている。

少女は結句それを好いことにして、窮屈な乳母の抱擁から逃れ、灯のさすこの室へ遊びにきたものらしいことが、断片《きれぎれ》的な詞によって想像することができたのである。

夜の更けるにつれて明るく冴えた電灯は、白く室の隅々まで照らして、寒気は滲々《しんしん》と肌に沁《し》みてきた。彼は肩を縮めて体を堅くした、少女のメリンスの袷に白いネルの下着きりの寝衣姿が、自分の寒さに比べて何だか痛々しいように思えてならなかった。

「嬢ちゃん、寒くないの？」

四つに折った紙の、それからさきを思案にあまるようにしている少女の耳へ囁いた。少女は首を振ったが、すぐその次には小さい蕾のような唇を一杯拡げて愛らしい欠伸をした、と思うと立ち上がって背後《うしろ》向きに彼の大きな膝の上へ、抱かれるように腰を下ろして自分の背《せな》を彼の胸へ凭せかけた。

「小父さん……歌をきかせて頂戴」

それは彼にとって甚だしい難題だった。できることならもう金庫も何もかも断念してしまった、隙さえあれば此室《ここ》から抜け出してゆきたかったのである。今は自分が此室へ何がために来たのか、その意味さえ判らなくなっていた。

「小父さんは、歌なんか知らないんだよ……ね、好い児だから此膝《ここ》から降りてね」

だが少女は体を揺すって一層深く彼の懐に辷りこんだ。あたかも彼がその逞しい腕を彼女の頸《うなじ》の下へ、枕として受けてやらなければならないほどに。

そして少女は快げに眼を細めて、薄赤い鮮やかな唇から、低く……けれども清い澄んだ声で、どこで覚えたものか朗らかに唄った。

吾らは塵の中にひれ伏し　　悔改《くい》の涙にむせびて祈る
悩みつくして知ります君よ　　我が悲しみを顧みたまえ

衣は破れ饑《うえ》はた迫る　　荒野の原に悪魔の企《たく》み
ついに破りて知ります君よ　　…………

ラザロの墓に涙を濺《そそ》ぎ　教え子にすらあだ人の手に

…………　…………

人の罪とが皆身においで　夜深き園に…………

初めはその唄う声が室外に漏れるのが恐ろしくて、その可愛い唇を胝《たこ》だらけな掌《て》で押さえつけてしまいたいように思ったが、緩やかな音調にこもる何かしら神秘な響きに昵《じっ》と耳を澄ませて聴き入った。そしてそれがいつだったか一度正一の口から唄われたのを、聞いたことがあるような記憶《おぼ》えもあった。

忘れたのか、それともはや半ば夢路に入ったのか、途切れてはまた続ける。

短い髪にかくれた額の生え際から豊かにふくよかな頬にかけての和らかい線、いかなる名手も人工をもってして模し得ないと思われる頤《あご》の美しさ、彼は飽かずにしげしげと視入《みい》った。

そのちょんぼりした唇が霊妙に動いて、漏れ出づる讃美歌が彼のねじけきった魂の中へ不思議な力で犇々《ひしひし》と喰い入ってその熱した情火に涼しい清い水を掬《そそ》ぎかけてゆくようだった。今さっき自分が思うさまに神を罵り辱めたことを思い浮かべると、彼は何だか薄気味悪気に四辺を見まわした。

その歌がさながら少女の口から自分の浅ましい心を嘲るのか、怖ろしい冒瀆の罪を詰《なじ》られるかのような気がしてならない……唄う声は止んだ、少女は眠ったのであろう。微かな寝息が彼の聡い耳に聞こえた。何の汚れも悩みもないその寝顔はむしろ神々しく見えた。彼の胸には漸次歔欷《すすりなき》に似たような敬虔な感情が湧いて、電撃をうけたように身を戦慄《おのの》かせた。

燎火のごとく悪に燃えた心の火は、暴風雨《あらし》のために跡方もなく消されてしまったのである……少女は現在神《いま》の聖旨《みむね》によって、魔界にある自分を悔悟《くいあらため》に神の足下へ導いてくれた。自分の罪や汚れを神の前に謝してくれた、あの霊妙な唇の働き、それが神の業でなくて何であろう、何という恐ろしいことか、吁《ああ》この俺は永い間神を辱めていた、現在神の眼の前で大それた罪を重ねようとしているのだ。何という痴呆《たわけ》だったろう、もう矢も楯も耐らない、此所《ここ》にじっとしていればそれだけ自分の罪科が殖えてゆくのだ……。

彼はそのとき彼の帰宅《かえり》を待ち侘びつつ手内職にいそしむ妻と、寝ている寂しそうな正一の顔とを思い浮かべて愕然《はっ》と腰を浮かせた。

少女はまったく睡ってしまったか、彼の手によってそっと畳の上に寝かされたことも知らずに、安らかな平和な寝息をつづけていた。彼は机の方に膝行《にじ》りよって、その横にあった座蒲団と膝懸けとを引きよせ、蒲団を枕に膝懸けを軽くその体に被《き》せかけると、自分も寒そうに上衣の襟を立てたが、机の下の金庫が目に映ると、彼は恐ろしいものでも見たように息を呑んだ。

ようやく立ち上がった彼は、少女の寝顔をもう一度振り返っただけでそのままさっき這入りこんだ勝手口から植込みの暗に姿を紛らし、裏木戸を出てそこを締めて後、安全だった自分自身を意識して吻《ほっ》と軽い心持ちに返ることができた。

それでもまだ心の底には何か済まないものが残っていた。

戸外《そと》は夜更けの寒い風が彼の頰を吹き過ぎる。その中を自身の家とは違った方角へ、寒さと怖れのために体を固くしながら急ぎ足に歩き出したが、感傷的になった彼はときどき空を仰いでは呟いた。

「神様、懺悔をいたします……切望《どうぞ》お許し下さい」

十五分ばかりの後、彼はある小さな教会の扉口《とぐち》に立って案内を求めた。

「今晩は、ごめん下さい」

教会では降誕祭《クリスマス》前というのに、もう用事も済んだかして誰も居ないらしかった。けれども彼は川崎さんだけは居てくれれば好いがと、空頼みしつつ声のする暗い屋内《うちら》を覗きこんだ。出てきた年老《としと》った婢は小腰を屈めて、丁寧に用向きを訊いた。

「あの……川崎先生はお在宅《いで》でしょうか?」

「どうもお生憎《あいにく》さまでございますが、先生はもうお帰宅《かえり》になりました」

「へえお帰宅に……困ったなあ」

彼は何よりもまず一番にあの人柄な川崎牧師に会って、その前で自分の罪障を懺悔しなければ自分の心に済まなかった。このまま帰るのがせっかく緊張させてきた心持ちに対して残り惜しかった。婢は気の毒そうに言った。

「何ですか存じませんが……今日は少し早くお帰りになりましたよ……御用でしたら先生のお宅の方へいらっしたら如何です」

「ああ……お宅へ伺っても好いんですか、どの辺です?」

「清井町でございます」

「えっ、清井町?……のどの辺です」

色を変えて訊いた彼は、今その方角から歩いてきたのだった。

「清井町の中ほどの、左側に土塀があってそこを右へ曲がる角ですが、すぐ判りますよ。古い板塀のある家で、門だけ新しいのが先生のお宅ですから……」

温古想題

△

二人集まったところへゆけば不景気の話をしなければ、世情に疎いと思われる近ごろ、安いサラリーに哺まれる家庭としてさして派手な生活をするわけでも、またできるはずでない中を天晴れ月々の財政から若干かを巧みに臍繰ることを忘れない良妻、そこに俸給日が見えているが小銭はもう遣い果して二分も残っておらず、今更臍繰りを吐きだすも業腹、困るわの百曼陀羅を繰り返して愚痴ってみても、元より夫君も鐚《びた》一文あるもんかと、手垢だらけの蟇口を御叮嚀に掌でハタいて放り出したまんま、夜店ものの杖かかえて靴音そこそこにご出勤。

△

詮方がない吐き出しである。

そこから生じる臍繰りの間欠は来月の分で充塡する他はない。しかし補充だけですむのじゃない、来月分も臍繰らねばならぬ。二は〇＋一でなくて一＋一である、来月はダブル必要がある……良妻は埋め合わせという簡単な文字にこの考慮を費やしていた。その膝の前には例の空っぽの蟇口が哀れ憮然と放り出されてある。どうせ白銅一つ残っていないのは手触りで知れたこと、またきっとカフェーの勘定書きでも……とつい女の癖が出て蟇口の口を開け、一見した良妻の表情、世の中の牡鶏が卵を生んだってこうは驚くまい。慌ただしく右手の指を差し込み実在のものに触るに及んで、その眼は歓喜のために蟇口の金具のニッケルよりも輝いた。

△

その日の午後、おもての格子越しに笑顔をみせて声をかけたのは、身拵えキリッとした蚊帳売り、どうせ振り売りの代物に碌であろうはずもなしと多寡は括ったが、値さえ安ければ品物さえ確かならと念を押して呼び込む。蚊帳売りにしても三軒見せて一軒売れば上々の吉、遠慮なく見ておくんなさい、この頃評判の好い近江蚊帳、染めはもとより仕立てにも不足があれば聞きましょうと上がり框に拡げたてて織り元の宣伝、煙に捲かれて価を訊けば新聞の広告で見たと大した違いもなく品物も満更でないようす、旨く値切って折り合いつけば、蚊帳売りは釣銭出しながら、そこらの店にこんな値で売るか比較てごらんなさい、私の家でこれを織るからですよ、とは恩に被せたもの。

△

どうせ今晩中気まずい顔を見せられるものと因果を定めて帰った夫君、着換えをすませて食卓に向かうとまず良妻の唇辺に漂う気味悪い笑みに脅かされた。思いきりヒステる前提なのか来月の難題の導火線なのか、その策戦を看破すべく悩んで、暗雲低迷裡に食事をすませると良妻はすっくと立って押入れを今やあけんとして夫君を顧みニッと笑う。とうとう視線をぶっつけてしまった夫君は素破こそと度胸をすえにかかる。

△

取り出されたるは緑のもとどりでもなければ、荷造りした行李でもなかった。萌黄の香新しいシャギシャギした手触りの好い蚊帳、その環のように眼を円くした夫君は、これを購った金の出所を訊くと等しく、円くした眼を復活させて反比例に口をあんぐり開けた。言うがごとくんば、空ッぽの蟇口の一隅に細かく畳んだ十円紙幣が秘められてあった、支払った代金四円五十銭也、おつりとして正に斯くのとおり五円五十銭也。

△

真夜中睡いのに蠟燭を点して蚊帳の中じゅう蚊焼きに起きなくても好いし、いくら貴方が暴れても破れる憂い更になし。従って三日にあげず継裂をあてる必要もなく、何時伯母さんが泊まりにいらっしても恥ずかしくないわ、第一この手触りをご覧なさいな、こんな好い品は△○呉服店だって六円より下じゃ売らないわ。立て続けに御意あるまま押し黙っていたもののようやく制して訊ねた、お前はあの紙幣を見たのかい、ええ見ましたとも立派な紙幣でしたよ、違う違う裏をさ……裏は見なかったのかい、妾何だか知らないが半分に畳んだまま渡したのよ……えっ裏には絵のかいた、あの絵のある偽紙幣ですって！　まあ。

オイこいつあ大変だぞ。

△

唸って考えこむ夫君と、おどおどした良妻、少時二人で秘密会議よろしくあったが、素々悪意あって企んだことじゃなし、彼方にもよく調べなかった過失はある、公沙汰になったところで知らなかった一点張りで通せば罪にもなるまい、とそこは虫の好いもので理窟と股倉膏薬はどちらへでもつく。取り越し苦労をするよりも見す見す幸運に提供された無代の蚊帳を享楽しないのは嘘だ、こんな晩こそ早く寝るに限ると無精な夫君も珍しく手伝って四隅を釣り、手早く裾をはねて潜りこむが早いかドサリと仰向けになったまでは無事、正に咽喉をついて出ようとする欠伸もどこへやら、突如ぶっと噴飯したかと思えば続いて起こるものは狂人めいた笑い声であった。

△

菅原伝授で見る松王の七笑いを現実に知らんにはこの夫君の笑いを見るにしかずであろう。果ては横腹をピチャピチャ掌で叩き小児がするように両足でドンドン蒲団を蹴って笑い倒げる。驚き且つ怪しんだのは良妻である、戸締りをおえて蚊帳越しに夫君の狂態を眺めたその胸にはおよそ五種以上の感慨が交錯したろう。いつまでも果てしがないまま、喧しいじゃありませんか、どうしたというんですよと叱ってみても笑いは止まず、ただ手招きのみで、まあ這入ってみろ、と一言言って後はまた笑い。

審しさのまま気味悪々もぐりこんで、夫君が可笑しさの中に指す天井を見ればそんな！この蚊帳には天井がない。

第一義

今日も校長から何の話もなかった。彼は軽い溜息をついて校門を振り顧《かえ》った。その歌は悒鬱《ゆううつ》だった。

彼の提出した辞表が聴き届けられたものなれば、もう今日でなければ明日あたり何とか話が出るだろう。こんな不安な日が一日でもよけいに続くことは遣り切れない……というような、棄てばちな気が出てくる。

彼は手垢でしめっぽくなった黒い風呂敷包みを抱えて、俛《うな》だれ気味に歩むうちに、またしてもある記憶が頭に甦ってくる。

——彼のうけもつ生徒たちは、他の組に比べて粒の悪いのが多かった。脇見の甚だしいもの、机の蔭で悪戯をやるもの、それから弱い児を虐げるものや陰険なのから剛情な子供、それに劣等児も加えると両手の指をくり返すほどだった。真に教え甲斐のあるようなのは、彼を心細がらせるほどしかなかったのは事実である。

時々彼は放課後ぐったりと疲れてしまって、重い頭を抱えたまま気抜けのようになっていることさえあった。選《よ》りに選って難物の多い級を受け持った自身がうら悲しく覚えた。

けれどもそんな場合いつも自慰の口実を見つけて我慢をつづけてきたのである。ところが端なくもつい四五日前の授業中……読み方の時間であった。

彼が教壇の上にあって読本のある一節を声高く読み聞かせていたとき、彼自身も無意識であったが、一字読み違えたまま朗読を継《つ》けていた。聴き入る六十の頭廬《とうろ》も心付かず各自の教科書を視入《みい》っていたうちで、ただ一人甲高い声で彼の朗読を遮って、衆愚のうちに敢然と手を差し上げているのを見ると、それは西田保雄という少年だった。

西田は彼の誤読を指摘した。その言を聞いて彼は首を傾げて考えたが、どうも読み違えたとは思えないので、教壇の上から他の総勢に誤読の有無を訊《ただ》した。

けれども他の生徒たちにしたところで、朝来《ちょうらい》面白くもない数字や、型に嵌《は》まった修身、それから遊戯で全精力を消耗したあとだったから、好い加減疲れてしまって、彼の朗読を伴奏楽の気どりで羽化登仙《うかとうせん》の境にあるもの、弁当の副食物《おかず》を想像するもの、各人各種の状態であったから、彼の誤読なんぞ窓から窓へ通りぬける涼風と一緒に素っ破抜かしていたので、互いに顔見合わせているばかりである。

しかしこうなると訂正すればなんでもないことだが、彼は俄に意固地を持ちだして、誤読の事実を根拠もなしに否定した。西田少年はまた執拗に自己の主張を枉《ま》げない、形勢は悪化せざるを得なかった。

焦々《いらいら》していた彼は耐《たま》らなくなって、とうとう疳癪を破裂させ教壇から降りると突如《いきなり》、手にした教科書で西田の頬をぴっしゃりと打った上、烈しくその不遜と頑固さとを譴責《けんせき》したのである。

そしてどうやらその日の午後の授業も済ませてから、職員室へ這入《はい》ってゆくと校長から一室のうちへ呼びこまれた。

「吉塚さん、ちょっとお話があるんです」

校長は彼に一通の手紙を見せた。元来この校長は誰のことでも某君と呼ぶのに、彼にだけ特にさん付けで呼ぶのが、彼にとって得意なようでもあり気恥ずかしいような気もした。自分の学殖に敬意を払っての尊称であると解釈したときは得意でいられるが、ただ年長者の故をもってそうされるのだとあまり有りがたい意味ではなかった。

名宛てが校長になって西田宅よりと署名されたその手紙の内容は達筆な左のようなものだった。

前略、豚児保雄儀毎々一方ならず御骨折りを辱《かたじけの》うし感謝の他なく候甚だ唐突のことながら保雄儀本日、何か吉塚先生に対し抗弁仕り候とかにて御叱責相受け候由《よし》、実もって恐縮に耐えず何分剛情我慢の質にて持て余しものに御座候えば、将来も御用捨なく御厳戒を賜りたく存じ候

なおこれは迂愚なる子供の申し条につき聞き流しには致し居り候えど、吉塚先生にはその際書物をもって御切檻《せつかん》これ有り候由、もちろん戒飭《かいちょく》上一の御方便とは存じ候えども、本人はそれをもって種々異存申し立て候を、強いて登校致させ申し候、右の事実は本人が誇張したし居るやも計り知られず、一応その真相を承り家庭においても教育上の資料と仕り度《たく》、この儀御手数ながら御調査の上御回答煩わしたくこの段御依頼仕り候也。

草々

保雄父

西田安五郎

校長 富森元輔殿

「吉塚さん、これは一体どうした訳だったのですか」

この校長の問にたいして、彼は授業中の出来事を手短に話した。校長は一度肯《うなず》いて、

「しかし打たなくっても好かったわけですな、なぜ打ったのですか」

もとよりこういう理由《わけ》だから打つという、判然《はっきり》した計画も何もなかったのである、ただ何かなしにうったのに相違ないがそう露骨にも言えなかった。

「反省を与えるために打ったのです、尋常手段でゆかなかったので」

彼は手段というのはちと大業《おおぎょう》かなと思った。

「ははあ……反省を与えるため……目的はまことに好いが、暴力のためにその価値がすっかり消えてしまった。暴力で反省を教えて教育者の責任は果たされているのでしょうか」

校長は反り身に卓へ肱をついて、試問するように訊いた。

「私は責任を重んずればこそ、預かっている子供達の悪いところを見いだして、それを矯直《なお》そうとするのです……天真爛漫に生きている子供の偽らない生活が神に近いというなれば、悪が伴ってはならないはずです。嫩葉《ふたば》の間に悪や醜いものを摘み去って、善いものばかりを伸ばしてやりたいというのが、私の理想なのです」

彼は平素の重い口から、予期しなかったこの抽象的な辞句が滑らかに辷り出たのが意外だった。

「ほう……なるほど、そりゃ一理あります、けれども、悪……つまり子供の欠点ですね、それを除くことに暴力を用いるのは考えものですよ、それよりその努力を長所や美点を助長させ

てやる方に向けるのが真実じゃないでしょうか。美しいものや強いものが伸びてゆけば、そんな悪なんか存在を消されてしまうでしょう。また意識のない反省は何にもならないんです、何故叱られるかという意識を与えずに、反省を促すのは根本が間違ってはいませんか」

「いや、近頃の子供は意識があって無反省だから耐りません。昔の生徒はそうじゃなかったようです。師弟間にも美しい情誼《じょうぎ》がありました。この頃の子供はどうです、厭にひねくれて大人びて長者をさえ軽蔑したがる悪い傾向があります。師の影は七尺下がって踏まずといった謙譲な美徳がどこに残っているでしょう」

校長は絶えず微笑をもって聴いていたが、ようやく真顔にかえって、

「吉塚さん、時勢がちがいます。時は絶えず動いているのですよ……しかし困ったですねえ、その西田安五郎は御承知でしょうが、この学区内の有力者で、あの人を怒らせるということは面白くないのですよ」

「別段この手紙に怒ってる様子も見えませんが……」

「貴方は正直ですね、嫌味を言ってるんですよ、よく読んでごらんなさい」

彼にはその手紙が嫌味であるとも思わなかったが、立場の違った二人は少時《しばらく》論じ合っている内に、ある詞の行き懸かりから亮吉《りようきち》はついに辞職すると言い出した。

「そうですか、では止むを得ませんから、どうか御随意にして頂きましょう」

校長は手短く言ってのけてさっさと引き上げた。余憤や意地も手伝って彼はすぐその場で辞表を認め、校長の前へ抛りつけるとぷりぷりして帰ってしまった。

宅《うち》へ帰ってからも落ちつけなかった彼は、晩酌の酔いをかって早くから寝てしまったが、翌

朝も習慣的に仕度をして何喰わぬ顔に出勤しなければならなかった。まだ妻や子供にも何も打ち明けてないのである、延ばせるだけ延ばしてから話そうと決心して、その翌日も今日もこうして学校へ出たのである――。

彼は辞令の下がった翌日からの職業や収入の計画をたてて見ねばならなかった。

彼の両脚は、斯く幹部神経が頭廬のうちで経過報告や重要会議に熱中していても、忠実にその任務を遂行して、課長の不在中に炉辺猥談に耽る人間たちのように怠けていなかった。凹地《くぼ》や水溜まりを跨ぎ、石塊《いしころ》にも躓かず街角を巧みに曲がって、安全に彼の体を搬《はこ》んでいった。

「いずれ辞令の下がるのは明日だろう……妻にはその上で何とか話をしよう。彼女《あいつ》のことだから……なぜ妾《わたし》にも一応相談してから辞表を出さなかったのです、一体生活《くらし》の方はどうするんです……って喰ってかかるだろう、そして黙りこんで半日でも考えこむだろう、もうありありと目の前に見えるようだ。

無理もない、夫婦と子供三人の糊口を支えた収入が途絶えるのだもの、こりゃちっと真摯に考えなきゃならん……。

大体人間に関係のある大方の問題は、どうにか茶羅っぽこで通せるものだけれども、恐ろしい饑餓に向かってはそう呑気に構えていられない。これだけはどこまでいっても真剣な問題だ、何とか一家五人の飢渇を防ぐ方法を講じなければならない。すなわち適当な職業を今の間に確定しておかねば来月から身の皮を剝がなければならん。

今まで交際《つきあ》った同僚のうちには、小金を貯えて、田舎へ隠遁したものや、奉職中から妻の名義で荒物屋を開業して退職後の生活保証を計画したもの、月賦にもせよ洒落た洋服に黒鞄を抱えて保険会社に通っている某、金貸しの家へ入り婿して資産家になりすました甲、△△映画会社とかへ迎えられた才物の乙、丙……丁……。

みんな幸運に恵まれた男たちだ。

俺は蓄えもない、今更この年配で若者たちに混じって会社勤めでもあるまい。第一先方が使わない、使ったところで門衛か倉庫番くらいだ。今更門番や電車の旗振りはやりたくない、身苟《いやしく》も教育家として社会から尊敬をうけてきた俺だ。

だが、二十歳星霜の教員生活に、この俺は一体何を残してきたのか、東西をさえ弁えない幼い子供を預かっては忠実にこれを導いて、一通りの常識を授け校門を送り出した。現今社会に活躍している幾人かを、不肖なりといえども俺が巣立たせてやった。それにこの俺は何の酬《むく》いられるところもなく、依然として貧乏だ。要するに俺のこれまで費やした努力は、どこまで行っても縁の下の力持ちだったのだ」

彼は路に行き暮れた行旅者《こうりよしゃ》のように、遣る瀬ない溜息を吐《つ》いて顔をあげた。

家並みの塀越しに見える樹々の若葉は、清々しい緑に栄《は》えて初夏の快い微風が葉末をわたっている。道路は白く乾きついて、歩む人の足もとはいずれも埃っぽくなっていた。

五六軒さきの路傍にたてた自転車の脇に蹲《しゃが》んで、どこかの薬種屋《くすりや》の小店員らしいのが、壊れた木箱を街路へ下ろして合わせ目をいろいろにして見るが、釘がぬけているので当惑している。自転車に積んでいて落としたものらしい。

亮吉は見るともなくその十五六歳になる小店員のすることを眺めながら近よっていった。その店員は何を考えついたのか履いていた皮製の強そうなスリッパをぬいで、ゆるんだ釘をうつべく逆手にもち、踵《かかと》の厚いところでコツンコツンと打ち始めた。しかしそれは鉄槌《かなづち》でうつように旨くはゆかない。手の甲や顔中に飛び散る砂を払い除けながら、それでも根気よくたたくうちに釘は厭々ながら少しずつめりこんでゆく。

それを立ち停まって見ていた亮吉はふと考えた……スリッパは室内で履くべきものである、それをこの薬種屋の店員は屋外を歩むのに用いているばかりか、今は鉄槌の代用をさせている。それでもスリッパは不満らしい顔もせず、人間のように勤務以外の仕事には別手当てをくれろの、宿直料を出せのと卑劣なことを言わず、用途以外の使用にも甘んじて神妙に役に立ってい る。別段功績を認めてくれとも言わない、大いに教訓に価する……俺は、いや俺は今不平を感じていたが、俺の不平とこれとは自ずから問題が違う、まあ好い、そんなことはどうでも好い。「俺はもう四十四歳だ、人生五十としてもあますところ六年しかない。師範学校を出て教鞭を執り妻を迎え子を生み、家族を養うために喘ぎ喘ぎ急阪《きゆうはん》を攀《よ》じるような苦しい貧乏生活を続けてきた。今日まで子供の成長と晩酌以外に何の慰安も歓楽も求めず……否求めても得られず現在に及んだ。

誇るべきか憫《あわれ》むべきか、芝居や活動をさえ見ずに日を送った。もちろん絹の着物なんぞ一度も着たことがない。俺は斯様《かよう》にして小さいものを成長させるために謂わば草や木を大きく立派にするための地の中の肥料のような役目を負わされて、生きていたも同然である。そしてこのままで朽ちてゆくのが俺の運命なのかも知れない。

だが何を悲しもう、これこそいわゆる人生の第一義なのだろう、そうだ人生の第一義……何と尊くひびく詞だろう。

大蓮寺の和尚が言うには、仏法の第一義とは一切諸法皆空《みなくう》、一切諸法常住のことで煩悩即涅槃、つまり因果を超越するに在るそうだが、俺は人生の名利愛慾を超越した犠牲的精神のことだと解釈している。

明日にも職にはなれてすぐに銭儲けにありつけば好し、さもなければ可哀想だが長男は中学をさげてしまって、どこか会社へでも入れなければならない。後もう一年だから惜しいには惜しいが、これも第一義のためだ……俺も酒を禁《や》めなければなるまい、いや禁めなくともせめて半分にすれば好い。万一禁酒の結果病気にでもなれば、かえって家中が困るだろう……こうなるのも原因《もと》のおこりはあの年端《としは》もゆかぬ驕慢な西田少年のためだ。師に楯つくなんてどうせ将来《ゆくすえ》は碌なものにはなるまい、それにまたその親が没分暁漢《わからずや》だ、恩誼の何たるやを弁えず不足の手紙を寄越すなんて、有力者か知らないが、そんなものを憚っていて完全な教育が施せるか。

校長も癪にさわる、教育者なんぞは質素着実を尊ぶべきである。それに何ぞやあの男は頭髪をてかてかに光らせて襟飾《ネクタイ》を一週間ごとに取り換えるのを見得《みえ》にしている、垢もつかない真っ白な襟《カラー》は贅沢だ、変に新しがった新刊の書籍、親分肌な口の利き方、総てが気障《きざ》だ。どうせ俺を出したあとは、女教員の安いのでも引っぱってくる心算《つもり》だろう。どうなりと勝手にするが好い……。

どうせあの連中に人生の第一義は判りはしないのだ、服装ばかりどんなに立派でも、知識がどれほど新しくとも、この俺の真似のできる奴が一人だって居るかい、俺は第一義に生き第一義に死ぬんだぞ」

彼はもう第一義で胸が一杯だ、失職も妻子もどっかへ姿が消えて、第一義だけが彼の目の前でツウステップを踊ってるようだった。

なるほど第一義は愉快だ、けれども小砂利を踏んでも趾《あしのうら》に感じるほど裏底のすり減った靴や、チョコレート色に褪せた紺サージの服を意識するとさすがに悲哀というやつが、どこからともなくこの愉悦の中へ忍び入ってくる。

しかし彼は傲然とそれを却《しりぞ》けた。

「何が恥ずかしいものか、教員なればこそこんな服を着るのだ、仕事相応なのだ。故あって俺が黒羽二重《くろはぶたえ》に仙台平《せんだいひら》の袴で出勤してみろ、校長だって同僚だって、今時分に新年はお芽出とうをやらなければなるまい。もしまた理由あって、陸軍大将の正装に勲一等を胸にさげて行ってみろ、校長は不動の姿勢で出迎えねばならず、他の連中だって三拝九拝だ、洟《はな》ったれ小僧たちや腕白どもは威光にうたれて、教えてやることが覚えられるか、それだから俺はこの服にこの靴を用いているんだ、如来の応身である、教化する対象物が人身だから釈尊は迦毘羅衛《かびらえ》の太子に生まれたのだ……」

道路はさっきから少し狭くなって人通りも雑踏していた。車馬も忙しく摺れ違い、軒先にがやがや喋り交わす人声、荷馬車の轟き、それらの雑音が騒然と彼の耳に入った。

ちょうどそのとき行く手の方から、怪獣のような唸り声をたてて狭い道路を吾が物顔に、一輛の自動車が突進してきた。行き違う人達は忌ま忌ましそうに両側へ身をかわして避ける中を、自動車は傍若無人に駈けぬける。

彼は自動車が嫌いであった。乗ったこともない彼にとってその振動から音響からして親しめなかった。かつて雨降りの日泥汁《どろ》を跳ねかけられてから極度に憎むようになった。彼は顔を顰め眼を光らせながら片側へ避けようとした瞬間であった。

亮吉の避けた方の家の奥から、きゃっきゃっ笑いながら五歳ばかりの女の児が、彼のすぐ前まで逃げてきて背後《うしろ》を振り顧った。恐らくこの児自身の兄にでも戯れに逐《お》われたのだろう、その児はまた身を翻《かわ》すとやにわに道路を横切ろうと駈け出した。

亮吉は愕然と眼を瞠《みは》った、自動車は驀進してくる。

「危ないッ」

誰かが叫んだが間に合わない、もう子供は道の中央まで出てしまった……。

「呀《あ》っ」

という叫び声を夢中で聞いた彼は、獲物を撃つ獅子のような勢いで子供に飛び懸かった。そして帯とおぼしい辺りへ手が懸かるとクルリと向きを変えた。自動車も愕《おどろ》いたらしく無気味な音をたてて急停車を試みたが、まだ車には惰力が働いていた。

彼は子供を力任せに軒先の方へつき飛ばし、その結果を見届ける暇もなく自動車の頑丈な泥除けで、強《したた》か腰を衝かれて一溜まりもなく仰向けにどっさり倒れた。

何もかもわずかの一瞬間の出来ごとである。

やられたッ……と観念した瞬間彼は煉瓦塀へ体当たりを喰わせたときのような痛さを身内に感じて、やや少時茫《ぼう》と気が遠くなった。

大勢の人がわやわやと頭の上で騒ぐのが聞こえる、背を撫でてくれるもの、早く医者をと吸鳴るもの。

けれども彼はやっと身を起こしてみたが、どこにも異常を感じないので塵を払ったまま、気まり悪そうに人の間を潜って歩きだした。

家へ帰って見ると、もうちゃんと晩酌の準備ができていて、妻はいそいそした態《てい》で言った。

「今日ね、お隣から活動の無料券を貰ったの、今夜これから行って来て好いでしょう」

滅多にないことだし、それにお湯でもつかって待っていたのか、平常《へいぜい》と違って女らしい美しさが妻の顔から見出された。彼も何だか嬉しくなった。

「ああ好いとも、早く行っておいで、飯は俺が勝手に喰うから」

妻は着換えを済ませると、末の児の手をひいて出ていった。彼は今日監視の目から解放されて、染々《しみじみ》と酒の味わいに親しみつつくつろいで飲めることを喜んだ。長男と次の女の児とが前へ座って食事をやりかけた頃に電灯がついた。

彼は熟々《つくづく》と妻の今夜の幸福感と、自分の現在の幸福感とを想い合わせて、金はなくとも今夜のような心持ちを、せめて一ケ月に四五度も味わうことのできる生活をしてみたいと思った。

彼が食後の散歩は、数年前の胃病からちょうど習慣になっていて、雨天の日の他は欠かしたことはなかった。それで食事が済むと長男に留守を預けて、例日《いつも》のように戸外《そと》へ出たがもう四辺《あたり》は暗かった。

今夜はいつものお仕着せだけの分量では、せっかくの幸福感にたいしても物足りなかったので、意地汚く追加をやったがために酔いもそれだけ強く出ていた。昼間の悒鬱も忘れたように足に任せて歩くうち、知らず識らず学校の方へ近寄っていた。

白昼《まひる》とちがってさすがに通行の人影も疎らだった。学校に隣接の森は鬱蒼として梟《ふくろう》でも啼きそうである。正門横の潜りから這入って小使部屋を覗いて見たけれども、用足しにでも出かけたか不在であった。そのまま彼は石の階段を二三段上がって、職員室の硝子《ガラス》障子の外から伺うと、誰かが電灯の下で彼方《あっち》向きに書見をしているらしい。

肩から上しか見えないが、一目でそれが校長であることが判った。

声をかけるのも面倒だし顔を合わせるのも何だか癪だったので、なるべく跫音《あしおと》を忍ばせて行き過ぎた。

廊下の一番奥にある自分の教室の中へ這入って、自分の置き忘れた書籍を捜しあて、それを懐中へ入れるとまた扉《と》を締めて、以前の廊下を引き返した。

彼がちょうど二階の教室へ通ずる階段のところまで来たとき、彼方《むこう》から跫音が聞こえた。

何も疚《やま》しいことはないのだけれど、声をかけずに来たことが何となく後ろめたく思われて、狐鼠狐鼠《こそこそ》と階段の蔭へ身を潜めた。ぴったり隅へ寄り添ったとき手に棒のようなものが触れたが、それは三和土《コンクリート》を洗う柄のついたブラシであった。

跫音は漸次《しだい》に近よってくる。

彼は腋《わき》の下にじめじめしたものが沁《し》み出てくるのを感じた。自分の喘ぐ呼吸から心臓の鼓動までが、判然聴き取れそうだった。上草履を引き摺る音が階段の前まできたとき、彼がなおも身を縮めようとして触れたブラシが動いて、コトリと音をたてた。

「誰だ……そこに居るのは誰だ、小林か」

校長の声である。敏《はや》くも物音を聞き付けて立ち停まり、此方《こちら》を賺《すか》し見ている。返事をすれば事が面倒になる、躍る胸を押さえて黙っていた。

「誰だ、出てこないか、出なければ擲《なぐ》るぞ」

闇を擘裂《つんざ》く校長の声は鋭い、校長なら賊くらい恐れはしないはずだ、柔道何段とかで平素脾肉を嘆じていたくらいだから、ただしそれだけ亮吉にとっては薄気味が悪い。

「よし待ってろ、引き摺り出してやるから」

引き摺り出されてはお仕舞いだ、とっさに彼はブラシを執るより早く大上段に振り冠《かぶ》った。校長の足許近くの板敷きに叩きつけて校長がその音に驚く隙にここを飛び出そうと機会を狙った。先方も慎重な構えをしているらしい。

息の詰まりそうな険悪な幾秒。

彼はこの辺と思うあたりを睨んで、力任せに礑矢《はっし》と打ち下ろした。

意外な手応えが、ブラシの柄から彼の腕へつたわった。板敷きのように固いものでなく真に容易ならないものを強《した》か撃ったのである。

凄い悲鳴が彼の耳に響いたと思うと、校長は朽ち木でも転がすようにどさりと倒れた。なかなか起き上がってこない。彼は中腰になって怖々《こわごわ》近よっていったが、透かして見ると校長は手も足も長く伸ばして俯向《うつむ》きに斃《たお》れているらしかった。

彼は不吉な想像に怯えながら、校長の体に手をかけて揺すってみたが、ぐなぐなして弾力がぬけている。慌ただしく顔の辺りを撫で回した彼の手に、べっとりとぬらぬらしたものが付いた、呀っ血だ。

俺は殺したのだ、そうだ擲りころしたのだ……何という恐ろしいことだ、何という拍子の悪さだ……誰が過失《あやまち》だといって許してくれよう。俺は数日前校長と議論して、辞表まで叩きつけたのだもの……吁《ああ》遁れる道はないか……何とか工夫せねばならない。

きょろきょろ四辺を見回していた彼は、ようやく階段の下の物置から答案用紙や反古を探しあて、そこへ堆高《うずたか》く盛り上げ撒きちらし、袂の燐寸《マッチ》を擦ってパッと火を点けた。反古紙は旨く燃えついて急に四辺が明るくなった。彼は魘れている校長のそばを通りぬけ、脱兎のごとく廊下を走って校門を出た。そして森を迂回して学校の裏手へ回って吻《ほっ》と太息《といき》をついた。見上げる眼に二階の教室の硝子障子がぽう……ぽう……と赤く炎で照り出されるのが映った。

これであの犯行は知れずに済むだろう。

やがて火の手は充分まわったらしく、暗《やみ》の中へ真っ赤に浮き出た教室の窓からは、黒い煙が流れるように吹き出て、火の燃え拡がるぱちぱちという物音、気の故《せい》か表門の方で人が騒いでいるらしいようだ。

何を考えたか、彼は愕然と吾に返った。突如非常な勢いで元の道を駈け戻ると、果して表門の内外は無数の人々が狂奔している。その中を無二無三にかき別けて、彼は勝手の判った職員室の向こう側の一室に飛びこんだ。

打ち顫《ふる》う手にもどうやら重い扉は開かれて、中から白布に包まれたものを取り出すと、彼はまた廊下へ出たが、もう火は職員室間近まで迫っていて身辺までいがらっぽい煙が渦をまいて襲ってきた。幾度か衝き当たろうとする人々を避けつつ彼は森蔭まで逃げてきた。

白布包みを両手に支えたまま彼は茫然と燃え上がる校舎を眺めていた。

紅蓮《ぐれん》、大紅蓮の炎は教室の床を天井を、隣より隣へ舐めてゆき、どす黒い煙は火の粉《こ》を混じえて、むらむらと屋根の庇から大空へ立ち登る、建物一面に火が回った。

水管自動車も来た、非常線も張られた、人は右往左往に乱れる、白竜の昇天に似た水の柱が燃え盛る火の勢いを挫こうと注ぎかかる。

壮観だ、偉観だ……素敵だぞ、彼は高らかに叫んだ。

……あの火炎の中に斃れている校長は、魚を焼くようにジュッジュッと音をたてて焼けているだろう。火熱が加わるに従って眼球《めだま》は奥の方へ溶けこんで臓腑は酒盗《しおから》のように流れ出す。終いには白い骨だけが残って、それが火炎の勢いと、水の力で弄ばれ骸骨踊りが始まろう。若い時に見た、操り人形のような手つき腰つきで……よいよいよやさ……と。

彼の眼にその光景が髣髴《ほうふつ》としてくる。押さえても押さえても、腹の底から笑いがこみ上げてきて、到頭耐えきれなくなった彼は、果ては大声あげて止め度もなくげらげら笑った。

「おいおい何を笑っている」

肩を叩かれて振り顧るとそこには一人の巡査が佇立していた。

「ちょっと君に用事があるから、本官《わし》と一緒に来てもらいたい」

「何の用か知らないが、僕は今どこへも行けないのだ」

「行けないと言っても本官は職権をもってつれて行く、早く来い」

巡査は彼の腕を摑んで邪慳に引っ張ると、彼は想わずよろよろとなった。

「無礼なことをするな、今俺のもっているものを何だと思う、恐れ多くも御真影だぞ、頭が高いッ……」

彼はありったけの声を振り絞って呶鳴りつけた。荒胆を挫《ひし》がれた巡査は俄に手を放して一歩後ろへ退《さが》り、白布に眼を注いで挙手の礼をした。

「判ったかい、この御真影があるから行けないと言ったのだよ」

彼は優しく言った。彼に対する巡査の態度は非常に慇懃《いんぎん》にかわった。

「では切望《どうぞ》それをお持ちのままで、一応警察署までいらっして下さいませんか」

臆病らしく躊躇《ためら》っていた彼も、拠所《よんどころ》なしと観念したのか素直に肯いて歩き出した。巡査は赤い筋の這入った提灯をぶらぶらさせながら彼と肩を並べてゆく。

警察署につくと署長は恭しく《うやうや》その白布包みを両手に押し戴いて一室へ奉安した。そして丁寧に彼に椅子を勧めて後、物柔らかに訊ねた。

「貴方はどうしてあんなことを演《や》ったのです。切望《どうぞ》ありのままに言って下さい……真実のことをね」

亮吉は顔をあげた。

「真実とはどんなことです?」

「貴方は飛んでもないことを演ったですね、此方じゃもう何もかも判っているのです。愁《なま》じ隠されると貴方のために悪いでしょう、隠さずに真実を話して下さい」

亮吉は憤然と椅子から起《た》ち上がって叫んだ。

「さっきから貴方は厭に真実を要求されるが、この人生に真実が一体幾つあるのですか……人間の生まれることと死ぬこと、そして男と女とがあるという四つの他は嘘ばかりじゃないか……人間は徹頭徹尾嘘で生きている、死という真実の前には涙を流し、生まれるという真実の前には吾を忘れて勇躍する、老衰して目は霞み耳が聞こえなくなったのを長命で芽出たいなどと言う、どれほど芽出たくても五百年七百年も生き伸びては退屈で耐らない。

大体よくこれだけ嘘が言えたものだ、就中《なかんずく》男より女の方が激しい、どうにもならない顔をより美しく見せようと細工をする、どんな惨虐な殺戮でもやれる癖に弱いものに見せる、羞恥が嘘だ、恋愛が偽りだ、温順、嬌態、貞操、数えれば幾らでもある、女は毎日朝から寝るまで嘘をつかなければ、生きてゆかれない動物だ。

女の嘘でないのは子供を生むことと、乳房がついていることだ。

これだけ虚偽の充満した世の中に、貴方たちは一体どの真実を僕に語れとおっしゃるのですか」

途徹もない彼の長広舌に、さすがの警察官たちも煙に捲かれたように、誰一人沈黙を破るものはなかった。

署長は昵《じっ》と亮吉の顔を凝視《みつめ》ていたが、脇にいた部下に何かを囁いた。部下は幾度か肯いて莞爾《にこ》やかに亮吉に近づいた。

「さあ貴方、もう好いんですよ、少官《わたくし》が御案内しますから御一緒にいらっしゃい、好い所へ行きましょう」

こう誘われても亮吉は悪びれず、言わるるままにその警官の背後からついてゆくと、これはまた宏壮な石造の一構えの門を潜った。

玄関から長い廊下を通って、とある広い壁も天井も純白ながらんとした一室へ導かれ、そこで少時待たされた。警官は彼に逆らわないようにして注意深く彼の行動を監視していた。

間もなく扉を開けて、半白の髭を生やした傀偉《かいい》な風貌に白い上着を被《き》た人が、同じ服装の若い人を三四名従えて這入ってきた。

警官の詞を一通り聴き取った上、亮吉に微笑みの顔を向けた。

「如何です……御気分は？　頭脳《あたま》が痛くありませんか」

亮吉はこの家が病院でこの人が医師であることは意識していた。

「否《いや》、どこも痛くはありません、もっとも平素から脳は少々悪いようでしたが」

「ほほう、それはいけませんな、ちょっと診てあげましょう」

亮吉は否みもせず柔順に、医師のなすがままに任せた。聴診器を捲きながら医師は静かに言った。

「やはりわずかのちょっとした脳障害です、手術をすればすぐ癒《よ》くなるんですがね、なあに訳はないんです、痛くも何ともない、手術後は爽快な気分になれますよ」

亮吉にはその爽快な気分が欲しかった。

「では決行《やっ》てもらいましょう、少しくらい傷がついたって構やしない、人間の肉体だなんて威張ってもこんなものは肉類の粕や野菜の変化の寄り集まりですよ。八年前の私の体は垢や髪や爪になって亡くなりましてね、七年このかたからできた元素の塊なんです。母体から分裂してきた両親《おや》譲りの細胞なんて残っていやしません、これに傷をつけるのが不孝にあたるって言うのは訝《おか》しな話ですね」

医師達は互いに顔見合わせて……これが発作なのだよ……と囁き合いながらも、急いで手術の準備にとり懸かった。

間もなく彼は後頭部の髪をぞりぞり剃られ、その跡を看護婦が丹念に拭って消毒する。

鼻と口とを布の覆いで遮られて、甘ったるい鼻を衝くような麻酔剤の臭気が沁みてきた。頭の上で呼ぶ太い声の数とりに応じているうちに、彼の意識はいつしか朦朧となってしまった。

「よしッ」

半白の髭の医師が命ずると覆いは撤せられて、物々しい消毒衣の医師がキラキラする解剖刀で、手際よく亮吉の後頭部の皮膚と肉とを一文字に切り開いた。

巧名な装置の顱穿器《ろせんき》は、無気味な音をたてて亮吉の骨に穴をあけ始めた。手際よく辷るガーゼ、敏捷に働くピンセット。

固い骨は雑作もなく穴があいた。しかしどうした途端《はずみ》か、その器具の尖端が勢い余って穴の内部まで刺し抜けて、半麻酔の状態だった亮吉の生きた神経繊維をひっかけてくるくる捲きつけた。まるで糸車の芯棒へ切断《きれ》た糸の端が絡みついたように……彼は夢中ながら躍り上がって声高く絶叫した。

「痛い、神経が千裂《ちぎ》れるッ」

× × × × ×

亮吉は意識を恢復しかけた。今何か声高に叫んだ声が耳に入ったようでもあった。

徐《おもむろ》に細く眼を瞬いたが、悪酒に酔い痴れたときのように頭脳中がくらくらッとした。

「おう……気がつきましたか、動いてはいけませんよ」

どうも彼にはその声に聞き覚えがなかった、もう手術がすんだのか……どれほど睡《ねむ》っていたであろう……。

天井や壁を見回したがこれにも見覚えはない、いつあの手術台からこの部屋へ搬ばれたのか、頭の工合はまだ快《よ》くなったようにもない、何だか額の上に氷嚢でも載せられてあるらしく、恐ろしく頭の周囲《まわり》まで窮屈に感じた。

……それにしても火事はもう鎮まったろうか、校長の屍骸はどうなった、それから警官は、医師は……彼には判らないことばかりだった。できるだけ努力して頭を擡げようと試みた、けれども膠《にかわ》づけにでもされてるようで、すぐ耐えられない眩暈《めまい》を覚え、苦しそうに顔を顰めた。氷嚢がぐらりと傾いてずり落ちるのを誰かが旧々《もともと》に載せてくれた。

「まだ痛いでしょう、無理をしてはいけないですよ」

さっきと同じ声がした、彼は眼をあけてやや恢復した視力でその声の主《ぬし》を見た。そこには彼と同年輩くらいな人品の好い男が端然と座って彼の顔を覗きこんでいた。

電灯は穏やかな光線を投げて室内を照らしている。

「俺《わたし》は、全体俺は、どうしたのです」

乾いた口からようやくこれだけ言った。

「大丈夫ですかね……お体に障るといけませんが……では概略《あらまし》だけお話ししますが。貴方は今日の日暮れ前に私の家の前でお怪我をなすったのです」

「えっ、俺が怪我を……どうも判らない」

「そう動いてはいけません。それも私の家の子供を助けて下さるために、身代わりになってお怪我をなすったようなものです……ちょうど子供をつき飛ばした途端、貴方は自動車のために仰向けに転がされて、烈しく頭を打ちつけてそのまま気を失ってしまいなすったのです。それで取り敢えずここへお寝かせして医者を迎えましたが、ほんとうに皆心配いたしました。

お蔭で子供は擦り傷一つ負いませんでしたが、何とお礼を申してよいやら……けれども貴方にとっては飛んだ御災難でした」

亮吉は話を聞くうちに、縺れ合った糸の緒《いとぐち》が一つ一つ捜し出せてくるように思えた。

「それから学校へも電話で報せましたから、校長さんも息せき飛んでこられまして、今先刻《いま》まで此室《ここ》にいらっしゃいました」

校長と聞いて彼は愕然《ぎょっ》とした。

「校長？　が……来ていたのですか」

「ええ、大変御心配をなさいましてね、どうか良くなってくれれば好いがとおっしゃって医師とも種々《いろいろ》御相談があったようです」

彼はまた嘘の世界が眼の前に展開してきたように思えて、苦しい中から苦笑した。

「快くなっても俺と校長とは、もう関係はないのですよ、それに学校も……」

この家の主《あるじ》はちょっとためらっていたが、やっと口を開いた。

「実はそのことで校長さんからお話がありました。貴方は大変御立腹の上、辞表をお出しになったとかですね……もっともそれは校長が握りつぶして学務課へなんか出しはしなかったのです。貴方を今あの学校から出すことはできないそうです。たとい貴方がお廃《や》めになる考えでも、来年の四月で満二十五年勤続になるから、華々しく記念祝賀でもやらせた上で、と校長さんは予定していたのです。けれども貴方の激昂が収まらないのでまあ辞表だけは受け取っておいたのですって……大体校長さんは誰よりも貴方を信頼し好意をもっていたのですよ」

聴いてみれば何もかも意外なことばかりである。自分が二十五年勤続なんて本人でありながら迂濶《うつか》りしていた。さてはそうであったかと気がつくと、校長の気も知らず勃気《むき》になって嘲ったり呪ったりした自身の浅慮を憫笑してやりたく思った。のみならず肉体との聯絡をしばらくでも絶たれていた間、自分の霊魂のうちに校長の惨殺や放火といった凶暴な、悪の素質が潜んでいることを意識して慄然とした。

主人はなおも言《ことば》を続けた。

「それだけではありません、校長さんは幸い××病院に知己が居るから、癒《なお》るまで心配せずに入院できるように頼んで来るといって、さっき出かけました……そして自分の危険を忘れて子供の危難を救ったということは、教育家として最高の本分を尽くしたのだから表彰方を申請すると力んでいました……それからこの名刺はみな大新聞の記者たちですが、非常に感激して明朝の新聞には大標題《おおみだし》でこの事件を書いて、萎痺《いび》した現代社会人の頭へ警鐘をうってやるといって帰りました」

亮吉は気恥ずかしくて眼があけなかった。自分の頭を馬鹿馬鹿となぐりつけてやりたかったくらいである。

「自動車の運転手は取りあえず警察の取り調べを受けましたが、その主人がさっき来ましてね、できることなら示談にして頂きたいと頼んでいました。聞けばあの運転手女房もちで四人の子供があって可なり貧乏なんですって」

彼は黙って肯いた。感情がせぐり上げて口が利けなかった。

「もう帰っていらっしゃるでしょうが奥様と坊ちゃんは校長さんと一緒に病院へ行っています」

亮吉は真顔で手を振った。

「いや愚妻《かない》は今夜活動を見に行って、留守ですよ」

「どう致しまして、そんなことはありません。知らせを聴いてすぐ私の方へいらっしゃいました」

「それは妙だな……」

彼は昵と考えこんだ。

「私は貴方にお詫びを申さなければなりません」

突然主人の改まった詞に、彼は不審らしく首をねじ向けた。途端にまたもや氷嚢がぐらりと辷ったのを、彼の頭越しに小さな手が出てそれを静かに直した。

「実は、何でもないことを私が手紙なんぞ差し上げたので、貴方と校長さんが議論をなすったそうで、今後悔しています。どうせお任せしてあるのですから余計なことを書かねばよかったのを、つい筆まめなものですから、切望《どうぞ》お許し願いたいと思います」

主人は頭を下げた、ますます意外である。

「では貴方は?」

「はい西田安五郎です……保雄も心配しまして、明朝睡いといけないから寝ろと申しましても、心配と見えまして最前から動きません……おい保雄、御見舞いを申し上げげろ」

父に言われて座を起ち、亮吉の顔の前へ静かに手を支えた少年は、憂慮と感謝に目を濡《うる》ませて師の顔を覗いた。

「先生……」

「おう……お、おう……」

亮吉は胸が一杯に塞がってしまって、満足に言が出なかった。口ももがもがさせていたがやにわに手を伸ばすとその小さい掌《て》を握って自分の方へ引き寄せた。瞼の裏が熱くなるのを感じて、眦《まなじり》から枕へぽたりぽたりと、何かしら止め度もなく流れた。

藻くづ

とにかく、浪漫家《ロオマンチスト》は自分の生活をできるだけ、劇化させようとします、それから生じる快感が彼らの生活をより楽しいものにさせるのです。

しかしそれが果して幸福なことでしょうか。

もっともこの幸福という言《ことば》には標準がないのだから一様には言えないが、人生の劇化とか生活の詩化とかによって、いわゆる芸術的幸福感を享楽しようとするために彼らは社会的な幸福から漏れて、大抵は世の中から薄倖だとか悲惨だとか形容される境遇に居るようです。

近い例があの川上茂樹君ですよ。

彼は今ああして筆耕をやる余暇には、小説なんか作って、ずいぶん酷い生計《くらし》をたてているようですが、私はそんなことで彼を不幸であるというのではありません。

彼はあれでなかなか羨むべき芸術的天分に恵まれていながら、あの貧乏に逐《お》われるために好いものが書けないのだという誰かの噂は事実らしいのですよ。それはそうでしょう、何しろ浄写物の出来上がっただけずつ抱えていって、毎日先方から何ほどかの賃金を受け取り、それで帰り途《みち》に食パンと福神漬けを買ってくる、写し物の暇には湯を沸かしたり掃除から洗濯まで自身がやらなければならんのですからね、そんなことではどれだけの天分が備わっていても、第一創作に没頭する余裕がありますまい。

私が彼と昵懇になったのはそう古いことでもありません、ある知人の紹介で広告文を依頼するために、その狭苦しい裏長屋を訪れてゴミゴミした畳の上に初めて対座したのは、確か一昨年《おととし》の暮れ前だったと記憶《おぼえ》ています。

それ以来私は何となく彼が好きになって、ときどき散歩に誘ったり、彼の家で牛鍋を……と言っても道具や材料なんかは大抵の場合不揃いでしたっけ……突っつきあったりしたものです。ちょうど先月下旬《すえ》の雨の降った晩も、寄席へ行きそびれた私は、途中で購《か》った菓子袋を携《さ》げて裏長屋の溝板《どぶいた》を踏んで訪れました。仕事も手明きだった彼は二個《ふたつ》とも模様も型も異《ちが》った茶わんに茶を注《つ》いで、その一つを私に勧めました。そこで二人は菓子を噛《かじ》りながら話し合ったのでした。

話題は女性問題かなんかに移って……理智の働き乏しい女性の解放は、大抵倫落や犯罪の世界へ誘致するものであるから服従隷属の義務を与えておく方が、結局女性にとって幸福である、という私の論旨に、彼は熱弁をふるって抗《さから》ってきました。

私が女の無節操や無気力を罵るのを極力否定して、ついには一葉の写真を示しながら自身の主張に正しいことを証拠だてるため、一場の物語を始めました。

その写真というのは、半身を大きく撮った若い娘が、口許に謎のような微かな笑みを浮かべていましたが、その底知れぬ神秘な眼眸《まなざし》を見たときには、吾にもなく背に無気味な冷たいものが駛《はし》りました。それほど何となしに憂鬱な寂しい顔でした。

軒から落ちる雨滴《あまだれ》の音も聞こえないかのごとく、熱心に彼はこう語り出しました。

人間に与えられた幸福の中で、何といっても青春の欣《よろこ》びに如《し》くものはないでしょう。青春の楽しさを知ろうとする者、青春を失った淋しさを味わうことを欲するもの、等しく己の姿を鏡に写して熟視するが好い。飽くまで鏡の面を凝視した上で、その鏡を隠して今まで写っていた俤《おもかげ》をそこに捜し求める、その瞬間の淋しさこそ青春を奪われしものの悲哀であるのです。

もう一昔にもなりましょうか、と言うと大変老人《としより》のようですが私がまだ二十四の頃でしたから十年くらい前です。噎《むせ》ぶような晩春の夕べ、何故《なにゆえ》とも何者にとも定まらぬ悩ましい恋心に灯《ひ》を慕うて逍遥《さまよ》う、夢のような若き頃の日が流れていました。今も異ならず以前から私は多感性な人間でした。その時分極《ごく》懇意な人から、私は頻りに妻帯することを勧められました。そうです、ちょうど現在《いま》貴方が私に向かってやたらに結婚を勧めるようにね。

私はまだ若かったし、妻をもって型に嵌《は》まったような生活を強いられるのが厭さに、容易《たやす》く吽《うん》と言わなかったのです。

けれども家庭生活の幸福を讃美するその人の理路整然たる論鋒には言い甲斐もなく説き伏せられて、私は改めて良縁の斡旋を頼んでおきましたよ。一二度見合いというものをさせられましたが、そのときの感想なんかは経験のある貴方に向かって蛇足の嫌いがありますから省きましょう。その次に今度こそはきっと気に入るだろうと、その仲介者が特に自信を仄めかして持ち込んだのがこれ、この写真です。

写真を手にしたとき、この女が既に二三度どこかで見識り越しであることに気付きました。私は大体近代的な軽操で派手な顔だちに対しては好意がもてない方でした。それでこの女の沈着《おちつ》いたどこか寂しい面貌《おもざし》がすっかり気に入ってしまった私は二言《にごん》もなく承諾したのです。

私はその女が継母や異母妹の間に混じって成長し、親身の間の言一つにさえ憫《いじ》らしいほどの考慮を加え、気苦労をし抜いている身の上であることを聞きましたから、結婚後は過去の代償として良人《おっと》である私が、大なる寛容さで接してやれば如何に女が感激することであろうか、またそこから生ずる歓喜がどれだけ私を幸福にするかを想像したりして吉左右《きっそう》を待っていました。五六日してから私は途上《みち》で偶然仲介者と邂逅しましたが、その人は何か落ちつかない態度を見せていました。そして何となく言うことが煮え切らないのです。私が追究してゆくと、

（まあ今に何とか先方《むこう》から言ってくるまで待ってもらわないと困る、こんな話はそう気短でも成らないことだから……）

こう言うのですが、最初むこうから女……おう女の名は志津子というんです……の写真を持参するくらいだから、嫁にやる考えからこの人に仲介《なこうど》を頼んだのであろうに、何故こう暇どるのだろう、要点は私というものが先方の気に入るか否かだけである。気に向かなければ私の写真を返してもらいさえすれば好いのだ、と不満な心持ちでいました。

けれども私は家へ帰ってから静《じっ》と考えこみました。頭脳《あたま》が冷静になってくると私の想像や推理の力は鋭く冴えて、目に見えないものでも手に執るようにハッキリと浮かんでくるのです。私には不思議な霊感の力が備わっていたのです。

第一に私の写真が女の家へ持ち込まれたとき、志津子がそれを見て結婚を拒否したとは考えられません。その煩わしい継母たちの群れから放たれることを望んでいたに相違ないのです。それから志津子の友達がかつて言った言から推して女は私に好意を寄せているのですから……それは誇張でも自惚れでもありません、その友達に志津子がこう言ったそうです。

（妾《わたし》、近いうちにお嫁に行くかも知れないの）

それが楽しそうに笑っての詞だったと言うことです。してみれば回答の遅れているのは、他に異議を挿むものがあるからに相違ありません。誰でしょう――父は血肉を別けた親として娘の幸福を妨げるべき理由《わけ》はありません、継母《はは》です。

継母がこの縁談を否定しているのです。

また五六日経ちました、もう私は忍耐《がまん》しかねて仲介者の家を訪《と》いましたが、仲介者ももっとも至極と肯いて、自分が等閑《なおざり》にしているのでない証拠に、私を待たせておいて督促に出かけてくれました。

帰って来ての報告によりますと、

（今少々取り込みが生じているから、それが片つくまで待ってくれ）

という始末です。詮方なく暇《いとま》を告げて帰り道私はその短い言の一字一句も粗略せず、繰り返しては味わい種々《いろいろ》想像を回《めぐ》らしてみましたが、俄に不安と憂慮とが雲のように掩被《かぶ》さってきました。

果して継母が異存を申し立てているのです。

だが何のためだろう、婿としてその頃の私は人格においても物資においても満更、恥ずかしくないだけの自信をもっていたのです。

好人物の志津子の父をも頤使《いし》して家中の実権を掌握している継母の、反対する理由は経済上の顧慮です。今儀式的な結婚をさせるためには世間態《てい》にも相当な費用をかけねばなりません。窃然《こっそり》と家を出て野合世帯《なれあいじょたい》でももってくれれば捨てておいても世間は通るのに、という打算的な感情が継母の胸に起こらないと誰が保証できましょう。

父は志津子を可哀想だと思ったでしょう、兄夫婦は止むを得ないと諦めたろう、平素《ふだん》反りの合わない異母妹《いもうと》たちは窃《ひそ》かに快哉《かいさい》を胸に称《とな》えたことと思います。けれども当事者たる志津子の悲しみは想像以上であったでしょう。

きっと人の居ない所で恨みと憤りに泣いたであろうと考えます。現にその隣家《となり》の人からその頃の志津子は、よく涙ぐんでは物思いに沈んでいた、と語ったのを私は聴いたのです。

志津子の涙を発見した継母は、自分の責任を逃避するため継母の意志を容れない志津子を責める、一夜《あるよ》家を挙《こぞ》っての紛擾《ごたごた》が起こったのです。父としては継母を宥める一方には志津子を叱らずには済まない、兄夫婦は大人気ないとは思っても相手が継母では歯が立ちません。こうした場合気の弱い娘で無援孤立の中に在って、歓喜を奪われて誰が一図にならないものがありましょう。

つき詰めた決心をするのは当然のことですよ。

一家が紛擾した夜、人が寝静まってから、志津子は窃《そっ》と家を抜けだしました。家中が疲れて心付かなかったのと、夜中偵邏《ていら》の警官にも出逢わなかったのは、彼女の不運でした。夢遊病者のように跫音《あしおと》もたてず、軒灯の光おぼろな街から野道を歩んで、意識もなく辿りついたのが大きな川の辺りです。彼女の頭脳の中は生存否定と人間呪詛とで一杯です。

川べりを行きつ戻りつするうちに、東の空は漸次《だんだん》白みかかりました。対岸の草木の闇からくっきり浮かみ出たとき、彼女は早音《はや》高く川面《かわも》の水を乱して、その体《み》は水中を浮きつ沈みつ川下へ、流れのために押されてゆきました。

取り込みがあると仲介者へ言ったのは、志津子の家出だったのです。

さすがに家のものも俄に狼狽《うろた》えて、八方へ人を走らせ行方を捜索したのですが、一通の遺書《かきおき》さえないがため、必ずこれは親族か知己を頼って身を寄せたに相違ないと見込みをつけ、専らその方面へ探査の手を伸ばしていたようです。

その翌々日の新聞に、××川の下流へ一見女学生態な娘の溺死体が漂着したが、素性不明のため村役場で仮埋葬に付したという記事が表れましたが、言うまでもなくそれは志津子の亡骸《なきがら》だったのです。

その記事にもしやと疑念を起こした家人が、村役場へ照会すると、果して志津子だったことが判りました。

その後、志津子の家と私との交渉は綺麗に打ち切られましたが、それは別として私は新聞記事の死後推定時間で、彼女が黎明時《よあけ》にこの苦悩多き現世を捨てたことを察したのです。

家出の宵に紛擾のあったという想像は、縁談と志津子の自殺とを綜合して得た当然の帰結です。

仲介者が顔色を変えて慌ただしく駈けつけての一分始終で、私の想像に誤りのなかったことを悲しむよりも、私は彼女が碧黒《あおぐろ》く渦を巻いて流れる水面《みのも》を俯瞰《みおろ》して、最後の鼓動を聴くように己《おの》が乳房を犇《ひし》と押さえながら、一声高く呼んだであろう人の名、再び相見るよしもない人の名。その声はいかに悲痛に響いたであろうかを想到して、仲介者の帰った跡で吾にもあらず追慕の涙が頬を流れました。写真を前に腕拱《こまぬ》いて冥想した私の、その時以来の心理の推移や、複雑した悲しみはとても簡単な言で今言い表すことはできません。

偽りだらけな世の中に生きていなければならないことを悲しみました。志津子の死……それだけが事実で世の中の総てが嘘のものであると考えました。それ以来どんなに人が勧めてくれても、結婚談に耳を藉《か》そうとしなかったものです。終《つい》には身寄りのものさえ愛想をつかして相手にしなくなりました。けれども私にとっては毎例《いつも》この時の悲しい追懐に耽るのが何ものよりも楽しいのです。

こうしている間に私の青春は忍び足で、私の心付かない間に過ぎ去ってしまいました。けれども私は悔いていません、決して淋しいと思っていません、逝《ゆ》いた可憐な志津子の霊魂は永遠に、私の青春の代償として私の心を慰めています。

私は貴方のおっしゃる、女の無節操で無気力であるという議論に対し遺憾ながら、それは無理解からくる一種の偏見だと申し上げなければなりません。女には死を選ぶという真実につく道が知られています、心にいったん良人だと思い込んだ人を、死後まで愛することのできる神秘な力が与えられています。

これでも貴方はまだその主張を撤回しないのですか……。

これで川上君の話は終わりました。

私は好い加減に切り上げて彼の家を辞しましたが、しかし彼の物語は耳の底に膠《こび》りついていた。嗚呼《ああ》何という素晴らしい想像の力でしょう、斯くまで恐ろしい推理力を持ち合わせていようとはかつて知りませんでした。

小説でも書こうという男ですから、普通人と違った鋭い感受性をもっているのは当然ですが、でもあの男は仲介者の報告だけで、立派な推論を立てています。それが一つだって無理なところがなく、女が自殺をする前夜その家に紛擾のあったことから、それより前の女の煩悶、継母との衝突、それが掌《て》を指すごとく事実を言い当てたから敬服ですよ。

けれどもですね、同じ山や川や樹木を見ても、画家によって感じる美しさも違えば表現する色彩も異なるように、私なんかだったら志津子の投身《みなげ》をそんなふうに見ませんね。

志津子を淫蕩的……といって悪ければ訂正しますが、まあ恋人の一人くらいあったのだと解釈するんですよ、いけませんか。

そして恋仲同志はもちろん何の思慮分別もなく夫婦約束をしてしまったのです。その男というのは女たらしの不良青年で、ただ志津子を弄んでは口先だけで気休めをいっているに過ぎないと思いなさい。そこへ川上君からの縁談があったのです。

継母というのは割合に腹のできた女で、川上君の温良なことを聞いて、志津子自身の幸福を希《ねが》うあまり真っ先に賛成して、志津子に向かって嫁入りを勧める、ということに仕組んだらどうでしょう……プロセスは此方《こっち》が好くはないですか、無理がなくって、えッ平凡すぎるッて……まあお聞きなさい。志津子が恋人に相談する、もう秋風が立っていた男は冷淡に嫁入りなさいと言う、結局志津子は厭な嫁に行くくらいなら死んでしまうと泣き出すと、男は平気で死ぬと言ったものに死んだ例《ためし》がないと嘯《うそぶ》く、一方は嚇《かっ》となって家へ帰ると両親から縁談の返答を迫られます。

恋人に捨てられたことを知って気を腐らせている志津子は自棄《やけ》気味で、縁談を拒《は》ねつけるばかりか散々拗《す》ねて悪態を吐《つ》く、実父は怒って志津子を叱る、そしてその夜男の無情と変心を罵り恨んだ手紙を、窃と男の家へ投げこんでおいて入水《じゆすい》する……何と私は小説家じゃないからその組立《プロット》は面白くないかも知れんが、川上君のよりは実在性が豊富ですよ。

まあサ……これは私の想像を喋っただけだが、それでも決して有り得ないことでもありますまい。もしそうだったら川上君は永い間無意味極まる自己陶酔をやったに過ぎないので、馬鹿を見たわけですね、だから浪漫家は不幸だと言うのです。

何です変な顔をして、なに？　事実《ほんとう》かって？……エエ君は川上君と親しい間柄でしょう、無闇に喋られると困るんだがなあ。

甚だ赤面に耐えない話ですが、では内密《ないしょ》に君にだけ窃と懺悔しましょう。私はこれでも五六年前まで不良青年と目ざされた人間で、花から花へ蜜を求める蝶のように色を漁って回り、飽きた女など噛菓子《チウイングガム》の滓のように惜しげもなく吐き捨てたものです。

いつだったか葛籠《つづら》の中の文反古《ふみほご》を整理したら、その中に志津子の絶筆とも言うべき一通が出てきたことがありましたよ。

これで大抵お察しがついたでしょう。惜しいことにはその反古は焼き捨てました。

模人

これは幾年か将来の闘争。

Sは妻子に悟られぬように、窃然と持ち出した自分の衣服を模人製作所へ届けてから、肩の重荷をおろしたような軽い気持ちになって、自身の機智にむかって感謝と讃辞を捧げた。

それは実に素晴らしい名案だった。

十幾年間蛇のごとき執念と憎悪とを、記憶の奥に押し詰められた火薬のように蔵していたその相手のTに、ゆくりなく昨日出逢ってからその軀中の血は復讐のために湧きたった。

もちろんTも昔にかわらず皮肉な悪罵を浴びせ返した。その不敵な傲岸な面魂にSは歯をかみ鳴らして憎々しがった。

けれどもこの両人が今夜の十時を約して別れてから、頭脳が冷静にかえるとSの胸には俄に押さえがたい不安が萌してきた。以前と違って、現在のSには妻もあり子もある、それから地位も、財産も……。

「以前から彼奴は俺に苦手だった」

Sが苦吟しているとき、その脳裏に電光のように妙計が閃いた……模人製作所。

空に瞬く星影も見えない森の、樹の下暗は静まりかえって、遠い野面から吹く風に梢の枯れ葉が舞い落ちる音さえ、両人の耳につくほどであった。

「今更卑怯なことを言うない、あの時に沸湯を呑まされた俺の恨みは、そんなことじゃ晴れないんだぜ」

Tは暗の中で懐中の固いものを握り締めてこう罵った。

「詮方ない、俺はできることなら穏やかに話をつけようと思ったのだが、手前がそう出りゃそれまでだ」

Sも素早く懐中へ手を差し入れた。

「さあ……男らしく来いッ」

言わせも果てずSは匕首逆手に飛鳥のごとく飛び懸かろうとした、瞬間。

Tの手元に火光一閃、轟然たる銃声にSの軀は朽ち木のように瞠と倒れた。


模人操作台を前に。

自分の台詞を放送していたSは、レシーバーに響いてくる爆音に呀と愕き、利かなくなった模人操作桿《オペレーションレバー》をカタカタいわせながら、眼をまるくして呟いた。

「到頭撃たれた……せっかく顔をあれほど好く似せてもらったのに惜しいな……だが身代わりで好かったよ」

同じく遁げ帰った模人の衣服を剝ぎとり、模人体を滅茶滅茶に叩き砕いたTは、

「やれやれこれで死刑にもならずに済む、せっかくよく出来ているが壊しておこう、身代わ

りでよかったよ」

この二人がまたひょっこりと、次に出逢ったら、きっとこういうに相違ない。

「やい、卑怯者の模人なんか使わずに、ほんとに出てこいッ」

考えてみると金のある間は模人を使って身代わりにできるが、貧しい者はどうしても一足さきへ実物が出かけなければならなくなる。

いつの世になっても貧乏人は損だ。

これが現在考えている、起こりそうで起こりそうもない噺の一つ。

正体

体熱《ねつ》のために微温《なまぬる》くなった水枕のぎしぎしした護謨《ゴム》の表面へ、長く伸びた髪の脂っぽい頭を載せたまま、彼はその五体を持ち扱っていた。

家人は寝静まったのか、彼には時間も判らなかった。

尖端《さき》の鈍い針で突き刺すような疼きが、絶えず両の耳の奥を襲うて耐え難いのを、まるで囚人が笞刑の苦しさに悶えながら数取りの少なくなるのを待つような心持ちで痛みの薄らぐのを今か今かと我慢していたが、彼はじっと眼を瞑《つぶ》ったまま、ふとこんなことを考えてみた。

（……この耳がこのまま癒《なお》らないで聾《つんぼ》になって、それから内障害から眼が潰れてしまったら俺はどうするだろう……音響と光明を失った後は、あの蚯蚓《みみず》のように触感のみで生きなけりゃならないんだ）

生涯を兄妹たちの足手纏いとなって、何の慰藉《いしゃ》も歓楽もなくして生存できるだろうか。ひと思いに刹那的な最大の刺戟を味わって自殺した方が遥かに好いことはないか……いや、その時になればまた生存の欲求が起こるものだ、いずれにしても人間として存在する間はそれぞれな苦痛は免れ得ないのだ、まあその時になってみなければ判るもんじゃない……しかし耳と一緒に眼が潰れるなんて、とかく厭なこった。

彼は不吉な妄想を払い除けるように、刮《かっ》と目をひらいて枕元の新聞を取り上げると、横に寝たままで読み始めた。時々断続的に襲う激しい疼きに顔を顰めながら。

新聞を折りたたむのが布を扱っているようで、紙の音などちっとも聞こえないのであった。そういえば時計の秒も点時の音も、それから電車や自動車の警笛の音も、人の話し声も何も聞こえない。

彼の鼓膜は腫瘍《しゆよう》のために押しひしゃがれて、どんな音響にも振動しなかった。

新聞には凶盗の出没が報じてあった。


色彩も陰影もない、顕微鏡映画で見る血球《ちだま》のような形をしたのや、護謨風船のように糸をひいているのから石鹼玉の浮遊するようなの、或いは各種のバクテリアの形状をしたのや、そんな雑多な重量も固さもないものに囲繞《いじよう》されて、それを対手《あいて》に彼は談話を交わしていた。

夢ではない、空想でもない、それは霊媒に依らない、一つの霊交だった。

どの霊も大抵現存者で不思議に女が多かった。

「やあ、近頃は学校の方はどうだね、もう恋人の一人もできたかい、それとも相変わらず長刀《なぎなた》を振り回しているのか、あまり生徒を叱るなよ、依然君は羞《はに》かんで顔を赤くするね」

無口で若い女教師の従妹に話した彼は、次に葡萄状菌の形をした霊に語を転じた。

「誰だい？　やあ君か」

「耳が悪いのですってね、鼓膜なんか除《と》ってしまった方が好いのよ、恐いって？　臆病者ね貴方は……臆病よ。でなけりゃ感覚の方が狂ってるんだわ、ピクニックの時にあの山を両人で先登りの競走をしようと妾が言った時貴方が、言うとおりにすれば、同伴《つれ》と離れて好いお話をしてあげるんだったのに……だって今じゃもう遅いわ、お気の毒さま」

蓮葉に嘲笑《あざわら》った女の霊はすっと消えた。

彼は一隅から口喧しく揶揄《からか》う女の声に視線を移した。

「貴方はまあいつまで迂路迂路《うろうろ》しているの、意気地なし……婚姻恐怖病者……何を諄々《くどくど》弁解しているの、男らしく判然《はっきり》おっしゃい」

それは彼にとって苦手な年長の従姉だった。彼は払い除けるように手を振って藻掻《もが》いたが、その時ふと今までとは異った男の声が耳に入った。

「確かこの辺に蔵《しま》ってあるんだろう」

「探してみろ……有ったか、無い？　はてな」

それは黒い覆面をした両人の盗賊だった。

「おい、君らは何をしてるんだ、何か知らないがそんな所を探したって目星《めぼし》いものは出てきやしないぜ」

「やい黙ってろ、声を立てると酷い目に遭うぜ」

「ああ君らは新聞に出ている強盗か、好いや何でも持ってけ、腹が減っていれば飯も喰うが好い、だがあまり騒がないでくれ」

「おい兄弟、こいつあ話せるぜ、ちょっとばかり」

彼は次の間の畳を踏む微かな響きを軀に感じたとき正気に復して、盗汗のためにべっとり肌に膠着いた寝衣《ねまき》を心地悪しげに肌から引き放しながら寝返り打った。

少時《しばらく》天井から垂れ下がった電灯《あかり》を瞶《みつ》めていたが、彼は枕が一向冷たくないのに気付いて母を喚《よ》んでみた。けれども次の間には居ないのか幾ら喚んでも母は顔を表さなかった。もう二階へ行って睡《ねむ》ったのだろう、時計を仰ぐと針は三時を指している。

彼は大儀そうに床を這い出し、護謨枕を提げて真っ暗な勝手元で水を流し、手探りにバケツの水を注《つ》ぎこんで滴りを拭い、冷たくなった軀を床に潜りこむと吻《ほっ》とした。快い冷気が護謨の表面からタオル一枚を徹《とお》して耳の奥まで伝わる、疼きはさっきよりずっと退《ひ》いたようであった。痛みが去るに従って彼は寂寥《せきりょう》を感じだした。聴覚を封じられた彼は無聊に為《な》すこともなく床の中に眼を醒ましているのが苦痛だった。睡眠は現在の彼にとって唯一の楽園なので、腕を伸ばすと包みを開けてイン者が阿片をなつかしむように彼も取り出したベロナール錠をぐっと嚥下した。

間もなく温かい血液が波状をなして腕や脚に奔ってゆくような快さを覚えて、彼は眼を細めて貪るようにその快感を味わっていた。

すると突如として柱の下を何かが掠めて駛《か》けったような気がして、彼は慌ただしく枕を取り除いて見たが、そこには漏水のために出来た斑点の他何もなかった。

油虫が居るはずもないが、何か百足《むかで》とかそんな毒虫なんかだったら、螫《さ》されちゃ大変だと寝衣の衿を払ってみたり蒲団を剥いだりして、何事もないのを確かめてからまた旧《もと》どおり枕について催眠剤の効き目を待っていた。

すっすっ、すッ、ひょくひょくひょく。

依然枕の下を何かが通ってゆく、それも断続的に頻々と。

だが幾度検《あらた》めてみても何も居ない。

さっきの霊交を想い浮かべて彼は悚然《しょうぜん》とした。

「そんな馬鹿なはずはない、きっと神経の故なんだ、落ち着け落ち着け」

自ら叱ってまた横になった。だが無気味な微震は依然として彼の頰から耳の周囲に伝わる……まるでそれは彼に何事かを訴えようとして、絶えず枕辺を彷徨している一つの魂の慄きのごとくに……。

彼は心を静めて睡ってしまおうと努めたが、それは空しい試みであった。むくむくと床の上へ座ってしまうと昵と枕を睨まえていたが、ついにはむうと呻いた。

そして眠れない腹立ちと不可解な怖れとに駆られて、その枕をひっ摑むなりやにわに、と畳に投げつけた。水枕は不意の衝撃を喰らって、少時は海月《くらげ》か蒟蒻《こんにゃく》のようにくにゃくにゃした軀を弾ませて、生霊あるもののように、ぶるぶると慄えていたがやがて寂しそうに灯をうけて畳の上に扁平な形状を静止させてしまった。

「畜生っ」

また耳の奥がずきんずきん疼き始めた。

彼は恨めしげなそして気味悪そうな表情で枕を一瞥したまま、また真っ白なベロナールを一粒嚥《えん》下《か》した。

そして括り枕の方へタオルを覆いにして、そのまま夜具を引っ被ってしまった。

がしかし薬が利いて果敢ない夢に入るまでの間、その気味悪い水枕の方へ絶えず心を奪われていたのは言うまでもなかった。

彼のこうして求めた眠りも、翌朝早くから子供の駄々を捏ねる荒々しい足音の響きで醒まされてしまった。

彼の甥で八つになる男の子が、勝手元で何か頻りに泣いていていた。

彼は舌打ちをした。人の苦しみも察しないで子供を叱るのも好い加減にしたが好いのに、という不平が湧いたからであった。

「泣かせないようにしたらどうだ、何を言ってるのか知らんが大抵なことは諾《き》いてやんなさいよ」

彼の訴える声を聞いた子供の母は笑っていた。彼にはそれが不満だった。

「好い加減にしなきゃ……寝られないで困るんだからな……おい坊や、一体どうしたと言うのだい」

子供はまだ泣き止んでいなかった。嫂《あによめ》が手を拭き拭き彼の耳元で大きな声を絞って叫んだ。

「昨夜ね、この児がお隣から鮹《どじょう》を貰ってね、飼ってやるんだと言って、あそこのバケツに入れておいたのが、昨夜の間に居なくなったって、泣いているんです」

規則違反

多田はだんだん焦れ出した、いくら考えても判らないうちに、R通りからM通りへ曲がる。

「まさか他人の免状を借りたってわけでもなかろうし、どうしたって今日の臨検を免れることはできないはずだが、なぜああ易々《やすやす》と逃しているのだろう、あんな朦朧を知らないなんて、警官は一体どこに眼をくっつけているんだ……そうだ、こんどとめられたら俺がうしろから追いついて、わざと警官の聞いてるところで吉川にこういってやろう、おう吉川君、君はいつの間に免状をうけたのかい、僕はちっとも知らなかったよ、ってね。するといくらぼんやりした警官でもきっと心付くに違いない」

彼らの車はH通りからまた賑やかな目抜きのS通りへ、一循還して走っていた。それがちょうど電車の交叉点へ差し懸かろうとしたとき、夜目には判りやすい白の制服警官が、中央に三四人仁王立ちになって、一々自動車をあらためる。街角には反則の自動車五六台が他の警官達から調べをうけているのを、そぞろあるきの人々が物見高く取りまいている。

時機は今だ！　多田はにわかに速力を増して、吉川に接近していった、その時である。

「ストップ！……」

鋭い声が多田の耳に響いたと思うと吉川の車はひたととまった、同時に警官は多田の方へも停止の合図をした。

「お前の方は行ってもいい……おい、うしろの自動車は道路《みち》の片脇へ寄せろ」

多田は自分の耳を疑った。正面から叱られなければならないはずの吉川は、騒々しい機関の音を残してつうと行ってしまい、歴とした臨検済みの自分の車を警官は怖ろしい眼で睨みつけている。彼は同時に警官の精神状態をも、併せて疑った。

「違っていますよ、とめられるのはあの車ですぜ」

と危うく叫ぶところをやっと耐えて、命じられたとおり不承無精片脇へ車を停めた。


「おい……お前は自動車の法規を知っているのか」

「はい、知っています、が？」

「街路上を駛走するとき、前車との距離は何間《けん》離れていなければならないのか」

「はッ……」

多田は蒼くなった。

「お前の車の前方には、幾らの距離をとっていた、あれでも二十間の間隔を保っていたというのか」

警官は皮肉に絡んでくる。多田は自分の失策にどぎまぎした。

「済みません、つい私の前に無免許の車が居ましたから、おしらせしようと思って、接近し過ぎました」

彼は自分ながら当意即妙に巧いことをいったものだと感心して相手の顔色を窺った。

「なにッ前の車が無免許？……おい、お前は他人の告げ口をするより、自分が法規に触れないように心懸けたらどうかね。警官はお前たちから教えられなくても、善悪を見別ける眼をもっているのだ。中傷なんてことは人間らしい男のすることじゃないぞ、いいか。それよりお前の免許証を見せろ」

散々油を絞った揚句、警官は鉛筆をなめながら、多田の免許証を手帳に写しとる。気がつくと周囲一杯に冷笑の顔が、取りまいているのに思わず赤くなってうつ向いた。

ようやく車を動かすことを許されて、電車軌道の上を走りながら彼は呟いた。

「ああ、とうとう科料をとられるかな……ヘン、人間らしい男のすることじゃないとぬかしやがった、盲目め、何をいってやんでい」

鬱憤を音響器にあたり散らして、やみ間なく鳴らせていたが、ある町角で前方を横切る自動車を見ると、何と吉川が客を乗せて悠然と操縦してゆくではないか。

「畜生ッ、何て運のいい奴だろう」

すっかりしょげかえった彼は、流れるような自動車や通行人の波からそれて、ある横通りのさびしい広場に車を乗り捨てたまま、すぐそこにある行きつけのカッフェへ飛び込んだ。

先客の中にいた彼の同業者で、辻という古顔の男が逸早《いちはや》く声をかけた。

「おい多田、こっちへこいよ、いやにまずい顔をしてるが、あぶれたのかい、景気が悪いんだな、まあまあ元気を出すさ」

こう詞を切った辻は、こんどは一段声を潜めて囁くようにいった。

「どうだい今夜の調べの厳しさは、まるで鼠殺しだアな、大分これで弱ってる連中があるぜ、君はどうだ大丈夫かい、何なら臨検証をやるぜ、まだ一枚余分があるからな。なあにわけなしよ。臨検証を貰って走り出すと、すぐそれを引き剝がしておいて、また次の場所で証明を貰う。こうして貯めたやつを困ってる連中にやるんだ、だが誰にもいうなよ、困るときはお互いだからね。

宵にも吉川が弱っていたから一枚やったら、奴《やっこ》さんよろこんでお礼に五円くれたよ。あっははははは」

流転

「蕗子《ふきこ》が殺されたのは、その晩のわずかな時間のあいだでした……。

私が訣別《わかれ》の詞を書いた手紙をもって戸外へ出ると、そこは彼女の家の裏まで田圃つづきです。彼女の居間に灯のついていることが、幾度か窓の下へ近よってゆくことを逡巡《しりごま》せましたが、ようやく思い切って忍び足に障子の際までゆくと、幸いその破れから内部を覗くことができました。

母に死に別れて間のない、傷みやすい蕗子の心を波立たせたくない。能《でき》ることなら何も知らせずに、このまま土地を離れてしまいたい。この手紙だって、自分が旅立ってしまうまでは、見てくれない方が好いのだと思っていたのですが、都合の好いことには蕗子は他の部屋までも行っていたのか、その部屋は空っぽだったのです。

分厚い手紙が、指先を放れて、窓障子の間からぱさりと音をたてて落ちました。

私は見咎められないように窓の下を放れて、私の家へ帰りましたが、そのがらんとした空き家……もうこれでお別れかと思うと、梁にかけられた蜘蛛の巣までに愛着が感じられたのです。気を取り直して荷物を携《さ》げて停車場までゆきましたが、予定の汽車が出るまでには、まだ二時間近くも余裕があります。

駅前の休憩所で時間を待ち合わせる間にも、駅を出入りする人影に気をとられていました。

お笑い下さいますな、万一あの手紙を読んだ蕗子が、ここへ駈けつけて来はしないかと、ふとそんなふうに考えられたからです。

（済みませんでした、旅へなど出ないで下さいな）

彼女の唇からそうした詞が聞けるものなら、その場で生命を投げ出したところで惜しくはなかったでしょう。私はとても静と沈着《じっ おちつ》いては居られませんでした。

休憩所をふらふらと出て、夢遊病者のように町から部落を過ぎ、私の住居だった家なんか見顧《み かえ》りもしないで、畑の畔つたいに彼女の部屋の方へ近寄っていったのです。

せめて余所《よそ》ながら蕗子の顔を一目見てから、慾を言えば何とか一言口を利いてから出立したくなりました。せっかく心持ちが緊張しているうちにやり遂げたかった計画も、こうした状態《ありさま》でずるずると一角から崩れはじめました。

どうしてそんな気になったのでしょう。

不図《ふと》顔をあげて、灯のさす窓を仰いだ私は、障子へすウと流れるように映った男の影法師を見て、思わず眼を瞠《みは》ったのでした。

おう、蕗子の部屋には中谷が来ているのだ、そうだ、この土地へ来てからたった一人の友人で、まるで兄弟のように親しみ合っていたのが、蕗子というものを中心とするようになってから互いが妙に白け合ってしまい、とうとう蕗子から私というものを全く駆除してしまったあの中谷、今日私を他郷《よそ》へ流転の旅に送り出そうとした中谷が来ているのだ。

私は少時《しばらく》そこに立縮《たちすく》んでいました。

ところが或ることに気付いた私は愕然《ぎょっ》としました、他でもありません。中谷なら髪を長く伸ばしているはずですのに、いま映った影法師はたしか毬栗《いがぐり》頭だったではありませんか。

不思議さのあまり呆然そこに佇んでいると、不意に背後から私の利き腕をぐッと摑んだものがあります。愕《おどろ》いて振り顧《かえ》ると見も知らない男が私の方を睨みつけながら、ぐいぐい腕を引っ張ります。不意ではあり何のことだか夢のような心持ちで、抵抗《てむか》いもせず扈《つ》いてゆくと、その男は私を蕗子の家の表口から連れこみました。

すべてこの出来事が私にとって解けない謎だったのです。

台所には蕗子の妹で十三か四になる艶子が、近所の内儀《おかみ》さんたち二三人に囲まれて、畳に打ち伏したまま潸々《さめざめ》と泣いていました。

その次の間の仏壇にはつい先月窒扶斯《チブス》で亡くなった母親の位牌が、灯明の灯にてらされながら、立ちのぼる淋しい香煙に絡まれていました。その次が蕗子の居間です。

内部の情景を一目見せられた私は、想わず呀《あっ》と愕きの叫びを立てましたが、俄に軀中が慄え出し、奥歯のかちかち触れ合うのが止みません……何という惨《むご》らしい出来事でしょう。

医者らしい男の他に制服の警官たちが、嶮《けわ》しい眼付きで私を迎えたその脚下には、蕗子が白い胸も露にあけはだけたまま倒れています。

蒼白い蠟のような頰には髪が乱れかかり、その頸には燃えるような真紅《まっか》の紐が捲きつけてありました。

そして呆れている私の顔を見て、冷《せせ》ら笑っている警官の手には何と、誰が封を切ったものか私から蕗子に宛てて投げ込んだ手紙が握られていました。それきり私はすッと四辺《あたり》が暗くなって深い深い谿《たに》へ落ちてゆくように感じましたが、その後は誰が何を言ったのやら、判然《はっきり》とおぼえておりません。

けれども現実は飽くまで現実です。

蕗子殺害の嫌疑をうけた私は厳しい取り調べをうけました。私が急に家を畳んで旅に出ようとしたのが一番いけなかったので、旅立とうとした悲壮な心持ちなんかは説明したところで係官にはよく理解ができなかったのです。中谷も参考人として喚《よ》ばれましたが、親しかった以前に引きかえて、彼は冷然と私に不利な証言をしました。

現場不在証明《アリバイ》……そんなことはできませんでした、何でも蕗子が殺された時間には、私はまだ空き家になった私の家でただ一人、行李に凭れかかって黙想に耽っていたのでしたから。

私は心から中谷の陋劣な心事を憎みました。どうかして復讐してやりたいという望みを押さえることができません。そこで取り調べのとき中谷の聞いている前でこう言ってやりました。

（蕗子と私とは可なり長い間特別な交際を続けていました。私がこの土地へ来て間なしに彼女と知り合い、精神的にも物質的にも私としてはできるだけの好意と愛とを寄せていました。死んだ彼女の母も或る程度まではそれを黙っていてくれたのです。それが近頃になって蕗子は私に、ある男が言い寄ってくるので困るがどうしたら好かろうかと話しました。その男というのは私に概《おおか》た察しがついていました。

私はいろいろ考えてみました。蕗子と私とは可なり年齢も違っています。私としては相続しなければならない家もありますので、養子を迎えなければならない蕗子に、幸福な結婚生活をさせるについては種々障害があります。そこで蕗子によく言い含めて私は快くいったん手を切りました。ところがせっかく私の心づかいも無になって蕗子の口からその男の非難をよく聞かされたものです。口振りから察しても蕗子は決してその男を愛していないらしかったのです……)とね。

妙な意地ずくからこんな出鱈目を申し立て、愛する蕗子の死後を瀆して実に彼女に対して申しわけのないことですが、聞いている中谷は見る見る真っ蒼な顔をして、額に脂汗をにじませ、今にも倒れそうな状態でした。

それを見て私は心の中に非常な満足を覚えましたものの、由《よし》ないことを言ってしまったと後悔しないわけにゆきませんでした。何故ならばそれがため余計に私の弁解が益立《やくた》たなくなってしまいました。中谷もいったんは調べられましたが素より狡智に長けた彼は巧く言い遁《のが》れたようです。

種々《いろいろ》審理の末、私はとうとう十二年の宣告を受けてしまいました。

蕗子の死んだことが私の生活にとって致命的な大打撃でした。唯一の憧れであった蕗子が死んでみれば放浪に出ることもなんか意義のないことで、免訴になったところで何の生き効《がい》があるでしょう。中谷へ皮肉な復讐から蕗子と特別な交わりのあったことを、一般に信じさせてしまった上は、私自らもそれを慰めとして十二年の刑に服した方が、彼女への謝罪の道だと考えた末、控訴もしないで刑につきました。

十年の刑務所生活、その間に世の中は変りましたね。まだ残っている刑期を恩典にあって放免されたのがこの秋でした。

娑婆《しゃば》に出てみると蕗子の妹艶子は、誰に聞いてもその行衛《ゆくえ》が判りません。中谷の消息も捜《さぐ》りましたが知れないのです。

狭いようでも広い世間で、逢いたいと思う人々はなかなか回り合わないものですね……。いや、もうこんな話は止しましょう。こんな下らない身の上噺じゃ小説にもなりますまい、ほんとうに御退屈でしたろう……」

放浪者は淋しく笑って卓の上に残った茶碗を取り上げたが、すぐ冷たそうに唇から放してしまった。自分自身の話に亢奮したらしく眼は輝いて頬に血の気が上り、さっきのような寒そうな悒鬱《ゆううつ》なようすは、どこにも残っていなかった。

氷雨のためにびしょ濡れだった衣服も靴も、燃え盛るストーブの活気でもうことごとく皆乾いていた。

「まるで垂見洋鵝《たるみようが》さんの小説のようですね」

小村のこの詞に放浪者はちょっと眼をぱちくりさせた。

「何でございます、それは」

「いや、この人はそういったようなことをよく小説に書く人ですが、それよりもっと興味のあるお噺でした。しかし十年近い年月をよく忍耐できましたね。一体その蕗子という娘は誰が殺したのでしょう」

「誰が殺したにしたところで、それはもう過ぎ去ったことで、幾ら詮議したとて彼女は生き還って来ないではありませんか。蕗子が生存しない以上私がこの世に残って何をしようと同じことです。刑務所で暮らすことも決して苦痛だとは考えませんでした」

「実に不可解な心持ちですな。事実として考えることのできないような」

「いくら小説をお描《か》きになる貴方でもまだお若いから、御想像がつかないかも知れませんが、中年者の恋はそれだけ棄て身で真剣なのです……いや、図に乗って四十を越えた私が気のさすお話をして恐縮です。もう夜も更けたようですからこれでお暇《いとま》いたします。初めてお目に懸かった貴方に、とんだ御散財をかけて済みません、ではこのお名刺も戴いてまいります」

叮寧に頭を下げた放浪者は静かに上衣の釦《ボタン》をかけて立ち上がった。

その抜け上がった額や、痩せて弛みのできた頬が、いかにも人の好さそうなそして平和らしい相貌に見えて、小村は何となしにこのままで別れてしまうのが寂しかった。

「今からどこへいらっしゃるのです、まさか東京へ帰るのじゃないでしょう」

「はい、実は梅田停車場の裏の方に、少々知辺《しるべ》がありますから、行って泊めてもらおうかと思っています」

「あのウ、悪く思わないで下さいよ、万一その家が起きてくれなかったら、宿屋へ泊まる足しにでもして下さい」

小村は蟇口《がまぐち》から一枚の紙幣をつまみ出して相手に握らせた。放浪者はひどく辞退していたが、熱心な小村の辞に動かされてしまった。

「御好意に甘えさせてもらいます。御親切は永く忘れません。御縁があればまたお目に懸かれるでしょう。どうぞ立派な小説をお描きになりますよう、陰からお祈りしています」

「不意にお呼び止めしたのを慍りもなさらないで、よく来て下さいました。ほんとうにいつかまたお目にかかりたいものですね」

小村に送られて階段を降り、卓の間を縫って扉口まできたが、こんどはさっきのように怪訝らしい眼で眺める人は誰も居なかった。

扉の内と外とで感銘的な挨拶が交わされた。

「いろいろ有りがとうございました、では御機嫌よく……」

「貴方もお壮健で……お気をつけていらっしゃい」

戸外は相かわらず紺絣《こんがすり》を振るように、霙《みぞれ》が風にあふれて降って、疎らに道ゆく人も寒そうに傘の下に軀を固くしながら歩いている。放浪者は腕を組み合わせたまま肩をすくめて、電車にも乗ろうとしないで灯影《ほかげ》の少ない街に向かって消えてゆく。可惜《あたら》かわした上衣の襟に袖に、降りそそぐ氷雨をまともに受けて。

「電車にも乗らないで……ひとに姿を見られるのが厭わしいのだろうか、前科者の怯目《ひがめ》を自分から遠慮してかかっているのか？」

いつまでもいつまでも硝子扉《ガラスど》の蔭から、その姿が見えなくなるまで見送って、こう呟いた小村はそれからやっと二階へ引き返し暖炉の傍らへ寄ったまま、さっきからの状景をもう一度彼の頭脳の中にくりかえしてみた。

私はさっきここで川上と頻りに主題《テーマ》循環論をやった、そのうち川上は帰ってしまったのだ……それから私はこんな氷雨ふる夜を捕吏に逐《お》われて逃げ回る破獄囚のことを考えながら、あの窓から覗いて……あの煙草屋の前を力なげに歩んでいる放浪者に心を惹きつけられた……慍られはしないかと思いながら跡を逐うて呼んでみたが、彼は素直に私の招きに従ってくれた……私はあのとき雑誌記者だと言わないで小説家と答えた。あんな小さな雑誌の名を問われたらかえって困るのだった……それからあの放浪者はよく飲んだ。貪るように食った。よほど餓えていたのだ……それから語りだした彼自身の数奇な経歴。

小村はふとした好奇心を満足させるためにした行為が、飛んだ任俠的な結果に終わったことに異常な愉快さを感じて独りで微笑んだ。


その後およそ二月《ふたつき》ほどの日が流れた。

或る××雑誌に久々ぶりで小村静雄の創作「霙ふる夜」が掲載された。作の善悪や反響の如何はさて措いて、主題がかつてカッフェへ招いた放浪者の談話そのままであり、そして送られた稿料で膨らんだ蟇口を押さえながら、小村が文豪然と気取りながら道頓堀あたりの盛り場を、漫歩していたことは疑いもない。

或る日その漫歩から帰ってきたとき、彼の机の上に集まった郵便物の中から、あまり見たことのない手蹟の手紙を発見した。

封を切ってみると枯淡な達筆で墨の色も鮮やかに書かれてあるのが、かえって小村には読みづらかったがようやく辿り読むとこうであった。


関西へは久し振りにての旅行、大阪在住の旧友方に逗留中、かの夜痛飲の果て酔余の興にかられ友人の作業服を着用し、街上に迷い出候処、あまりの寒気にさすがの酔いもさめはて難渋の折から、幸いにも貴下の御呼び止めにあずかり、御心尽くしの御饗応に蘇生の想いを致し候。

お別れの後、その事帰宿いたし友人夫婦よりあまりの酔興と叱言頂戴そのその翌日要件相済み帰東仕り候えど、取後《とりまぎ》れ御礼遅延の儀平に御寛容賜わりたく、併せて気後れより素性相偽り申し上げ候罪お詫び申し上げ候。

その砌《みぎり》即興的にお話し申し上げし創作「踣子事件について」本日××誌上に御力作御発表、敬服再読仕り候、御恩恵の金五円はテーマ譲渡料として正に頂戴仕るべく候。呵々。

なお、粗品ながら別送の小包御笑納相なりたく、向後ますます御健康祈り上げ候。敬具。

洋　鵝　生

小村は慌ただしく机の上を見回した。何だか油紙で包装した小包がおいてあった。けれども彼はそれよりさきに、封筒を取り上げて今更のように顔を赤くした、同時に眼の下を冷たいものが、たらたらと流れた。

「垂見洋鵝……アアそうだったのか？」

かの放浪者こそ小村が常に尊敬している、文壇の大先輩だったのだった。

素晴しや亮吉

「どうも大変な事件《こと》ですな、お負傷《けが》は如何です」

「有りがとう、どうもまだ眩暈《めまい》がしていけません、でも昨日あたりからよほど好いように思います」

「それは結構ですな、まあ御緩《ごゆっく》り養生なさらなければいけません。しかし馬術の方はなかなかお巧手《じょうず》な貴方が、どうしてまたそんなお怪我をなすったのですかなあ」

「それが不思議でならないのです。平素《つね》から猫のように素直な秋草が、あの日に限ってどういう理由《わけ》か全《まる》っきり私を寄せつけないのですよ」

「奇妙《ふしぎ》ですな、それでどうなさいました」

「伊都子も心配していますから、よほど廃《よ》したかったのですけれど、何しろ大会のことではあり、正面の貴賓席には総裁の宮さまも御上覧になって居るしするので、ようやくのことに乗り鎮めて、馬場を回り始めたのです」

「あの時はほんとに見ていてもハラハラしましたわ。でも温順《おとな》しく駈け出したのでまあ好かったと思ってるうちに、ぱあッと後肢《あとあし》で竿立ちになるんでしょう」

「危ないことですな、驚いたでしょう」

「こいつは気を付けなければいけないッと、油断はしなかった心算《つもり》ですが、一の曲路《カーブ》をしたときぶるると頭《あたま》をふった秋草の顔を見て私はおどろきましたよ、何故ってその眼の色が尋常《ただ》ではないのです」

「へえ、一体どうしたのでしょうな」

「がくッ、と鞍の上で前のめりを感じたと思うと秋草は脚を揃えて立ち留まってしまいました。失策《しま》ったと心付いたときはもう遅かったです。私の体は強く空に衝き上げられ、世界が二三度宙返りをしたように感じた瞬間、秋草の跳ねている蹄《ひづめ》と青空の色が見えたっきりで、跡は何も記憶《おぼ》えていません」

「やれやれ、して傷の方はどんな具合ですか」

「なんでも医師《せんせい》のおっしゃるには裂傷《きず》は知れたものだけれど、強く撲《う》って脳振蕩《のうしんとう》を起こしたのだから、当分は静養しなくてはいけないのですって」

「そりゃそうでしょう、しかし平素温柔《ふだんおとな》しい馬が大会の日に限って、何故そう荒くなっていたのでしょう、不思議ですなあ」

「不思議はそればかりじゃありません。ことにもっと不思議な事件があるんです」

「まだ不思議なこと？　真実《ほんとう》ですか」

「伊都子、お前吉塚さんに麦酒《ビール》でもとって来てあげたらどうだい」

「と、どう致しまして、私も昨年の負傷以来酒類は一切廃《や》めているんです、いやほんとうに、だから奥様、どうかお構いなさらないで」

「だって飲《い》ける口なのだから、麦酒ぐらいは」

「いや、それも頂かない方が近頃は頭の調子が好いんです、ほんとうに遠慮なんかしません、それより斎藤さん、その不思議な話というのを承ろうじゃございませんか」

「その話というのは、何だか少々怪談じみて話し難いのですがね」

「構いませんとも、どんなお話だって」

「事件というのは昨晩のことです」

「まあ昨晩どうしました」

「私の容態も、もうそばに付き切っていなければならないほどでもありませんから、疲れている妻女《これ》と付添い看護婦は、次の控室へ下がって寝ることにしました。あれは十時ごろだったかな」

「十時を少し過ぎた頃でしたわ」

「そうだったね……私は平常《ふだん》から灯があっては睡《ねむ》れない習慣になっていますので、電灯は伊都子に消してもらったのでした。


それからどのくらい睡っていたか、判然はしませんがふと気が付くと、誰かが私の胸を押さえているらしいのです。

最初は伊都子が氷嚢を取り換えにきて、夜具をかけなおしてくれたのかと思いましたが、眼を微かにあけて見ると室内《へや》は真っ暗なのでしょう。私は何だか言い知れない危険を感じたのです、それで押さえているものを払い除けるように身を踠《もが》く途端に、額に載っていた氷嚢ががサッと音がして辷り落ちました。

ようやくのことで私は、誰だッ、と声をかけると胸を押さえていた奴は、それに愕《おどろ》いたのでしょう、真っ暗な中で動いたひょうしに、あの台の上に載っていた花瓶を顚覆《ひっくりかえ》したので、硝子《ガラス》の花瓶は音をたてて微塵に壊れたのですよ。私はすっかり怖ろしくなりました」

「なるほど、気味が悪い話ですな」

「私は夢中で伊都子を喚《よ》びました」

「そうよ、あまり気魂《けたたま》しい呼びかたなので、何事かしらと愕いた、妾《あたし》は電灯をつけたのですが……おう厭だ」

「どうしたのですか」

「灯がついて見ると、室《へや》の中に誰も居ないのです」

「へえ、誰も居ない？」

「そのとき誰かが扉《ドア》の外から彼方《あちら》へ、逃げてゆく跫音《あしおと》が聞こえました」

「では、その扉から逃げ出したのでしょう」

「いや、ところがこの扉は宵からちゃんと懸け金がかけてあったし、そのときも外れていなかったのは確かなのです。それから控室の方には伊都子も看護婦も寝ていますから、そちらから出入りすることはなおさらできません。たった一つあいていたのは換気窓ですが、御覧なさい、高さはあのとおり床から七尺も上にありますし、たとい手は届くにしたところで、どうして五寸や七寸の隙合いから出入りができるでしょう」

「すると、夢でも御覧になったのじゃありませんか」

「御冗談でしょう、誰が夢のお話なぞするものですか、まさに正気だったのです。

その証拠には、花瓶が砕けて、生けてあったフリージヤもヘリオトロープも、床の上に散らかっていましたし、その花瓶の蔭にあった伊都子の齲歯《むしば》の薬も瓶が倒れて、すっかり台の上にこぼれていたくらいで、誰かが忍び込んだ跡はありありと判っていたのですよ、まだ恐ろしいことには……小刀《ナイフ》が」

「小刀が？」

「見覚えのない小刀が床におちていました。角柄《つのえ》のついた海軍小刀《ジャックナイフ》です。研ぎ研ぎした、いかにもよく斬れそうなものでした。

ところが、あとで聞いたのには、その小刀はこのお隣の病室へはいって居られる方の持ち物だそうで、昨夜の宵からどこへ紛失《なく》したのか見えなかったということです」

「お隣室《となり》の小刀がここの床におちていたというのは、いかにも疑問ですな、お隣室の患者はどんな人です」

「ええ、何でも中国辺りの酒造家の奥様ですって、その奥様のお妹さんが付き添っていらっしゃる御様子だわ」

「御存じの人じゃないんですね」

「いいえ、ちっとも、お隣同志へ入院して初めて御挨拶したくらいですもの」

「この扉の外までは誰でも来ることができますね、表門から庭伝いに来れば」

「だから無要心でね、何しろ玄関から履物を預けて廊下伝いで来るより、庭をまわってここから上がった方が便利ですから、付添い人も見舞い客もみんなそうしているんですよ」

「それで……この事件を誰かにお話しなすったですか」

「それですよ、なにしろ確かな証拠といって無いところへ、格別盗難に罹《かか》ったわけでもないので、迂潤に喋って臆病だと嗤《わら》われるのも詰まりませんからね、まあ井村博士でもいらっしたらお話ししてみようかと思っています」

「井村博士とおっしゃるのは？」

「ここの院長です、もう好い御年配で立派なお方です。乗馬大会も御一緒だったものですから、私が負傷をするとすぐお願いして、入院させてもらったのですが、ずいぶんいろいろお世話になりましたよ」

「それはそうと、大会はいつでしたっけ」

「ええ、四日前のことですわ」

「ははあ、四日前……昨夜が三日目のことですな」

「吉塚さん、何か考えつきましたか」

「いいえどう致しまして、さっぱり判りませんな」

謎

見舞いに来て不思議な話を聞かされたのが、二十年間一つの職業を忠実に一貫して来た、小学教授《きょうし》の吉塚亮吉。

患者に付き添っているのは、亮吉の妻女が以前奉公していた主家の娘、いまは伊都子夫人。

負傷をして寝台の上に横たわり、水枕と氷嚢に挿まれた不安な顔を、見舞い客の方にむけて怖ろしかった思い出を語るのが、伊都子の良人《おっと》で斎藤氏。

いつぞや自分の長男が一心に読み耽っている書物が、探偵小説であることを知ったとき、威厳そのもののような顔をして、読むのをさし停めたことを亮吉は思い出した。

……苟《いやしく》も文学書を読むなら、こんなものを選むのじゃない、もっと他の有益なブルタークの英雄伝のような、正道なものを読みなさい……と言って聞かせたものの、自分より新しい学問をし、進んだ頭をもっている長男から、そんなことを言って軽蔑されはしないだろうかと気遣ったものだ。

けれども柔順《すなお》な長男は別段抗《てむか》いもせず、それきり探偵小説を読むことは止したが、探偵小説なんてどんなものかと、ほんの調べるつもりで覗いたのが不覚の基、知らない間に木乃伊《ミイラ》とりが木乃伊になってしまった。しかし長男の手前もあるので、学校の若い同僚のを借りることと、学校で手の隙《す》いているときだけと、読む範囲を限っておいた。

去年不慮の災難が動機になって、禁酒して以来《このかた》、酒精《アルコール》中毒からはどうやら免れた代わりに、近頃は始業の鐘も校長の白い眼も、幻《うつつ》のように素っぽかして、惜しそうに頁《ページ》を折っているところは、どう見ても急激な読物中毒症状である。

お蔭で教科書のつもりで鹿爪らしく、小説本を教室へ抱えこんだことも一再ならずある。

亮吉は斎藤氏の話に、もう静《じっ》としていない、急にそわそわとしはじめた。

花瓶の載っていた台――それにはもう硝子の破片すら残っていない、ただ挿してあった花の型を色を儚《はかな》く想像してみるだけのことである。

台にはまだ強い匂いが残っている。

庭へ降りる扉口《とぐち》――扉の高さは六尺。

硝子入りで観音開き、その内部《うちら》に垂巾《カアテン》。

換気窓は手が届きかねるほど高い。

扉をあけると三つほど石段をおりて、ひん剝《めく》ったら下から真綿の出てきそうな軟らかい芝生が、午後のうららかな陽光《ひ》をうけている。

控室とこの病室を仕切る扉――それは普通の板扉《いたど》で、何の仕懸けも異常もない。

鉄製の寝台《ベッド》、白い寝具、氷嚢、薬の香《におい》。

氷を砕く音、廊下を引き摺る上履《スリッパ》の音。

そして海軍小刀、暗《やみ》の中の気配、砕け落ちた花瓶、誰何《すいか》、跫音、？　？

いくら考えても亮吉の頭脳《あたま》の中は、同じことを繰り返すばかりで判断がつかない。

斎藤氏の寝台の裾にかけてある乗馬服は、伊都子の手で砂一つ留めず、綺麗に掃《はら》い清めてある。

亮吉はふとこんなことを想い浮かべた。

……探偵小説は修身教科書と同じようなものだ。ことさら読まずとも実行できるものもあれば、いくら無暗《むやみ》に読んでも人間によっては、犯罪にしろ探偵にしろ、応用すらできないものもある……要するに……要するに。

夫人

「大会の日には奥様も御一緒に観にいらっしたのですな」

「はあ、良人《たく》が喧《やかま》しくおっしゃるので行きましたの、あまり気が進まなかったのですけれど……だって朝から齲歯が痛んで詮方《しかた》がなかったのですもの」

「歯が痛くっては不愉快でしたろう」

「ちょうど井村博士《せんせい》から電話でお誘いがあったとき、良人がそのことを言ったのでしょう、わざわざ博士がお薬を持ってきて下すったの」

「その薬で療《なお》りましたか」

「はあ、脱脂綿を小さくして、そのお薬を塗ると間もなく痛みは止まったのです」

「貴女御自分でつけましたか」

「いいえ、博士から教わって良人がつけてくれましたの、博士はもうちゃんと乗馬服を着けていらしって、良人の背後《うしろ》から妾の口を覗きながら、薬のさし方を指図して下さったわ」

「あの看護婦は病院から付けてよこしたのですか」

「いいえ、妾一人じゃ手が回りかねますから××看護会へ妾から電話をかけて、来てもらったのですわ」

「看護は巧手ですか」

「もう古くやっているとみえて看護の方は馴れていいます、しかし寡言家《むくち》で淋しい感じのする女《ひと》ね」

看護婦

「これは看護婦さん、どうも種々《いろいろ》御苦労さまです、貴女のお職務《しごと》もなかなか楽じゃありませんな……どうでしょう、斎藤さんの入院はまだ長びくでしょうかな」

「はい、院長さんはまだ何ともおっしゃいませんが、もう大分お宜しいようですから」

「なるほど、それで貴女は始終この病院へいらっしゃいますか」

「いいえ……以前はこの病院に務めていましたけれど、出ましてからあまり本院《ここ》へまいりません」

「どうしてでしょう、そういう方なら本院の勝手もよく判って都合が好いでしょうがな」

「でも、次々へ新しい看護婦が殖えますから」

「あの斎藤さんの奥様ですな、あの方は患者のそばから放れたことはありませんか、ああして付き切りですか」

「お悪い間はもちろんお詰め切りでございました。お見舞いの方も次々へお越しで、お忙しいようにお見受けしましたが、昨日お正午《ひる》まで一度お宅へお帰りになったようです」

「本宅へですな、すぐ帰院《かえつ》ていらしたかな」

「その序《ついで》にお買物をなすって、院長さんのところへ御挨拶にいらっしゃったようです」

「貴女は昨夜寝てから目を醒ましましたか」

「ええ、中途で患者さんがお喚びのようでしたから、起きようとしますと奥様が、何でもないから寝《やす》んで好いとおっしゃったものですから」

「それからまた後刻《のち》になって起きたでしょう」

「何故でございます、妾は奥様と御一緒に控室でよく睡っていました」

「嘘を言ってはいけませんよ」

「貴方はなぜそんなことをおっしゃるのです」

「俺《わし》は取り調べる権利があるんじゃ、嘘を言うと貴女の利益《ため》にならん……あれッ何で笑うのじゃね、何が訝《おか》しい」

「だって、だって妾、先生を存じているんですもの」

「おやッ……何故だろう」

「妾、小学校に居る時分教えて頂いたことがあるんですもの、貴方は吉塚先生でしょう」

「なッ、なあるほど、これは好《い》かん、化けの皮が剝げたな……おうちょうど好い、それなら訊きたいことがある、食堂へ行きましょう、お汁粉ぐらい奢るからな」

付添い人

「お天気で結構でございます」

「ほんとに左様でございますね」

「私はお隣室《となり》の斎藤という患者の身内のものですが、お姉様の御容態はいかがです」

「はあ、お蔭さまで好い方でございます、けれども何しろ手術を受けたものですから」

「ほう手術を！　どこがお悪かったのですか」

「……はあ」

「いや、なに、そのうやはり、院長の手術をお受けになりましたか」

「いえ、鳥川博士にして戴きましたの」

「なるほど、副院長にね……ところで貴女、近頃この病院に盗人が徘徊《うろうろ》するって話を、御存じですか」

「まあ！　ちっとも存じませんわ、真実《ほんとう》ですの」

「ちょいちょい物が紛失《なく》なるということです」

「まあ厭だ……そう言えば、昨夜林檎を剝いた小刀が、知らない間にお隣室に落ちていたそうですが、やはり盗人の仕業でしょうか」

「まあそうらしいですな、よく戸締りをしてお寝みにならねばいけませんよ、昨夜はどうでした」

「扉の懸け金はかけて寝みましたように記憶えていますわ」

「その小刀は一体どこへ置いてあったのですか」

「廊下の流し場で洗って、そこの窓枠にちょいと載せたまま置き忘れていたらしいのです」

「では誰でも盗んでゆける場所ですね、ハテ物騒千万な……ところで、貴方のお病室《へや》にフリージヤとかヘリオトロープとか、花を生けてはありませんか」

「いいえ、どうしてですの」

「生けてなければ結構です……大体ああいった薫りの高い花は、御病人には毒です、どうも逆上《のぼせ》ていけませんな」

博士

「この度は種々御厄介になりまして、斎藤さんも大層御好意を喜んで居ります」

「いや、行き届かぬことばかりです。あの方も思い懸けぬ御災難でね、小医《わたくし》も心配しましたが、まあまあ大したお負傷《けが》でなくて結構でしたよ」

「はあ、不幸中の幸いとでも申しましょうか」

「もっとたびたびお見舞いするのが本意ですが、小医もこれでずいぶん忙しい体なのでね」

「御もっともです、院長さんとなれば診察の他に御用も多いでしょうからな」

「治療から院務の監督から、研究までやらなければならないので、ゆっくり休息する暇もありません」

「そのお忙しい中から乗馬だけは御熱心だそうで、なかなかの名人でいらっしゃると斎藤さんも敬服していました……おや、犬が吠えていますね、病院に飼っているんですか」

「研究用に犬や家兎《かいうさぎ》などが必要ですから」

「好い匂いですね……この花がです。

昨日せっかく博士から頂戴した花を、ちょっとした粗麁《そそう》から花瓶を砕《こわ》しまして、滅茶滅茶にしたものですから、奥様も大変惜しがっています……どうでしょう、甚だ虫の好いお願いですが、二三本これを頂戴できないでしょうか」

「温室にまだ剪《き》り残したのがありますから、新しく剪って差し上げましょう」

「どうも恐縮でございますが、そう願えれば結構です。それからもう一つ奥様のお願いがあります。やはり齲歯が痛んでならないから、先日のと同じお薬を貰って来てほしいとのことですが」

「ほう、まだ痛みますか、それはいけませんね、取ってきてあげましょう」

「いえ、どう仕《つかまつ》りまして、ちょっと処方箋へ一筆書いて戴きましたら、私が薬局へ回って頂戴いたします」

檻

博士が手ずから剪って調えた絢爛な花束、馥郁《ふくいく》たる芳香。

薬局でうけとった鎮痛剤、強烈な臭気。

それを携えて亮吉は長い廊下を、病室の方へ帰ってゆく、と。

急に前後《あとさき》を窺った彼は廊下から上履《スリツパ》のまま、芝生の上へ降りてすたすたと動物小屋の方へ引き返した。

金網張りの小屋の中に蠢動する動物たち。

縫いぐるみを置いたように、静かに蹲《うずくま》っている家兎の群れ。

砂土《すな》を浴びて羽虫を落としている鶏の幾羽。

陽光を背にうけて長くなって寝そべった何頭かの犬。

酵《す》えた餌《え》の臭気と、飛び交う金蠅。

それらに眼もくれない亮吉は、頑丈な鉄格子の嵌《は》まった檻に近づいた。そこには逞しい牡猿が吐く息吸う息ごとに、横腹に静かな波をうたせて睡っている。背をつっ突かれた牡猿はむっくり起き上がり、不興気な貌《かお》つきで亮吉を見返す。すると亮吉の臂《ひじ》は伸びて、牡猿の顔を撫でるように薄紫色の花が揺れる、得《え》ならぬ薫りが媚びるように四辺《あたり》へ散った。

いままで沈着《おちつき》払っていた牡猿は、何に興奮したのか急に後肢で伸び上がり、激しく鉄格子を揺すりながら、壊れた笛のような啼き声をあげては喘ぐ。

燥急《せっかち》に檻の中を起《た》ち居《い》つの状景《ありさま》。

亮吉はこれを見て無邪気な小学生のように喜んだ。自分が教師であることも、また三人の子供の父であることもすっかり忘れてしまって、牡猿に揶揄《からか》うのに余念がなかった。

こんどは袂をさぐって、丸めた紙片《かみきれ》をその股下《あしもと》へ投げつける、同時に牡猿は悲鳴をあげて飛び退いた、そして恐怖に充ちた眼でその紙丸《かみたま》を瞶《みつ》めている。

亮吉はいつまでも悪戯をくりかえして、心から愉快そうに笑っていた。

秘　密

「地上には怪奇だとか神秘だとかいうものは無いものですよ」

「それは吉塚さん、一体どういう意味です」

「人間というものはですな、自分が知らない間に畔道へ種をこぼしておいて、それが芽を出して花が咲くと、原因も何も考えずにさも奇蹟を見つけたように不思議がって、勝手に神秘を作りあげてしまうものです。

と言うと偉そうに聞こえますが、この私だってずいぶん神秘で片づけてしまう狡い仲間だったのです、が世の中というものは何が役に立つか判らないものですな。

もう貴方も御退院なすったのだから申し上げますが、なぜ私が躍起になって退院をお勧めしたかというに、あんな病院に長く居れば、またどんな事件が起こらないとも限らんからです。

私は貴方が落馬なすった話を聴いて、平素温順《ふだん》しい秋草がなぜその日に限って、そんなに暴れたのかということが第一の疑問だった。私は馬のことは不案内ですが、秋草が最初から貴方を乗せることを拒んだのでしょう。これはきっと秋草の嫌がる原因が、貴方のほうにあったに相違ないと考えました。ところがその原因は判りました。

奥様の齲歯ですよ。

「えッ、伊都子の齲歯ですッて？」

「いかにも、齲歯が秋草を慍《おこ》らせたのです。

奥様が齲歯の痛みで困っているところへ、井村博士が薬をもってきてくれたので、貴方は早速ピンセットで綿球を挟んで、奥様の歯に薬を塗りました。薬瓶をもった井村博士は貴方の背後から同じように歯を覗きこんでいたはずですな、そのとき瓶が傾いてこぼれた薬液《くすり》が、貴方の黒い上衣に沁みこんだのを御存じなかったでしょう。

馬場で貴方が風上の方から乗ろうとしたから耐りません。秋草はこの厭な臭気から避けたいために暴れたのです、いや馬に限らずどの動物だってクレオソートの強烈な匂いは嫌いますからな。

まだ秋草を会場まで馬丁の勇助さんが曳いていったから好かったものの、この邸から乗っていって御覧《ごろう》じなさい、電車通りの敷石の上へ真っ逆さまだったかも知れませんて」

「ほほう……じゃ、あの病院へ忍び……」

「まあお待ち下さい、順序をおうてお話ししましょう。

あそこの戸締りは厳重でしたし、あんな高いしかも狭い換気窓から忍び込んだものがあるとすれば、正に人間業ではないと思いましたが、依然《やはり》人間以上のものであったのです。

外国の偉い小説家の書いたことが、私の頭脳へぴいんと響いてきましたよ。

入院なすってから三日目のこと、貴方の御容態が大分好いので、奥様はいろいろ世話になったお礼に、井村博士の研究室を訪問されたですな。

そのとき博士は談話《はなし》がすんでから、温室の花を剪ってきて硝子の花瓶と一緒に奥様へわたして、斎藤さんの枕頭《まくらもと》へお生け下さい、と言ったそうです。

どうもすこぶる意味深長なのですよ。

それから博士に案内されて、奥様は研究用の動物を見にいらしったのですが、檻の中の牡猿はそのとき莫迦に興奮していました。奥様がちょいと花束で揶揄うと、そいつは渾身の力で飛び懸かろうとした形相が、とても凄かったので奥様は怖れをなして遁《に》げ帰ったのです。それもそのはずでしょう、博士は奥様が訪問されるすぐ前に、この猿へある薬液を注射してあったのですもの。

私は黙ってその研究日誌を失敬して、このとおり破りとって来ましたがね、御覧なさい。注

射の日と時間と反応は書いていますが、薬名を書かないで、わざと化学記号で書き入れてありますよ、記号は、

(C_{23} H_{32} N_2 O_4) です。

この薬液のために、ただ一匹で飼われているあの牡猿は、異様に興奮していたのです。これだけではまだ謎がとけますまい。では申し上げますが、薬液というのは強力な性情促進剤です、夾竹桃科のある植物の皮から製した毒物でね。

そこでその晩です。

貴方が寝ていらっしゃる病室の、扉の外へ忍び寄って窃《そっ》と垂巾《カーテン》の隙間から覗いていた男がありました……しかしこれからの話は、極内密《ごく》にして置かないと、奥様の耳に入った場合気持を悪くなさいますからな、好いですか、大丈夫ですな。

覗いていた男は井村博士ですよ。

そのとき室内では、貴方に付き切りのため帯も解かなかった奥様が、扉も垂巾も閉じて上半身を肌ぬぎになり、洗面器の水で雪のように白い肌を拭っていらした。

それを昵《じっ》と瞬きもしないで、瞶めた博士は、悪寒《さむけ》におそわれたようにぶるぶる慄えていましたが、そのうち奥様も肌をお入れになるし、博士もようやく吾に返って窃とその場を立ち去りました」

「それはあまり博士を誣《みくび》りすぎやしないですか、どうもあまりな話ですが」

「事実であってみれば詮方がありませんな、それから博士は夜中であるにかかわらず、研究室へあの猿をつれこんで、またもやその薬液を注射したことは、それ、ちゃんとその日誌に書

きこんでありましょう。

猿をつれて再び貴方の病室に窺いよった博士の手には、二十一号室の人が窓枠の上へ置き忘れた海軍小刀《ジャックナイフ》が光っていました。

覗きこんだ博士は、こんどはなおさらいけないものを見たのですって、そのう、奥様が控室へ寝に行きなさろうとするとき……奥様は氷嚢の位置をなおしながら貴方の顔の上へ御自分の顔をお近寄せなすった……それを見た博士はかあッと眼の眩むような想いをしたに相違ないんです。

瞳は鋭く嫉妬と陰謀に燃えていたことでしょう、でもまだ時刻が早いと見てとって木蔭に忍んで機会を待っていたらしいですな。

好い頃だ……と猿を放したのです、その手に海軍小刀を持たせて。

窓から洩れてくる花の薫りを慕って、するすると攀登《よじのぼ》った猿は、狭い換気窓から体をくねらせてまんまと忍びこみました。ところが暗の中に彼の見た人影は、奥様でなくて貴方だったのです。猿はそこで一つの模倣動作をやりましたな、彼は双手《もろて》で貴方の胸を押さえ海軍小刀を逆手にとって、まさに貴方の体へ鋭い尖端をつッ立てようとしたとき、運よく貴方の眼が醒めました。

貴方が誰だっと声をかけたもんですから、猿は面喰らって飛び退く途端に、花瓶を顚覆《ひっくりかえ》して序に薬の瓶まで倒したので、鼻をつくようなクレオソートの臭気です。これにはさすがの猿も辟易して、小刀も何も捨てたまま旧《もと》の換気窓から遁げ出し、博士もまた事の破綻を知ってそのまま扉の蔭から駈け出したのですよ」

「ちょっと待って下さい、いま思い出したのですがね、倶楽部で専らな風評によれば、あの井村博士は先年結核性の病気のために手術をうけて、現在では性に関係のない体になって居られるということですし、一般からは学徳の高い人格者として認められている紳士ですがね、ちとどうも貴方の話は穿ちすぎてるようで……」

「それだから私の推理が繋《あた》っているんですよ、あの博士が健全な体だったら私の考えを根本から組み直さなければならなかったでしょう。ええ……現在では朝鮮もそんなことはないでしょうが、韓国時代にはですな、宮廷に仕える宮宦連《きゅうしん》はみな去勢をしたそうです。ところがそのためにその性情は、男性的な弾力を失っていって漸次に猜疑深く、嫉妬深くなったということを聞いています。井村博士の場合がそれです。

博士は乗馬倶楽部で貴方と昵懇になって以来、繁々貴方の邸を訪れるうち、あの堂々たる風姿と巧みな弁口に魅せられて、貴方は又ない人格者として信頼しておられたでしょう。だから総てのことが好い意味にしか解釈されなかったのも無理はありませんが、博士はあの年齢をもって、不具《かたわ》の体をもって、有ろうことか初々しい伊都子さまを恋していたのですぞ。いや、言い方が露骨で悪くばお許し下さい、婉曲な詞は文学者でない私には遣えませんからな。……貴方たちの睦まじい交情《なか》を見て内心嫉妬の炎を燃やしていた博士は、醜い陰謀を胸に包んで機会を待っていました。

そこへ乗馬大会の日です。馬匹《ばひつ》がクレオソートの臭気を嫌うくらいのことは彼にも判っていたはずですな」

「どうも……あれだけの病院長で博士の肩書まで持ちながら、不自由らしく人妻を恋するとは」

「確かに異なっていますか、お気づきかは知りませんが、井村博士は変態性欲者ですよ。研究のために猿へ媚薬注射をやっているだけでなく、博士自身も同じ薬液を注射しているのです。私は博士が婦人の乳房さえ見れば異常に興奮することを、ちゃんとこの黒い眼で見届けたのです。そして博士が薬品の中毒に罹っていることも、充血した眼と著しく赤味のさしている唇を見たとき、すぐ看破してしまいました。

それであの夜貴方を殺させる目的で、猿を唆《そそのか》したのですが、顛覆《ひっくりかえ》したクレオソートによって、貴方は危ない一髪の間に救われました。秋草が暴れて貴方を負傷させた、あの齲歯の薬のおかげでね。

ところが私が薬局へゆくとき博士の書いた処方箋を見ましたらね、Kreozotum. と書かないで、英字で Creosote. と書いてあるではありませんか、ちと医学者として適応《ふさわ》しくないとは思いませんかな。

あの人は確か一等軍医で医学博士だってことですね、悪いことはできないものですよ。不具だてらに散々貞操を弄んだ揚句、約束を実行してやらないため、彼を恨んでいる哀れな女が何もかも洗いざらい喋ってしまいました。

愕いてはいけませんよ。真っ赤な偽です、軍医でも博士でもないのです、医書さえ碌に読めない、免許さえどうだか怪しい偽ものだって……それから副院長の鳥川博士も薬物で博士になった男で、医術の方はからっきし駄目なので、そんな男に手術をうけるなんて危険も極まりないという話でした。

とにかく物騒な病院です、よくあれで秘密が外部へ洩れないものですね。きっと彼奴《かやつ》らは大山師で、いまに誰かから面の皮をひん剥かれる時期がくることでしょう。

私たち教育者はね、いつも大勢の生徒をあずかっていますが、その中にはずいぶん盗癖のあるのや種々な不良児が混じっているんです。善悪ともに人の心が読めないようでは務まらないとともにあらゆることをも知っていなければなりません。

私は最初から博士が怪しいと睨んでいましたが果してこの判断は間違ってはいなかったのですよ、どうです。

化物の正体見たり枯れ尾花、手品の種が知れるとチョッと意外なものでしょう」

滔々数百言これみな亮吉の詞である。素晴らしい推理の力ではないか。かつては妹婿を詐欺漢と間違えて、せっかく貰った金子を教会へ寄付してしまった、亮吉の詞として何人も意外さに愕かないであろうか。これが、妻や友人たちから頭脳が悪いと蔑《けな》された、吉塚君の推理と思えようか。

事実は少しも間違っていなかったのだ。それから間もなく理由は公表されなかったけれど、井村病院は調査の結果、官辺から閉鎖を命ぜられて、誰一人井村院長の姿を見かけたものはなかった。

愚者の罪

さっきから自分に付きまとっている怪しい男のあることを六造はよく知っていた。

「刑事だな、でも、どうしてこう早く判ったのかしら……」

彼は薄暗い待合室の一隅に、なるべく他人から見られないように顔を伏せていた。混雑のため、六造の姿を見失った髭の濃い赤ら顔の肥った男は、その兀鷹《はげたか》のような底気味悪く光る眼で、あたりを見回していたが、どうしても見付からないのか、またせかせかと切符売場の方へ歩いていった。

「この箱を調べられたら、何といってもいいわけは立たない、すぐ懲役にやられるにきまっているんだ」

おどおどしたまなざしで、自分の横においてある角な風呂敷包みを眺めた。

誰もその荷物を怪しんで居はしないかとの懸念から、視線をあげてまわりの人たちの顔を窺ったが、それぞれの旅立ちに気をとられている人々の中には、誰一人としてこの六造の荷物なんかに、注意をむけるものは居なかった。

間もなく改札が始まって待合室の中はどよめき出したので、六造も荷物をさげて立ち上がった。

彼が汽車に乗って座席に落ちつくまでの苦心はなみなみではなかった。絶えず怯えながら階段の蔭や、混雑の中にまぎれて、赤ら顔の男の視線を避け、汽車が動き出してからやっと蘇生の思いをしたのである。

彼の荷物は要心深く、彼のかけている座席とは反対側の、網棚の上に載せられてある。

「汽車が最終の駅でとまってから、その駅の人がみつけて何とかうまく処置をつけてくれるだろう」

こう心に呟きながら網棚の方へ視線を送った。

添うて半年にもならない女房に死なれてから、その女房の連れ子健一を六造は事実持てあましていた。朝早くから稼ぎに出なければならない日傭取りの身で、一誕生をやっと済ませたばかりな健一は、足手まといに相違ないので、女房の兄とかいう人へ幾度も手紙は出したのだが、返事さえ碌にくれなかった。

貰い手があったらやってしまえとすすめるものがあると、

「あいつが死に際にこの児のことを頼むと泣いて死んだからなあ」

こういっては託児所へ健一を預けて毎日稼ぎに出ていたのである。

稼いでも稼いでも六造は貧乏に追いつかれて暮らしていた、が、そのうち健一が病気になった。

つねから栄養不良だった子供は、肺炎の激しい熱のために目に見えて衰弱してゆく、誰も看護をしてやるものがないので、六造は稼ぎを休んで世話をやいた、けれども生に恵まれない健一はとうとう、乾し大根のように萎びて死んでいった。

貧しい六造はもうその時、共同墓地へ葬ってやる費用はさて措き、死亡診断書を貰う金にも窮していた。

健一の死体の処置に考え悩んだ揚句六造は途轍もない葬式を計画してしまったのである。

蜜柑箱に襤褸綿を敷いて死体を納め蓋を釘づけにした思いつきの柩は駕の代わりに、堅牢で広い客車の棚に安置されて、その下には多勢の旅客たちが、通夜と会葬とを兼ねて賑やかに送ってくれる。この柩を運ぶ輿丁《かごや》は黒い煙を吐きながら滅法界な勢いで駛るのであった。何という素敵な葬式だろう。

六造のしょんぼりとうなだれた姿がいかにも喪主らしく殊勝である。しかし彼といえどもこれが発覚すれば所罰されるくらいのことは知っていた。その罪を知って怖れていながら、それをやっつけなければならないほど、彼は困窮のどん底におちていたのだ。

二つ目の駅までの乗車券を購った彼は、もうすぐ下車しなければならない、その時が網棚の柩への最後のわかれである。

彼にむき合って土木請負の親方らしい、黒の上衣に半ずぼんの男が、太い印台付きの指環をはめた指で、手帳を繰っては鉛筆で何やら書き入れている。

「俺にだって、こんな定まった親方があれば、こういうときには泣きついて金を貸してもらうんだが……」

六造はやる瀬なさそうに溜息をついた。

汽車は森蔭を過ぎ、田圃の中を横切り、踏切を通過したが、駅に近づいたので汽笛を鳴らし、速力を少しずつ落としていった。

その時出入口の扉をあけて半身を表した男の姿を、何心なく顔をあげて眺めた六造は、思わず真っ蒼になった。

髭の濃い赤ら顔の肥った男。

例のぎらぎらする眼で、誰かを探すように客車中を見渡している。六造は息を詰めて相手に気付かれないよう、前に居る親方の蔭へ軀を踞めてしまった。胸の動悸は自分の耳にさえ聞こえるほどであった。

汽車の速力はますます緩くなってゆく。

「もう駄目だ、何もかもかぎつけて俺をさがしているのだ。俺がこんなところで捉まって警察へひっ張られちゃ、健公だって浮かばれないだろう。この刑事の眼さえのがれることができたら、健公も引きおろされずに行くところまで行けるに違いない。一里でも阿弥陀さまに近い方へ行ってくれ、お前はまだ脚が弱いんだからな、愚図ついていればとらまるから、俺はにげるぜ、じゃあ健公、さようなら……」

六造は柩の方をちらと一瞥したまま身を起こして、反対側の扉の方へ駈け寄った。汽車は都合よく駅の構内へ這入《はい》っていた。

その次の駅までゆける切符を無駄にして、下車した彼は夢中の態で改札口へ走る。

「おいおい、ちょっと待てッ」

客車の窓から呶鳴る声をうしろに聞きながら、魔法使いに追っかけられた侏儒《こびと》のように、切符をわたしたまま蹠も地につかないくらいに走った。

そのとき慌ただしく列車から降りた赤ら顔の男も、駅員に何か囁いたかと思うとそのまま、息を切って六造の跡を逐うてゆく。客車の窓から喚いたのもこの男である。

六造は節制を失って野獣が猛り立ったように、ただ本能的に走っていた。荷馬車を追い越し、路傍に砂弄《すないじ》りをしている子供の頭上を飛び越え、一目散に追手の手を免れて。

赤ら顔の男は、その肥った軀に大汗を流し、六造のあげていった砂埃を浴びながら続いてゆく。そのあとからついて理由も知らぬ弥次馬が二三人走っている。

六造は街道から横にそれた。追手は口々に何か判らぬことを喚き立てながら近づく。

駅には彼らの乗ってきた汽車が、待避線にあって急行列車の通過を待つために、黒煙を吐いて停まっている。彼は何もかも忘れて狭い横道を走った。

ところが不幸にも一足の相違《ちがい》で、彼の逃走を妨げるように踏切の遮断器がその前方へすっと降ろされてしまった。振り返るまでもなく罵りちらす声が近寄っただけで、もう双方の間隔の幾らもないことがよく判っていた。

捕まれば、もう何もかもおしまいだ。

遮断器は一文字に道を塞いでいるがまだ汽車は来ない。

今だッ！

「危ないッ」

踏切番の爺が声をかけたときにはもう遅かった。遮断木の下を潜りぬけた彼は、身を躍らして線路の彼方へ突き抜けようと横切る瞬間。

踏切番も追手も通行人も、あっと叫ぶ余裕すらない。

何もかもが間髪の出来事だった。

今停車場を通過してきた急行列車の凄まじい姿と速力と震動とを感じた人々の耳は短い踏切

番の叫び声をも聞いた。

「やられたなッ……」

知覚を失っていた六造が、おぼろげながら意識をとりもどしたとき、こんな話し声が彼の耳に入った。

「どうも、これじゃ助からないかも知れません、何しろひどい怪我ですからなあ」

戸板に載せられた六造を取り巻いて見降ろしているのは、踏切番の爺や駐在所の巡査、それから駅員や通行人たちである。違った声で、またこんな話が聞こえた。

「……この男の町内の人が来て、どうやら子供を死なせて葬式さえ出せずに困っているらしいからと知らせてくれたのです……ちょうど角な荷物を担いでどこかへ出かけるようすが、どうやら話に聞いた六造という男らしいので……心得違いをさせてはならないと、私はそっと跡をつけて行きましたがね、この男は私の姿を見るとどう勘違いをしたものか、まるで気違いのように逃げ出したのです……」

六造は微かに開いた眼で、しゃべっている男の顔を見究めようと努力したが、それをするまでもなくその声の主が、あの赤ら顔の男であることは判っていた。そして虫の息で喘いでいる彼の耳に次の数語だけが、ハッキリ聞きとることができた。

「私は何とか相談の上、子供の葬式ぐらいは出してやるつもりでしたがねえ、無暗に私を避けるようにするものだから、声をかけることができなかったのです、私ですか？……ええ私はこの男の近くに住んで、方面委員をつとめて居るものです……どうも可哀想なことをしましたよ」

視力も聴覚もそれから意識も、漸次に薄れてきた六造は、ふウと一つ長い息を吐くとそのまま、自分の愚かさを嘲笑するように顔の筋を痙攣させながら彼の妻や連れ子の健一の跡を逐うていった。

仔猫と余六

「どんな人間でも必ず惨虐性をもっている。またしかし、惨虐な人間の中にでも、弱い動物をさえ愛護する美しい、優しい心をもっているものがあるのじゃ」

肉がおちて凹《くぼ》んだ眼で、煤けた天井をじっと仰ぎ見ながら何を考えたのか老師は次のように詞をつづけた。

「あんたはS県下にあった向山事件というのを知っているかな。もう可なり月日が経ったから、記憶ている人もすくなかろうが……その当時は、かなり噂が高かった」

肺を病んで、已に喉頭まで冒されているので、聞きとり難いほど嗄れた声である。

私は注ぎ足した火鉢の炭を組み直しながら、寝ている老師の顔をながめた。戸外は木枯らしが吹きすさんで、立て付けの悪い戸が厭な音をたてて揺らぐ。

「お話は寛《ゆつく》り聴きますから、今夜はもうお睡《やす》みになった方が好いですよ」

衰弱している病人から、この夜更けに昔話を聞くことは迷惑であった——というのが、謂わば再生の恩人でもあり、私の胸に根強い信仰を植えつけてくれた、この老師に無理をさせて、万一容態に影響するようなことがあっては、取り返しがつかないと思ったからである。

いま老師のいった向山事件というのは、私もよく知っている。実は当時何人にも劣らない熱心さをもって、真相を知ろうと努力したくらいであるが、いま図らずも、老師からこの話を切り出されて、私は詰まらない新聞記事を読み聞かせて、よく似た事件を連想させた、私の軽はずみさを、つくづく悔いた。

「ほんとうにお止しなさい、お話は明日でも伺います」

「なに、心配せんでも、少し話をした方が、気が紛れて好いかも知れない……」

夜着の襟にからみついた、長い頤鬚に浪をうたせて、老師は咳入った。私が背を撫でようと近よるのを、掌を振って拒んで、ようやく咳が静まると、少時《しばらく》目をつむったまま呻吟した。

私はとり敢えず枕元の壜を取り上げて、水薬をその唇にふくませた、が壜を見ると、もう跡には残り尠なになっている。

ちょうど三年前の、こんな寒い夜であった――際限もない流浪の旅に行き悩んで、吹き募る吹雪と飢えに、この村の入口まで来たとき、張り詰めた気を奪われて倒れたまま、昏々と生死の境を彷徨している私を、救ってくれたのがこの老師である。

不動堂のお守をして、わずかに糊口を支えながら、村の人々からは尠なからず尊敬をうけているこの老師は、的途《あてど》もない私を留めた上、付近の工場へ勤めさせ、その暇には信仰への途を説いてくれた。

若い私の胸に燃えた呪詛の炎は、いつしか心から消えてしまって、爾来三年の間、敬虔な信仰をもつ老堂守と、天涯孤独の放浪者は、もっとも親しく結びついていた――

既往を馳せめぐる私の追想をやぶって、老師は口を開いた。

「あの事件は、犯罪者の善悪両性を、いかにもよく現している」

私はもう強いて抗いもせず、老師の心任せにさせることにした。窶れきった顔……高く兀出した顴骨、肉のおちた頬、ただそのうちで瞳だけが烱々とかがやいている。

老師が話そうとするのは、こういう事件である。

その頃の新聞記事を見た人には、或いはまだ記憶にのこっていることかも知れない。いまから数えて六年ばかり以前、××市の郊外のある電車の駅から五丁ばかり距たった村に向山という、小さな丘があって、その麓に建つ一軒家に西沢余六夫妻が住んでいた。

余六は近くのある中学の教師であった。もう可なりな年配の好々爺《こうこうや》で、日曜などは終日《いちにち》着物の裾を端折って、家の周囲にある野菜や花をつくった畑へ、無器用な手付きで鍬を打ちこんでは、時折腰にぶら下げたタオルで、汗を拭い、古い麦藁帽の下から、人の好さそうな微笑を、通りすがりの農夫たちに投げていた。

この余六が、親しみやすい夫子であるのに引き換えて、妻の鞆尾というのは、まるっきり正反対の女であった。年齢も良人の半分くらいであったろう、美しい容貌をしているところから、駿馬痴漢を乗せてはしる……などと、蔭口を言う若い同僚もあったくらいだ。

どちらかといえば、神経質で愛嬌に乏しく、村の人と小径《こみち》で出遇っても、碌に口を利かないといった態《ふう》なところから、付近の人からは尊大だとか、驕慢だとか噂されていた。

しかし誰もみな、親子ほども年齢《とし》のちがう余六が、心から若い妻を愛し、平和な月日をおくっているものと、信じきっていたその家庭が、意外な闖入者のために平和を乱されていることを知った村の人は、一ようにみな目をそばだてた。

鞆尾と同年くらいで、色の白い眦の釣り上がった、鼻のつんと高い松島という青年が、繁く余六の家庭へ出入りをするようになってから、その松島と鞆尾との態度に、何か程度をこえた馴れ馴れしさがあることを、村の人たちは怪しんで、とりどりに松島の素性や正体を、詮索しはじめたが、親族でも門下生でも友人でもなく、ふとした引っ懸かりから懇意になって、その家へ出入りをしていることが判った。

何の利害もない付近の人が、松島と鞆尾の態度に憤慨する一方では、余六の人のよさに歯痒がっていた。

良人を除けものにして、手を曳かんばかりに肩をならべ、畔道を散歩する両人の姿を、畑の中から淋しそうに見送っている、余六の卑屈さに、反感をもつ人さえできてきた。

ところが、ある夜、更けてから、付近の人を驚かせるような事件が、この家庭におこった。近村から医師が迎えられると、間もなく駐在所の巡査が余六の家へ駈けつけ、翌暁《あくる》方には、街の警察から来た役人が、出たり入ッたりしていた。村の噂は区々で取り止めないものであったが、ようやく解ったのは、妻の鞆尾のヒステリーが、近頃非常に昂進していたが、とうとう昨夜、余六の不在中、松島と情死を遂げてしまった。何も知らない余六は、夜更けてから帰宅して、初めてこの事変を知ったので、気の毒なくらい悲嘆しているという事実である。

鞆尾と松島が情死を企てた時間には、余六はちょうど停留場の前で出逢った同村の三左衛門という男と、詞を交わしていた。

三左衛門から声をかけられて、余六はちょうどこれから××市へ買物に行きたいが、鞆尾が猫を嫌うから、この仔猫を帰りまで預かってくれまいかと、懐中から仔猫を出して、三左衛門に頼んだのである。三左衛門も迷惑とは思ったが余儀なく引きうけて猫を抱きとると、余六はそのまま電車で××市へ出かけた、ということが、調べによってことごとく明らかになった。

そこで、不義の男女が、世を儚んで毒薬情死を図った、ということでこの事件は終わりを告げたが、家庭にこんな事件を起こしては、今更教壇にたつわけにもゆかず、村中の取り沙汰もうるさいところから、間もなく余六は家をたたんで、いずこへか引退してしまった。

「どんな事情から、こんなに年齢の異なった余六と鞆尾が、結婚したか……それは述べずともよかろう。余六が常に年の差異を、苦にしていたことだけは事実じゃ……」

老師は静かに語りついだ。

余六が、自分に妻の愛を惹きつける、力の乏しいことを、つねに焦燥を感じそれで諦めにかわってゆく。彼の体は年齢に比して不健全でもあった、それがために妻の心が、自分から放れてゆくことを怖れ、その歓心を失わないためには、およそ妻の喜ぶことであれば、どんなことでも忍従するほどに、彼の心は卑屈になってしまった。

ここに特異な事がらとして、述べておかなければならないのは、鞆尾がずっと以前神経痛を病んでから、麻酔剤コデインを常用していた。余六もその弊害を説いて、止めさせようとしたことは、幾度もあったのだが、鞆尾は已にその中毒症状にあったし、また例の遠慮から、もう近頃では為すがままにさせてあった。ときには余六が学校から帰ったのも知らずに昏々と睡っていることさえあったが、余六は不服も言わずに、勝手に食事をすませては、淋しそうな、しかし人の好い顔で、畔道をひとりで散歩したりしていた。

ところが、鞆尾が自分だけで、麻酔剤を用いるだけなら好いのだが、その得知れぬ怪奇な薬効の快感を説いて、松島の興味をそそり立てて、遂《しまい》には互いが注射をしあって、頽廃的な幻想に目を細めて、一室の中に昏々と睡るようになった。

これを見た余六は、自然悒鬱になってゆくようだった。彼の分別が、松島のそれのように、ここまで鞆尾の望みのままになれなかったので、所詮、日一日妻の心が自分から、放れてゆくのを知ったのである。

こんな幾日がつづいたのちの或る夜、表口に蒼蠅《うるさ》く鳴きたてる猫の声に、余六は立って戸をあけた。と同時に走りこんだのは生まれて一ケ月にも満たない白猫だった。頭と尾だけに黒く斑《ぶち》点がある、何れ誰かが故意《わざ》と捨てたものらしかったが余六が抱き上げると人怖じもせず鳴いていた。

——自分だけが除け者にされているような、孤独を感じている余六は、この仔猫からでも、淋しさを救われたかった——そこで、この仔猫を飼ってやることにしたが、鞆尾はこの猫をあまり好かないらしく、そばへ寄ってくると、邪慳に手で払いのけ、食事のとき膳の周囲へ近づいてくるたび、汚そうに顔をしかめた。そんなときは、いつも余六が取って自分の懐へ抱きこんでやる、それをまた鞆尾は、厭な眼付きで眺めるのであった。

余六の襟の間から首を出している猫へ、彼が自分の唇から直接《じか》に、魚肉の片《きれ》を口うつしに、喰べさせているのを見るごとに、鞆尾は余六を汚《けが》れたもののように言って、嫌いはじめた。しかし、どんなに言われても余六は、その猫を追い出そうとはせず、学校から帰ってくると、屋根の上や畑の日表に寝そべっているのを呼んで、懐へ入れてやるのを例にしていた。

或る夜のこと、ちょうど奥の間で松島と鞆尾とが、秘々話をしているとき、余六は次の間で肱枕をしながら、新聞を読んでいて、懐から這い出た猫が、次の部屋へはいっていったのを知らなかった。

「あれっ、痛い……畜生っ」

甲高い鞆尾の声に続いて、仔猫のぎゃあぎゃあ叫ぶ悲鳴が聞こえたので、余六は愕いて起き上がった。

「捉えておいでね、畜生こんなひっ掻いて……」

大仰な鞆尾の詞に、余六は窃《そっ》と状況《ようす》をうかがった。

「蒼蝿い猫だなあ、ひと思いに捻りころしてしまおうかな」

それは松島の声だった。

「ああ、そんな奴は、絞殺しておしまい」

鞆尾の声が終わらないうちに、またぎやっという仔猫の叫びがしたので、余六は耐りかねてその部屋へ飛びこんでいった。

見ると松島がその掌に、仔猫の喉首をつかんで締めつけ、猫は断末魔の苦しみに、爪をたてて畳をひっ掻いている。

「馬鹿っ、何をするんだっ」

荒々しく呶鳴ると同時に、松島を突き倒してその手から、瀕死の猫をとり戻して抱き上げながら、両人を睨みつけた余六の眼は、鞆尾も松島も、かつて一度も見たことがないくらい、凄く憤怒に燃えていた。

しかし勢いとして、鞆尾もだまってはいなかった。彼女の癖で烈しく余六を罵りかえしたが、常ならすぐ卑屈に妻の機嫌をとる彼が、その夜は真っ蒼な顔で、唇を慄わせて激昂しなかなか静まりそうでなかった。

「貴郎はその猫の方が妾より大切なのですか、ええ可愛がっておやんなさいよ」

鞆尾は引っ掻かれて蚯蚓腫れになった手の甲を、撫でながらつんと顔を反けた。

「解らない奴だな、何も殺さなくても好かろうじゃないか」

「いけませんでしたの、何ですよ、そんな猫くらい」

余六は焦れったそうに、声を荒らげた。

「こんな猫でも生命をもっているんだ、魂をもっているのだ」

「じゃ、猫の命は大切で、妾なんかどうでも好いのね、何だ馬鹿馬鹿しい、貴郎から見れば猫より劣っていても、妾の軀は妾にとっては一番大切よ、ええ、松島さんにとっても大切な命なのよ、ねえ松島さん」

憎々しく言い放ったが、余六はもうこれ以上何を言っても、言い敗かされるに極まっているのを知って、それっきり口を緘んでしまった。

そのとき彼は台所で、猫に水をのませながらこう呟いていた。

「松島にとっても大切な命だって？　ふん、貴様の血一滴だって、髪一筋だって、みな俺のものに相違ないのだぞ、最後まで俺のものだ、骨までしゃぶろうと俺の勝手なんだ」

それは如何にも虐げられたものが、強者を呪う詞のようであった。

その夜はそのまま余六の沈黙によって、どうにかおさまったが、それから四五日というものは、夫婦の間に気拙い日がつづいた。

松島は相かわらず訪ねてきて、鞆尾と一緒に散歩したり、毒薬の怪奇な作用を楽しんだり、別段何の気兼ねもするらしく見えなかった。

ところが、性凝りもない猫が、また彼ら両人の歓楽を探りに、その部屋へはいっていったために、頸首をつかんで唐紙の外へ投げ出されたのを見た余六は、こんどは何も言わずに苦笑したまま、猫の背を撫でていた。

その翌日、灯がつくと間もなしに、松島がいつものように這入ってきて、そのまま鞆尾の居る奥の間へ消えた。ひとりで淋しく夕餉をとっていた余六は、箸をおくと膳片づけもそこそこに、猫を懐へ入れたまま、いつものように散歩に出てくるからと、妻に声をかけて家を出ていった。

そして停留場で三左衛門に出逢って、猫をあずけておいてから、電車で××市へ行ったのであるが、その時分に家では鞆尾と松島とが、死の手に喉首を扼されて苦悶していたのであった。係官が調べたとき、両人の枕元には小さな壜にはいった、毒薬アコニチンがおかれてあって、両人ともその注射によって、絶命したことが解った。

彼女の常備薬であるコデインは、同じ大きさの同じ型の壜に入れたまま、毎例蔵っておく戸棚の中にあったのを、誰も気付くものがなかった。

訊問の際に余六は悪びれもせず、先夜猫のことから夫婦が争ったこと、妻のヒステリーが、数日来昂進していたことなど、巧みに答弁したため、合意の情死という鑑定が下った。もっとも村の人たちが、余六の人物の好さを、警察側に吹聴したことも、非常な力があった。そして彼は何の罪にも問われなかったのである。

けれども、しかし、それは表面だけのことである。

平素から人の好い余六は、眼にあまる鞆尾の不品行《ふしだら》や専恣《ほしいまま》な行動を、静《じっ》と辛抱できるだけ耐えていた。自分の不健康のため強いて諦めをつけて、道ならぬ両人の密会を許していたけれども、先夜猫を虐待されるのを見て、心頭から怒りを発した彼は、このとき既に殺意を起こしたのである。そしてその方法と機会を心の中で研究していた。

彼はコデインの容器と同じ硝子壜を手に入れ、予てから密蔵していたアコニチンを、同じ容積だけそれに入れて、気付かれないように、前夜のうちにすり換えておいたのであった。

松島が訪れてきたとき、彼らが三四十分ののちには必ず例の注射をやるに相違ないことを知って、自分の不在証明をつくるため、わざとその場を外して××市へ、電車でゆきがけに三左衛門に猫をあずけて、その場でわざと時計を眺めたりしたので、詭計のあまり簡単で巧まなかったところが、彼の犯罪の発見を防いだものであった。

十一時頃に帰ってみると、果して両人は醜い骸となって、横たわっていた。

彼はすぐ匿してあったコデインの壜を、攫索されても弁解のできるように、毎例の場所へおき、そのまま医師の家へ駈けつけて急を告げたのであった。

「骨までしゃぶろうと俺の勝手だ……と呟いた余六は、その妻の遺骨を埋葬もしないで荷物の底へおさめたまま、どこともなく放浪の途に上ったのじゃ。けれども彼は妻や松島を毒殺して、それで復讐慾を満足させたじゃろうか、遺骨《ほね》……になっても彼の妻は、決して余六の胃の腑に這入ってゆかなかった。

余六は日夜良心の苛責になやまされた。

地獄道の苦しみにあえぎ藻掻いた。

幸い、ある大智識から、極重悪すら仏陀の慈悲に救われると、説き聞かされて以来、仏法を信じて罪障消滅の途に精進したのじゃ」

夜は益更けて、語り続けた老師の詞は、途切れがちである。

「余六は信仰によって安心の道を得た、けれども一度犯した罪業は、ややともすれば妄想を喚んで、夢結び難い夜《よ》さが多い……それだけの重い罪、一朝一夕に消えるものでない、という不安が絶えずつきまとう……迷うまいと努力するあとから、すぐ煩悩が湧き起こる、懺悔をしないうちは、到底解脱は得られまいと悲しんだ。

ところが、その余六にも一切を懺悔して、尊い仏陀のお膝もとへ招かれる時を与えられた、結願《けちがん》の日がきたのじゃ……みほとけが左様なされた、ありがたい聖旨じゃ……」

老師は声をうるませて、やにわに咳入った。

緊張のあとの溜息もろとも顔をあげた私は、そのときどんなに愕いたであろうか。

咳入っている老師の顔は、紫色の苦悶に歪んで、両手の指は虚空をつかんでいる。

私は弾かれたように立ち上がって、老師の軀を背後から抱き起こし、隻手《かたて》に薬壜を取り上げ、残っている薬を、老師の口へ注ぎこんだ。が、それは病人を噎ばせただけで、薬はむなしく吐き出され、その咽喉《のど》は笛のようにひィーと、音をたてて息をひく。背と胸とは不規則に波のように蜿転っている。

度を失った私は背を撫でた、胸をさすった、また窃と寝かせておいて、医師をよびに走ろうとした、けれども医師の家まで七八丁はある、それまでに老師の命が危ない。

全く途方にくれた私は、また踞んで抱き起そうとすると、老師は苦しい息の下から、枯れ枝のように痩せ細った手を慄わせて、天井の隅に釣ってある棚を指した。見るとその片隅に古びた木箱のあるのが私の目についたので、大急ぎでそれを取りおろしたが、多分その中には何か応急薬でも、這入っていることと思ってすぐ蓋をとると、私は図らず呀っと叫びをあげた。木箱の中には、ただ一箇の大きな素焼きの壺がはいっていた。その蓋には貼紙をして、

×× 年〇年〇日歿
釈　教英信女　遺骨
俗名　西沢鞆尾　享年二十五歳

と認めてあった。

あまりの驚きに呆然として、その文字に眺め入っていた私は、更にまた、老師のようすが急変したのに愕かされて立ち上がった。

ふう……と一つ。大きな息を吐いたと思うと、老師の咽喉がごろごろと鳴りはじめた。

「しっかり……確りなさい」

その耳もとへ私が叫ぶ間もなく、ごろごろ鳴っていた音が、はたと止んでしまった。そのまま、老師の手首を握っている私の指先に、もう脈搏を感じなくなったのである。

諸君は、この老師が余六の後身であったことに、已にお心付きであろう。

罪障のおそろしさに悩んだ余六が、老師の前身であることは、早くから私も知っていた。

鞆尾には幼くして別れた弟があった。成長してから、まだ顔を見知らぬ姉を頼って、××市

の郊外の向山へ訪れたが、既に姉は死んで、余六も退転したあとであった。

具《つぶさ》に聞いた姉の死因に、彼は一種の疑いを感じ、血気な彼は余六の行先を突き止め、次第によっては復讐をしようと、余六の跡を逐うて諸国をわたり歩いた。

そして雪の夜に行き倒れていたのを、現在の仇敵たる余六に救われたのである。

哀れなる鞆尾は私の姉であった。けれども私はすでに仏の道を教えられ輪廻《りんね》のおそろしさを悟って、復讐は疾《とく》に断念していたのだ。

泰念と名を変えていた余六……私の老師は私の素性を知らずに逝いたか、いやいや恐らくは知っていたのに相違ない。敵同志の両人《ふたり》は、斯く奇訝《ふしぎ》な運命に操られて、親しい師弟として幾歳月の生活を、共にしていたのである。

古りし苅萱物語にも似て、何という奇《く》しきわれらの因縁であろう。

虎狼の街

——女優志願の念いやみ難き世の乙女たちに捧ぐ——

世の中の職業《しごと》は何でもそうですが、とりわけ医者なんていうものは、専門的な臨床上の知識よりも、まず世情に通じて、実社会のことを人並み以上に、知っていなければ、世の中の信頼を得ることはできません。

「どうして、こんな怪我をしたのです?」

「へえ先生、実はバイスに指を挿んでしまったのです」

職工はぺしゃんこになった指を、情けなさそうに瞶《みつ》めています。ところがこのお医者にバイスが判らないのです。大学で筆記した中にバイスという文字は有りませんでした。

「バイス?……それはどんな物です?」

「へえ、バイスってのは、つまり万力のことでさ」

「ははあ万力……万力ってどんな物です」

「つまり、バイスのことでさ」

「バイス、万力、判らないな、一体どんな形をしたものですか」

いくら辛抱強い職工でも業を沸かしますよ。

「そのバイスってのは、先生の口みたような形のものでさあ」

こんな噺さえあるくらいですからね。

ところが、わがドクトル佐山はなかなかこんな、疎い部類の人じゃないのです。まあ近い例が初めての病家へ往診した時は、まず患者の手首を握って、鹿爪らしく容態を訊くあいだに、ちゃんと、病室の雰囲気から、患者と家族との接触、というような機微《デリケート》な点を、診察してしまうんです。

それに佐山先生、とても話し上手です、もちろん帰納的に話好きです。

ある日なんかも千裂屋《ちぎりや》さんの隠居が、烈しい胃痙攣をおこしたので、佐山先生を迎えました。いかなる急病人であっても、医者が慌てて駈けつけるものでないことを、よく御承知でしょう。佐山先生も悠然と、お上使様《じょうしさま》のように乗りこみました。

患者の診察は型のごとくすませましたが、賢明なる佐山先生、注射のチの字も申しません、老人がいかに注射を恐れるかを知っているからです。

心配そうに控えている隠居の婆さんに、世間話をしかけてゆくと、婆さん上の空で返事をしていましたが、素々《もともと》話好きですから、すぐ共鳴してしまいました。

話は時候のことから団体旅行、江の島の螺《さざえ》の壺焼きから、善光寺まで飛びました。

その間に、さしも苦しんだ隠居も、この話し声を添え乳《ぢ》にしながら、ぐうぐう鼾《いびき》をかき始めました、こうなればしめたものです。

折り鞄を提げた佐山先生は、暇を告げて、次の患家へ回りました。次は鹿飼吹笛《しかがいすいてき》という画家の妻君で産褥熱ですがいつものとおり、病人の枕元へ座った佐山先生、折り鞄の中へ手を差し入れると、掏児《すり》に罹《かか》った村長さんのように、胸や上衣のポケットを押さえては、慌てはじめましたので、病人はいつにない医師の奇妙な診察に面喰らって、その顔を見上げると、佐山先生何を思ったのか、突如《いきなり》立ち上がってこの家を出てゆきました。

病人は半泣きでした。吹笛さんは愕《おど》いて先生を見送っていました。

しばらくすると、佐山先生大にこにこで帰ってくると、人の好さそうな笑い顔で、いつものように診察をはじめました。

何と皆さん、話好きな佐山先生は、あまり談話《はなし》に熱心すぎて千裂屋の隠居の腋《わき》へ、験温器を挿んだまま忘れて出たのでした。

こんな調子ですから、ドクトルの人気は大したもので、現在も立派な病院を建てていますが、この人の開業当時は、やはり患者が少なくて、午后の往診の時間には往診先なんてありませんから、よく豊川さんの家へ碁を囲みにいったものです。

豊川さんは会社の重役を、五つも六つも持っている資産家ですが、夫人が病身で偶然佐山先生の診察をうけたのが縁で、つい心安く出入りをするようになったのだと申します。

豊川さんのお嬢さんを御存じですか?

徐々《そろそろ》話すうちには解ってきますから、まあお聴き下さい。

ある日ドクトルが豊川さんの家を訪れると、どうしたものか豊川さんは、莫迦に不機嫌なのです。

「彼女《あいつ》が馬鹿だからこんなことになるんです。だから女子と小人養《しようじん》い難しと申すんで」

豊川さんの憤慨の理由を訊くと、娘の薫さんが女優になりたいと言い出したのだそうです。

なるほど、これは天下の大事件です。

しかもそれについて、こうなった責任が夫人の稲子さんにあるというのが、豊川さんの主張です。が、しかし、稲子夫人に訊いてみると、豊川さんが悪いから、娘が女優志願をするような不心得者になったのだ、と言うのです。

皆さん、どうお考えになります？

いや、これについては、豊川さんも、稲子夫人も、その言い分には無理もないところが有りますから、その理由をお話しいたしましょう。

人間というものは妙なもので、好きなことを自分だけの道楽にしていれば、無事にすむに相違ありませんが、その好きなことを他人にまでやらせようとするから、とかく面倒が起こりやすいのです。

たとえば、一時流行《はや》った桂馬式の心身強健法なんかも、俺はあれでこんなに健康になった、病気というものを忘れてしまった、貴方の胃弱も癒《なお》るから、是非おやんなさい。と、老衰でひょろひょろしたお婆さんが、迷惑がるのも頓着なしに、教えこもうとする不心得千万な人間もあれば、また、脳病で困っている青年が、例の気合術を無理に習わされて、少しずつ気が変になったという話もあります。

現に冷水摩擦という厄介なことを、教えられ強いられたが故に、風邪をひいてしまった人は、数え切れぬくらいでしょう。

とにかく人間というものは、要らないお節介性を多少とも持ち合わせているものですね。

豊川さんも子供が生まれると、長男を偉大なる工業家に仕立てるつもりでした。けれども軟らかい粘土でさえ型のとおりに、出来上がらないことがあります。

その息子さんは親爺さんの理想より、自分の意志に従って文科を出ると、さっさと英国へ戯曲研究に行ってしまいました。

さあ、次は娘の薫さんの番です。

夫人が病弱なところから、その女性観に大変化を生じた豊川さんは、薫さんを男優《おとこまさ》りの強壮剛健な女性に仕立てる計画を立てたのでした。

まず庭園の花壇を潰してテニスコートを作りました。そして自ら薫さんのお相手に、ラケットを握りましたが、ゴム球は豊川さんの女性観を尊重してくれません。ラケットを避けて飛ぶので、豊川さんはまたしても肥満した軀で、よちよちと毬を拾いに走らなければなりません。植込みの間を潜ってゆくので、この上もなく豊川さんを悩ませました。それでとうとうテニスのお相手は薫さんのお友達に譲ったのです。

こんどは早朝から、洋杖《ステツキ》の行商人のように袋を肩にかけ、父娘《おやこ》づれでゴルフの練習に出かけたものですが、百姓家のガラス窓を破って弁償させられたり、悪太郎の頭へ球をうちつけて膏薬代を出したり、ずいぶんな失策をやりました。

薫さんに自転車も奨励しましたし、乗馬倶楽部へも入会させました。

それがため薫さんは痛快なくらい軀の発育がよくって、稲子夫人は薫さんの足袋を買いにゆくたびに、耳朶まで真っ赤にさせるのです。

極《ごく》小さな声で十文《もん》三分《ぶ》と囁くと、店員は聞き損ねて、

「へい九分三分の女足袋でへい」

いよいよ稲子夫人は足袋を買いにゆくのを厭がります。

大体稲子夫人は、豊川さんが娘にスポーツ趣味を鼓吹するのが不服でした。そして自分の好きな藤間流だの、芝居だのを、薫さんに高調して、杵家を呼びつけ稽古をさせよう、といったような意気ごみです。

こう相反した見解をもつ株主が寄れば、その総会の雲行きは必ず険悪であるべきです。

薫さんが断髪《ボッブ》したいと申し出たことがあります。強壮剛健の前に何の異存がありましょう。豊川さん言下に承諾を与えました。

ところが、以ての外だと反対したのが、稲子夫人です。

稲子夫人はすぐ直接行動に移り、髪結いを呼んで薫さんの髪を桃割れに結わせてしまいました。

豊川さんは比麻子油《ひましゆ》を嘗めたような顔をしました。

ところがです。その翌《あく》る朝になってから、稲子夫人が慌て出して、豊川さんが愉快そうに哄笑する、という珍現象を呈しました。何故って、薫さんはまだ、この朝カシミヤの制服を着て学校へゆかなければならなかったのですもの。

さあ、その薫さんが女優になりたい、と強請《ねだ》ったことについて、株主同志の攻撃が始まったのです。

「お前が下らない踊りだの歌沢だの、前世紀の亡国的趣味を植えつけるから悪いんだ、柔弱な歌舞伎を見せたりするから、そんな感化を受けたのだ、お前の責任だよ」

「御冗談でしょう、私なんかの見るお芝居には洋服の女なんか出やしませんよ、貴方こそ、やれ馬だ、それ競走だ、なんて跳ねっ返らせるから、女優なんかになりたがるのです、みんな貴方が悪いんですわ」

なかなか相降《くだ》りそうもありません、その中へひょっこり顔を見せたのが、ドクトル佐山です。

「もうまるで気狂いの沙汰です、朝っから鏡と睨めっくらで、画の具皿《パレット》みたいな顔を、歪めたり伸ばしたりして、とても見ちゃ居られません」

豊川さんは舟に見放された、俊寛僧都《しゅんかんそうづ》のような心細い顔をしました。

「ははあ、近頃娘たちの罹る病気ですね」

ドクトルが呟くと、豊川さんはまた、投げ出された水枕のように、ぶるぶるっと慄えたものです。

「病気?……ほ、ほんとうですか」

「左様、キネマスター憧憬熱ってね」

「ちっとも気がつかなかった、それは何ですか、やはり西班牙《スペイン》から流行ってきたのですか」

豊川さんはすっかり狼狽《うろた》えて、熱と言えば西班牙から来るものだと、独りで合点してしまっています。

「まあまあ、今説明しますから、お待ち下さい」

皆さんは医者というものが、いかなる場合にも慌ててはならないことを先刻御承知でしょう。ドクトルは悠然と莨《たばこ》に火をつけて、旨そうにパクリと煙を吐き出しました。

賢明なドクトルはその間に、いかに説明すべきかを考えたのです。

映画花形《キネマスター》憧憬熱……千九百七十二年版の、温帯熱病研究録報が丸善へ到着しても、恐らくその中からこの病名だけは、発見されることはないでしょうよ。

「ええ……この病気は、十年ほど以前からぼつぼつ流行しはじめましたが、その蔓延の力はとても素晴らしいものです。その猖獗《しょうけつ》さには内務省あたりでも、手を焼いています。病源地は仏蘭西《フランス》とも言いますがね、しかし米国がほんとうです、ロスアンゼルス辺りが、もっとも患者の多い土地です。ホリウッドにはこの熱を緩和する専門の病院がありますけれど、貧弱な日本では、まだそこまで完備していないので、防疫が困難ですよ。それでこの病気は、定《き》まって若い人たちを冒します、映幕《スクリーン》を瞶めている若い男女の瞳孔から、脳を刺戟して、あの光線のために神経を冒されてしまうんですね。それはそれは恐ろしい伝播力をもっています。予後は概《おお》かた不良です。順調の経過をもって癒るものは稀で、大抵は慢性になって変態性俳優摸倣症状に変じます。お嬢さんのはどんな程度か知りませんが、恐らくこれに感染せられたものでしょう」

見る見る豊川さんの唇は、への字に歪んで、ぴくぴくっと痙攣しました。

「佐山先生、お願いです、癒してやって下さい、幾ら金が懸かっても構わん、会社の一つや二つ潰したって好い、せっ、せっかくあれまでにして、悪い病気なんぞで、変な気狂いになられては耐《たま》らん」

世界破滅でも襲ってきたように、悲壮な声で豊川さんは嘆願するのです、おお、ドクトルに向かって掌まで合わせています。

「どうぞ診てやって下さい、御案内します」

「いや、お嬢さんのお部屋なら、私は知っています、私一人で逆らわないように診察した方が好いです、貴方は此室《ここ》でお待ち下さい」

ドクトルはいかにも自信ありそうに、薫さんの部屋を訪れました。

唐紙をあけて、一目室内を覗きこんだドクトル、なるほどこれはずいぶん熱が高いと頷きました。それもそのはずです、絢爛と言おうか、艶麗と言おうか、室内はブロマイドで一杯。

壁にはラモン・ナヴァロとスタシアンナ・ビエルコフスカヤが懸かり。

一輪挿しの隣はバーセルメス。

ノーマ・シアラーだのギッシュ姉妹。

抛り出されてあるアルバムはぎっしり満員で、身動きもならないのがおよそ五六冊。

書架の中はスポーツ雑誌と、映画雑誌とが目白押しに縄張り争いをしています。

その中にあって鏡台を引き付けて、薫さんはまるで極彩色です。と言っても、それ立体派と言いますか、構成派と言いますか、あれです、その極彩色の顔でドクトルを迎えました。

「あら先生、どうぞこちらへ」

ドクトルは内心恟々《きようきよう》しながら、薫さんの身近くへ座って、ぼつぼつ診察をしはじめました。

「貴女は、大層映画のことが詳しいそうですね」

「あら先生、御存じないの？　妾《わたし》こんど京都へいって、女優になるのよ……」

そオらお出でなすったと、ドクトルは合槌をうちながら、その抱負なるものを聴いていねばなりません、医者たるまた辛い哉《かな》です。

しかしドクトルは、その間に薫さんの女優としての資格を観察しはじめました。

薫さんの目鼻だちは立派に揃っています。

揃っていることに異議はありません。

だが、神は粗匆《そそう》にして、その配置を誤りました。

額の広さは、こんど農林省産馬局の、牧場に指定されそうです。顧骨《ここつ》から顎へかけて、冬の日の高等スキー競技大会場として、理想的のスロープがあります。グリースペイントで胡麻化していますが、鼻は幼稚園のハードル練習に貸してやれば、安全保証つきぐらいの高さです。

真理を申しましょうならば、薫さんが映画に出たら、きっと世の中に神経衰弱患者がうんと殖えることでしょう。この女性を映画界へ送らないことは、観客にとって幸福です、いや、人類の幸福らしいです。

薫さんはパステルで描いた、豆の蔓みたような眉を昂然とあげて、さっきから滔々と理想を述べています。

これでは豊川さんの手に合わないのも無理はありません、ドクトルもちょっと扱《あしら》いかねて、そこそこに退却しました。

「どうも思いの外はげしいですな、あの向きでは強《こわ》意見や干渉などしては、ますます容態が悪化しますから、逆らってはいけませんよ」

「だって、女優なんかにさせることは……」

「まあお待ちなさい、万一角《つの》を撓《た》めようと思って牛を殺したらどうします。世間体や貴方の名誉のために、強いて反対すれば、お嬢さんは家出をしてでも、京都へゆきかねやしませんよ。とにかく、奥様にもそうおっしゃって、よくお嬢さんの行為を注意して、一々私までお報せ下さい」

「しかし、癒るでしょうか」

「熱さえ降《さが》れば大丈夫です、私の医術を信頼して戴くんですな」

ドクトルはここでちょっと商売気を出して、鎮静剤を売りつけたわけですね。けれども、臭素加里《しゅうそかり》は映画花形憧憬熱に利きそうもありませんでした。薫さんの病症は進行してまったく病膏肓《こうもう》についた始末。

豊川さんがいかに悲観したか、あの人の関係している会社の社員たちことごとくが、神経衰弱にかかったのでも知れます。

で、結句ドクトルの注告にしたがって、豊川さんは渋々薫さんの京都ゆきを承諾しました、稲子夫人も止むを得ず同意しなければなりませんでした。

薫さんの得意さを想像してみて下さい。

「まあ詮方《しかた》がない、やれるかやれないか知らんが、行くだけ行ってみろ」

と豊川さんが言うと、薫さんは意気軒昂《けんこう》です。

「大丈夫ですわ、精神一到何事か成らざらんや、って言いますもの」

それを聞いて豊川さんは到頭向こう鉢巻きで、ベットの中へもぐりこんでしまいました。

薫さんの予定では、かつてある映画雑誌へ、美文たくさんな投書をしたとき、その映画批評にたいして、Mという監督から飛び切り無類の讃詞を酬いられたことがあります。そこでこんど京都へいったら、このM監督を訪ねて希望をうち明けるつもりだった、のだそうです。

いよいよ薫さんは旅立ちました。

京都駅で降りると、もの静かな京の街を円タクに揺られながら、ヤマト撮影所のM監督を訪ねて、言わなければならない詞を、口の中で繰り返して暗誦に努めていたので、沿道の大きな寺院も、銀行の建物も、名物の交通整理ぶりも、一切薫さんの眼に映りませんでした。

撮影所の前で円タクをかえして、さてその門を仰ぎ見ますと、それはまるで紡績会社の通用門みたいに、黒い扉が閉まっていて、溝板ほどの大きさの板に、墨黒々と面会謝絶としてあるのが、薫さんの心持ちを暗くさせました。

ようやく心を取り直して潜り門から這入《はい》ってゆくと、そこの受付所の中にいた、上衣をぬいで胴衣《チョツキ》だけの男の視線が、ぎろりと光って薫さんの足を停めさせました。

「M監督さんに、お目に懸かりたいのですが」

差し出された小型な薫さんの名刺を手にとって眺めた男は、もう一度改めて薫さんの爪先から頂点《てっぺん》まで見直しながら、至ってぶっきら棒に答えたのです。

「M監督は一昨日から、須磨の方へロケーションに出て、一週間くらいは帰りません」

「一昨日から?……では、私から差し上げたお手紙は、御覧下さらなかったでしょうか?」

「さあ、どうですかね、毎日このとおり手紙が来ますから、解りませんね」

薫さんは取りつく島が、一晩のうちに海の底へ沈んでしまったように、心細くなりました。もう、この上は活劇で名を売った、あの女《ひと》を頼むより詮方がない、と早くも策戦を変更しました。

「では阪島籃子《さかじまらんこ》さんは、いらっしゃいませんか」

「阪島さんは近頃病気で休んでいます」

「では咲花草子《さきはなくさこ》さんは？」

「あの人も撮影に出ています」

そう言いながら、机上に山と積まれた手紙や志願書を、片っぱしから屑籠へ投げこんでゆくのです。

「妾、女優になりたくて来たのですが」

「現在では女優は満員です……ええと、妾こと非常に美人に候えば、御採用下されたく、屑籠へ……もう三ケ月もたてば募集広告が出るでしょうからね……小生恋愛の経験これ有り候、是非とも御採用、これも紙屑……まあ、お国許でお待ちなすった方が好いでしょうよ」

この無情な詞に、せっかく張りつめた薫さんの意気ごみも、ヴァルブを開いたタイアのように、一ぺんにすっ……と萎んでしまいました。

「人事係の方はいらっしゃいませんか」

もう薫さんは半泣きの態《てい》でした。

「人事係は僕ですよ」

胴衣の男は、あまり芳しくもない髭面《ひげづら》を、ぬっと無躾《ぶしつけ》につき出しました。薫さんはその髭面を存分に捻りあげてやりたいくらい、小憎らしく思いました。

「また来ます」

重いくぐり戸をあけて門を出ましたが、頑丈な扉は重石のために、ひとりでにしまって、どど――んと滅法もない大きな音です。

それが空っぽになっていた薫さんの肚へひびくと、薫さんは思わず三寸くらい飛び上がりました。

「えいッ畜生っ」

罪もない旅行鞄を大地に叩きつけて、潜り戸の方をにらみつけたものです。

そして少時《しばらく》は西郷萱子《かやこ》の高尾プロダクションにしようか、それとも都満喜子《みやこまきこ》のオリエンタル・スタヂオにしようか、と迷っていましたが、ようやく決心して高尾の方へ名刺を出しました。

「あのう、西郷さんはいらっしゃいませんでしょうか」

「あの人は現在撮影が休みで、昨日から旅行に出かけました」

「実は妾、女優に……」

「せっかくですが、前以て御照会のなかった方は、全部お断りするのが当所の規則になっています。また只今では欠員がありませんから、どうぞ悪《あ》しからず」

詞つきは叮嚀でしたが、規則を楯に撃退されてしまいました。

門を出た薫さんは、もう歩く元気もありません。可惜高遠《あたらこうえん》な理想も、華やかな希望も、足もとにころがっている空き缶のように、くしゃんとひしゃげてしまいました。

いや、理想や空き缶ばかりじゃありません。

遠くかすむ太い煙突が、くの字に歪み、彼方を駛走《はし》る電車がまるで、佝僂《せむし》が匍《は》っているようにしか見えないのです。

世の中の何もかもがひしゃげて見え、立っている大地が五六尺も下の方へ、めりこんでゆくように感じたのです。

ぼんやりと自分の尖った靴先を、見るともなく瞶めていると、すぐその前に、これはまた河馬の鼻のように、思いきって大きな靴が向かい合って停まっています。顔をあげてみると、なんと、そこには背広に鳥打ち《ハンチング》を冠《かぶ》った男が、にやにやと笑っているではありませんか。

「失敬ですが、貴女は女優志願で来たのですね、どうです、聞いてくれましたか」

その男は頤《あご》でプロダクションの門を指しました。薫さんが悲しそうに首をふると、頷いた男は改めて薫さんの顔を熟視しました。

「こんなところへ頼みに来ても、すぐおいそれと採用してくれませんよ、ヤッ失敬しました、僕はこういうものですがね……心配しなくても、何とかしてあげますよ」

名刺には春海五郎と刷られ、肩書のところへはペンで、オリエンタル・スタヂオ、と書き添えてありました。

波間に投げられた救命袋《ブイ》のように、薫さんはその名刺をしっかりつかみました。

「歩きながら話しましょう……ヤマトの方は訪ねてみましたか、M監督がロケーション？そんなはずはないですよ、昨夜京極のカッフェで一緒に飲んでいましたが……人事係って、あゝ、あのチャプリン髭はありゃ、人事係でもなんでもないんです、門衛です、受付の門番です」

「へえ！……」

薫さんには何が何やら判らなくなってしまいました。呆れるばかりです。

そのとき彼方《むこう》から、露西亜《ロシア》青年の被りそうな帽子とゴルフスウェター、象の脚みたような洋袴《ズボン》を、だぶだぶさせた男が二人づれで来ましたが、摺れ違うとこの男女を尻眼にかけた一人《ふたり》の方が、当てこするように呟きました。

「また不良が縄ばりを荒らしてゆくな、可哀想にあの女も……」

あとは聞こえませんでしたが、春海という青年は眼を剝いて振りかえりました。

「やいッ、馬鹿野郎、もう一度言ってみろ」

あまりその声が大きいのと、大した権幕に愕いたのか、二人の男は狐鼠狐鼠《こそこそ》と遁《に》げていったのでした。

その春海は薫さんを自分の下宿へ、伴れてかえりました。明朝《あす》撮影所へ伴れていって、骨を折るから、今夜はこの下宿へ泊まるように、と何から何まで行き届いた男らしいです。

「何か芝居をやったことがありますか」

「ええ、女学校のペエジェントで……」

「何をおやりでした」

「アルト・ハイデルベルヒの王子に」

「ほほう、やはり男装したのですか」

「いいえ、校長さんが許してくれませんので、みんな女ばかりでやりましたの」

「へえ、すると大学教授も学生も侍従も女で……へえ」

春海はまた、もう一つ感心しました。

皆さん、この珍劇に勇敢な女学生たちが、鞭で卓《テーブル》をたたきながら、金切り声で、青春の衣は塵にまみれ――青春の刃《やいば》は錆の虜となり――と唄っている光景を、想像してみて下さい。

「それで貴女は女優になって、どんな希望があるんです？」

「私、やはりスポーツのものを演《や》らしてほしいんですの、運動競技でしたら大抵自信がありますから」

「それは偉い、どんなことができますか」

薫さんは自信のあることを悉皆《すつかり》述べました、まるで運動会のプログラムを読んでいるようです……百米《メートル》は十三秒、二百米は二十七秒五分の一、それから、幅飛び、槍投げ、庭球、籠球、乗馬、自転車、もう一つ水泳の記録まで御披露したものです。

「どうも偉いですな、大したものです、一つの脚本部へ頼んで、女傑漂流奇譚でも書いてもらうんですね、きっと当たりますよ」

薫さん嬉しそうにボッと上気しました、ああ、実現してほしい……と目が申していました。

「では、柔道とか拳闘とかをやりましたか」

薫さん思わず目をぱちくりさせました。雑巾を口へねじこまれたように、吃驚《びつくり》しました。

「いえ、……だって妾は女ですもの」

女ですもの……こんどは春海が目をぱちくりさせました。

「けれども、それはいけませんね、何故ってスポーツ劇には格闘が付きものですぜ、明朝《あす》になって知りませんじゃ通らない、ああ、困ったな」

春海はほんとうに困ったらしく、腕拱《うでぐ》みをします、薫さんは気が気じゃありません。

「ではこうしましょう、私がこれから拳闘の型だけを教えてあげます、肌衣《はだぎ》一枚になって裏の庭へいらっしゃい」

春海は勝手にべらべら喋って、押入れの中から二組の拳闘グロウブを抛げ出し、自身はくるくるとシャツ一枚になってしまいました。

「どうしたのです、やらないのですか、何が恥ずかしいのです、僕は毎日ここの裏庭で女優を相手に、トレーニングをやっているんです、さ、早くなさい」

結局薫さんも詮方なしに、肌衣の上へセエターを被《き》て、春海のうしろから跣足《はだし》のままついてゆきました。

どの部屋もどの部屋も障子のしまっていたのが、しあわせでした。

「グラウブはこうして嵌《は》めるんですよ、さあ、力一杯いらっしゃい、貴女も少々くらい痛いのは我慢しなければ、覚えられませんよ、さあ、一、二、三ッ」

両人《ふたり》はサッと別れて構えました、というと薫さんに拳闘の心得がありそうに聞こえますが、それ、映画でお馴染みですから、格好だけは判っています。

……もうこうなった以上、遠慮なんかするものか。と、薫さんは猛然と、春海の顔を目懸けて突っ懸けましたが、春海は躍るような足どりで、巧く外して薫さんのよろめくところを付け入って、グラウブがピシュッ、と鳴って薫さんの頬をうちました。

「そォれ、こんな態《ふう》に打つんですよ、それ、またゆきますぞ」

またこられては耐らないので、薫さんは両手を水車のように、我武者羅《がむしやら》に振りまわします。

それが春海の顎にあたって、すぽン、ぴしッ、と続けざまに音がひびきました。

「巧い巧いその調子、そらそらッ」

薫さんはせいせい息を切りながら、もう夢中です、また右手のスウィングが春海の胸でぽォン、と跳ね返ります。
春海の強いフックが伸びて、薫さんの顔の中央を打つと、思わずくらくらッとして、哀れやハイデルベルヒの王子も、べったり尻餅をついてしまいました。

息苦しそうに眼を瞑《つぶ》っていると、何だか鼻の中がむずむずしますので、思わずぐっと横なでにしますと、何たる悲壮でしょう。

薫さんの顔には鼻血で八字髭が描かれました。

「さあ起きなさい。まだまだこんなことで屁古《へこ》たれる女優は一人も居ませんよ、さあ、一、二、三、四、五オ……そら来た」

ショウトポンチ、アッパアカット。

四つの拳の乱闘。

五ラウンズばかり打ち通して戦った末、春海が洗面器に水を汲んでやった時分には、薫さんは洗っているのが、自分の顔やら他人の顔やら、判らなくなっていました。

春海の汲んでくれた茶を、唇辺《くちもと》までもってゆかないさきに、三分どおり溢《こぼ》れてしまったほど、手が慄えて詮方がなかったのです。

「ダンスをお稽古しましたか」

憎らしいほど沈着《おちつ》いた春海が訊きますと、薫さんは鼻の骨がどうにかなりはしなかったかと、押さえながら、

「ダンスは学校で習ったきりです。踊りなら小さい時分教えられました、母が好きでしたから……」

「それは何よりです、あまりぎごちない姿態《ポーズ》が出ては困りますからね、恋をなすったことがありますか」

この不躾な問いに薫さんは赤くなって、首を振りました。

「では、この部屋を静かな公園と仮定するんです、あの窓枠をベンチのつもりで、貴女が懸けている」

面喰らっている薫さんを、無理にそこへ懸けさせた春海は、勝手に独りで決めています。

「こうして障子をあけ放せば、公園らしい感じがしないでもない、あの唐紙の引手をカメラと見做して、あれに注意を奪《と》られてはなりませんよ。

もちろん、貴女は僕の愛人なのです。両人は今はじめて心を許し合うのですよ。エエと、せりふはお定まりだ、二人がこう並んで……では、僕の心持ちが判ってくれたのですね……と手を握って……貴女はすべてを許してくれるんですね、その魂も唇も、ああ、嬉しい……と、肩に手をかけて。

いけない、それでは貴女はまるで僕に、脅迫されているようです、貴女も心から嬉しそうに、擦り寄ってこなければ駄目だ、も一度やり直し。

ああ、僕は嬉しい……とうとう、そして顔を見上げなさい、恍惚《うっとり》として顔を近よせるんです……男は感激に胸を波立たせて」

「あらっ、いけません」

薫さんは烈しく春海をつき飛ばしました。

「なぜです、こんなことを厭がって映画女優になれますか、よく考えてごらんなさい、なアに犬に指を舐められているつもりで好いのですよ……この場面は何でもないようだけれど、なかなかむずかしいものです、表情と四肢の釣り合いがとれないと、さっぱりぶち壊しですからね、やり直しましょう……駄目です、もっと感激に耐えないように肩を慄わせて……腕をたらりとしていてはいけない……もっと情熱的に力をこめなければ、観客の頭へぴんと来ません……」

練習は、どうしてなかなか大変なものでした。

薫さんは、蛔虫をわかせた小児《こども》のように、唇の周囲《まわり》を真っ赤に充血させていました。するると、一定の所に固定されているはずのカメラが、一寸、二寸、と移動して、その蔭には数多《たくさん》のレンズが光っています。

いや、レンズと見たのは眼の玉でした、それが好奇らしく、室内の情景を眺めています。両人が完全に抱擁しあったとき、沈黙の堰は切っておとされました。

「ああ好いぞゥ」

「わッ、これや耐らん」

大勢の喚く声が、蜂の巣をつっ突いたように起こりました。果てはそれらの声が乱調子に吸鳴りはじめたのがデカンショ節です。それに合わせて廊下じゅうの板敷きを踏みとどろかせ、手拍子足拍子で踊り狂い出したのです。

もちろん、春海と薫さんは愕いて、さっと飛び別れましたが、春海が真っ赤な顔で拳固を振りまわし、これらを追い払おうとしますが、飯の上の蠅みたいに、逃げてはまた舞い戻ってきます。

薫さんは掌で顔を押さえていましたが、とうとう飛び出して踊り狂う連中を突きのけ、跳ねのけ、階段をかけおりると、台所にいた女将《おかみ》の姿を見て、突如わあっと泣き崩れました。

さっきから呆れて二階を仰いでいた女将は、ようやく二階へ金切り声で喚きました。

「喧しい、ばたばたと騒々しおすがな、騒ぐのんなら出てお行きやす、阿呆らしいことをせんとおおきやす」

春海の拳固で静まらなかった暴風《ストーム》も、女将の一喝にあってたちまち鳴りをひそめてしまいました。

「まあ、どうおしやした。泣いてお居やしても判らしまへん、さあ、理由《わけ》を聞かしておくれやす、なんぞ悪戯《わるさ》でもしやはったのどすか」

女将は滑らかな京都弁で訊ねます。

腕力の強い、恋愛描写の巧い春海より、この女将、糠味噌臭い女将、の方がよほど偉いのだと薫さんの胸に敬意が湧きました。

何もかも、包まず話をしました、すると女将は目を円くして呆れたのです。

「阿呆らしい、貴方《あんた》はんがここへお越しやしたとき、私は春海さんの御親類の人やと、思ってましたのやがな、えらい間違いどすがな。春海さんが俳優さんやて？　えらい嘘つきやァあ、あの人は！　大きな声では言えまへんけど、あの人は不良どっせ……欺《だま》されたら、どんな目に遇うか知れしまへん」

女将は諄々と説きました。春海ばかりでなく、この撮影所近辺をうろつく青年には、よほど注意しないと、女優志願で出てくる地方の娘たちを、巧く蕩《たら》しこんで、女優にしてやると欺いて、二度と浮かび上がれない目に遇わせるのが、彼らの仕事であることや、たとえ幸運に……それは千人に一人もないが……採用されても給金の安いため、苦しまぎれに身を持ち崩すのが多く、花形まで漕ぎつけるのは百人に一人もないくらい、であることをなど、多くの例をひいて、噛んで含めるように言って聞かせたのです。

「悪いことは申しまへん、まあお国もとへお帰りやす、その方がよろしおすえ、悪い奴が牙をといでそこらに待ってますさかいにな。まあお国もとで立派なお婿さんでもお貰いやして、御夫婦揃うて見物おしやす活動の方が、自分で演る活動より、ずっと楽しみどっせ、おほほほほほ。そんなら春海さんに、妾が談判して来ますよって、待っておくれやす」

その夜、親切な女将に送られて、薫さんは汽車に揺られて帰りました。

駅から女将の打った電報で、豊川さんが悦びながら駅まで出迎えたのはもちろんです。

悄然《しょんぼり》と帰ってきた薫さんは、ろくろく食事もとおらないくらいふさぎこんでいました、が、それはほんのわずかの間でした。

豊川さんが、女優にならなかった代わりに、自動自転車《オートバイ》を買ってやろうか、と言っても薫さんは首を横に振りました。心機一転した薫さんは、自らの手を糠味噌臭くしたがるようになりました。そのためかどうか判りませんが、近頃はよく豊川さんが、薫さんの居ないところで、稲子夫人とひそひそ相談しています。

いずれ薫さんにとって、嬉しいことなのに相違ありません。ところでこのお話について種をあかしましょうか。

春海五郎は、ほんとうは医科大学生です、ドクトル佐山の弟で母方の姓を継いでいるのです。

大のスポーツマンで十種の選手で、また素人拳闘倶楽部員です。

薫さんが京都へゆく前、事細かに書いた手紙がドクトル佐山から、弟の五郎のもとへ届きました。春海五郎は幸いオリエンタル・スタヂオに近いところに下宿していました。撮影所の受付や女将と相談して、下宿人や友人を狩りあつめ、あんな罪な狂言を書いたものですが、当日は女将の出来栄えが、出頭第一でした。

けれどもスタヂオの近くで擦れ違った二人の青年こそ、このあたりに網を張った、世にも怖ろしい色魔でした。程経て誘拐罪で警察へ検挙《あげ》られたことを、皆さまは新聞記事で御覧になったことがあるでしょう。

あんな奴は、今でもたくさん居ます。

一足違いで、ほんとうに危険なことでした。

しかし薫さんの映画花形憧憬熱は、美事に癒りました。ドクトル佐山は決して凡手じゃありません。ますます豊川さんの信頼は厚くなりまして、その後援で病院を建てることになりました。これがいよいよ開業されるときは、大学を卒業した春海が、医員の一人として働くことになるのですが、春海と顔を見合わせたら、薫さんはどんな気がするでしょう。

それは皆さんの御想像に任せておきます。

さて皆さん！

何商売に限らず、専門の知識よりも、世の中のことに一つでも多く通じていて、よく機転が利かなければ、決して成功できるものでない、ということが、これでよくお判りになったことと存じます。

亮吉何をする！

「職業紹介所へ行ってみたかね、市の方ではなかなか行き届いとるちゅう話だが」

さっきからの愚痴まざりな言葉を遮って、亮吉はこう訊ねてみた。

後輩ではあるが、以前亮吉と同じ学校に勤めていた同僚で教員として体面を潰したる廉によりという理由で罷免させられた、戸崎は何ケ月越しかの失業のために不安と窮迫から悪ガスのように不平や呪詛が肚一杯にたまっているところへ、ちょうど亮吉が来て火を点けたようなものであった。

戸崎は絶望的な眼眸をあげて、この老いたる以前の同僚を見ながら、

「もちろん行ってみたですが、せっかく求人の申し込みがあっても、娘ひとりに婿八人ではどうなるんです。何といってもお役所のすることですよ。免職教員よりは恩給つきの古官吏やお歴々の紹介状御持参の方を優遇しますからね。いつ行っても免職は受けが悪いんです。呪わしい哉、免の字だ、免職、免囚……どちらも同じ冷遇と迫害が付き纒いますよ、前科者が正道に返り得ないのも、その罪は社会が負うべきものですからねえ」

自ら亢奮して何か喋りつづけようとする戸崎を制して、亮吉はつくづくその顔を眺め、

「そう君、自棄になってはいかんよ。君の不運はよく察しる、だから俺もよそながら心配しているじゃないか。どんなに窮乏に陥ったところで、君ほど教養のあるものがもっと自重して

くれなけりゃ困る」

戸崎の顔には嘲りの色が浮かんだ。

「吉塚さん、貴方は最後に残ったただ一枚の着物を売って理解のない世の中への反抗も力が及ばない遣る瀬なさを、忘れるために飲む骨杯酒《コップざけ》の味わいが解りますか、いくら飲んでも飲んでも酔うことができないのです……見て下さい、この寒空にむかって僕は、羽織を売ってしまって、袷一枚です、ははははは」

痛憤の情を紛らすために笑った戸崎の声は、亮吉の耳にも空々しく聞こえた。

「羽織を売った！」亮吉は眼をまるくして、

「そうか……俺はまた、いつに変わらず君は元気が好い、わざと着ていないのだと思った。そりゃ寒いだろう……そして職業は何も見つけてくれなかったのだね」

「僕のような虚弱な者に労働はやれません。その方ならどこかで使ってくれましょうが、この痩せ腕では梶棒も握れないのです。運送会社の荒車曳きや下水浚渫人夫なんか、僕の体力には限度外ですよ」

「もっと他に何か身体に合った、書記とか帳簿掛かりといったような仕事が、有りそうなものだがね」

「それが有っても、免の字では駄目です」

「君も運の悪い男だなあ」

憮然として言った亮吉の、その慰めの言葉がいけなかった。油を注がれた火は再び燃え上がらずにいいない。

「そう、運が悪いんです。運が僕を見放したんだ。だから僕も運を見限ってやった」戸崎は奥歯を喰いしばり、

「ふんこうなったら僕は何でもやる。教えてくれる奴があったら掏摸《すり》でも、かっぱらいでも。結局ひっ捕まって刑務所へでも投げ込まれた方が、かえって生き甲斐があるかも知れない」

一つところを凝視しながら、呟くように独言した戸崎の態度に、何かしら真剣なものを感じて、亮吉は悚々と背を寒くした。

「ききさきみ……苟《かりそ》めにもそんな馬鹿なことを言うもんじゃない。そう悪運ばかりつき纏うものでもなかろうからな。まあ冷静に画策しなければいけない」

「そして冷静に餓死するんですか」

この皮肉を慍ろうともしないで、亮吉はいまとっさに固めた決意を打ち明けた。

「その不平も必竟職業に放れ、糊口に窮してくるから起こるんだ。そこで君、大至急俺が奔走して何か適当な口を見つけようではないか、えっ、どうだね、俺に任せては？」

「都合よく、その口があれば結構ですが」

「なアに、一生懸命捜せばどこかに有る。きっと捜し出して見せる……そ、それから君」ここで亮吉は句切って堅唾をのんだが、エエ？……と詰るような戸崎の視線に促されて、

「こんなことを言っても、慍っちゃ困るよ。もう君、寒空に向かって木枯らしが吹いているのに、その風態では耐らないだろう。それに定めし金子にも不自由をしていると思うが」

そう言われて戸崎は、何とも答えずに俯向いた。亢奮の消えたあとへ、新しく廉恥心が湧いてきたものらしい。

亮吉が懐中をモゾモゾと探り始めると、戸崎は亮吉の横へおかれた冊子を、なつかしそうにまた一方には呪わしそうに、複雑な眼つきで眺めた。それは「社会組織と教育制度」と題した書籍で、亮吉はその中の一齣について、今夜この戸崎に意見をたずねに来たのであったが、いつの間にか話が飛んだ方へそれてしまった。

「失敬だけれど、これを何かの足しに使ってはどうかね、もっとも持ち合わせも少ないので、これだけしか御用立てできないが……」

膝の前に十円紙幣が一枚展げておかれた。瞬間戸崎の頰にサッと紅《くれない》がさして、その瞳が輝いたが、答えた声は冷やかであった。

「そんなものをお貰いできないですよ」

「そそそう堅苦しく言わないで、じゃ貸すことにしておこう、ねえ君」

「借りてもいつお返しできるか解りませんよ、全然《まるつきり》あてが無いんですから」

「好いよ、解ってるよ、いつでも構わない、返せなくても好い。俺の好意を無にせずに快く使ってくれたまえ、職業は俺がキット見つけ出す。短気を出さずに待ちたまえ、ね」

亮吉の差し出した金は、今夜妻から頼まれて女の児へ冬服を買うために渡されたものであった。

以前の同僚の窮状を見た亮吉は、すっかり同情させられるとともに、冷やかな世間に義憤をさえ感じた。それでも戸崎の感謝を一種任俠的な満足さで聞きながら、優しく彼を言い慰めておいてその家を出たのである。

しばらく歩いて華やかな装飾電灯街路樹の影を地上へ倒映している街までくると、亮吉は軽い疲れをおぼえて、片側のテイ・ノアルと記したある家の扉を押した。

中心も統一も無視して装飾された変な店である。テイ・ノアルは亮吉がときどき来る喫茶店だった。

一躊躇の間にも教育者たるの面目を忘れない亮吉が、テイ・ノアルの椅子に腰を下ろすことすら、錯誤そのもののようであるがしかしこの老訓導が、近頃どんな職業感をもっているかを知れば、一概に非難するほどのこともない。

極端なる本能抑圧は、決して教育家の強ゆべき正法でない……これ亮吉の標語である。いつだったか、亮吉が運動場で跳ねかえる学童たちの、戯れ叫ぶ声を聞いたときのことで、

「一人ずつは面倒だ、束になって参れッ」

「身共が刃の錆に致しくれん」

「うぬ、寄らば斬るぞッ」

剣戟映画中の英雄《ヒイロウ》をもって任ずる、小さなドンキホーテは筆の軸を上段下段に振り回して飛び違えていた。

よう、これはなかなか巧いぞ……と手をうって褒めたのが亮吉で、その態度を怪しからぬと敦囲《いきま》いたのが、他の同僚である。

「活動写真の悪影響だ、厳禁せにゃならん」

「××校あたりでも観覧禁止を保護者へ勧めたそうだ」

「将来悪感化を及ぼすから、本校でも父兄へ注意を与えよう」

……などと八釜しい問題を惹きおこしたが、そのとき亮吉は笑って堂々喝破した。

「諸君の考えは間違ってやしないか。あれは子供の闘争本能の欲求だ。兵隊ごっこも剣術ごっこも同じじゃないか。俺は禁止する必要は毫も認めん。活動写真を子供に見せないように努力しても、悪化する子供はやはり悪化する。諸君は一の弊害を認めて、十の根本義を看過している。要はいかに子供の本能を導き教うるかにある。俺の言葉を信じられない人は見たまえ。今実験して見せよう」

亮吉は小使に中学から撃剣道具を借りて来させ、それを学童にて立ち合わせたのであるが、奇異にも「寄らば斬るぞ」と、目を剝き出していた子供は竹刀鋭く、どの子供をも鮮やかに叩き伏せてしまった。

「どうです諸君、解りましたか。ここが教育者の着目すべきところですよ」

同僚は啞然として言うところを忘れ、亮吉はますます彼の小鼻を膨脹させたのであった。

だから、彼がテイ・ノアルへ来ることも、

「教員が喫茶店へ来ては何故悪いか、こういう大衆集合の場所で、生きた教材を得ることが何故悪い。ここは社会に闘っている人達の偽らぬ述懐を聞き、世相を知り得る吾々の研究所だ。教室から一歩も踏み出さない人間にこれからの子供が教育できるか！」

こう自己弁護をしているが、或いは彼が禁酒以来の口淋しさから、こんな安価な安息所を見つけたのかも知れない。その証拠に彼はいつでも珈琲の中へ、砂糖壺から勝手に角砂糖を三箇も四箇も摘みこんでいる。

珈琲碗の中を匙で掻き回していた亮吉は、他の客が大声で何かを叱りつけた声に愕いて顔をあげた。見窶《みすぼら》しい姿をした九才か十才くらいの、辻占売りの少女が一人の客から、邪慳な声で拒ねつけられて、こんどは次の卓の方へ移ってゆくところであった。

亮吉はフト自分の子供のことを思い出した。

「世智辛い世の中は、こんな小さな子供さえ、生活の第一線に立たせようとするのか。まだ遊び盛りで玩具《おもちゃ》のほしい年齢《としごろ》だ。可哀想に……」

垢じみて縞目も怪しくなった着物に、よれよれの兵児帯を申し訳ばかり巻いて、赤っちゃけた火のつきそうな頭髪の少女は、間もなく亮吉の前へ立った。

「辻占買って頂戴」

少女は素敏っこそうな視線で亮吉の顔色を窺った。営養不良なのか、それとも薄着の肌寒さからか、蒼ざめて冴えない顔色である。

亮吉は蟇口を取り出しながら、

「お前は幾才《いくつ》だね」

「十才《とお》……」にこりともせず答える。

「学校はどこだね」

少女は狡そうに目を光らせ、黙って首を横に振ったまま亮吉の差し出した白銅と引き換えに辻占を卓の上へ残したまま礼も言わずにゴム靴をべたべたいわせて、扉の外へ消えてしまった。

「……貴方はいま八方から尊敬されています。目下《めした》や貧しいものを憐れみ恵むがよろし。思わぬ儲けごとあり。運気開き。縁談……」

苦笑した亮吉はその辻占を円めて、袂へぽいと入れた。それを眺めていた彼方《むこう》の客は、嘲るように冷たく笑った。

ラジオにも飽きた亮吉は、間もなくテイ・ノアルを出たが、土曜日の夜のこととて別段急ぐでもなく舗装路の上を歩いていった。

夜が更けてくるとさすがに寒さが肌にしみて、往来の人はいずれも頭を縮めて足早に歩き過ぎてゆく。

三四丁いったころ、片側のカフェーから出て来た人影に亮吉は思わず歩みを停めた。

それはさっきテイ・ノアルで辻占を買ってやった少女で、電車軌道を横切りながら、掌の上で小銭を数えているらしいが、胸先に挿んでいる辻占は、先刻に比べて減っているようすもなかった。

「可哀想に、売上げが尠ないので心配しているな。どうせ帰れば親が病気で寝ているか、それでなければ鬼のような酷い奴が、鞭を鳴らして待っているか、いずれかに相違ないのだ……稼ぎ高が尠ない日は、飯も碌に食えないに決まっている。あの営養不良の蒼い顔が何より証拠だ」

亮吉一流の観察から、その傷ましい姿に譬えがたい憐愍の情が、むらむらと湧き上がって知らず識らずその脚は少女の跡を跟けていた。なろうことなら呼び留めて、一杯の支那蕎麦でも喰べさせてやりたかったのである。

しかし、それよりもっと強い同情が、それを否定した。

「そうだ……どんな状態《ようす》か見届けてから、もっと根本的に救ってやろう。宋襄の仁では何にもならない。幸いまだ帰って寝るには早いから、どこまでも跟けてこの子の家を見てこよう」

こう決心して亮吉は、足調の鈍い少女の四五間あとから扈《つ》いていったのである。都合の好いことには少女はもう、商売を諦めて家へ帰るらしく、寄り道をせずに漸次に淋しい街の方へ、小股刻みにゆくその後ろ姿が、亮吉の眼には世にも憐れな惨めなものに映じた。

ものの二十分も歩くと、道幅も狭くて何となくじめじめした低い家が立ち列んで、そこをまた横丁へ曲がると、そこは一層ひどい家ばかりであった。

腐れかかった溝板を踏み鳴らしてちょこちょこ歩いてゆく少女の背後から、亮吉は綱渡りでもするような手付きと、危なっかしい足どりで捜り捜りついてゆく姿は、昼間見れば確かに鳥羽絵以上であろう。そのめりこんだような貧しい部落には、幸い煌々とした街灯がついていないので、尾行の姿を見咎められる憂えはない代わり、帰途がわかるだろうかという不安があった。

「また喰らい酔って帰ったのかい」

ヒステリックな声で呶鳴られたのが、あまり近く突然だったので、亮吉は思わずのけ反って二三歩退った。

「いつまで迂路つくんだね、お前さん明日の資本が……」

人違いとも知らず戸の蔭から、唾を飛ばして立て続けにガミガミ嚙みつけていた女は、ようやく亮吉の姿に見別けがついたか、ちぇっ……と舌うちしたまま戸を手荒く閉めた。でその間に亮吉は恐ろしそうに戸口の前を駈けぬけた。

「やい阿魔ア」幾らも行かないうち、また猛り切った男の声である。亮吉は飛び上がって、った状態である。

盗塁をし損ねた走者《ランナー》のように、後戻りをしかけた。路坦ならず前途艱難多く横たわる……とい

「意気地なしたア誰のこった、この口で言やがったかッ」

詞終わらざるに鉄拳肉塊を搏ってパチン！　またコツン……続いて救いを呼ぶ女の悲鳴である。亮吉は道路を塞がれた鼠よろしくに二三度きりきり回ったが、猛然意を決して少女の跡を追うた。こんなことに係り合っていて、肝心な少女を見失ってはここまで来た効がない。

彼が長屋の奥を目がけて突進したとき、小暗い所から飛び出したものに、呀と言う間もなく打衝って、危うくそれを突き転ばそうとしたのを素早く抱きとめたが、顔を覗くとそれは辻占売りの少女で、するりと彼の手から抜けると、近くの家へ飛び込んで戸を閉じてしまった。

「それが貴方……いろいろ深い事情がございましてね」

見窶しく継裂《つぎ》のあたった股引の膝を窮屈そうに並べて、キチンと座った。辻占売りの父親は面目なさそうに頭を搔いた。

「いずれ深い事情はおありなさるだろう。けれどもお見受けすれば、そうやって御両親とも揃って居なさるじゃないか。それに子供を学校へやらんということは、親としての義務が欠けますぞ。何を犠牲にしても教育だけはつけてやるものです。あんな辻占売りなどさせて、あの子供の行く末はどうなります。いや辻占を売らせるのが悪いと言うのではない。それとも生活のためならやむをえんが、せめて昼間だけでも通学させてはどうです」

亮吉は真剣になって説いた。何かそう言わなければならない必死的な気持ちに圧されて、先

刻から不幸な辻占売りの少女のために、義務教育だけでも与えるよう、条理をつくして、その親を説き伏せにかかっていた。

勧められた斑点《しみ》だらけの座蒲団が、変にじめじめしていて、それに触れている彼の脛が、何だかムヅムヅするのを気味悪くさえ覚えないほど熱心になっていたのである。二間《ふたま》しかない次の部屋には、少女の弟や妹が寝ているらしく、狭苦しい中に敷き詰められた夜具から、黴臭い匂いや塩っぱい臭気が亮吉の鼻をかすめて消散する。亮吉がこの父親の帰宅を待っている間に、少女はもうさきへ寝たものか姿を見せない。

「へえそりゃ俺《あつし》どもも、親として学校へやりたいんでございますが、それがつい……思うようにならないので、子守をさせたり、あんな真似をさせて居りますが」

素朴でお人好しらしい父親は、恐縮したように幾回も頭を下げたり、口吃《くちごも》ったり諄々《くどくど》言うばかりで、理由《わけ》を判然《はっきり》言わないのは、自分の貧しさを恥じているのだ、と亮吉は察した。

「では、こうしたらどうです……甚だ差し出がましいが、あの子供を私の学校へよこしませんか、道は少々遠いかも知れんが、何もかも私が面倒を見ましょう。もちろん学用品など心配しなくても好いように取り計らいます」

「そう願えれば、こんな結構なことはありませんが、しかし万一貴方に御迷惑をかけるようなことがありましては……」

「なアに、そんな心配は要らん、どうせお世話をするくらいなら、そんなくらいのことは何でもない。じゃ、そう事が決まったら早速明後日からでもよこしなさい。早い方が好いから」

相手が躊躇するのを畳みかけて、短兵急に説き伏せてしまった亮吉は得意だった……気紛れに這入ったテイ・ノアルの出来事から、恵まれない家庭の一員を救い出すことができたのは、彼の教育家生活中の最も大きな収穫であり、大にしては国家的社会的にも、自分の本分をつくしたことになるのだから……。

「手前のような奴は、早く死亡《ごね》た方が親孝行だい。無理を言うのも好い加減にしろッ」

突然向こう側の家から老人の罵る太い声に、続いて誰かの歔欷《すすりな》く声が聞こえてきたので、亮吉は愕いて話を中止した。

「何事です。あれは一体どうしたのです」

「へい、泣いてるのは向かいの伜《せがれ》ですがね」

「じゃ、叱ったのは父親ですか、酷いな」

「可哀想ですが詮方《しかた》がありません」

この家の主は憚るような低い声で説明した。

「伜は鉄工所へ通っていたのですがね、先だってこの界隈の青年団に集会があって、あの伜が貧乏人の行く道ということを演説したんでさあ、すると他の者が大勢で袋叩きにしたのですが、その時肋骨《あばら》が折れたと見えて血を吐きましてね、担いで帰ったときは半死半生でしたよ。もちろん医者を迎えましたが、どこの医者も二度と来てくれませんし、慈善病院へ連れていっても病院でも相手にしないのです……だからアアして死ぬのを待つばかりでさ」

「なぜ医者が相手にしないのかな？」

「さあ、大方貧乏で薬代がとれないからでがしょうね」

亮吉の義憤はまたムラムラと燃え上がった。

向家《むかい》の伜がどんな口吻をかりて、如何なる意味のことを演説したにもせよ、その不謹慎その不倫を膺懲《ようちょう》するには、自ら定められた制裁がある。それに拠らずして濫りに衆をもって寡を打つとは、卑怯極まる措置でさえあるに、仁術を標榜する医者が、この傷病者を捨てて顧みないとは、何たる不仁だ。何たる無慈悲だ。一体病悩んでいる若者に何の罪があるんだ……ああ、戸崎といい、この家の少女といい、加えて向家の伜！

冷やかな世の下積みにされたこれらの仲間に、何と呪われ虐げられている人々の多きことよ！　見ず識らずではあるが捨ててはおけぬ。

「実に気の毒だ。どんな容子かちょっと見舞ってやりたいが、貴方案内をして下さらんか」

亮吉の申し出にこの家の主は、その親切さに感動させられたものか、亮吉を導いて向かいの家を訪れた。

この思いがけぬ来訪をうけて、面喰らった向かいの老爺は、理由を聞かされて会得《えとく》がゆくと、亮吉へ恭しく頭を下げて礼を言った。

隔ての唐紙もない家の中は、一目で見わたすことができた。何という惨めな、暗い、乏しい四辺《あたり》の状態《ようす》だろう。

窶《やつ》れて骨と皮になった伜は、汚れた夜具から襟から顔だけ現して、空虚な眼で天井を見詰めている。

素人目にもその容態が、険悪であることが判った。しかしその枕元には薬らしいものさえ、何一つ置かれていないではないか。

亮吉の訊ねに応じて親爺は青年団の乱暴やら、医者の不人情さなど、歯の抜けた口から唾を飛ばしてまくし立てた。亮吉も人の親としての憤りがよく解ったので、この親爺の言葉を聞きながら、自分も共々不人情な世間を痛罵した。

「社会政策だの思想善導だのと、偉い役人は自動車の窓から世間を見て思想が悪化するのが俺ら教育家の責任でもあるように責める。しかし一方ではそういう不徳な行為を公然やらせて黙っている。実に怪しからんのが今の世の中ですよ」

亢奮した亮吉はこんなことまで言った。そして古壜を買い集めに歩く親爺の腕一つで、親子が辛くも露命をつないでいる話を聞いて、彼は識り合いの医者に明日にでもこの家へ見舞ってくれるよう頼んでやるから、決して心配しないようにと父子を慰めた。

果して帰り路がわからなくなった。

彼らがそこまで送りましょうというのを打ち消して歩き出したが、何でも先刻ゆきがけに通った夫婦喧嘩の家と「また喰らい酔ったかッ」と人違いをせられた家とは、確かに通り過ぎたように思うが、どこで道をとり違えたのか、どうやら記憶のないところへ迷いこんでしまった。どこからともなく異臭が鼻をつく。加えて脚もとは真っ暗である。そこらで訊ねようにも、ひょっと迂滑に声をかけようものなら、また「この野郎ッ」と呶鳴られそうな気がして不安ながら盲滅法に前進してゆく他はない。夜は更けたらしく四辺はだいぶ静かになった。

歩いている亮吉の心理は錯乱状態である。

自分が孔子のように偉く思えた。大塩平八郎になったような満足をおぼえた。それからまた……貴方は尊敬されています。目下のものを愍れみ……辻占の文句が思い浮かぶ。

すると一方から、その明るい得意の心境を覆い包んでゆく、まっ黒なものが湧いた。こんなに困るくらいなら掏摸《すり》でもかっぱらいでも何でもやると言った戸崎の顔。年端のゆかない身で街頭にたって、冷やかな人に縋り辻占を売る少女の憐れな姿。可惜《あたら》若い身空を傷ついて血を吐きながら、顧みてくれる人もなく死んでゆく若者、それをまた術もなく傍観している父親。

意地悪い冷酷な世の中から、生活の圏外へ無理やりに押し出されて、生きてゆく権能を褫奪《ちだつ》された仲間なのだ。

何が社会政策だ！　何が思想善導だ！

「世の中の奴らは、弱い人間をどうしようというのだ……俺はもう知らないぞ。世の中がどんなになっても、俺には責任はないのだぞ」悪夢にうなされているように、亮吉はむむと呻きつづけた。

心付くと先刻から誰かが彼の跡をつけているらしかったので、亮吉は悸然として振り顧ったが、その辺には何の姿も見えない、ただ跫音を聞いたように思っただけである。

「尾行か……好いだろう、跟けて来たまえ。俺は知っているんだぞ。君らのそうした手際を。一昨年××校を免職になった堀場という男……彼は善良な訓導だった。ところが時々訪れる友人に△△△者があったので、堀場にも尾行が付き始めた。誰でも尾行などがつくと、急に自分が偉くなったように、ある興味を覚えるものだ。尾行を撒いてみる、相手の狼狽がいよいよ面白く、心にもない仲間入りをしてついには押しも押されもしない本物になってしまった。……尾行など恐れるものか、いくらでも跟いて来い。ふふん免職、迫害、末は女房子供を連れて、今の連中の仲間に入るか。ふふふふどうとも勝手にしろ」

亮吉は有りだけの声を絞って、罵倒してみたかった。彼は急激な中毒発作のように、何もかも見境を失ってしまいそうであった。

ようやく広い通り筋まで出たが、どうもその街にも見覚えがないので、そこにある果物と鶏卵を売る店にいた若い男に、

「◇◇の電車通りへはどう行きますか？」

と訊ねると、その若い男はわざわざ軒下まで出て来てくれた。

「この道をまっすぐ突き当たって右へ折れて……あっ貴方は吉塚先生でしたね」

「いかにも俺は吉塚だが、貴方は？」

「やはりそうでしたか、私は先生には教わらなかったですが、貴方の学校を出ましたその後、此所へ移転したのですがまあ、お這入りなさいませんか、一体こんなに遅くどこへいらしったのです……さあ、ずっと奥へ」

そこの帳場で椅子を与えられた亮吉は、有りのままをかい摘んで話した。

「ははあ、長尾という家、十才くらいの女の児が辻占売りに……ええ知っています。あの親が私のとこへ鶏卵や栗を仕入れに来ますのでね……その向かい側の久田というのもよく知っています」うなずいた若い男は、改めて亮吉の顔をつくづくと眺めた。

「ですが先生、あまり深入りなさらないが好うございますよ」

「何故だね」咎めるように亮吉は聞き返す。

「あの子供は学校へ行けないのじゃ有りません。何でも盗癖が癒らないので学校で、持て余

して謝絶ったのだそうです。親がそれを貴方に隠しているんですよ。何が貧乏なものですか、夏は氷菓子行商で一日に四五円は必ず儲けますし当節は一升二十五銭の丹波栗を焼いて、一合十五銭に遊廓へ売りに行く、それが毎日三升ずつは仕込みに来ますからね。どうしてなかなか馬鹿になりません。春秋の修学旅行期は宿屋と特約して、玄関口で靴磨きですが、これが一足十銭で三十足五十足は、瞬くうちですから凄いでしょう」

亮吉は半信半疑に首を捻った。

「だから、あの長尾という家は見かけよりずっと裕福なのです。遊ばせておくより自分の小使銭でも儲けさせるために、辻占を売らせたりするのでしょう。案外ああいう人が銀行預金などしているものですよ……それから久田の伜ですがね、あれも私も同じ青年団に這入っていますが、あの男は以前から肺を病って長く仕事を休んでいたのです。ところが近頃変な男に感化されて、喋ることが過激で困っていました。ちょうどあの日、とても酷いことを演説しまして吾々が制止しても聞かないものですから、一人が背後からドンと衝いて注意を与えると、そこへ引っくり返って喀血するという騒ぎです。もちろん謝罪も叮嚀に見舞金も贈りましたとも。けれども平常から医師の方へ迷惑をかけてあったのでしょう。病院だって以前入院中に遁げ出したことがあるので入院を拒んだとか聞きました。だが、あの親爺だって空き罎で不自由のないほど儲けはあるはずですよ」

狐憑きが背中をぽんと叩かれたように、亮吉は吾に返ると少時腕ぐみをして考えこんでいた。

「肺病で悪くさえなければ、私の宅でも帳場が欲しいのですから、久田を雇っても好いと思っていたくらいです……卸部と小売店の方とで、私だけじゃ回り切れませんのでね」

「君がこの店の主人公なのかね」

「父が中気でぶらぶらして、あまり店へは干渉しませんから私一人のようなものです」

亮吉はぽんと小膝をうった。

「忘れていたが、好い人をお世話しようか、人物は極《ご》確《く》かだが」

「へえ、先生のお世話なら結構ですが、一体それはどんな人です」

「君は知っているかも知れん、ホラ先達てまで俺のところの学校にいた、戸崎君じゃ」

「えっ、戸崎先生ですか」

「どうじゃ、あれなら確実な人間だろう。使ってくれるかね。そうなればあの人も喜んで一生懸命働くだろうよ」

「困りましたね、戸崎先生ならせっかくですがお断りしますよ」

「なぜ断る、何がいけないのだね」

「あの人はここの青年団で問題になっているばかりでなくその筋の注意人物ですよ。党の宣伝係長です」

「えっ党の宣伝係長じゃ喰うに困っているというのは嘘か」

「まあ嘘でしょうね……久田に詰まらない演説をやらせたのもあの人ですよ」

「えっ……け怪しからんッ」

別な義憤を発した亮吉は奮然立ち上がった。

一番悲惨なのが自分であり、今夜巡り合ったうちの誰よりも最も貧しいのが自分であることを発見したのである。

「失策った、蟇口がないッ……ハテ、どこで遺失したのだろうか？」

悲壮な顔で懐中を捜りながら、亮吉は慌ただしく脚下や軒下の方を眺めわたした。

蟇口は見つからぬ。

いずくんぞ知らん。先刻突き当たった瞬間少女の手に掏られ今は彼女の夜具の下敷きになっていようとは！

朱色の祭壇

次号より連載の長篇探偵小説

朱色の祭壇　山下利三郎作

作者の言葉——永い間仕事をしていない私が、連載ものを書くことは、私のためにも、本誌のためにも、非常な冒険である。ただ私としては読者と先輩の前でスタートに立った私の、悪びれない姿を見ていただければそれで好いと思う。

主要人物

安場権三　高利貸し
　せき　権三の妻
三沢為造　養鶏場主人
　ゆき　為造の妻
　茂子　ゆきの娘
　信吉　三沢家の雇人
　吾作　先代三沢家僕
針川重吉　殺人狂
繁田玄三郎　塩屋村々長
山荘の主人　八幡宮神官
秋山巡査　塩屋村駐在

発端

時は遡る。

巴爾幹《バルカン》半島の一角に点じられた戦火が、燎々全欧州に燃えひろがり、幾年の久しきに渉って夥しき精霊と富を犠牲とし、到るところ悲劇惨劇が展開された。而してついに戦いの渦は東洋にまで波及し、西半球をも捲きこんでしまった。

しかし、その惨鼻極まる戦禍をここに描こうとするのではない。ただ欧州大戦に参加したわが国が、聯合軍側を援助するため、駆逐艦は海波遠く出動し、幾多の船舶は傭約《チャーター》され、霧深き地中海や巨鯨潮をふく大西洋に、就航していた時代にこの物語の、発端を生じたまでである。

欧州の天地修羅と化してここに一年、一千九百十五年×月×日のことであった、波高き北海の星月夜。

軍需品を満載したわが万宝丸は、舷灯を滅し舷窓を蔽うて航行していた。

船長は自室に退いて、同郷の一等運転士《チーフ》と絶えて久しい郷里の追憶を語り、船橋には当直が行くての暗を睛めながら、哨戒の任に就いていた。波濤千里……遥けき故郷の思い出こそ誰の胸にも懐かしい。

船長室の卓上を飾った額枠《フレーム》の、若い優しい彼の妻が五才ばかりの女児を、膝に抱き上げている写真を顧みて、船長は……妻が……子供が……と、愛情のこもった言葉で話す。聞き手の一等運転士はその度に淋しく微笑みながら、悩ましい視線をチラと走らせる。

下番の士官も以下の船員も各自の船室で、煙草を吹かしたり、談笑に余念のなかった午後九時過ぎ。

突然……実際それは何の予感すら伴わない唐突だった。轟然たる大爆音とともに、船体がぶるぶるっと震動した。と思うと、今まで規則正しく響いていた機関の音がピタリと止まり、一瞬間の無気味な静寂を破って、各室からおこるワッという叫喚と、続いて、甲板に降り注ぐ滝のような水柱のザザザザッという音が、船長を椅子から弾き上げた。彼は闥《たつ》をつき開けて上甲板へ駈け上がる。若い一等運転士も声を励まして、戸惑いする船員たちを叱咤しつつ、同じく船長の跡をおうた。

船は徐々に左舷へ傾いてゆく。

「船長、撃《や》られましたッ」登りくる船長の姿を見た船橋からは悲痛な声がした、「左舷、水線下に喰らったのです、潜航艇《サブ》の畜生ッ」

これを聞くと船長は、背後から追い付いてきた一等運転士に命令した。

「全力をつくして排水をやってくれたまえ、そして救難信号を早く……」

損傷の程度軽かれと念じた効もなく、総員必死の排水も奔流のような浸水に対しては徒労に過ぎない。応急修理を加うべくその被害があまりに大きかった。

「駄目かッ……短艇卸し方用意」

年歯已に不惑に達し物に動じない船長も、このとっさに処してこれ以外の名案は浮かばなかった。

太い眉をきっと寄せて欄干《てすり》を握りしめ、傾斜しゆくわが船の悲運を、沈痛な顔色に打ち守っていた。

どがん、ごろごろごろ……再び起こる大爆音に船はまた劇しく揺れた。

「やッ……またかッ」踉々《よろよろ》としてやっと踏応えた船長はこう叫んで振り顧ると、物凄い水柱の立ったのは右舷後部である。

左舷に傾いていた船はこれがために、漸次右舷を下に水へ浸り始めた。

「短艇卸せ、総員避難……よく落ちついて、潜航艇の野郎から嗤われないようにしろ、日本人らしく引き上げてくれ」

各自規則正しく短艇に乗り移ってしまう。

「一等運転士、早く避難しないと危険だ、何をしている」

船長は船橋からすかして見て、ただ一人甲板から去りもやらぬ人影へ大声に呶鳴った。

「船長こそ早く降りていらっしゃい」

一等運転士も大声に喚きかえす。

船は刻一刻水中へ下降してゆくようである。

「僕にはまだ仕事が残っている、心配せずに早く乗らないか……一等運転士、頼むぞ。故郷《くに》の奴らによろしく言ってくれ」

死生命あり……一等運転士は意を決して短艇に飛びこんだ。

「では船長、御機嫌よう」

「さようなら……早く行けッ」

短艇は本船を離れた。

暗の中を遠ざかりゆく橈《かじ》の音が聞こえずなるまで耳を澄ましていた船長は、石化したように身動きもせず目を閉じた瞼の裏に描いたのは妻と子の俤である。

いったんまっすぐに立ち直った船体が、かなりの速さで沈下してゆき、烟と沫と水蒸気とを名残に、万宝丸は幾尋とも知れぬ北海の波間に呑まれた。

S・O・S……N56・24……E6・47……の無電信号に接した英国駆逐艦が、一時間後に現場へ到着した頃は、すでに檣《ほばしら》の尖端をさえ波上に認めることができなかった。

1

激しい生存競争の圏外へ立ったように、平和で閑寂な塩屋の浜には、森の梢に明けて野末に暮れる、昔ながらの月日が永く続いていた。しかし時の流れはこの僻村をも見遁しはしなかった。

野人を窒息させるような世智辛い風が、用捨なく吹きこんでくる。

生存敗竄者はここにもいた。狂った彼は何を考えていることだろう、陰気な監禁室の中に立って、方一尺ばかりな窓の鉄格子に捉まりながら、戸外を眺めていた。

砂丘の上を鳶がゆるく舞っている。

この小さな窓こそ、彼に与えられた唯一の慰安であった。潮の香を含んだ大気はそこから、陽光と一緒に流れこんで鉄格子だけは邪魔になるが、前の草原や砂丘の後方の波打ち際から、海も空も纏まりよく眼界に入って、雄渾な構想に描かれた一幅の画である。

彼、重吉はそこから渚を歩む漁夫や、沖を走る白帆、日に幾度となく変わる海や砂の色を眺めて、長い無聊を慰めていたが、どうかしたはずみに感情の抑制を失い、凶暴な血が憤りにたぎり立ったときは、満身の力で鉄格子を揺すり、破目板を蹴って喚き散らすのが常であった。

彼は先刻からある一点を凝視していた。

砂の上に曳き上げられて甲羅を干している漁船の蔭に烈しく争っている二つの人影を瞶めているのだった。

一人はもう老人で対手は若い男である。いずれも火のように相手を罵倒し合っている。ついつい自制を失ったらしい若者が、そばにあった網干し竿をとって、打ち懸かろうとしたとき、老人もすばやく脚下の砂を握っていた。

術も策もあらばこそ。竿が空に躍り、砂は飛び散る。重吉は子供のように手を拍ち、ぴょんぴょん跳ね上がって悦んだ。しかしその争闘も長くは続かなかった。

その近くに網を繕っていた漁夫たちが、殺気立った両人の中を押し隔てて双方を別々にどこかへ伴れていった。重吉はせっかく面白く見物していた活劇を、中止されて頻りに不平らしく舌打ちをしていたが、どうしたことか急にその嶮しい顔色を和らげ、その瞳を晴れ晴れしく輝かせた。

釘だ、どこか板の緩みから引き抜いて、窓枠の隅に匿しておいた一本の釘が目についたのである。指先につまんで打ち返し打ち返し眺めた矢先。コトリと鳴った台所の物音に、悸然として釘を懐中へ隠した。もしもそのとき凄い彼の瞳を見た人があれば、恐らく身慄いを禁じ得なかったであろう。

やがて、夕方が近づいてきた。雑草の間から赭い地肌を曝け出している砂丘へ、金色《こんじき》の箭を射かけていた夕陽の光が薄れて、のたりのたりと寄せる入江の波に映っていた、美しい茜色《あかね》が褪《あ》せてしまうと、夕靄がしっぽり漁村をつつみ、子供を呼ぶ女房たちの甲高い声も、背戸のうちに消えて、微酔機嫌の濁みた笑い声が漏れてくる頃は、もう完全に夜が地上を征服している。

昼間の争いにも重吉の釘にも、関聯を持たない夜は、平和に静かに更けていった。しかし、秋の夜は大空まで淋しい。天の河の流れが東西に変わり、北天を賑わしていた北斗星が地平線下にかくれ、光薄い群星の中にアンドロメダが淑やかに瞬いている。

その暗い空の涯に星と擬う一つの光。この村外れ安土ケ丘は建つ山荘の灯が、時としては明るく冴え、或いは弱々しく隠現し、また全く見えない夜もあった。同じ丘に祀る鎮守の社は、鬱蒼と茂った森に囲まれ、常夜灯が社頭を朧《おぼろ》に照らすばかり、昼さえ幽寂の境である。

新鮮な乙女の肌を思わせる若葉の香が、沖から流れよる潮の香と絡み合う季節から、去年の古い落葉を踏んで忍びゆく、若人や乙女たちの手を曳き合った姿を、斉きまつる産土《うぶすな》の神のみが知ろし召していた。

麓の華表《とりい》の外は土橋をこえて千本松原、その並木道の中途から堤をおりて、浜の方へ少しゆくと籔蔭に、安場権三の家がある。近郷きっての網主鬼権の住居としては不似合いなほど、粗末で小さな建物であるが、家の周囲に繞らした土塀の堅固さに、主の要心深さが窺い知られた。

今夕は奥座敷に客があるらしく、パチリ……と、盤面に碁石をおろす音が漏れてきた。薄暗い台所では耳の遠い権三の妻が、襤褸《ぼろ》を繕いながら、いつの間にか仮睡の快さを貪っていたが、良人の大きな声にハッと腰を浮かせた。

「おせき……繁田さんのお帰りだ」

玄関まで送られた繁田村長は庭へ降りると権三を振り顧って、

「今夜は散々の態ですな、近いうちに弔い合戦に来ますぞ」

「返り討ちなら何時でも……その、機会《おり》があれば結構じゃが」

勝ち続けて機嫌の好い権三は、白髪頭を反らせて傲慢に笑った。

神経質で犬嫌いらしい村長は、庭の片隅に蹲る斑犬《ぶち》を気味悪そうに避けながら帰ってゆく。

おせきが四辺《あたり》を取り片付けはじめると、抵当流れらしい柱時計が睡そうな音で九点をうった。

「おい、勝の野郎はまだ持ってこないか、ちえっ、極道め……ではお前、いつものように回ってくれ」

声高に呟いつけた権三は、根付け代わりに受取り判を括りつけた空財布と、手繰り札の束を一緒に妻の前へ投げ出した。

おせきがそれを手にして庭へ降りるのを見て、今まで寝そべっていた斑犬がむっくり起き上がり――こうして護衛するのが俺の役目なのだ――というように、取り立てにゆくおせきの背後《うしろ》から雇《つ》いていった。

この取り立てというのは不快な仕事であった。まとまった金額は権三が直接行くが、少額の崩済金や利息を集めるのは、大抵三日目くらいにおせきが出かける習慣だった。

愚痴や泣き言を並べる債務者《かりて》に同情すれば、良人から烈しい叱言を喰うし、良人の満足を得ようとすれば勢い、手酷しい催促をしなければならない……本質的に気の弱いおせきは、時々自分の生存意義を疑うことすらあった。近郷きっての網主の妻として、永年連れ添う自分に、わずかの金子さえ自由に使うことを許さない吝嗇な良人。またその冷酷な仕打ちを憤って家出をした連れ子のことで、朝夕悩みながら権三に曳き摺られて生きてゆく、自分の運命が彼女には悲しかった。

権三の方ではまた自分の殖財計画を妨げるものは、相手が誰であろうと用捨しなかった。今夜も妻を取り立てに回らせたのち、奥座敷でニヤニヤ狡そうに笑いながら、帳箪笥の錠を外して一束の書類を取り出し、膝の前へ列べて誇り顔に眺めたが、すぐ以前の抽出へ蔵いこんだ。

少時《しばらく》たつと、ガチャリ！　流し元の皿鉢類を鼠が取り落としたらしい物音に、

「叱っ、畜生……叱っ叱っ」と、鼠の無作法を呪いながら一足庭へふみ降ろした瞬間。

耳の下を強か擲られたように感じたまま、眩々《くらくら》と軀の中心を失い底へ筋斗うって転んだ。

ううん……と、権三の断末魔の呻き、それも一声で止み、あとの一瞬を気味悪いしじまが支配した。

間もなく表口《おもて》の暗からばたばたと駈け出した跫音がしたと同時に裏塀を乗り越えて、ひらりと地上に飛び降りた人影が、疾風の勢いでその跡を追う。

この二つの影が小路を驀道《まつしぐら》に駈け出したとき、更にまた路傍の物蔭から躍り出た一つの影が同じようにその跡を追うていった。

細長い帯のような道を、弾丸のごとく馳せゆく三人。

しかし最後の人影は超人的な速度で、ぐんぐん第二の人影との距離を縮めてゆく。二間……一間……。真に奮迅の勢いで追い迫り、猿臂を伸ばして摑んだ肩口を横へ引く。ひかれてタタ

タタッと蹈鞴《たたら》をふんで流れるを、敏捷く背後から腰へ組みついた。

「うぬッ」武者ぶりつきながら喚く。

「誰だ、放せっ」第二の影は苛立って、振り解こうと踠いたが、確と絡みついた両腕は、容易に放れそうもない。

先登の人影とは五間、七間と隔たりができてしまう。

精一杯抱き締めた力を逆に腰をひねられ、思わず双腕を放してよろよろと踉けたが、再び猛然と飛びかかる出先を、電光のように突きだした拳に、頤《あご》を下から激しく突き上げられ、「うんッ」と呻いたきり第三の人影は脆くもそこへ転んで、少時は起き上がることができないらしかった。

敵の頤へ一撃を与えた第二の人影は、それを見定める余裕もなく、また跡を逐うて矢のように駈けていった。

それからおよそどれくらい時間が経過したか。追いつ追われつ並木路を走っていった人影はどうなったか。その人々は誰か……。

一切の謎は闇の帳《とばり》にへだてられ、解き得べくもなかった。

しかし、おせきが近村一帯を取り立て終わって、この並木路を帰ってきたとき、路傍に蹲まる男を怪しと見た斑犬が、喧しく吠えたてた。愕いて立ち上がった彼は、足もとに迫ってくる犬を、幾度も追い散らそうとしてはむなしく虚空を蹴る。犬は巧みに躱《かわ》して吠えつく。

おせきは烈しく飼犬を叱りつけた。声限りに喚かれて斑犬が怯む隙に、その男は今まで小楯にとった松の幹へ、身軽に飛びついてスルスルと攀じ登った。

「まあ貴郎、聞き別けのない犬でございますが、どうぞ御勘弁を……コレ斑犬、まだか、叱っ、畜生っ」

おせきは誰だか解らない相手に詫びて、飼犬を叱り叱り伴れてゆく。

高い枝に脚をかけた件《くだん》の男は、遠ざかりゆくおせきの背向姿とまだ振り顧って未練らしく、吠える犬とを、枝越しの暗に瞳したが、何を思ったか突然けらけら笑い出した。

「へっへへへへ、信公、巧くやりやがった……」

淋しい並木路の夜更け、蔽い被さった葉隠れから、物の怪のような笑い声をたてる男の正体を知ったならば、おせきは必然怖毛をふるって逃げ出したであろう。それは監禁を破って逃げ出した針川重吉であった。

2

権三は耳下の頸動脈を斬られ、文字どおり血の海に浸って絶息して居った。

深更ながら町から駈けつけた警察官の聴き取りや取り調べの物々しい容子を聞き伝えた村人たちが集まって、遠くから私語きながら眺めていた。駐在所の秋山巡査が提灯を手に入口を見張っている。

現場には何一つの遺留品もなく、奥の間なども整然と取り片付け、宵に使った碁盤も室の隅にあり、掻き乱した跡は少しも見えない。

刑事たちは凶行の動機をそれらしい原因に結びつけようとして、あれかこれかと迷っていた。

「被害者は平素から夥多の人に恨まれている鬼権だ、貸借関係者の中に犯人が居る、と見るのは至当であるが……昼間喧嘩をしたという男も嫌疑理由を充分にもっている……また、考え方によってはおせきの連れ子も、被害者と仲が悪かったそうだから、疑えないことも無い……」

それからそれへ、疑惑の糸が蜘蛛の巣のように拡がってゆく。

町の警察から出張してきた刑事の中に、年を老った男が一人混じっていた。矍鑠《かくしやく》とした体力こそ残っているが、頬に深く刻まれた皺には、否み難い世の疲れが見える。勤続何年の美名は署内で時代遅れの代名詞であった。彼は時の歩みの速さに喘いでいた。

新手な犯罪は次々に生まれる、帰納的推理だとか、科学的捜査だとか……そんなものは最初彼が極度に軽蔑した代物で、当然その長所をも無視していた。彼の恃むものは鋭敏なる第六感と経験であった。斯く科学に対する敬意を忘れた驕慢なる彼が、難解の事件をぴしぴし訐《あば》いてゆく、同僚の手際を見て最初の軽蔑が懐疑と変わり、自分の誤謬に心づいた時は、已にみなから取り残されて高の知れた端た賭博や狐鼠泥を追いかけ回す自分がいかにも惨めに見えて悲しかった。

しかし、老人の胸にも華やかな追憶がある、燃えのこる功名心は機会を待っている。

「この事件こそ、俺の最後を飾るために与えられたものだ」と悲壮な決心で、広瀬老刑事の態度が緊張するのを、他の同僚たちはまるで無関心でいた。

裏庭は綿密に調べた。椽側の両戸も裏木戸も、内部から厳重に閉ざしてある。しかし土塀の瓦に乗り越えた跡があった。それから家の横を流れる小溝の、じめじめした土の上に残った、跣足の跡を同僚がとやかくと論じ合っているのを聴きながら広瀬は沈黙していた。

さすがに長い夜もようやく東の空が、うっすら白みかけた頃、慌ただしく駈けつけた男が、喘ぎ喘ぎ秋山巡査のそばへ近よった。

「旦那、大変です、重吉が……」

「何ッ、重吉がどうしたッ?」秋山巡査も容易ならぬ予感に顔色を変えた。

「宵に見回ったとき、確かに居たはずですが、今見ると羽目板が外れて、重吉は居りませんので……」おろおろ声だった。

秋山巡査の報告を聞いた警察の一行は、互いに顔を見合わせた。そのとき傍から進み出たのは繁田村長である。

「重吉が脱檻したのですって! 何ということだ、あんな殺人狂を手放しておけば、この後何人犠牲者を出すか知れない」村長は蒼白い顔を憤りに紅潮させた。

「如何です、最初から自宅監禁に反対した私の言葉が、こういう結果となって実現したではありませんか。この全責任は署長さんが負って然るべきだ」

敦圉《いきま》きかかるのを、出張の司法主任が手をあげて制した。

「現在《いま》ここでそう御立腹になっては困ります。お話はよく解っていますが、とにかくこうして居られませんから、急いで手配しましょう」

町の警察へ急使を走らせる一方、村の消防員を招集させた。呟々《ぶつぶつ》不平を言っていた村長も詮方なく青年団員を集める命令を下した。このときT市から裁判所の一行が村へ着いて検視が進められる一方招集された惣員を二つに割いて、一隊は重吉の捜索に出発し、残る一隊は警官に指揮されて証拠の聚集にかかる。

こんな血腥い事件のあった塩屋の浜も、森の梢から輝かしい朝暾が平和に地上をてらし初めた。爽やかな早霧をみだして大勢の人が、小川の流れを溷《みだ》し、草むらに別け入り、証拠品の発見に努力していた。しかし目差す品は容易に目にかからない。偶々あれば誰かが置き忘れたらしい草刈り鎌の半ば腐蝕したものや、欠け土瓶、茶碗の破片など。捜査線は並木路から砂丘、ずっと波打ち際まで拡大されてゆく。

彼らの面に失望と倦怠の色が浮き上がったころ、村外れの瑞宝寺墓地へ詣りにきた隣村の女が、墓碑の間に血塗れの出刃庖刀が、棄ててあるのを発見した。

刑事たちが勇み立って墓地へ駈け付けてみると訴えに違わず、そこに刃先は血に汚れ、握り柄に烙印で（三沢）と記号を入れた凶器があった。

三沢……それは権三と激論の末、争闘まで演じた若者信吉が雇われている養鶏場の名ではないか。

信吉はすぐ町の警察へ同道を命ぜられた。

彼は秋山巡査ともう一人他の刑事が訪れて来たとき、見る見るその顔色を蒼白にした。そしていよいよ警察の訊問室に引き入れられるまで、異様な昂奮にその眼をぎらぎら輝かせていたが、若い藤尾刑事の訊問に対して、悪びれた態もなく答えた。

「安場の斑犬が私の家の鶏を咬み殺したのは、一度や二度じゃないんです。その度に私は犬を繋いでおいてくれと頼みに行きましたが、いつも権三さんは……手前の方で垣を丈夫にしろ……などと、恬で取り合ってくれませんでした。昨日もまた一羽を咬み殺して、もう一羽に怪我をさせたので私はあの人と浜で会ったのを幸い、始めは叮嚀に犬の処置をつけてくれと頼みました。すると……どうせ絞め殺す鶏じゃないか……って、乱暴な挨拶です。私も耐えかねた腹立ちまぎれ……つい、あんな喧嘩になりました。それもあの人があんなに私のことを悪くさえ言わなければ、私も夢中になりはしなかったのですが……」

「どんなことを言ったのだね」

「……牛殺しと兄弟分だなんて」信吉はそのとき権三の口から吐き出された、もっと酷い差別的な言葉を思い出して唇をかんだ。

「その腹癒せに昨夜忍んでいって、権三を殺《や》ったのか」藤尾刑事は指で斬る真似をして見せる。

「いいえ」信吉はおののきながら烈しく首を振った。「そんな、そんな大それた事をした覚えはありません、お人違いです」

「お人違い！　おい、白っぱくれるな、これにおぼえがあるだろう」

取り出したのは血に染んだ出刃庖刀である。

「あっ！」信吉は己の目を疑うように、その証拠品を眺めた。「どうしてこれが」

「落ちていたのさ……いや、お前が捨てたのを拾って来たのだ、瑞宝寺の墓地でね」

刑事は冷たく笑いながら信吉の顔から視線を放さなかった。

「証拠はこれ一つで充分なのだ。つまり権三を殺した凶器がお前のもので、そのお前は権三と昨日喧嘩をした、それだけで好いじゃないか、お前はただ殺した順序を言わなければならないのだ」

「何とおっしゃっても、私にそんな覚えはありません。断然知らないのです」

「お前は知らなくっても庖刀が物を言う」

「それが奇異《ふしぎ》です……その庖刀は昨日午後《ひるから》井戸端で研いでいたのですが……それがどうして墓地などに落ちていたのか、全く不思議でなりません。それに私は昨夜、瑞宝寺墓地などへ行った覚えは無いんです」

「瑞宝寺墓地へ行かなかったという証拠が無ければ信じられないじゃないか」刑事の口吻は嶮しくなってきた。「では訊くが、昨夜の九時から十時までの間、お前はどこでなにをしていたか、匿さずに言ってみるが好い、一体、どこに居たのだ」

「………」

信吉は悖然としてそのまま口を緘んだ。

それから藤尾刑事がいくら訊ねても、信吉は昨夜の一時間を、どこで費やしたかを明らかに答えることができなかった。

刑事が苛《いら》って烈しく詰問するにしたがって、信吉の沈黙は頑《かたくな》になってゆく。しかし胸中の苦悶に唇を慄わせているのを見て刑事は何か大きな秘密が伏在しているものと鑑定した。

3

権三の葬儀は瑞宝寺で淋しく執り行われ、恨みに齦られた凶器を発見した墓地に、木の香新しい墓標が建ったことも会葬者たちに因縁の奇異さを感じさせた。

事件があってから越えてもう二日目。

強慾という名で知られた男だけに、その死去を小気味よく想う人々の中に、かえって塩屋村の名物を失ったと哀惜の念を感じた人たちもあった。

これに次いで一般の心を強く刺したのは、重吉の脱檻事件である。消防組や青年団の人数が手を別けて、彼方の森、此方の山、およそ人間の隠れ得そうな場所を残らず、厳重に捜していったが、その姿をさえ発見することができない。

薄暮迫る頃、思い思いに疲れた脚を引き摺りながら、帰ってくる捜索隊を見て、村民の不安はますます募る一方であった。

「重吉はまだ見つからぬらしい、早く捉まってくれなきゃ夜も碌々寝ることができんからのう」小溝の流れで脚を洗っている男が、高調子に言った。

「物騒なこった、村長さまの慍《おこ》るのは当然《あたりまえ》だ。あの気狂いが遁出したのは、何といっても警察の落ち度だよ」浮き桶の箍《たが》をしめていたのが、手を休めて呟く。

「大勢がこうして捜しても、一向発見《みつか》らないのは、案外遠方へつっ走ったからじゃなかろうか」

「なんの、昨夜も瑞宝寺の嘉助どんが、門さ閉めるべいと庫裡を出たとき、本堂の中から……信公、俺《おら》あ見つけたぞ……って声がしたので、びっくりした嘉助どんは、突如《いきなり》和尚の居間へ駈けこんだげな。

ようやく和尚と二人づれで見にゆくと、本堂には誰も居ない。そのかわり今度は鐘撞き堂に、人の姿が見えないのに、撞木《しゅもく》がひとりでに動き出して、鐘がゴオンと鳴ったそうだ」

「えっ、厭だぜ、脅かすものじゃない」

「いや実際だて、嘉助どんは嘘をつく男じゃねえ、ところが撞木の上あたりから、けらけら笑う声が重吉さ、二人とも魂消て檀家惣代の次郎吉どんを、呼びにいった不在中に、庫裡の飯櫃を盗まれたげな」

そのそばで黙々と聴いていた頬冠りの男は、突然大きな嚏一つ、寒そうに身慄いをしたが、煙管の火が疾に消えているのも忘れていた。

「重吉はよく信公のことを言うが、ありゃ何故《なぜ》かな」

「信公が鬼権を殺るとき、きっとどこからか見ていたのじゃろう」

「いや、殺したのは重吉かも知れねえ、以前から権三を恨んでいたはずだ。家邸はそっくり権三にとられ、そのために阿母まで死なせたのだから、いつか恨みを晴らそうという気は、有ったに相違ない。気狂いになってから安公を殺したが、機会さえありゃ権三だって殺るつもりだったのよ」

「それでも、信公が平常使っていた刃物で、殺されたのが論より証拠だ、権三から悪態を吐かれて、嚇っとなったものにちげえねえ、はたで聞いていた俺さえはらはらしたけんの、猫のような温順しい男が腹を立てると、かえって思い切ったことをやるものよ」

「短気なことを……何年くらいの懲役かなあ」

「そりゃお前、死刑に決まっとる」

「そうとも限らない、終身懲役かもしれん、巧くゆきゃまだ軽くなる……」

「叱《し》っ叱っ」頬冠りの男は慌ただしく二人を制した。三人の前を二十ばかりの娘が、顔を肯だれたまま通ってゆく。

「……三沢の茂子だ」　箍を打ちこむ手を止めて囁いた。

茂子は通りすがりに三人の話を聴き取ったらしく、その蒼醒めた顔に瞬間血の気が上った。

しかしそのまま振り顧りもしないで、並木路を曲がって土橋の方へ歩んでゆく。

はや夕日は沈んで、暮れ鴉さえ塒にかえった逢魔ケ刻。若い女の身ひとりで今頃、どこへ行くのだろう……と三人の男は不審の眼を見合わせた。

　自分の足もとを瞶めながら、歩いていることも意識しないほど、茂子の心は乱れていた……

死刑！　何という忌まわしい言葉だ。だが嫌っても避けても、あの人は殺人の嫌疑を受けている、なぜ世間の人は信吉の潔白を信じてられないのだろう。父も母も吾作爺も、信吉の平素《ふだん》を知っていながら、幾らかまだ疑っている、あの人にそんな馬鹿げた罪を、犯す理由も必要もないのに。権三の殺されたのは自業自得だわ、何故あの人が疑いを受けなきゃならないの。

町の警察だって、なぜ真実のことを調べないのかしら。

信吉の心遣いも時と場合によるわ、恐ろしい罪を被せられようとする間際に、何故恩だの義理だのに拘泥わっているのだろう、真実のことを言ってしまえば好いのに。

ああ駄目だ！　殺人罪、死刑。

あの人は自分の感情を惨らしく虐げて、運命に屈従するつもりなのだ……。

彼女は流れの岸辺に立ち停まって、浅い川底を見おろすと、いつだったか、この上流から両人《ふたり》が木の葉や草を浮かべ、恋の行く末をうらなった記憶が、生き生きと甦ってきた。

柳の枯れ葉が彼女の肩を掠めて、くるくると舞いおちた。緩やかな馬蹄の音が近づいてくる。

彼女の佇む姿を見た馬上の人は、その前まで来て馬の歩みをぴたりと停めた。彼女が一足退って振り仰ぐと、馬上の人はおよそ六十近い年輩で、頰の半ばは髯に蔽われている。大きい墨色の眼鏡越しに、鋭い視線を感じて茂子は、何故ともなく顔を伏せてしまった。

「貴女は確か三沢の娘さんじゃね」

彼女は数年前から、鎮守八幡社の神官として山荘に住むこの人に一種親しみ難い威圧を感じて、かつてまだ口を利いたことがなかった。それがいま先方から言葉をかけられ、躊躇いながら淋しく頷いてみせた。

もう四辺には夕暗がこめて、草の葉や木立をしっぽり包んでいる。並木路にも畔の小径にも、人影らしいものは見えない。

「突然で甚だ失礼じゃが、俺はきょう旅行から帰って、安場権三さんが災難に遭ったことを聞きました」彼は馬上から上半身を屈めた。「それについて。お宅の誰かに疑いが懸かったそうじゃが、真実ですか」

「はい、そのとおりでございます」彼女は能るだけ感情を制えて応えた。

「では、依然《やはり》噂とおり……さぞ御心配なことじゃろう、警察へ伴れてゆかれたのは、お宅の誰じゃな」

「はい……雇人でございます」茂子は赧らめた顔に口ごもりながら答えた。

「甚だ立ち入ったことまでお訊ねするが、果してその雇人が加害者かどうか、貴女は御存じじゃろうな」

疑わしそうな眼眸で神官を見上げていた茂子は、烈しく首を振った。

「いいえ、冤罪《むじつ》でございます」

凛とした言葉を馬上の人は鸚鵡返しに、

「冤罪！　ふむ、それなら何故早くそのことを証拠立てて嫌疑を晴らしてあげなさらんのか、一刻伸びればそれだけ当人を苦しめるわけじゃが……」

茂子の唇は何か言いたそうに慄えたが、前歯でそれをキッと嚙んでしまった。

「御両親はそれに関わり合わないのですか」

「ずいぶん心配していますが、父や母の力では助けることができません」

「冤罪と解っていながら……何という惨酷なことじゃ。しかしそれも然なるべき運命なら詮方はない、こんなことを言うと、貴女は気にやむかも知れんが、その覚悟が前以てできている方が好いのだから、お報せしてあげよう。貴女一家の災難はこれだけに留まらず、引き続きいろいろな形で現れるかも知れませんぞ。しかし、力を落とすことはない、挫けてはなりません、神明の加護にお縋りなさい。逆運は人間に与えられる試練じゃ、心を正しくして切り抜けることが大切じゃ。もし耐え難い場合には、あの山荘へお越しなさい」神官は安土ケ丘の中腹を指した。「微力ながらお力になりましょう。好いかな、申し上げることはこれだけです。御心痛のところを、飛んだ失礼しました。貴女も暗くならんうちにお帰りなさい、近頃物騒なそうじゃからな」

言い遺して山荘の主は、蹄の音軽く去ってゆく。黄昏のうす暗に隔てられて、漸次に遠く消える後ろ姿を、瞬きもせず見送った茂子は、謎のような今の言葉を胸の中に繰り返してみた。

不思議な人の不思議な言葉。

しかし、いくら考えてみても謎は解けない。

彼女はあたりを見回した。

淋しい秋の黄昏だ……留置場の信吉は、ただされ物悲しい入相時を、どんな哀愁を抱いていることか？

鐘が鳴る……。

瑞宝寺の鐘の音が、波状のリズムで流れてくる。諸行無常のひびき。

夢ごこちに聞いていた茂子は、吾に返って思わず身慄いをした。

4

「藤尾君、せっかく君の苦心が酬いられなかったことは、小官《わし》も遺憾に思うけれども、まだ落胆するには早いようだ。こんな蹉跌くらいで悲観するのは、君のようでもないね」

署長から懇ろに宥められても、藤尾刑事のむっつりした不機嫌な顔は和らがなかった。凶器を唯一の証拠に、確信をもって取り調べを開始したが、信吉が頑固に沈黙を続けている間に、意外な方面から彼の確信を突き崩す、反証が現れてきたのである。

「君は執るべき方法を執ったのみ。決して誤っていたのじゃない、容疑者が当夜の所在を自供しなかったのが悪いのだ、失望しなくっても好いさ。今からでもおそくはない。要点はあの凶器が、何者の手に渡って使用されたかに在る。それが君の手で解決されるのを期待しているんだ、決して遅くはない。

あの日の午後三沢養鶏場の、道路に面した井戸端で、信吉があの刃物を研いでいた。そのとき安場権三の飼犬が鶏を咬傷したので、犬を逐うていった信吉が浜辺で、権三と口論したのじゃ。その混乱のために刃物のことなどすっかり忘れていた……と、こう自供している。これを事実と仮定して、そこから凶器の推移した径路が君に解ってきそうなものじゃ。一つ大いに手腕を発揮してもらいたいね」

「では、信吉は放免なさるのですね」

「当然そうしなければならない、茂子という三沢の娘の証言と、信吉の答弁とが一致して、現場不在証明《アリバイ》ができているから、疑いの余地はない」署長は詮方無さそうに言った。

容易く藤尾刑事の手に飛び込んだ獲物は、まだ実際のものではなかった。

三沢茂子と名乗る娘が署長に面会を求め、悪びれもせずに犯行のあった当夜、九時から十時までの間、信吉は茂子と一緒に塩屋村の外画を流れる小川に添うて、遡り鎮守の杜《もり》の奥に、その時間中話をしていた。その会話の模様は……と恥ずかしさも外見も忍んで申し立てた。

改めて信吉を訊問すると、彼も観念したのか、一切を隠さずに答弁したが、両つの申し立てはぴったり符合していた。

そのとき草叢の中から飛び出した重吉が、突如《いきなり》茂子に抱き付いたのを、信吉が打ち倒すと重吉は、けらけら笑いながら逃げ去ったとの陳述も一致していた。信吉があくまで当夜の行動を秘したのは、自分のために主家の名を世間の噂にさせたくないと慮ってのことであった。

「どれ、新規蒔き直しだ」

署の門を出た藤尾刑事は、自ら嘲るような苦笑をしながら、塩屋村へ通ずる街道を歩いていった。

「ざまアねえや、これでは広瀬老人のことが嗤えるかい、鈍痴め。だが忌ま忌ましいのはあの若造だ、それならそうと早く言や好いのに、己の色事を匿すために、飛んだ無駄骨を折らせやがった。今度こそ大丈夫だぞ、養鶏場の道具を自由に持ち出せるのは、三沢の主と信吉の他には彼奴しかないはずだ、あの吾作爺。

頑固で慍りっぽくて腕力家だ。鬼権と平常から仲が悪かったのだから……」

吾作はちょうど仕事が終わって、泥足を洗っているところだった。

「吾作、お前に訊ねたいことがあるから、警察まで一緒に来てくれ」

横柄な刑事を怪訝らしく見上げたが、吾作は不審そうに眉を寄せた。

「警察へ？　どんな要事かね」

「それはここでは言えない」

「……好うがす、参りましょう」吾作はキッパリ言った。「では、着換えをする間待っておくんなさい」

「うん、なるだけ早くしてくれ」藤尾刑事は冷やかに言って表口に立ち塞がっていた。

「お前さん、どうかしたのかい」吾作の妻女は心配そうに低声で囁いた。けれども吾作は首を振るばかりである。

「大丈夫かね、何だか心配で……」

吾作は不機嫌な顔で妻女を叱りつけた。

「莫迦な、俺が何を悪いことしてるかい、心配せずに善公が帰ったら、飯を喰ってしまえ……旦那、お待ち遠さまで」

刑事は吾作をつれて、白く乾いた道を町の方へ歩いてゆく。その後ろ姿が曲がり角へ隠れるまで、妻女は不安そうに見送っていた。

警察へ着いた吾作は、早速取り調べを受けたが、なぜ彼が疑いを受けたかについて……吾作はかつて同村の針川家から、若干の金子を借り受けたことがある。その針川家が倒産した後、権三の手にその債権が移り利子は一躍何倍かに引き上げられたので、吾作は権三と債権を中心に、いつも啀《いが》みあっていた。頑固な両人が相異なった立場から争いをつづけ、現に権三の殺害された宵吾作は権三方を訪れて激しく争論したことが、権三の妻を通じて藤尾刑事は知っていた。

その事実を詰問されて吾作は、貸借関係も宵の激論も、柔順に認めたが、凶行の疑いについては極力抗った。

訊問が果てしもなく繰り返され、短気な彼はすっかり業を煮やして、

「何と言われても、そんな莫迦げたことは、やった覚えはありません、まだ判りませんかい。なるほど骨を舐《しやぶ》っても飽き足らねえくらい、俺は彼奴を憎んでいましたよ、あんな強慾な奴はまたと二人なかった、俺の血も膏も絞りとってしまったのじゃからな。あの晩誰かがやっつけなければ、遅かれ早かれ俺が殺したかも知れねえ。だけど、あの晩のことばかりは、些っとも知らねえでさ、その時間には一家中がよく睡とりましたよ」

しかしながら、これは彼のために賢明なる弁解ではなかった。

吾作と権三とが争っているとき、囲碁を中止して座敷から一伍一什を聞いていた、塩屋村々長繁田玄三郎と、養鶏場の主人三沢為造とが証人として喚問された。繁田村長が当時聴いた、

粗暴な吾作の言葉をそのまま正直に述べたので、吾作の立場はますます危うくなった。

取り調べの模様がどう進んだか、間もなく村長は帰っていったが、三沢為造は夜が更けても帰宅を許さない。

家では妻のおゆきと茂子が、交わる交わる時計を仰いでは、戸外の跫音をもしやそれかと耳を澄ました。日のある間に家を出たのが、夜半を過ぎても帰らないので、信吉も不安に耐えかねて、自転車で町の警察へ馳せつけた。

しかし当直の巡査は冷淡に「三沢為造は取り調べの都合で、今夜は帰れないだろうから、待っていても駄目だ。理由……それは言うことはできない」と、突き放して取り合わない。

信吉はまったく途方に暮れた。母娘の心痛を予想すると行きがけの期待も失せて、踏子《ペダル》をふむ脚も力なく、塩屋村へ帰っていった。

5

憂えの中に一夜は明けた。

おゆきは張りつめた気持ちのために、徹夜睡らずに端座して良人の帰宅を、今か今かと待ちわびていた。それを見て娘の茂子が、病弱の母の体を案じたのはひととおりではなかった。

「父はまだ帰れないのか」

曇り空ではあるが、もう日脚の高い時刻である。

「なぜこう暇どるのであろう、こんな状態が続けば、母は必然《きっと》病気になってしまう。

もしや父の身に何か、不吉な事件でも生じて来たのではなかろうか……」茂子は神官の言葉を想い出して、不安に胸を波立たせた。

信吉は居ない。

町へ父の状況を確かめるため、先刻出かけたきりで、まだ帰ってこないのだ。

少時睡るようにと勧めたが、母は頑に首を振るばかりで、肯垂れたまま痛々しくじっと憂いを耐《こら》えている。

表口を出たり入ったり、茂子は苛々して信吉の帰りを待った。早く父の安否が知りたい……餌に飽きて羽虫を落としている鶏の、平和な心持ちが羨ましいくらいである。

沖へ船を出すらしい漁夫たちが二三人、通りすがりに捜るような目つきで、茂子の姿を振り顧っていった。

おう、待ちかねた信吉の自転車が見えた……。

「どう？　阿父さんは」

信吉が力ない顔を横にふっただけで、もう彼女の胸は塞がる。

「駄目でした。調べはいつまで懸かるか解らないんです、どんなに頼んでも面会は許してくれません。落胆《がっかり》しましてね……内儀《おかみ》さんは、どうしているんです」

「依然《やはり》起きて座っているのよ、そんなことを報せたらきっと……」

「こんなことを聞かせては駄目です、なるべく心配なさらないように、貴女から巧く言って下さい。これは私だけの考えですが、旦那は私の受けたのと、同じ疑いをかけられていらっしゃるのかも知れません」

「まあ、どうしよう」彼女は見る見る顔色を変えた。

「駄目ですよ、貴女が今そんなに心配していると、内儀さんは何もかも悟ってしまいます。サア元気を出して下さい。なあに疑いなんかすぐ晴れますよ」

そう力づけ励ます信吉の言葉も、確信の欠けた空虚なものであった。

……貴女一家の災難は、これだけに留まらず、引き続いていろいろな形で現れるかも知れない……と、謎のように言った神官の言葉は、とうとう事実となってしまった。目に見えない呪いに包まれているのだと思うと、我が家ながら這入ってゆくのが、怖ろしいようにさえ感じられる。

切に勧めるわが娘の言葉に否みもならず、おゆきは少時睡りをとることにして横になったが、間もなく軽い寝息をたて始めたので、茂子も信吉も吻とした。

運命の苦味を盛られ、平衡を失った人間の心は、何か神秘な力によって救われようとする。逆運を人間に与えられる試練とすれば、それに耐えるべき茂子の力は、重なる災厄のためにすでに消耗しつくしていた。

母の熟睡を見すまして家を出た茂子が、空模様を気づかいながら並木路をまっすぐ、土橋を渡って爪先上がりに、華表を潜った頃には、空はますます嶮悪になって風さえ吹き添えてきた。老杉矗々《ちくちく》と生い茂った中に、幾年の風雨に晒されて、木肌さえ黒く神寂びた八幡宮の社殿。

茂子は深い幾尋の井戸から清水を汲み上げて、手を潔め口を嗽ぎ、産土の神の大前に額ずいて、一心に黙禱をささげた。樹々の枝を騒つかせている風音も、ぽつりと大粒な雨が梢の隙から落ちて、大地をたたいたのも知らずに。

見る見る敷石も社殿の甍も雨に濡れてゆく。

踊んでいる茂子の姿を、朽ちかけた拝殿の床下から覗いていた男が、前後を見回して蟇のように、ごそごそ這出したのを、素より彼女が気づくはずがなかった。

ようやく礼拝を終わってから、烈しい雨に当惑らしく仰いだが小止みになるまで待つより他はない。信吉が迎えに来てくれると好いのだが……と、何心なく拝殿の方へ視線を転じた途端、ざんざと降る雨を頭から浴びて、こちらへ近寄ってくる男を認め、彼女はハッと息を詰めた。

伸びるに任せた髪と鬚、垢づいた蒼い顔に、目ばかり異様に輝かせ、寸断寸断の着物。跣足のままのそのそ歩み寄ってくる。

茂子の総身の毛が竦立った。

捜索隊が夜を日についで捜したが、行衛の知れなかった殺人狂針川重吉の姿。

彼は雨の中に立ち停まり、唇を歪めて淫らに笑った。

「へへへへへ、これ娘っ子」

声をかけられるや否、茂子は弾かれたように駈け出した。

何方《どちら》へ逃げようという考えもない。

何か声を立てたが、何を言ったのか自分にも判らない。

重吉も何か吶号しながらその跡を追う。

逃げる鼠を追う猫……いや、彼は放たれた猛獣だ、野獣だった。

長い年月接触を断たれていた異性の姿を、無人境とも言うべき森の中に発見して、彼の虐げていた本能が、制禦を失った奔馬のように、恣《ほしいまま》に暴れ始めたのである。

くるくるくる。樹々の間を潜って茂子は逃げまわる。

その跡をどこまでも執拗に、重吉は逐うてゆく。

救いをよぼうにも声が出ない。

声を立てるだけの余裕もなく走る。

恐ろしさに吾を忘れて、さながら魔法使いに追われる侏儒《こびと》のごとく……

兀出した木の根も石も、降りそそぐ雨も見えない。

遮二無二猛りたった重吉は、森の真ん中で女の長い袖を摑んでしまった。筋骨立った凶暴な双腕が、たちまち軟らかな彼女の軀を力任せに抱いた。

重吉の顔を引っ搔き髪を捲り、茂子は初めて声限り救いを呼んだ。

その唇を重吉は手垢だらけな掌でぴったり蔽い、必死と踠く彼女をぐいぐい押して、太い老杉の幹へ圧しつけていった。

「ふっふふふふ、娘っ子、ふっふふふふ」

重吉は喘ぎながら、獲物を捉えた歓喜に目を細めた。

雨は依然として烈しく降っている。

読者へお詫び　　筆者

著しく健康を害しましたので、しばらく旅行に出ようとする間際に、進まぬ筆をおしてこれだけの責を果たしました。自然読者を失望させたことは幾重にもお詫びします。次回の努力をもって償いたいと思います。

6

苦悩に耐えうる人間の力には、およそ限度がある。

娘の茂子が昨日神詣でに出たまま、夜に入っても帰らず、信吉が八方に駈け回って捜した効もなく行衛は判明しない。どこの知るべを訊ねても、彼女の立ち寄った跡もなければ、その姿を見たという人さえ無い。娘をたずねる由緒《よすが》が全く絶えたと知った母のおゆきは、今まで一家を襲いつづけた災厄にも、ジッと耐えていた心の緊張が破れて、枕に埋めた顔もあげずに、わが良人、わが子の身を気遣って輾転泣き悲しんだ。

途方に暮れたのは信吉である——主人の為造は警察に留置されたまま、いつ帰ってくることか判然しない——茂子の方は昨夜已に最善の方法を尽くして、これ以上施すべき術もない。どうしたのだろう、生か死か？ もしや打ち続く災難のために心弱く無分別なことでも……そう考える信吉は矢も楯も耐らなかった。斯様なとき相談相手になってくれる吾作まで、警察に引っ張られているとは、何という運の悪いことだろう。

加えて内儀さんのおゆきが、昨夜から、悲嘆のあまり熱を出して、徹夜看護をしなければならないという状態《ありさま》。

上がり框に腰を降ろして拱腕したまま信吉は、おゆきの臥褥へ目をやって、切なそうに溜息した。

「この家は一体どうなってゆくのだろう。そして俺と彼女はどうなるのだ。何もかもこれで、お終いになるじゃないか……」

家の隅々、梁の上にも床の上にも、それから煤けた竈の中まで、妖気が旋曲のようにくるくると渦を巻いて、疫神や悪運の神たちが、乱舞しながら呪いの歌を唄っていそうな気がした。

安場権三が殺された夜以来、目まぐるしいまでに無気味な不快な出来事が、続々と起こってくる。第一に気狂い重吉の脱檻、次が信吉自身の引致、為造吾作の喚問留置、茂子の行衛不明……村では洗濯や飯櫃を盗まれたり、夜陰通行の漁夫が全身真っ黒な、異形の人影に襲われたり、瑞宝寺墓地から奇怪な笑い声が聞こえるかと思うと、村役場に放火しかけたものがある。

悪魔の呪詛は三沢一家に留まらず、塩屋全村を包んでいる。村民は誰一人として安らかに睡るものはいなかった。夜は早くから戸を閉ざし、よほどの用件でもない以上、男でも滅多に外出しない。

警察無能の声が高まって来るのは当然である。繁田村長は村の有力者たちを訪れて、自警団組織を計画しているとの噂である。祭礼が目前に迫っている現在、そうでもして村の安寧を保たねば、駐在所ばかりを信頼していられなかった。漁夫を襲撃した怪人も、村役場放火犯人も巧みに警戒の網を潜って行われたもので、駐在所詰め巡査も、応援の警官もこの不敵な犯人から愚弄されているかの観があった。

三沢一家と塩屋村全帯を悩ます、悪魔の跳梁を心に思い浮かべて、おののいた信吉が、閉じた眼をあげたとき、ちらりと庭に人影がさした。

「娘さんが居なくなったそうだが」

信吉が居座いを正した前に立ったままでそう言った老人を信吉はどこか見覚えがあるような

気がした。

「まだ何とも端緒《てがかり》がつかないかね」

優しい口調で訊ねているが、その眼の鋭さを見て、信吉は昨夜遅く町の警察へ、保護を願い出に行って帰りがけ、門のところで出会った人だと心付いた。

「はい、まだ皆目心当たりがございません」

そう答えた信吉は褥を取り出して勧めたが、老人は頷いただけで腰をおろそうともせず、

「状況《ようす》の概略《あらまし》は昨夜《ゆうべ》聞いたが、八幡宮へ参詣に出ていった他に、これという異なった態度《そぶり》は見えなかったのだね」

「はい、父親の災難を案じてお詣りにいっただけで、他には何もなかったようでした」

老人は信吉の顔を熟視したまま、少時何か考えをまとめているようすであったが、

「あの茂子という娘の阿母さんは居るか」

「それが貴方」信吉は声を落として奥の間を顧みた。「あまり心配事が続いたものですから、昨夜から熱が出まして、只今ようやく睡んでいる所でございます」

「ふむ、病気か……」心を動かしたらしい老人は躊躇いながら「ひどく悪いようでは詮方がないが、ほんの少し娘さんのことで、訊ねてみたいことがあるから、君から都合をきいてくれないかね……なあに、別段起きてもらわなくても、俺の方から寝ている所へ出向いて行っても好い。俺は警察の広瀬という者だ」

広瀬老刑事……彼は鬼権事件以来何をしていたか。

藤尾刑事が信吉を拉致し、為造を拘束し吾作をも留置し、大車輪となって取り調べを続けて

いる間、何らそれに係り合うようすもなく、署の方へもあまり姿を見せなかったが、昨夜飄然《ひょっこり》姿を現して、当直巡査から茂子の失踪を聞き、今朝こうして三沢の家を訪れて来た。そもその胸中に如何なる成算を抱いているのか、大事件たる鬼権殺害犯人を見向きもせず、警察事故としては比較的平凡で、働きばえのしない小さな家出事件に、手をつけようとしているらしい。

おゆきは広瀬刑事を別室へ迎えた。

「これは好くこそ……こんな取り乱した姿で御免下さいまし」

面窶れした頰に寂しい笑み、それさえよそに見る目に痛々しかった。

「いや、何もお構いなさらんように……いろいろ御心配なことですな、お察しします」広瀬の声は心からの同情に優しく響いた。

「は……どうも何でございますか、あまり引き続いてのことなので、どうして好いのか、気が茫然《ぼんやり》してしまいまして」

つつましやかに応える語尾はさすがに慄えている。

「御無理はありません」そこで広瀬はちょっと言葉を改めた。「ところで、お訊ね申したいのは……娘御《むすめご》の茂子さんに、何か家出の原因になるような心当たりは無かったのですか」

「家出！　まあ茂子が家出ですって。そんなことをするような娘《こ》じゃございません」

おゆきは烈しく首を振った。

「家出でないとすれば……どうしたのでしょう、何か復類した事情があるようですな」

「いいえ存じません、判然した事情がなければこそ、こうして心配しています」

肯垂れたおゆきの頸《うなじ》のあたりを、広瀬は鋭く見おろしたまま、

「近頃縁談でも有りはしなかったですか」

「ええっ……」愕いたように彼女は顔をあげた。

「はい、実はそんな話も有るにはありました。が」

「もちろん娘さんはその縁談を嫌ったでしょうな、嫌う理由が充分にあるんですから」

「何とおっしゃいます……なるほど茂子はこの縁談は厭だと、決然《きつぱり》妾に申しましたが、それがどうしたのでございます」

「世間によくある例ですよ、嫌いな縁談を押しつけられて家出をする……いや殊によると、家出をしたと見せて、どこかに姿を匿しているかも知れません。これは娘さんと交情《なか》の好かった人間には行衛が判っていますね」広瀬はニヤニヤ笑った。

「いいえ、そんなはずはございません、どんなに良人が喧しく縁談を勧めましたにせよ、彼女《あれ》には家出なんかする必要はありません」

真摯に抗うおゆきの顔を見て、広瀬は軽く笑った。

「……貴方は何も御存じないのだ、茂子さんにどんな相談相手があったかを知らないから、そんなことを言っていらっしゃる」

「いいえ存じています、貴方は茂子と信吉の間をおっしゃるのでございましょう」

顔を赧らめながらキッパリ言い放ったおゆきの言葉に、広瀬は少なからず驚いた。

「やッ……両人の交情を御承知だったのか。貴女は知っていながら黙っていたのですか」

彼女は答えずにただ頷いただけであった。

「では両人の交情を知っていたのは貴女だけではありますまい」

「良人もやはり薄々知っていたかも知れません……けれども良人は、外から養子を迎えようと望んでいたのです。しかし茂子が承諾しないものを無理に押しつけるほど、良人は没分暁漢《わからずや》じゃありませんから、家出などするには及ばないことを茂子もよく知っていたはずでございます」

広瀬はますます縺れてくる事件の経緯に、やや異様な興味を感じた。そのまま少時面を伏せて黙考ののち、おゆきに向かって茂子の居間を一覧したいと申し出た。

おゆきに導かれて茂子の部屋を調べた広瀬は、間もなく三沢家を辞し去ったが、女らしく整然と取り片付けられた居間からそして調度手回りの品から彼はどんな端緒を握り得たのか？

7

千筋の着物を裾高く端折り、その下から莫大小の半股引を覗かせ、前深に冠った鳥打ち帽の庇の奥に蚤取り眼……全然地方の刑事臭いむき出しな風態の広瀬が、どこをどう歩き回ったか、藤倉草履も紺足袋も埃で真っ白に汚れ、塩屋村駐在所へ立ち寄った頃は、暮れやすい秋の日が落ちて、赤い軒灯に灯が入っていた。

硝子障子に手をかける前、腰にぶら下げたタオルで脚の埃をはたき落としていると、駐在所には誰かの高い笑い声が聞こえてきた。這入って見ると繁田村長を相手に、秋山巡査が気拙そうな顔で頻りに何か弁解しているところであった。

「如何です、警察の状況は……今も秋山さんを責めているんですが、警察も今度は少々手緩いですよ、確実な容疑者を押さえていながら、自供をとることができず、重吉の方だってまだ責任を果たすことができないんじゃありませんか」

皮肉たっぷりな繁田村長の言葉を、広瀬が苦笑で受け流すとなおも押し被せるように、

「御覧なさい、村民たちの不安を……日が暮れてから戸外を歩くものは一人もありません、白昼《ひるま》でも迂滑に一人歩きをすることは危険だと言う人もありますよ。もう明後日が祭礼だというのに、一体塩屋村はどうなるんです。農家の方では収穫も始めなければならないが、安心して家を空にできますか、これじゃ村の安寧など少しも保てていない、まるで無警察じゃありませんか」

「警察だって無為に傍観しているんじゃありません」広瀬は揶揄うような目付きで笑いかけた。「村の安寧維持を想えばこそこうして私どもも、脚を摺古木にして駈け回っています」

「無為に傍観されて耐るものですか」村長の顔には明らかな冷笑が上がった。

「安寧維持を想っても安寧維持ができない警察力を、信頼しているわけにはゆきませんからね、吾々の方でも自警の方法を執ることにしましたよ」

「ははあ、青年団の不寝番ですか」

「そうです、自警団を組織しました」村長の顔は誇らしげに輝いた。「今夜から活躍させます。御覧なさい、今に巡回して来ますが、駐在所の巡回時間と連絡をとって、少なくも夜半十二時まで塩屋村の安全は確保されます」

「それは結構なことです」こんどは広瀬も真摯な顔でうなずいた。「もちろん警察でも充分な努力は払っていますが、村の方でそうした自警手段を構じて下されば、村民たちも喜ぶでしょ

うし、警察の方も安んじて犯人逮捕に精進できます……ところで繁田さん、少々お訊ねしたいことがありますが」秋山巡査の妻女が汲んで出した番茶に喉を湿した広瀬は茶碗を下において語り続けた。

「実は貴方の御不在中役場へ行って、戸籍簿を閲覧しましたが、三沢為造の娘はありゃ実子では無いのですか、何だかあの家庭は少々復雑していそうに思われますね」

この質問にあった村長の顔に、一瞬不快な暗影がさしたようであった。

「あの茂子という娘は、やはり戸籍面どおり継子《けいし》です……こんな話をするのは私にとって不愉快ですが、あの娘は私の姪にあたります。というのは母のおゆきという女が以前、亡くなった私の兄の妻だったのです」

村長は浮かぬ顔つきで、ぽつりと言葉を切ってしまった。

「その辺の事情をもう少し話して頂けませんかね、あの母娘《おやこ》入籍は私がT警察からこの町へ、赴任してくる以前に行われているので、今まで些ともそうした消息を知らなかったのですが……」

「どういう理由でそんなことをお調べになるんです」村長は面倒臭そうに眉を寄せた。

「茂子という娘の失路について、それを突き止めたいのです」

「あまり話したくもない事情なのですよ……兄が亡くなってから以後、あのおゆきという女の素行がますます面白くないで、親族会議の結果、別居させてしまったのです。すると以前から関係のあった三沢と同棲してしまったものですから、本人の望みに任せて離籍の手続きを執りました。お話しすれば一家一門の恥ですから、なるだけこのことは秘密にしていましたが、村でも老人たちはよくその辺のことを、記憶しているはずです。その後あの不仕鱈な女とも義絶同様になって、ほとんど口を利いたこともありません」

「へえ見かけに依らないものですね……いかにも貞淑らしい女だが」

広瀬の不審顔を一瞥して、村長はふふんと小鼻の脇へ皺を寄せた。

「現在のように年齢を老っては、貞淑に構えなければ詮方がないではありませんか。あれで若いときはちょっと輪廓が好かった女だけに、絶えず問題になったものです、血統は争えませんね、あの茂子という娘だって……」

村長が何か続けて話しかけたとき、戸外に起こった慌ただだしい跫音に、三人が想わず振りかえると、力一杯硝子戸を引きあけて飛びこんできた男がある。

「旦那……居ます……居ました」いかにも根限り駈け付けたものらしく、苦しそうに息を切って、言うことも仕途路であった。

「力造ッ何が居るんだ?」秋山巡査は叱るように声忙しく訊ねた。

「重……重吉が、孫兵衛ンとこの稲掛けの蔭から飛び出して来ました」力造は顔を蹙めながら戸外を指している。

「重吉に相違《ちがい》ないのか」秋山巡査はもう立ち上がっていた。

「相違ありませんとも、突然《いきなり》私の前へ飛び出したので、私が誰だっと声をかけますと、くるりと振り向いたのが彼奴です。暗くっても私は瞭然《はっきり》見ました」

「諾《よし》ッ、お前も一緒に来い、繁田さん自警団の方を頼みます」

そう言い棄てたまま秋山巡査は、佩剣の鞘を握って駐在所を飛び出した。広瀬と力造もその背後から後れじと追うてゆく。

繁田村長は慌ただしく自警団の事務所へ駈けていった。

それから三十分の後。

駐在所の内部は失望の呟きと自棄的な笑い声に充たされていた。彼らがいわゆる孫兵衛の稲掛け付近へ馳せつけたとき、重吉はおろか猫の子一匹居なかった。しかし報せに来た力造は明瞭に目撃したのだからまだ遠くへ逃げる暇はない。どこかこの近傍に潜んでいるに相違ないと主張したので、来援した自警団の一隊と協力して、付近一帯を綿密に捜したが、結局徒労に終わったのである。

「莫迦莫迦しい、お前が怖い怖いと思っているから、何でもない者が重吉に見えたのだろう」

「おおかた案山子《かがし》でも見たのだろう」

異口同音に冷笑や揶揄を浴びせられて、力造は躍起になって弁解したが、誰も取り合うものがなく、呟言たらだら同勢はそれぞれ引き上げてしまった。

すこし心持ちがおちついてから、村長が祭礼の準備とその警備に関して、秋山巡査と意見を交わしているのを、広瀬は煙草を咥えたまま聞いていた。その背後をとおり抜けて、バケツを提げた秋山巡査の妻女が、水を汲みに出て行ったと思う間もなく、戸外であれっ……と言う甲走った悲鳴と、バケツを取り落としたような物音が聞こえた。

三人は愕然とした。妻女の声である。三人が均しく戸外へ飛び出して見ると、脚下にバケツを投げ出したまま、恐怖に打たれた妻女が、彼方の暗の中を指している。

「あそこへ遁げてゆきます。この横手で窃聴《たちぎき》していた男が……妾と出会い頭になると突如駈け出したのです」

広瀬も秋山も指された方へ、此度こそ……と、一種の憤りをさえ感じつつ馳せていった。

「奥様、重吉のようでしたか」

後に残った村長は、まだ全く恐怖の消えきらない彼女に声をかけた。

「重吉……だか、誰だか解りませんわ、何でもすっぽり覆面をしていたようですから、顔なんか全然《まるつきり》見えませんでした」

慄然とした村長は、内心名状し難い不安に襲われて、急に前後を見回した。

8

一再の失敗に落胆して誰も碌々口を利く元気もない。やがて暇を告げた広瀬が、終日の疲れと失望とに悄々帰ってゆく後ろ姿を見送った秋山巡査の眼も淋しかった。

最後の煙草をふかして、吸殻を火鉢に突き刺した繁田村長は朝日の空袋をくるくると掌に丸めこみながら、ついと立ち上がった。

「どれ、お暇しましょう、何だか私も莫迦に疲れたようだ」

「まあ好い、御寛りなさい」秋山巡査は気のない声でとめた。

「いや、これでなかなか忙しいんですよ。今夜は氏子総代が私の家へ、祭の打ち合わせに来るはずになっているから……失敬します」

駐在所を出ると、夜警の打ち鳴らす撃柝が、遠くから聞こえてくる。彼の片頬に満足らしい笑みが上がった。

「まあこれなら村の連中も安心だろう……安心して外出はできるし、祭礼だって例年どおり執行されるのだから……」

事実村の人々は自警団組織について、繁田村長の発議を即座に賛成し、その出現を歓迎したのである。

撃柝の音は遠く去り、また近づいてくる……畔添いに見えた提灯が、駄菓子屋の媼の家を曲がって隠れた。

「警察力を頼むことのできない現在、村民の信頼は自警団の活躍にかかっている、その自警団は俺の指一本で、人形のごとく柔順に行動するのだ。たとえこの俺に反抗する馬鹿があっても、俺を襲撃しようと試みる悪漢があっても、俺が号令すれば団員は立ち所に馳せ集まって、護衛するだろう……とにかく俺はこの村の主権者だ、俺は村長なのだ、重大なる責任を負荷されるとともに、それだけの権利を与えられているのだ……」

彼は自身の使用できる権能に無上の誇りを感じつつ歩いていた。

「これで金さえ有れば……村会は思いのままに切り回して、剛情で皮肉な議員なぞ術もなく懐柔してしまうんだが……」

思いがけぬとき、予期しない災厄に遭うことを奇禍と呼ぶならば、この世の中は常に奇禍で充満している。銀座街頭に落ちているバナナの皮に踏み辷って、せっかく愛されている情人からその醜態に愛想をつかされたとすれば、バナナの皮こそ憎んでも余りある奇禍の塊である。

また試験場に向かう途中、暗誦中の文句を路傍の石塊にバスが乗り上げた衝動《ショック》で忘れたとき折り悪しくその問題が提出されたとすれば、路傍の石塊こそ呪いきれぬ奇禍と言わねばならぬ。更にまた、眼瞼《まぶた》を傷つける蚊帳の釣手、インキ壺を覆した蠅叩き、等々……数えきたれば事々物々奇禍の種ならぬはない。

繁田村長が駐在所で些と感じた憂鬱は、いつの間にか跡もなく消えて、自宅に待ち構えているであろう氏子総代の、誰彼の顔などを想像しながら、欣々《いそいそ》と籔蔭へさしかかったときである。

彼はハッと踏み止まって、思わず一歩後ろへ退った。

彼の真ん前へ威圧するように立ち塞がった人影がある。その間隔は四尺と放れていない。

それが不意のことであっただけに、繁田村長は度を失って片脇へ避けようとすると、立ち塞がった人影もその方へ寄ってくる。

左へ躱そうとすれば左へ、さながら影法師のように。

内心悸然としながら、彼は怒りの声を振り絞った。

「誰だっ、失敬な真似をするなッ」

けれども怪しい漢は、それに応えようともしない。

「誰だッ貴様は……俺は……繁田村長だぞ」弱味を見せじと威丈高に叫んだが、相手はじりじり身近くへ寄ってくる。村長は圧され気味にまた一歩退った。

「俺は村長だと言うのに判らんか……」

詞の終わらないうちに、低いがっしりした声が、怪しい男の唇から漏れた。

「知っている、待っていたのだ」

その底力ある声を聞くや否、村長は吾にもあらず身慄いした。とっさに身を翻して遁げようとする隙も与えず、怪人はその利き腕をムヅと捉えてしまった。

「こらッ、何をするか、自警団を呼んで引っ縛らせるぞ、馬鹿放さんか」

あらゆる罵倒を吐き散らして身を踠くを、その男は冷笑いながら残る隻手に村長の襟を摑んで、徐々に締めつけてゆく。

目のあたりその男の顔を見た村長は、身内の血が恐怖のために凍るかと思われた。すっぽり覆面している。

さっき駐在所の外で窃聴をしていた奴だ。

村長は出るだけの声を張りあげた。

「おうい……来てくれエ……助け」

まだ呶鳴ろうとする村長を、苦もなく捻じ伏せた怪人は、上からのしかかりながら叱った。

「騒ぐな……もう袋の中の鼠だ……苦しいか、ははは」

何という不敵さ。村長の叫びは誰かの耳に入って、駈けてくる跫音が聞こえているにかかわらず、悠々と笑っている。

「自警団が何の役に立つんだ……そんなものを百人集めたところで、たった一人の……」

「強盗ッ、強請《ゆすり》だ……詐欺《かたり》だッ」

膝の下に組み敷かれながら、村長は必死の声で抗った。「誰か来てくれッ……」

その声に応ずるがごとく、ばたばた駈け寄る跫音は近くなった。見れば携えている提灯に照らされた顔は、日に焦けた老人である。

「どうしたのだ……誰だッ」

「助けてくれエ……」村長は絶え入りそうな声で救いを求めた。

ことの是非善悪は知らず、見れば組み伏せたは覆面の怪漢、老人は提灯を地上に投げ出すようにおいて、その腕を摑んだ。

「何をするんだ、貴様は……放さねえか」

つき退《の》けようと力一杯、怪しい男を押してきたが、巌のようなその軀幹はほんのすこし揺らいだだけで、消えもせず瞬いている提灯をたよりに、覆面の怪漢は老人の顔を、捜るように眺めた。

「うぬ、退かねえな、畜生め」

老人は業を煮やして件の男の、肩口へ武者ぶりついた。

途端、するりとその腕を抜けてパッと起き上がる、老人は脆くも膝をついてしまう。

顔を蹙め膝頭を撫でながら老人が身を起こしたとき、覆面の男はと見れば、もう六七間も彼方の闇を、跫音も立てずに逃げてゆく。

「どうしたんだね、怪我はなかったかい」

ようやく起き上がって、身体を撫で回している村長の方へ、老人が言葉をかけた。

「ありがとう……酷い目に遭わせやがった」

「あれは一体何だね、追剥でもあるまいし……」

老人は提灯を拾いあげて、村長を顧みながら訊く。

「……多分、気狂いだろうよ」

「気狂い？　すると……重吉だったのか……やっ、お前は繁田さんだね」

灯光《あかり》をさしつけた老人は愕いたように叫んだが、語尾に匿しきれぬ憎悪の響きがあった。

「おッ、お前は吾作か、いつ帰って来たんだ」

いかにもその老人は吾作であった。鉄窓裡に繋がれているはずの吾作が、図らずも自分の危難を救ってくれた……村長は事の意外さに、からだの痛みも忘れたように茫然とした。

「今夜帰ったよ、身に覚えのねえものはすぐ疑いが晴れるさ……天道さまは見通しだもの」

言い棄てたまま不興気な顔つきで、呆れている村長を見かえりもせず、さっさと足早に去っていった。

9

鎮守の宮には篆字で記した白地の幟が空高く風にはためき、注連の新しい御幣は舞人の裳のように翻る。森に谺した太鼓の音が、黄金色に稔った稲穂の波を越え、ゆるく或いは早く、時には乱拍子に流れてくると、晴着に新しい履物、日頃の悪たれも今日だけは神妙に兵児帯きりりしゃんと結んで、お宮目がけて家を飛び出す。しかしさすがに例年と異なって、子供を独り歩きさせる親達は尠なかった。

村をお得意の小間物屋が子供のお河童を撫でて、まずメリンス友仙の柄を褒めておいてから、都会では十年も以前に廃れた、セルロイドの花簪を売りつけようとする。

むこうの家では村回りの唐物屋が、車の上へ襯衣を拡げては亭主と押し問答最中。酒屋の自転車がその前を駈けぬけ（祭礼気分は澄んだ秋の空に漲る）……いったんは沙汰止みかと思われたのが、村長の尽力で平年どおり行われることになったのだ。軒ごとにつるした提灯に麗らかな日が輝き、陽気な笑い声もあちこちの家から漏れてくる。

松並木なわて道、土橋から華表《とりい》のうちへかけて両側には露店や立ち売り、天幕がけのたかまち小屋が奇妙な画看板に、振り仰ぐ人々の目をまるくさせている。紅白ねじ飴屋、家庭重宝欠けつぎ薬、痰咳もちには生姜糖、法外に安い滅金の指輪、護謨《ゴム》風船屋の笛の音が大人の耳にもなつかしく響いてくる。

「とりわけて御婦人の産前産後、子宮血の道には胎を温め……」

分別臭い口上に効能を並べる膃肭臍売り、泥画の具で描いた怪奇な絵看板の下、覗き穴に集う大小の人々を見おろして、日に焦けた夫婦が唾を飛ばして、交々鞭で板敷きを叩きながら節おかしく喚き立てるは、貫一お宮の覗きからくり。おでん燗酒、しんこ細工。騒がしい鉦太鼓で人の足を浮かせ、代は見てのお帰りぎわ、看板に偽りなし学術参考の山男……。

鎮守八幡宮の宵祭、神殿の扉の前には大小紅白の鏡餅、鮮魚、饌米が供えられ、拝殿は拭き清め幔幕を張り回らし、参詣人に混じって紋付袴の氏子有志や青年団消防組などが鹿爪らしく境内を監視する。夜に入れば慣例どおりな渡御が行われるはずで、神輿庫も扉も一年振りに開かれ、飾り金具が燦然と光っている。

やがてはその日も暮れた。

軒ごとの提灯や露店のカンテラが点火されると境内の篝火もえんえんと燃え始めた。

「エエ……稚さい坊ちゃん嬢ちゃん方でも、雑作《わけ》なくできる理学応用の魔術手帳……」

前を取りまく二三人の子供を相手に低い声で売り口上を喋りながら参詣人の方へ虚路虚路視

線を送っているのは華表の際に小さな風呂敷包みをおいて、二寸角くらいな小さい手帳の片隅をもってバラバラ頁をくれれば白い無地の紙。

「ここの所をポンと叩くと、それこのとおり」バラバラと拡げる頁にさまざまな花もよう……何回となくこれをくり返している。

その見窶しい姿、型の崩れた鳥打ち帽に汚れた素袷一枚、逞ましい腕で他に世渡りもあろうに、子供相手のしがない商売前に立つ客の姿はなくても別段退屈も感じないのか、隣の電気菓子屋に話しかけようともせず、往き来の参詣人をじろじろ眺めている。

参詣人の中には誰もこの素晴らしい商人に、注意を惹かれるものも居ないようであるが、別段それを苦にするようでもなく、手だけは根気よく玩具をパラパラやっている。

定紋入りの提灯を片手に、村長が羽織袴の扮装で氏子総代と私語きながら、華表を潜って社殿の方へ上っていった。

それを見送った玩具売りが視線を転じて土橋の彼方を眺めたとき、急にその頰を硬ばらせ、眉庇の蔭から瞬きもせずその人物をみつめた。

並木路の方から両側の露店を見向きもせず、ゆき交う人々の間を潜ってくる淋しい顔の老女。ときどき背後を振りかえっては立ち停まり、土橋を渡ろうともしないで、鎮守の宮とは反対の方向へ、人目を避けるように歩き出した。

すると、その跡を追うて淋しい山裾の方へ、扈いてゆく男がある。中折れ帽の鍔をぐっと引き下げているので、人相年配はよく見定めがつかないが、どうやらまだ若い男らしい。狐鼠狐鼠と人ごみから放れると立木の蔭づたいに、前の老女に追いついたようすを、今まで目も放さず見守っていた玩具売りは慌ただしく脚もとの包みを提げ、一つ五銭也の正札を包みの中へ押し込み、隣へ挨拶もせずに両人の後から土橋を越えて暗い山裾の方へ消えてしまった。

老女も若い男も、ぴったり寄り添ったまま少時無言で歩いていたが、ようやく老女の方が口を切った。

「誰も知った人に会わなかったかい」

「大丈夫だよ、阿母ア、見つかりゃしなかったさ」若い男は老女の耳元へ顔を寄せて、やや大きな声で答えた。

「人の口は蒼蠅いからね、権三さんが亡くなったら、早速お前を呼び寄せたと言われたくないやね、お前もいましばらくがまんおし、そのうちに好い機会がくるから……それにしても彼品《あれ》がどこにあるんだか、妾は不思議でならないよ」

「阿母アの思い違いじゃないのかい、確かに有ると思ったのは他のものを見違えたのじゃないかね。よく考えてみた上でなけれゃ、迂滑なことは喋れないよ、反対にこちらが罪になるからな」

「妾もそう思うから、お前のほかには誰にも内密にしてるよ。けれども妾はたしかに帳箪笥に蔵ってあるのを、何かのおりに見た記憶《おぼえ》がある。どうもあれがどうなったか解りさえすれば……」

「継父《おやじ》を殺した奴も解るわけだね、常に憎まれているから、俺は何か怨恨で殺されたとばかり思っていたが、これは殊によると証文の……」

「これっ」老女は若者を叱るように制した。

「往来傍でそんなことを言って、もし誰かに聞かれたらどうするのだえ、気をおつけよ……会社へ帰ってもお前、滅多な口を利くんじゃないよ」

「判ったよ、……だが阿母ア、これから停車場まで送ってくれたのじゃ帰りが大変だ。もう此所で好いから帰っておくれ」

親子らしい二人はそこに立ち停まって、まだ低声に少時何やら話しているようであった。跡をつけて草叢に身を踞め、親子の会話に注意を払っていた玩具売りは、そろそろと頭を擡げた。

神殿の方からは太鼓の音がひびいて来た。お神楽が始まるらしい。

10

八文字に開かれた神殿の扉。

冠装束に威容を正した神官の手によって、御神体はすでに神輿に移された。拝殿に居並ぶ直垂姿の伶人たちが奏する、笙篳篥の優雅な楽のうちに、白い口覆いに半面を包んだ神官は恭しく、蜀江錦に包まれた神宝の太刀一口を両手に捧げ、静かにしかも厳かな足どりで氏子総代たちが、額ずいている方へあゆみ寄った。

神前の灯明はわざと滅して篝火も光うすく、神殿のうちは氏子の捧げる提灯のほのかなあかり一つ、森厳の気はおのずから人々の頭上に加わる、境内はしいんと静まりかえり、咳一つするものは居ない。

氏子総代の前に控えていた村長が、稽首膝行してゆくと神官の歩みがぴたりと停まる、人々の目はこの錦の袋にあつまった。

この中に包まれた由緒ふかい太刀を、ある者は行安といい異説には小鍛冶の作とも言い、誰も真実を知るものはないが、貴重な神刀として平素は神庫に収められている。

村長は神官からこの太刀を授けられるべく、ぴたりと座って双手を高く頭上まであげた。

神官は太刀を捧げもったまま厳粛な刹那が……一秒、二秒と過ぎた。

氏子たちは不審そうに神官を見上げた。

太刀は依然として神官が捧げたままだ。

村長も不思議そうに、窃と神官の顔を仰ぎ見た。白布の覆いの上に輝く二つの瞳を、微かな灯光に眺めた彼は、何に怯えたかハッと軀を固くして、思わず軀をぐっとうしろにひいた。

四つの瞳が烈しく縺れあう。

拝殿の幔幕の蔭から息一杯に吹き奏でる笙の音が秋の大気に泌みこむように、森の暗へ消えゆく。

楽はすでに終わりに近づいた。崩れおちた篝火のほだに、炎はパッと明るく四辺を照らす。

五寸、三寸、太刀が村長の手に移ろうとした。その瞬――どちらの粗忽か？

村長はまた両手を高く差し上げたが、その掌はわなわなと慄えていた。神官はようやく捧げた太刀をじりじり下げてきた。

神宝の太刀は手を放れて足下の板敷きへ、からりと取り落とされた。

村長の狼狽！　氏子たちの驚愕！

神官は静かに一歩退って、この粗忽きわまる村長の動作を詰るように、目を瞋《いか》らしている。慌ただしく拾い上げた太刀を両腕に抱えて、額に油汗をにじませ、顔色蒼ざめた村長を先登に氏子の人々が神殿の前から退下すると、神官は静かに扉を閉ざした。

村長は一語も発しない。

氏子総代たちも誰一人口を利くものが居なかった。

境内には既に渡御の列が出来ていた。白布の口覆いを取り除いた神官が、中啓を手に木沓を戛々と鳴らして、自分の乗馬に近づくと奏楽は礑と止んで、先登にある太鼓は勢いよく鞭を入れた。

祭列は静々と阪をおりて華表にさしかかる。

真榊一対の次は猿田彦太神。矛幾口楯幾面、その両側には荷ない松明弓箭組。つづいて伶人の群れ……氏子に囲繞されて宝刀を捧げた村長……目もあやな稚児の一隊。横に護衛として秋山巡査。

神官は手綱を捌いて緩やかに馬を歩ませた。扈従する白丁が高張提灯を荷なったとき、ふとそばの太い杉の樹の彼方に、一人の男が忍びやかにこちらの動静を窺っている影が、地上に映っているのが神官の瞳にふれた。

「そそっかしい男じゃ」

半面を埋めた虎髯の中から誰にともなく呟いた。

祭列は参詣者の堵列する中を、ゆるやかに進んでゆく。そして全く境内を出てしまった頃、杉の幹から姿を現した男は小走りにその跡を追い、雑踏に紛れて祭列の後方から、どこまでも尾行していった。

大字小字《あざ》を練り歩くうちに、祭列の歩調はやや早くなってゆく。軒ごとの提灯には蠟燭がまたたき、中には家伝来の毛氈を敷いて、神酒を供えた家も見える。そして家族たちはいずれも軒下に居ならび産土神の宵渡御を敬虔な目で迎え、かしわ手音高く御神刀を礼拝する。祭列のうしろから漸次に太鼓の音が喧騒を増し、その上にわっという喊声が加わってきた。

祭列のとおった部落部落の櫓太鼓が、順序にしたがって祭列の跡から扈従してくる……頑丈な丸太棒を井の字に組み、その中央に四本の柱をたてて四方を金糸で竜、虎、鷲、鳳凰とりどりに刺繡した帷を垂れた中に七五三と調子を合わせて太鼓をうち鳴らす、舁ぐものは全村の逞しい若者、力足を踏み胸鬚も露に、道路一杯左右に揺れてくる、伊賀袴の宰領が采配さっと振れば、我勝ちに隆々たる双腕に力をこめて、櫓を高く差し上げてわっと喊声をあげる、男性的な弾力と圧倒的な気力、そして酒気と喧騒をあたり一面播き散らしながら過ぎてゆくとまた一台、二台、またまたまた。

今夜祭列に供奉して鎮守の社内に泊まり、明日神輿に従って部落へ帰る、お迎え太鼓の櫓の数は十に近くなる。

その騒音や、両側の柏手と私語の中を、喧騒の脅威から遁れようと跳ね上がる馬を乗り鎮めるときの他、神官は作りつけた人形のように、半眼を瞬いたまま黙々と身動きもしない、そしてわずかに瞳をあげて前方を徒歩でゆく村長の捧持する御神刀を打ち守るのみであった。

村長の歩みは渋り勝ちで、――ともすれば前をゆく伶人の群れと離れ、そこに広い間隔ができそうになるのを、付き添う氏子有志が審んで、その横顔を見ると、村長は蒼ざめた顔に眼をきっと据え、何かを凝視しているかと思うと、深く肯垂れて、時々何か口の中で呟く……氏子有志は気を揉んだ。場合が大切な神幸中である。村長の屈託顔が氏子たちの目に止まっては、せっかく華やかに挙行された祭礼が、かえって氏子の不安となって有らぬ噂の種にならぬとも限らない。

「繁田さん、もっと早く歩きましょうや」

声をかけられて愕然と吾に返った村長、ばらばらと駈け出して前列に追いついた。

ちょうど三沢家の前だった。申し訳だけに祭提灯は軒さきに釣るしてあるが、その灯の下に立って渡御を迎える人影もなく、閉ざした戸の奥から漏れるしめやかな火かげ。

稚児たちも御神刀に遅れないように足を早めて、この家の前をばたばたと駈けぬけた。福草履から立ち昇る砂埃が白く舞い上がる。

祭列の人々も警護のものも、三沢の家に一瞥を投げて過ぎた。

「何という陰気さだ、まるで住む人もない家のようじゃないか、この宵祭の晩に……しかしそれは無理もない」

誰でもそう考えたように、その家は咳一つ聞こえず静まり返っていた。主は鉄窓の下に娘は生死知れず、主の妻は病臥して残るは看護に疲れ、憂いになやむ信吉ひとりである、何の祭列どころか……。

神官の乗る馬の足掻きが急に緩やかになった。いままで仮面のように無表情だった神官は急に眉を顰め眼をみひらき前方の稚児たちとの隔たりも心づかぬかのように、上体を屈めてじっと家内の状況を窺いながら徐に過ぎてゆく。

えっさ、えっさ……迎え太鼓がすぐうしろに迫ってきた。打ち鳴らす太鼓の音が田の面に立つ案山子も浮かれ出しそうに思われるまで、陽気に響いてくる。

根気よくここまで、混雑に紛れ喧騒の中に混じり尾行を続けてきた男は、先刻から神官の態度に注目しつづけてきたが、このとき逆路の片脇に、混雑を避けながら、腰の手拭いを外して額の汗を拭っていた。

「いよいよそうだ……今に見ろ」

誰もその低い呟きに心づくものはいない。

そしてこの老人が広瀬刑事であることも、誰ひとり心注かなかったかも知れない。

11

祭礼は恒例にしたがって毎年のごとく、村役場の前でいったん休憩した。

そこから神官はあらためて徒歩だちとなって、御神刀を捧じ村長の家へそれを納める。この奇妙な風習について古老たちは……往昔、この鎮守社が火を発したとき、繁田家の祖先が身を挺して御神体を火中より取り出し、仮の神殿が出来上がるまで、自宅に安置しまいらせたところから、以後の祭典には毎年必ず御神体の代わりに、御宝物の太刀が宵祭の一夜に限り、繁田家に拵られた祭壇へ奉安せられるのだ……と言い伝えている。

高張提灯盛り砂に浄められた表玄関から奥座敷上段の間に拵らえた祭壇の前へ、神官は恭しく御神刀を捧じて進んだ。この祭壇こそ繁田家の誇りで、代々繁田家当主に限り祭壇の扉を開くことを許され、扉の封を解く術を知っている。いつの代に何びとの数奇からなったものか、その扉に取りつけられた組み木細工の封は、一見装飾的でしかも巧緻を極めた符号装置だった。

傍らから進み出た村長は膝立ちのまま、竪の栓を抜き横の栓を捻じ、一本一本はずしてゆく。神官は好奇の眼を輝かし息を呑んで村長の指先を瞶める。氏子総代たちは次の間に整然と控えている。

かちり……微かな音を立てて扉は颯と開かれた。村長が一礼して引き退るを待って、神官は厳かに壇前に進み寄った。真新しい御幣、真榊。数挺の燭台には煌々と照らされている。

正面の奥には古びた正八幡宮の板符。

その前に太刀の柄を下にして奉安しおわると、朗々たる祈詞の声。百目蠟燭の灯炎はまたたき、氏子の人々もその荘厳さに知らず識らず頭を垂れる。そして神官の礼拝が終わったあと、氏子が立って用意の饌米をそれぞれ供え、各自に玄関まで村長に見送られて、役場前に待つ祭列の中へ帰っていった。

再び太鼓の音がとどろき渡り、騒然たる喊声がわっと撒がる。祭列は一路松並木の道を土橋の方へ引き上げてゆく。

しだいに遠ざかりゆく太鼓とどよめきに耳を傾けたまま、袴をとろうともせず腕拱いて、思案に肯垂れていた村長は、敷居際へ下男が手を支えたのも知らなかった。

「もし……旦那」

「……？」

「何だか解らないですが、旦那にお目に懸かりたいといって、広瀬ちゅう人が来てます」

「広瀬！　今日は御見かけのとおり宵祭で、とりこんでいますからと断れ」

「それが……是非話したいことがあるから、ほんの些との間で好いって、台所の方で待っています」

「台所？……そうか。詮方がないな、ではほんの少しの間だけと念を押しておけ。だが警察の人だから粗末にするな……おい、それから家内の者に御神刀が祀られたから、お詣りしろと言っておけ」

　下男が立ち去ってから、村長はたち上がって衣紋を正しながらふと荒菰を敷きつめた祭壇の方へ向くと、御神刀の前に何やら白いものが目にふれた。つかつかと近づいて手にとれば、宛名も差出人も記してない真っ白な封書……彼は愕然と四辺を見まわしたが、その顔は見る見る疑惑と不安に蒼ざめていった。

　蠟燭の灯にかざしてみたり、打ち返し打ち返し眺めては、幾度か封を切ろうとして躊躇った。彼は供御の饌米に貼られた名札を一巡見わたして、先刻この祭壇に近づいた人々の顔を想い浮かべてみた……だが、どれもこれも好人物の、木偶《でく》にひとしい氏子総代たち……こんなことを演りそうな人物は一人も居ない。

「彼奴だ……あの晩藪際で見た眼……先刻御神殿で見たあの眼……ちち畜生ッ」

　彼は呟きながら慄く手に封を切って、短い文面を黙読したが、少時はそれを鷲摑みにしたまま、茫然と灯光を瞶めていた。

「よし、誰が、うぬ……敗けるもんか、強請《ゆすり》め、ぺてん師め……」

　くるくると丸めた紙を袂に、去り気なく台所へ出てゆくと下男から勧められた茶を啜りながら、広瀬老刑事が待っていた。

「やあ、台所などへ来ずに何故、表口から這入って下さらないのです」

「やあ風態がこのとおりですから、人目につかないようにね。御取り込みとは知っていましたが、至急お訊ねしたいことが有るので、御迷惑でしょうが……」

「いや、公用なら場合を言っていられません。しかし広瀬さんそこじゃ話もできない、とにかく私の居間まで来て下さらんか、何は無くても神酒や赤飯くらいあるからな、ははははは」

隔ての無さそうな村長の態度に広瀬は欣然と立ち上がって、

「いや、御馳走は用件が片付くまでお預けだ……が、御好意に甘えて上がらせてもらおう」

整然と取り片づけた村長の居間に導かれた広瀬は、茶菓を搬んだ下男が去るのを待って、膝乗り出した。

「変なことをお訊ねするようですが……何という名ですかね、あの八幡神社の宮司は」

「槇原能清……どうしました」村長は自己の感情の抑制に努めながら訊きかえした。

「うん、槇原能清！　いつ頃からあそこへ来たのでしたか、詳しく話して下さい」

「つまり今度の祭典があの人には二回目です、一昨年の冬指令で、転任になって来ましたが、八幡宮の他に郷社を三つばかり管理して居るんです。以前は何だか本島辺の社に居たそうですが、何という神社だったかつい聞き漏らしました」

「あの山続きにある住居……よく安土山荘とか言っていますが、あれは誰の所有ですか」

「槇原宮司の物です、あれは以前町の志摩屋が別荘に建てたのですが、志摩屋の破産から転々していたのを、あの宮司がこちらへ来てから買い取ったので、槇原能清名義に登記ができています。本来あそこの神官たるものは町の大将軍神社の、社務所に寝泊まりするのが慣例になっていましたが、今時そんなことを喧しく言う人も居ないため、自然あんなことになっているのです」

「あの山荘には槇原の宮司の他に、誰が居ますか」

村長は相手の胸中を読むようにその顔を熟視しながら、

「たしか、飯炊きの媼さんと二人限りのように思いますが……何かあの人に不審な点でも……？」

広瀬はあらぬ空間に視線を走らせながら呟くように、

「一の空間は同時に二箇のものによって占有されないのが真理ですな……はアて、いよいよやるかな……

繁田さん明日です、明日中に事件の正体をお目にかけましょう」

12

白昼なれば粗朶籠を背負った杣《そま》が、ようやく一人通れるだけの細道、片方は雑木生い茂って麓まで急な斜面、反対側に見上げるように建つは安土山荘といわれる、槇原能清の住居の裏手である。勾配の上に建てられた家で、表側より回れば普通の二階建てではあるが、裏側にはその下の空間を利用して物置に宛て、不用の家具や薪炭類を雑然と納めた余地を、廏に用いてあるかして、時々羽目板を蹴る蹄の音が、夜陰の静けさを破って聞こえる。

麓の村でも夜の更けた故か、宵の騒ぎもひっそりとなって献灯の灯も消え、沖には漁り火さえ見えぬ。

この山荘の奥座敷――ちょうど納家の真上に――は、まだ灯火が輝いて二つの人影を壁にうつしていた。湿やかに語るは家の主、その声は低くしかも今宵は何となく哀愁を帯びている。

「……俺は絶えずあんたの一家に、能う限り注意を払っていた。あの事件のときもそうじゃった、引き続いて襲う一家の災厄を救い得るものが、俺の他に無かったから。ところが、老獪な悪魔は俺が手を下すまでに先手をうって、あんたの一家を不幸に導いていった。その悪魔の企みを知っているのも俺ひとりじゃ。

それを取り挫いて、あんたの家を救いたくも、残念ながら俺にはその証拠が無かったので、其奴の為すがままにさせておく他に、手の付けようがない。

こうして俺は時機を待った。証拠を探したのじゃ。その間にいろいろな事件がおこった……村役場に放火があり、あんたの家から二人……いや、吾作を加えて三人まで嫌疑者として警察へ曳かれていった。それが全部悪魔の所業じゃよ……あんたの家の刃物が凶器に用いられたのと、生前安場権三と交情が悪かったのを利用されたのじゃ。しかも権三を殺した犯人は誰かということは、広いこの世の中に誰一人知るまいと思っている犯人の量見なら、これだけ長い間どうして警察の目を瞞着できよう。もちろん自分の犯行を知っている人物を、敵に回していろいろ策略を用いるような犯人じゃから、検挙も手間どった。が、それもいよいよ明日じゃ。明日は事件の正体が明らかになるのじゃ。

まだ、その以外にあんたの事件が、解けぬ謎として世間から怪訝《ふしぎ》がられている。

想い出してさえ慄然とするのは、あの雨の日社の森での出来ごとじゃった。俺の帰りがもう一足おそかったら……あんたは現在のようにこうして、安穏では居られなかったじゃろう、何しろ対手は気の狂った男、それが昂りきって恰《さな》ら暴《が》の牛の勢いで、遮る俺につっ懸かってきよった。

ようやくに手酷く打ち据えてあの気狂いめを逐い払ったあと、見ればあんたは気を失ったまま死人同様、撲ちどころでも悪かったか、尋常の介抱では正気に戻らぬ……悪意は全く無かった、ここをよく解ってほしいのじゃ……母御の御心配を考えれば、あんたが正気に恢って元気な姿になるまで帰されぬ。幸い、山荘への道は近い、此家へ担ぎこんで媼やと力を協せて介抱しましたじゃ。

そして、容態の恢復を待つうちに、あんたを三沢の家へ帰しともなくなってしまった……二十年の明け暮れを夢にまで見た俤の主を、目のあたり、手の届くところに見て、どうして俺の切ない心が抑えきれよう。でき得ることなら俺はあんたを伴れ去って、ずっと放れた世間で平和に余生を慰められたかったのじゃ……しかし俺は再びその愚を求めますまい、あんたの言うとおり三沢の娘じゃ、大恩ある父じゃ、棄てては済まない、その心懸けをあんたに教えて真直な女に育ててくれただけでも、俺は三沢に感謝しなけりゃならん。

俺は……最初裏切り者として三沢を呪った。不貞の女としてあんたの母を憎んだ。どんな手段を執っても、復讐せずにおくまいと心に誓った……けれども、それは全然俺の誤解ということがわかってきた。

あんた達の母娘が利慾に眩んだ悪魔から迫害され、居るべき安住の家を放逐されたとき、救ってくれたのが三沢じゃ。それから以後に生じたことは……誰がとがめよう。人間じゃもの……まして、二人は正道を履んで結婚したのじゃ。

俺は復讐の矛先を転じた。最愛の妻と子を放逐し、財産を奪って我が物顔に跋扈している、悪魔のような男に制裁を加えようと、常にその身辺に目をつけていた。

もちろんその男は俺が何者であるかを知らなかった、恐らくこの界隈でも誰一人俺の前身に心付いたものは無かったじゃろう。

奇蹟的に生きて故国の土を踏んだ俺は、まず或る港で故郷の状況を知った。が、そのときはもう何もかも解決のついたあとだった。俺はその後離れ小島の燈台守をしている友人を頼って、そこで徐に復讐を画策していた。

人間は奇妙な因縁の糸で繋がれているものじゃ、その海をわたってある村落に住む孤独な神官と、いつしか昵懇となってちょうど兄弟のように親しみ合ったのが、不図した病で一夜の間に亡くなった。

一時は途方に暮れたが、急に想いついたのが、俺の無籍者になっていることじゃ。

そこで神官の屍骸はその翌日窃に土葬し、世間態は急に旅行したように見せかけ、幾日か経ってから俺もその地を立ち退いて、公然と名乗った姓名が、槇原能清なのじゃ。

もちろん顔つきから態度まで充分似せて、万一の場合に備えたが機会を見て主務省や県の方へ運動した結果、この塩屋へ転勤の辞令を受け取り、計画の第一歩に踏み出したのじゃ。が、今となってはそれもこれも徒労じゃったよ。

今夜を最後としてこの塩屋の地を放れましょう……あんたとも永遠のお別れじゃ。機嫌よく暮らして下さい、三沢の他に父は無いのじゃと思ってね、紀念としてこの山荘を遺しておきます、あんた達に明日から訪れる幸福の魁として進上するのじゃ。

媼やにも既に暇をやって、明日はもう山荘を去らせます。明日迎えのものが来たら、一緒にお帰りなさい。幸福があんたを待ち受けているはずじゃ。

その悦びをせめてもの心やりとして、俺は……お別れしてゆきます……」

暗然として語を切った主、そのあとを引きつぐように優しい女の歔欷が続いた。

納家の板戸に身を寄せて、耳を欹《そばだ》てていた人影が、上をふり仰いで満面に凄い笑みを浮かべて、なお一歩近づこうとしたとき、廏に繋がれた愛馬玉霰がぶるぶるっと鼻嵐。

人影は思わず飛び退った。

13

安場権三が惨殺されたと刻を前後して、殺人狂針川重吉が監禁を破って逃走し、引き続いて放火だの盗難だの無気味なことが続出し、重吉の行衛とともに犯人の正体も、三沢茂子の生死も不明で、わずかに自警団の活躍によって村の祭礼がやっと執行されるような状態の中にあって、最初からこの事件に関係している藤尾、広瀬の両刑事はそもそも何をしていたか。

表面は協同的態度を執っているものの、内実は各見解や方針の相違もあれば、逸る功名心のために独自の途に向かって相互に連絡のない状態で進んでいた。

最初に手に入れた証拠品の凶器が、三沢家の所有品であるところから、藤尾刑事は権三と争論した信吉を第一に容疑者として取り調べた。

しかし信吉が極力犯行を否認したのみならず、有利な現場不在証明さえ提出したために、こんどは殺害の宵に債務のことで激論した吾作を拘引し、引き続いて証人として喚問をした三沢をも疑わしと認めて留置し、峻厳な訊問を行ったが、両人とも頑強に抗弁し、藤尾もその真偽を知るに苦しんだ。

三沢の嫌疑理由は、権三が平素から為造に敵意をもち世間へ悪しざまに触れ回ったことに為造は遺恨を抱いて、両家は互いに烈しく反目しあっていた。と繁田村長が証言したためである。しかし三沢にしてみればそんな旧怨を根にもって、権三を殺害しなければならぬ必要はどこにも無いと言い張った。そして指紋についての鑑定書には、凶器に残っていた指紋は甚だ不鮮明な上に、血液で捺された陰影で、三沢の指紋に比して紛らわしく吾作の分とは全然相違している旨を報じてきた。重ね重ねの失敗に藤尾刑事の落胆は一とおりでなかった。

吾作を放免したにかかわらず何故三沢だけを留置しておいたかというに、殺害当夜における三沢の行動に、かなり曖昧の点が多いためであった。

為造は当日差出人不明の手紙を受けとった……貴家に対する重大なる要件について、今夜九時を期して秘密に会談したいから、誰にも告げずに地蔵堂の横まで来て頂きたい、委細は拝眉の上で……と言ったような意味なので、不審ながらその夜指定の場所へ、指定の時刻に行って待っていた。しかし定刻を十分過ぎ、二十分過ぎても、誰の姿も見えないので、さてはたれかの悪戯だったかと、携えていた書面をその場で寸断し、二三間帰りかけてはみたが、或いは差出人が退っ引きならぬ差し支えのため、出遅れているのかも知れぬと、また立ち戻って辛抱強くあと十分余りをぽつねんと立ち尽くしていた。が、結局は待ち呆けで淋しい地蔵堂の前は誰一人とおらなかった。

いよいよ担がれたに相違ないと判って、担がれた自らを嘲りながら家へ帰り、鶏舎を見回ってから寝に就いた。

これが当夜の行動の全部であると申し立てたが、肝腎なその手紙は破棄しているし、誰もその真実性を裏書きしてくれる人物はないので、藤尾刑事の疑念をはらすことができず引き続き何回も訊問を繰り返されるばかりであった。

世間のある一部では殺人狂重吉が、旧怨に酬ゆるため脱檻直後、安場家を襲ったものだ。との風評が立っていた。が、藤尾刑事はこの説に耳を籍さなかったようで、彼は折り返して三沢為造の陰画指紋の比較再鑑定を乞うたが、その回答期間中に祭礼が挙行されたので、露天商人に変装して参詣人の頻繁に通行する場所に網を張った。

おせき後家と忰の途中での立ち話から、図らずもある暗示を得て、彼女を訊問した結果、今まで遺恨に因る犯行の見込みを放擲し、捜査方針の変更を署長に上申した。

「しかし確実な証拠をあげないことには巧く言い抜けられたらそれまでじゃからね。この上人権問題でも起こされては、警察の体面にも関するよ」

署長には何となく遅疑の色が見える。藤尾刑事の焦慮もその点で、有力な容疑者が眼前にいながら、一指を触れることすらできない。この上は慎重に証拠を探し出すか、自分の地位官職を賭けても、迅速にその容疑者を押さえてしまうか、この両途しかない。老朽と蔑んでいる広瀬に、この功名を奪われたら、自分の面目を何とする。

日頃から賤しめている手段ではあるが、この際敢然後者を執るより他はない。

「明日だ――そうだ、明日こそ」と心に叫んだ彼は夜が明けるとすぐ、村役場に姿を現して村長繁田の立ち会いを求め、堆高く搬ばれた会計簿や、塩屋村信用組合の帳簿を入念に、検べはじめた。祭礼当日であることも、奉幣使御参向のことも、それから朝靄を破って響く太鼓の音も、一切忘れてしまったように。

一方広瀬老刑事は……。

彼も事件の夜安場家の横手の湿土に、印された跣足の跡を見てそれを重吉のものと推定した。犯行時間には村の漁夫も跣足のままで徘徊するはずがない。おせきの飼犬に吠えつかれた男が、樹に登って難を避けた事実から、重吉の過去の殺人方法などを綜合し、凶器の遺棄してあった距離なども考慮し必然重吉の行為に相違ないと見込みをつけ、自分ひとり捜索隊から放れて、野山のきらいなくただ専ら重吉の行衛を逐うていった。しかし針川重吉が非常に身が軽くて木登りの巧みなことを考慮していなかったのは誤りであった。

寺院の本堂に忍び込んで須弥壇の本尊と同居するくらいはまだしも、鐘楼の欄間や神社の床下は屈竟の隠れ場所で、彼が高い樹上の枝に跨がって過去の操帆作業の夢を繰り返しているとき、その真下を捜索隊が知らずに通ったことすらあった。

そのうちに、三沢茂子の保護願いが出され、彼女の居間を調査してみたが、家出の原因らしいものは何一つ見当たらず、目あてもつかぬままに、漫然と八幡神社の境内を通り抜けて森の奥へ進んでいったとき、ふと脚もとにおちている小さな品を拾いあげてみるとそれは遺失して間のない髪針でまだ油染みていた。考えようでは平凡な遺失物で、どこの道傍にもよく見かけるものであるが、八幡宮へ参詣に出かけたまま、行衛の知れなくなった茂子と、この髪針とを結びつけてその謎を考えながら歩くうち、いつしか安土山荘の下へ出てしまった。

彼はそこに立ち停まってあたりを見回し、ちょうど窓の真下あたりの雑木の枝に、何か白いものが引っ懸かっているのに心づいた。拾い上げてみると、それは薄い桜紙の丸めたもので、恐らく袂の隅から外へ投げ棄てたものが、木の枝にとまったものらしかった……。茂子の針箱の抽出にもこれと同じ紙の束があったことを彼は思い出して、何かしらそこに一脈の通ずるもののあるように感じて表側へ回ってみると門扉は固く閉ざされ、標札には槇原とばかり、隙間から覗けば邸内は森閑と静まり返って咳の声一つ聞こえてこない。

解しがたい不審をそのまま胸にいだいて、村役場へ回って三沢家の戸籍を調べてから塩屋駐在所で秋山巡査や村長と話しているうち、重吉出現の騒ぎや、窃聴をしていた怪しい人物を空しく取り逃した事件などがあった。

その一夜何を感じたか広瀬は翌朝早くT市の県庁を訪れ社寺課で槇原能清の調査を開始した。しかし調査の結果何ら槇原に不審の点のないことが判ったが、なおそれでも槇原の前任地の所轄署へ照会を発しておいた。

ちょうどその回答を受け取ったのが宵祭の当日で、広瀬は深く期するところがあったものか、渡御以前から境内に忍んで、神殿に太刀授受の光景をも残らず見てとったのである。

こうして藤尾広瀬の二人は出発点こそ異にしているが、おのおの一歩ずつ事件の真相に近づいていった。

14

信吉は何という理由もなしに家を出て、何処へとも当て途もなく、朝靄の中をふらふらさまよいながら、その足は知らず知らず鎮守の社をぬけて安土ケ丘の中腹を歩んでいたが、境内には取り残されたように櫓太鼓が並び、まだその辺には参詣人も露店も出ていなかった。丘の突端に佇んで俯瞰せば、オパールのような靄に包まれて模糊とした中に、薄したように三沢の家も吾作の家も、村役場の甍も、それから恨ふかい安場の住居も見える。

だが、彼はそんなものが見たさに、丘を登ってきたわけでもない、ただこうして歩いているうちに、どこから茂子が――信ちゃんじゃないの――と、声をかけてくれそうなもの。と、そんな恃みにならない頼りない心持ちであった。

「……おう、あの浜が見える、あそこをふたり一緒によく歩いたものだ。……いつだったか、重吉から（信公巧くやってやがる）と呶鳴られて、俺たちはおどろいて逃げ出したこともあったっけ。そうだ、鬼権と喧嘩をしたのも彼処だ、あれがそもそもの躓きだった……ああ、茂ちゃんは一体どうしているのだ、もしあの家根の下に、茂ちゃんが無事で居てくれるのだったら、俺は去年のように今日の祭に出て、力一杯太鼓を昇いで思う存分はしゃいでみるのに――止そう、こんなことを考えるのは詰まらない、どうせこれから以後はどんなふうに悪くなってゆくか、知れたものじゃない」

遣る瀬なさそうな溜息を絞り出して、茫然と顔を上げた。そのときはもう已に森の梢越しに、晨《あさ》の太陽が、下界を覗きこむように頭を擡げて現れた。

「いつまでこうしていたってどうなるものか。帰ろう。粥を煮てあげなきゃならない、そうだ、鶏どもも餌を待ってるだろう」

細道の上に散り敷く落葉を踏んで、帰り途についたが、ふとむこうを見た彼は思わず立ち停まって拳を握りしめた。

道の行くてに梯子をたてて山荘の窓目がけてのそのそ上ってゆく男がある。

窓の内部を窺う身振りが、どうも尋常事ではないらしい。周囲を見回していた件の男は残る二三段を身軽くよじて、障子をあけて片足を踏み入れたとき室内から甲高い、恐怖の絶叫が、幽寂な四方の空気を劈いて聞こえた。

女の声。あっ、しかもその声だ！

信吉は何を顧慮する暇もなく、夢中に駈け出した。続いて信吉の耳に入ったは、戸障子を突き破る物音、入り乱れた跫音である。

彼がかつて経験したことのないくらいの機敏さで梯子を上ったが、かなたの廊下や椽側を駈けまわる物音に、何の躊躇もなく窓を飛び越えて踏みこみ、ようやくそこに人の姿を見出した信吉の心臓の血は凍ってしまうばかりであった。

夢ではないか。逃げようと隙を窺っている茂子！

それに向かってじりじり詰め寄るは、探索中の殺人狂の重吉。

正に危機……、声をかける暇もない。

狼のように牙をいからした重吉が、一飛びに茂子へ襲いかかった刹那、信吉の五体は鞠のごとく弾んで重吉に打突かった。

重吉は俵を投げ出したように、唐紙と一緒に倒れたが、むっくり身を起こし改めて信吉の方へ襲撃の姿をとった。

「あっ、危ないっ……」

茂子が叫んだ。懐に手を差し入れた重吉は、どこで掠ってきたか煌りと右手に小刀を光らせて、徐々腰を上げかかる。茂子を庇いながら信吉は、思わず一足退った……茂子に怪我をさせまいとすれば、必ず自分が斬られる。

危急の一秒――

小刀を払い冠った重吉が躍りかかって、信吉の肩先へ烈しく小刀を突き刺す、瞬間！

三つの絶叫が縺れあったと思うと、重吉は蹣みがちにうしろへ跟けて踏み停まり、下腹を押さえたまま顔を顰めた。とっさに相手を蹴上げた信吉は、その怯む隙を利用して、逆に此方から襲った……と、見る見る烈しい吻号と震動を立てて、二人の軀は一塊となり、襖を破り障子を砕きひっ組んだ肉塊は、凄まじく転がる、畳の上や襖にはどちらが傷ついたかたらたらと血の痕が滴っている。

「早く、今の間に……茂ちゃん逃げるんだ、早くッ」叫ぶうちに、どたりと横倒しにされて、重吉がその上にのし懸かり摑まれた右手を振り解こうと苛つ。

信吉は相手の利き腕を双つの手に摑んで捻じようと死力を尽くし、重吉は左手に敵の頭髪をつかんで軀を踠く。

茂子は徒に声を立てて足摺りするばかり。どうしても此場から遁げ出す気になれない。

重吉は烈しく信吉の頭を揺すった。歯を喰いしばった信吉の目が眩んで、必死と摑んだ重吉の腕がその掌から放れ、顔の真上に鋭い刃尖が翳された。危ない刹那、どどっという板敷きの轟きについで重吉の上体が急に後ろへのっけ反った。

「やっ、重吉だッ」

「放しちゃいけないぞ」

「縄をかけろッ」

口々に罵る声を聞きながら信吉は跳ね起きた。重吉を取り押さえて犇き合っているのは、町から来た刑事たちで、瞬くうちに重吉は小包のようにひっ絡げられてしまった。

「おう、君だったのか、危なかったねえ」

近づいた老刑事は信吉にそう言ってから、恐怖に蒼ざめている茂子へ視線を移した。

「あなたは……三沢の娘さんじゃないのかね……そうか、やはりそうだったか。一体これはどうしたわけだね」

信吉が概略の事情を話すのを、頷きながら聞いている老刑事は、急に不安らしく、

「うん解った……ところで此家の主人はどうしたのか、槇原という男はどこに居るのかね、君」

何も知らない信吉は促すように茂子の顔を見た。

「槇原さまは、今日必ず警察の人がお前を迎えに来るから、これをお渡しするようにおっしゃいまして……」

茂子が襟の間から取り出したのは一通の手紙。

「ふむ、そして槇原はどうしたのだ」

「何でもあなた達のいらっしゃる時分には、追いつかれないところへ行っているから、早くその手紙を読んでもらった方が好いと……」

「逃げたな……、すぐ追いかけよう」

騒ぐ同僚を静かに制して、老刑事は手渡された手紙の封を破り、忙しくその文面に視線を走らせた。

15

諸君の貴重な時間を多く奪わないため、努めて要領のみここに書きのこしてゆく。

自分は止み難い目的のもとに、ある男を、平素厳重に監視していた、何を匿そう、その男こそ繁田玄三郎である。余が生命にも換え難い最愛の妻子を迫害し、家産を奪い、妻子をして今日他人を、良人とよび、父とかしずくに至らしめた、呪っても飽き足らぬ悪魔だ。近頃事業熱から放慢無計算な投資を試みた彼が、事業左祖の損害を償わんがために、地位職権を濫用して、塩屋村信用組合の資金を流用し、なお村収入役たる安場権三から多額の融通をうけていたが、ついに返済不能に陥り破綻の迫っているのを余は権三が強請処分に付する以前に、茂子の主張すべき正当の権利あることを教うべく、窃に×月×日夜地蔵堂横にて会見したい旨を、三沢為造に通じておいた。

当夜自分は会見のため出向いたが、途中安場の表を通りかかると戸を開けて帰り行くのが、監視中の繁田であったから急に予定をかえて尾行してみると、彼は三沢の家に近い籔蔭に踞んで何かを取り出し、また以前の道を引き返し、安場の戸外に佇んで窺っているうちに安場の妻女が他出したので、彼はひそやかに再び権三の家へ這入っていった。

あまり挙動の不審さに余が裏の土塀を乗り越え、雨戸の節穴より覗いているとも知らず、繁田は言葉巧みに証書の提示を求めてのち、権三がその証書を蔵いこむ場所を見究め、彼は返済を誓って暇を告げ、帰ると見せかけて表戸の蔭に潜み、機会を覘っていたのである。

彼は何かを投げつけたに相違ない、台所の物音に立って行った権三は、まんまと罠に罹って繁田の毒刃に斃されたのだ。繁田は悠々と権三の手拭いをもって抽出の環を摘み、証書を取り出したあとを以前のごとく装い、そのまま表口から立ち出る気配に、自分はすぐに取り押さえてその大罪を責め、自決を迫るべく彼を追うたが、遺憾なことには何者か、暗中から飛び出して妨害し、ために玄三郎を暗の中に見失ってしまった。

余からこのことを密告しなかったことにつき、諸君は非難するであろうが、彼の罪を明らかにする証拠が何処にあったか、まして自分にとって彼が殺人強盗の罪名によって逮捕されることを憚る理由のあったことを諒とせられたい。

塩屋近郷に連日不祥事が頻発し諸君を悩ませたが、村役場の放火は公金費消の犯跡を煙滅せんために企まれた玄三郎の所為である。黒衣に全身を包んだ人物の出没したのは、玄三郎を押さえんがために徘徊する自分の姿であった。それ以外に善良なる村民を襲ったものがあるとか、それは自分の関知するところではない。恐らく精神病者針川の所為ではなかったろうか。自分は再三にわたって繁田の不正を責め、自決を促す警告状を発したが、反省どころか、彼は不敵にも自分へ挑戦してきた。自警団組織がそれである。

玄三郎が己の破倫を匿してゆきや茂子を中傷していることを、駐在所で窃聴した自分は、その夜彼を強襲した効もなく、吾作のため妨げられた。打倒して目的を遂行するは容易であったが、吾作には恩こそあれ怨みはない。自分の妻子を陰陽に庇護してくれた吾作に対し、礼儀としてその場は自分の方から避けた。

父の冤を神に愬えんとして八幡の森で、危難に遭った茂子を救った自分は、至純至孝の吾子のために人倫の大義を訓えられ、宿年の希望を抛ち、ついに唯一の証拠たる書類の隠匿場所を発見した。

無頼なる玄三郎は昨秋の祭典に際し、八幡宮の神宝たる太刀さえ、窃に中身を摺り換えて売却した事実を、神官たる立場より看破し、昨夜渡御に先立ち神殿においてこれを諷して彼に最後の警告を与えたのである。神宝を彼の家の祭壇に祀るとき、自分の感慨は無量であった、追憶なつかしい家。庭の一つの石、一本の柱にも忘れ難い思い出をもっている、幼いとき戯れにつけた柱の瑾さえそのままに残っている、それもこれも今宵限り。正統なる自分の開くべき祭壇の扉を、大悪玄三郎が神をも恐れず開いていた。

朱色に塗られた扉、自分はそのとき真っ赤な血を聯想し、彼の身もいつかは真紅に塗らるべきことを想像した。しかしさあらぬ態にかねて用意した……明日は汝の破滅が来る……と書いた一封を残したまま帰ったのである。

昨夜渡御の際終始自分の行動を監視し、尾行までされたことは疾に気づいていた。それ故今朝電話をもって、茂子が山荘に幽閉されていると、自ら密告して御足労を願った次第である。

時刻延びては諸君の苦心は水泡に帰するかも知れぬ、速やかに公金費消の名によって玄三郎を逮捕せられたが好い、彼を権三殺害犯人と断ずべき証拠は、彼の家にある祭壇の奥八幡神札符の間に匿されある。自分は斯く祖先の名を辱めぬためしばしば自決を勧めたのであるが、今となってはもう及ばない、見殺しにするのも止むを得ぬ仕儀である。

槇原能清についての詮議は無用だ、諸君と同じ地球上には生存しているが、手の届かないところに余生を送るのだ。骨肉相墻ぎ、最愛の妻子すら自分のものではない。これが現世の姿か。以前自分の配下だった針川重吉は精神病者のこと寛大なる御処分を望む。

前途を急ぐから書き残すこともこれまでにしておこう。

×月×日　　　　　　　　　　槇原能清

16

人数を別けて重吉を本署へ護送させた広瀬が、残る同僚と一緒に村役場へ駈けつけたとき、堆積した書類の中に、紙魚《しみ》のごとくうずくまっている藤尾を発見して、その意外さに各自は顔を見合わせた。

「おう、諸君お揃いで、どうかしたのですか」藤尾は顔だけねじむけて人々を見回した。

「いや、実は会計簿や信用組合の帳簿を調べる必要があって来たのだが、やはり君も？」

急きこんで訊ねる広瀬を見上げて、藤尾は得意らしい皮肉たっぷりな口調で、

「お先へ失敬しています、何しろこのとおりの書類ですから大変手間どってね、誰か一人手

伝ってくれると助かるんですが」

「それで……まだ何も発見しないのかね」

「どうして、容易じゃない、なかなか巧く辻褄を合わせているですよ、二三点不審な個所がありましたが、村長は要領よく説明していました」

「村長！　その村長はどうした、どこに居るね君」広瀬は不安らしく四辺を見回した。

「先刻何だか使いの者から手紙を受け取ってから、急用を済ませたらすぐ来るからって一時間ばかり以前に、帰っていったようだったが」

「しまったッ……帰したのか」

拳を握って呻く広瀬を藤尾は不審そうに見上げたが、すぐ得意そうに眼を輝かして、

「いや、ずらかるのを心配しているようだが、その点はちゃんとあの家を見張らせてあるから大丈夫ですよ、今更逃がすものですか、はっはっはっ」

広瀬は先刻の手紙の中の警告状という文字を思い出して愕然とした。

「藤尾君、村長が逃げることを心配しているのじゃない、使いが持って来たその手紙が悪いのだ、殊によると村長は……」

「えっ……村長は？」

「こうしては居られない、君たち、行こう」慌ただしく言い棄てて急ぎ足に役場の玄関を降りようとしたとき、砂埃を蹴立てて門を駈けこんで来た男がある。村長宅を見張っていた若い同僚だった。

「おっ、どうした君は」

「やあ……とうとうやりやがった、村長が！」

「えっ、逃走《ずら》かったのか」

その男は首を振って自分の胸を指した人差指を曲げて見せ、

「ずどんと……一発縡切れだ」

17

「誤解……そうだ、大きな誤解だ。

同じ温度さえその人の感覚の相違で暑さ、寒さの程度に差がある。一つの真理を正しく見ることのできないのは、人間が誤った計算を加えるからだ。間違っていないのは真理で、人生のことは全部嘘なのだ。

誤解されたとて何を怨もう。

警察の連中は自分たちの間違った信念から、俺を疑った。ただそれだけのことだ、あの連中の眼に真理が歪んで見えたばかりだ。

どんな人間にも真理は歪んで見える。

……重罪たる殺人犯の嫌疑を受けるというのも、畢竟はあなたの……と帰りがけに署長が言ったが、署長の真理が歪んでいたのが、俺の故だという逆理だった。

罪悪！　悪……善……善悪。

この標準は一体誰が作ったものだ？　これも歪んでいる。絶えずぐらついている。

倫理道徳が一日ごとに動揺し変化しているではないか、法律だってそうだ。殺人は重罪だ、人間の生命を害うことは極悪だ、だから権三を殺した男は、当然それだけの制裁を加えられるだろう。だが、集団が集団を殺戮する、国家同志の戦いに勝った一方を、どうして罰することができる。

標準の相違だ、殺人行為にさえ人間の標準を用いている。その相違が死刑執行令状と、恩給年金証書なんだ。

嘘だらけな善悪の標準……どこに真実があるのか。

俺がいままで善と信じて行っていたことさえ、間違っていはしなかったか。

繁華な都会を駛る電車、毎日隣村をとおっている汽車……あれを人生の縮図だと誰かが言った。千差万別の人を乗せ、喜怒哀楽を積んで涯しもなく駛っている。俺は……俺はその中でも、横暴な我儘な他人に押し除けられ、突き飛ばされながら謙譲な態度を忘れず、重荷を負ったまま縮こまっていた。

動揺、衝撃、疲労を怺えながら。

だが、これも結果は善でも悪でもないいわゆる雑毒の善であったか。……ああ、何も考えないでおこう、考えたところで俺らの凡智に判りはしない。ただ偉大な力に信順して生きてゆこうよ。

青天白日……こんな朝のことを言うのか、空は清々しく晴れている、好い気持ちだ。ゆきや茂子が待っているだろう、少しでも早く帰って喜ばせよう、おう、太陽が上ってきた、眩しい朝日だ」

額に掌をあてて懐かしい森の梢を眺めた為造は、やがて両手を振りつつ力強く大地を踏みしめ、並木路を塩屋の方へ帰ってゆく。村の太鼓が彼の歩みに合わせるように、秋の空を震わしてひびいてくる。

「三沢さん、いまお帰りかね」

あまりの唐突にぎょっとして立ち停まった為造が、振り向いて見ると路傍の物蔭に、馬上ゆたかに跨がって逞しい軀に旅装した人物が、莞爾と手綱を控えていた。八幡宮神官と見てとり為造は慇懃に小腰を屈めた。

「……はい、ようやく疑いが晴れまして、はっははっは」

「結構じゃった、どうも飛んだ御災難ですのう。お宅では皆さんがお待ちかねじゃろう、早く帰ってお上げなさい……止むを得ない用事で俺はちょっと旅をしますが、三沢さん、あなた達の御幸運を祈りますぞ」

為造が何か言おうとした間に、相手は蹄も軽く馬を進ませて二三間彼方から馬上のまま振り顧った。

「さようなら……早くお行きなさい」

声ばかりあとに残って、馬は立て髪をふるい、蹄をあげ土煙の中に距たりゆくよと見る間に、その姿を見失ってしまった。

今別れ際に聞いた声、あの声……。

初めて聞いたように思えない……何故だろう。何だか遠い以前に同じことを、聞いたことがあるようだ……あの声！　あの言葉？……いつ……どこで……？

腕拱いたまま為造は茫然とそこに立ちつくしていた。輝かしい陽光を背に浴びたままで。

読者へお詫び

最初本篇は六回の予定で書きはじめましたが、九月号が発禁のため五回に縮めねばならなくなり、自然筋を急いだ結果梗概的なものになって、鈍重な筆がなおさら渋りました。

面白くなかったことをお許し下さい。健康でも恢復しましたら、もう少し良いものをお目にかけることにします。

作者

「地球滅亡前」

彼は不思議な男であった。

もう相当な年輩でありながら、家族というものもないらしかった。

もし誰かが気紛れに妻帯でも勧めると、彼はきまったように静《じっ》と考え込みながら、雨だれが滴れおちるように、間歇をおいてこう答える。

「結婚も好いけれど……私には非常に重大な使命があるので……それを果たさないうちは……どうもそれどころじゃないんです」

周囲が髭だらけな唇から、弁解らしく呟きながら、別に何事かを考えている。その瞳は絶えず一つところを凝視して……つまり上の空で返事をしているといった状態《ようす》に。

それがために、好奇心からそう言ってみる人はあっても、再びこれを繰り返すものがない。

そんな理由から彼は常に垢づいた着物を身にまとい、髪も髭も伸び放題で、明けても暮れても、陰鬱に考えこんでいる故《せい》でもあろうが、顔は蒼ざめて眼ばかりが神経質に輝いていた。

「私には重大な使命があるので……」

誰にでもそう言っては、重々しく肯垂《うなだ》れて冥想三昧に入るのであった。

彼は日が暮れると街の広場に佇んだり、小高い丘の上に登って熱心に星の光を瞶《みつ》めていた。

しかし、それが星の美しさを味わっているのでもなく、ホメロスの囁きやヘシオットの語るの

を聞いているのでもないことは明白で、彼は天体の美を感じて、

　真夜中に星々が、
　　空に浮かぶは何のため、
　　こちらの世界へ帰ってこい、
　　　街の灯にしてやろぞ。

と、タゴールの春の周転《サーカス》を口誦《くちずさ》むほどな、センチメンタリストでもない。

空は壮麗と名づくべき美しさである——天の川の偉観は言わずものこと、それを隔てて牽牛織女や川面に泳ぐ白鳥、その他、海豚《いるか》、鷲、琴の諸星座についで、ヘルクレスの南に雄大な蛇遣いまで、広袤たる大空に数限りなき星が、漆黒の板に宝石を撒き散らしたように集散している。

光輝赫灼《かくしゃく》として七色の光芒を発している巨星。

有るがごとく或いは無きがごとく、わずかに隠現している星。

その数々。

それを夜ごとに眺めて彼はうつつのように呟くのである。

「あの星は地球へ来るよりも金星へ行った方が近いのだ。あの次の星ももう長いことはない……この地球上にだんだん人口が殖えるのだ、俺の使命はますます重大になってくる」

髪を長く伸ばし、髭を垂れた異形の彼は、古《いにしえ》の予言者のごとく双手《もろて》を空高く差し伸べて、溜息を絞る。

天体を観測しているのでもなく、また星座の美を讃えているのでもない。人類の幸福のみを

念頭においているのだ。

〝――すべての人類が、いや、およそこの地上に存在するすべてのものが、地球の衰滅によって亡び失われてしまうときが、必ず一度は襲うに相違ない――。

それが幾千万年の将来のことで、その時代には疾《と》くに吾々が死に果て、何百万代かの子孫の代になっているのだから、もちろん何の苦痛も恐怖も受けないのは判り切っている。

判っていながら何となく痛ましい恐怖に慄《おのの》きを感ずることを、他人たちは経験していないのだろうか。

――どんなことがあっても地球衰亡までは生きていられないと信じていればこそ平気で。

「地球上に存在する総てのものが滅してしまうなら、人類も一しょに亡くなったところで構わない。どうせアミーバからできたものだ。それが或る一定の期間中、地球とともに生きていただけのことなんだ。旧の無に還ってしまうに過ぎない。現在からそんなことを苦に病んでみたところで詮方《しかた》がない……」

と、そう単純に簡捷《かんしよう》に、片づけてしまうであろうけれど、その地球衰期が早目《はや》前三百年、五百年と迫って来た暁には、そんな超然とした諦めで、手を束ねていられる人があるだろうか。

どんなにしても、他に生存の場所を求めたいと希《こいねが》うのが、人類はじめあらゆる生物の慾望である。

万一不幸にも、新しい活路が見出されなかったとしたら、人類はきっとまず自制を失い、秩序を放擲してしまうだろう。

闘争、殺戮、姦淫、掠奪などは到るところに行われて、国家も社会も規律は行われず、地球衰亡に先だって、あらゆる生物は相反噬《はんぜい》して亡び失われてしまうであろう。

――人智は加速度的に進んでゆく。けれども、人智がどれだけ進むにもせよ、人類科学の力がよく地球衰亡の災厄から、未然に人類を救うことができ得ようか。

地球の衰亡は免れることのできない、必然的な事実である。人類は地球以外に、棲息の世界を見出さねばならない。

宇宙にはまだまだ、人類棲息に適したところが、たくさんに存在している。

そうだ、そこへ地球破滅以前に、人類を移住させてしまうに限る。

幾千万年将来の学者は、そこへ目をつけなければ嘘だ……しかし旨くそこまで考えついてくれるかしら。

その時代の学者が、その妙計に心付くか否かは疑問である。科学がどれだけ進歩しても、機智だけは別問題である。万一たくさんの学者の中で、一人もこのことに心付くものがなかったらどうする。またそんなことはないと誰が保証できるのだ。

人類を滅亡より救う福音！

これこそは世の、あらゆる偉人の救いの辞《ことば》よりも、傑《すぐ》れた愛の精神である。釈尊、クリストといえども、考えをここに及ぼさなかった。

これこそは真に神の声であり、神の声を伝うるものこの吾である……正にこの詞を記録して後世に伝え、その時代の学者たちに研究資料として、またその暗示として、遺してやるのが、祖先たる吾らの義務である。

けれども、けれども、だ、……。

この大切な意見書をしたためておいても、幾千万年の後まで紛失されずに伝わるか、否かという大きな疑問が繫がっている。

吾々私人の家に遺したところで、将来地震、水害、火災、盗難などのため、この貴重な書類が失われては、せっかくの苦衷も水の泡になって、人類救済の望みは絶えてしまう。

また仮令、無事に持ち伝えたとしても、子孫のものが微力であって、吾々祖先の遺志を博《ひろ》く、世に伝え得なかったならば、いわゆる宝の持ちくされではないか。

こうした重大な使命を持つ文書は、よろしく国家が、これが保護管理の任にあたらなければならぬ。代々の政府が申し伝えて一の国宝、否世界の宝として尊重してゆけば、完全にその目的は後世に伝え得られる。

しかし今日の群少政治家に、この深遠な計画が理解されるかどうかは、難しいことである。何といっても将来を見るの明がないから、これは少なくとも一国の宰相に、建議しなければ到底行われない。

建白書を添えて総理大臣の注意を喚起し、この大遺業を国家に托することにしよう”

彼は水を浴びて斎をし、静かに筆を執った。

言々句々、子孫を想う熱誠迸《ほとばし》って、血の沁むような文字であった。

彼が後世の学者たちに遺すべき、貴重な意見書は、いとも厳粛に一字一画さえ苟《いやしく》もしなかった。

「昭和×年より幾千万年後、地球破滅を前にして、人類救済に腐心する学者たちに訓《おし》う。

（昭和×年に生存せし一黙示者）

地球滅亡は千古より動かすべからざる真理なり。人類がこの地球上に棲息せんとする限りにおいては、地球の生命より期を早うして全滅せんこと明らかなり。人類をこの災厄より救わんに唯一の良策あり、他なし、すなわち全人類をして火星に移住せしむべし。人類を火星に移住せしむるには、その方法として……」

彼はここで磕《はた》とゆき詰まって筆を停めた。また冥想少時《しばし》、頻りに頭を抱えては呻いていた。

"——どうして人類を火星へはこぶか。

これは実に大きな問題である。

あるいは救済方法よりも、一層むずかしいことかも知れない。

あまり古いことでもないが……わずか一箇師団の兵を戦争のために、ほんの溝ほどな海を渡って彼岸へ搬ぶのにさえ、運送船幾十艘と軍艦幾隻かが必要だと、軍当局の説明を聴いて唖然とした政治家もあったくらいだ……たった一箇師団の兵でさえ。

それが何十億という人間を遠い遠い空間××千万哩《マイル》という魂消《たまげ》た距離まで、はこばなくてはならないのである。

現在には人智の限りをつくした飛行機も、航空船もつくられてある。しかしながら高度、速力、持続力、積載力においては、火星はおろか月世界までさえ、遥かに遥かに及ばないではないか。

幾千万年の後には動力上に、非常な革命があろうとは想像できる。機体も素晴らしい改良が加えられるに相違ない。

しかし、火星との距離は月世界との比ではない。まして幾十億万人というおびただしい人間ではないか。

速力において何物よりも速いと定められている光線でさえ、銀河のある星から放射する光が、地球上の吾々の肉眼へ到達するまでに、一万年余を要すると専門家は説いている。

全人類を一時に地球上から、火星へ搬び去るような、機械を発明できるだろうか。幾部分を積んでいって火星上に上陸させ、また引き返して地球上の残部を運んでゆく……。

いや、それはできない、不可能だ。

いかに快速なものが発明されたところで、宇宙航行を続けてゆく間に、人間は何代も生まれ代わって地球を出発した人間の孫の曽孫《ひこ》の、そのまた玄孫《やしゃご》がやっと火星までの道程の、何十分の一かを航行しているに、過ぎないようなことがあっては、引き返してくるというような、悠長な閑はとてもあるまい。

何億人かを載せて、幾千、或いは幾百年かを航行しなければならない船、乗っている火星移民は、もとより人間である以上、喰わなければならない必然から、農作、工業、商業、或いは教育、芸術、と地球上に存在していた総てが、そのままで必要を生じてくる。

人間は相かわらず人間を産み、成長して恋をして、また人間を産む。それが幾回となく繰り返される。

いや、駄目だ。

地熱を失う地球上にさえ住めなくなる人類が、原熱のないそんな人工の船の中で、何代も棲めようはずがない。また積載量というものにも限りがある。

どう考えてみても地球から火星へ、人類運輸の計画は実現されない。では冷却してゆく地球の熱を人工的に調整して、人類棲息の期間を或る程度まで延長するか……それも不可能だ。

どうすれば好いのだろう――？

そんなことが浅智恵な人間に判るものか！……いや、どんなことがあっても、この問題を解決しておいてやらねば、幾億万の子孫の末路をどうする。

あの宇宙にきらめく星の数々、幾千万ともしれない星が、一つ瞬きする間に、幾百かの人が生まれ代わっている。

そうだ！　死んではまた新しく生まれてくる。その魂は肉眼には見えない。だがこの世に生まれ甦《かわ》ってきているのは確かだ。

科学者は組織の活躍と滅亡だと言っている。だが俺は生死こそ霊魂の移転だと信じる。

時間や空間の束縛をうけずに、魂魄が自由に入れ替わりをやっているのである。

なまじ生きた人間を運送しようと思えばこそ、尨大きわまる航空船も作らなければならない。道程が不安になる、何のそんな必要があろうか。

霊魂のままで火星へ運びさえすれば好い。霊魂は重量も容積もない。食糧の必要もない。

幾千万年後の科学者の力をもってして、これができないと言うか、否、それくらいのことはできなくてはならないはずである。そして火星へ運ばれた夥多《おびただ》しい霊魂は、そこに棲息する生物の体を借りて甦れば好い。そこに人類が住んでいれば、なおさら結構だ。譬えそれが火星界上生存の必要から、人間に脚が一本しかなくても、また四本もあっても、その全部がそれであったら、そこにまた美の観念が生まれてくるから、ちっとも差し支えはない。匍《は》ったり、飛んだり、蜿《のた》くったりするのを、浅ましいといって悲しむのか。現在の人間の姿を、最上最美のものだと信じているのか。憐れなる人間たちよ。

お前たちは年々地上に殖えてゆく人間のもっている霊魂、いや、お前自身のもっているその霊魂が、お前に宿る以前には、どこにどういう形でいたのかを知っているのか。それを知っていて人間の姿を讃美するのか。

殊によれば、他の滅亡しつつある星世界の学者が、お前たち霊魂の幸福のために何らかの方法で、この地球へ運んできた霊魂のうちの一つが、偶然お前の母の胎内に、移り住んだものであったら何とする。それでもお前はいまの人間の姿を、讃美しているではないか。その以前のお前は星世界で、飛翔自在な天女のような姿であったかも知れないのだ。或いは、もっともっと美しかったかも知れない。また、お前たちはアルコオル漬けにされた畸形児の、眼が額の真ん中に一つしかなく鼻はなくてのっぺらぼうで、耳が葉牡丹の新芽のように巻き縮まった、ふやけて白くなった屍体を見たら、きっと眉を顰め、唾を催して、思わず面《かお》を反《そむ》けるであろう。けれども、この地球上の人類が、全部あのとおりであったら、必ずその中から美しさを発見して、かえって邪魔になる鼻を呪い、二つある一方の眼を嫌悪するであろうことを、忘れてはならない。

火星の生物がどんな形態をしていようと、それは問題にならないではないか。そうだ、これでこの難問も解決した。双肩の重荷も半ば降ろされたようなものだ……〟

彼は再び筆を執った。

「学者が研究せる最善の方法をもって、地球人類の霊魂を火星に運輸し、かの世界においてこれを生物に復活せしめ、地球災厄より人類を救うべし。地熱衰亡以前において、この計画を完了しおわるべきは論をまたず。堅く後世の科学者たちに遺訓するもの也」

彼はそれを建白書と一しょに、厳重な封をほどこして、内閣総理大臣閣下宛て、極秘親展として発送した。

「これで幾千万年の後世に、伝える意見書は心配はなくなった。しかしまだ自分には使命が残っている」

彼は、現代の人たちがあまり、眼前のことばかりに心を奪われて、何ら自分たち子孫のために、対策を講じてやらないのが、気に懸かってならなかった。彼は長い杖をついて、イスラエルの民を諌めた使徒のような相貌に悲痛な情を宿して、遥かの火星を指さしながら説いた。

「あれに輝く星こそ、お前たち子孫が安住すべきところなのだ。お前たちよく聴くが好い。人類はいま、その子孫のために決して、安閑としていてはならない。地球衰亡は必ず襲うにきまっているのだ。子孫を想うものは、いまからその備えをしてやらねばならない。子孫のためだ、早く覚醒しろ……」

街の広場に、社寺の境内に、人が三人も集まっているところでは、きっと手を揮い眼を輝かして獅子吼《ししく》を試みた。

けれども誰も真摯に耳を傾けて、彼の言《ことば》に聞き入ってくれるものは居なかった。こんどは学者や政治家の家を次々と訪れて、地球終末のために備えよと、説き回った。が、そんな深遠な真理を聞くよりも前に、大抵彼らは偉大なるこの予言者を、無礼なる家僕たちの手で、門外へ送り出したのであった。

ある日、彼の至誠がどう人の心を動かし得たものか、珍しくも二人の男が彼に講演を頼みに来た。歓喜した彼は迎えの男に導かれて、会場へ向かって急いだ。しかし急いだのは彼の心持ちだけで、その脚は決して急ぐにあたらなかった。何故なれば、その講演依頼者は、この大予言者を迎えるために、好意と礼儀をつくした自動車を用意してくれたからである。

彼は感激した、会場に綺羅星のごとく居並ぶ紳士顕官を予想して、今日こそ日頃の苦衷が酬われ、心ゆくばかり所論を述べることができると胸を躍らせていた。やがて自動車が会場へ到着すると、迎えの男らは慇懃に彼を講堂へ導いてゆく。

しかしその講演の場所は、彼が予想したほど広くも美しくもなかった。聴衆もその期待を裏切って非常に尠なく、そしてことごとく風采のあがらない、また著しく不行儀な連中ばかりであった。

たとえ、どれほど会場が汚くても、また聴衆が不行儀でも、これが熱心な共鳴者だと思うと、彼の胸にたとえ難い親しみが湧いてきたのである。円く座をとって雑談に耽っていた聴衆は、這入《はい》ってきた予言者の姿を見ると、ひたと鳴りを静めて、一斉に奇異なその風貌を眺めた。

彼は好意の笑みを浮かべて見せた。少時《しばらく》たったが誰もこの予言者を、紹介するものが現れないので、待ち切れなくなった彼は、一足踏み出して口を切った。

「諸君、私は現在まで常に人類将来の幸福を、各方面の人々に説いてきました。ところが悲しむべきことには、誰ひとり真摯に、耳を仮してくれるものは居なかったのです。

世の中はあまりにも、自身の子孫に対して冷淡です。人類共存の将来に無反省です。斯くのごとく利己一点張りで、目前の安逸のためにのみ、汲々たる衆愚の間にあって、真に私の叫びを聞いて下さる諸君と、席を同じうして語ることを、この上もない欣《よろこ》びといたします」

こう述べたとき、聴衆の顔には感動の色が溢れて、一斉に激しい拍手が起こった。

「確《しつか》りやってくれッ」

「世間の奴らは馬鹿揃いだッ」

誰からともなくこんな激励の辞《ことば》が投げられ、今度は予言者の方が感動しなければならなかった。

「諸君、現在吾々の棲んでいるこの地球は、年々熱を奪われて冷却しつつあります。この地熱が全く冷却したなれば、いかに太陽の光と熱があっても、草木は枯れ、魚類も爬虫類も禽獣も、また人類も一斉に死滅の他はないのであります。

地球衰亡の時期はまだまだ遠い、しかし遠いが故をもって吾々は安閑と、これを座視するに忍びない。子孫が恐怖に襲われることを想像しながら、何ら施すところなく、生を貪っているのは祖先として恥じなければなりません。

現在より×千万年の将来、地球滅亡の際、人類が他に求めて移り住む得べき世界は、かの火星であります。火星までの距離は××万哩であって……」

このとき一斉にどっと笑い声がおこった。

「こりゃ好いや、火星へ植民地を拵えるか」

「俺がその民政長官になる」

「偉いぞ偉いぞ、確りやれッ」

「この新入りは天文博士だね。いや万歳！」

×　×　×　×　×

予言者は精神病院の一室で死んだ。

高い窓の鉄格子に細帯をかけて、それに縊れて超然と下界の衆愚どもを見降ろしていた。遺書一通さえなく、いかにも予言者らしい神秘的な死に方であったが、病院内では彼の死に何の感興をもつものも居なかった。それくらいであるからなおさら、世間で反響のあるべきはずはなかった。ただ平凡なる病苦自殺として、偉大なる予言者は葬り去られてしまったのである。

何故死んだか、確かな理由は誰にも知られていない。彼が自殺しなければならなかった理由などを、取り調べてみる好事家《ものずき》は一人も居なかった。

果して病苦自殺だろうか、これを次のように解釈することはいけないだろうか。

彼はきっと自分の主張が世間から顧みられず、ついには狂人にすら相手にされなかった。この現代人の浅薄さに見限りをつけ、もっと好い時機にもっと好いところへ生まれ代わって、大いに火星移住論を称えるつもりで、一時霊魂の入れ替えをやったか。

あるいは誰よりも真っ先に、火星界へわたってあちらを探険し、その草分けとなるつもりから、彼自ら、彼の霊魂を火星へ運んでいったのかも知れない……と。

解題

横井司

一九二三（大正一二）年、江戸川乱歩の「二銭銅貨」が『新青年』四月号に掲載された。その際、編集長の森下雨村は、「創作一篇だけでは、販売政策上、具合が悪いと考え」（中島河太郎『日本推理小説史』第一巻、東京創元社、一九九三）、乱歩の創作と並べて、日本人作家の創作を三編、掲載している。そのうちの一編は、松本泰「詐偽師」（『論創ミステリ叢書5／松本泰探偵小説選Ⅱ』既収）であり、一編は、アルセーヌ・ルパン・シリーズの訳者としてすでに知られていた保篠龍緒の「山又山」である。そして残りの一編が、山下利三郎の「頭の悪い男」であった。後に乱歩をして、「山下君の作が最もあなどりがたいものに思われた」（『探偵小説三十年』岩谷書店、五四）といわしめた山下は、デビューしたての乱歩にとって、「好敵手」として「最も強く意識された作家」だったのである。

それほどまでに乱歩に意識されていた山下利三郎だが、その詳しい経歴は分かっていない。中島河太郎『日本推理小説辞典』（東京堂出版、八五）の記述によれば、一八九二（明治二五）年、四国生まれとあるのみで、年月日は不詳である（『宝石』連載時の「探偵小説辞典」では「明治二十五年京都に生まれ」となっていたが、『現代推理小説大系』別巻2［講談社、八〇］収録の「推理小説事典」では「明治二十四《ママ》年、四国に生まれ」となっている）。山下自身の「著者自伝」（『現代大衆文学全集』第三五巻、平凡社、二八）では、「四国の産です、稚さいとき一家とともに京都へ移住しました」と書き出されているが、生年は記されていない。「著者自伝」ではさらに、「伯父に嗣がないので、私は山下姓を冒しました」とあるが、旧姓は不詳である。利三郎は筆名で、本名を平八郎という。

右の「著者自伝」によれば、当初、画家として身を立てようと考えていたようだが、「養家の理解を得られなかつたゝめ」、「折角学んだ絵も、半途で筆を折」ったそうである。その後、「空を憧れて、機関弄りに浮身をやつした時代もあり、素人の癖に商売に手を出したこともありますが、孰れも美事失敗に終」ったとあるが、そこでいわれている「機関弄り」や、手を出した「商売」がどういうものかは詳らかではない。ただし後者に関しては、江戸川乱歩『探偵小説三十年』（前掲）の記述から、額縁屋であったと推察される。乱歩は以下のように記している。

> 昭和二年［一九二七年―横井註］の秋、私が大阪から京都に立ちよつた時には、非常に親切に面倒を見てくれ、一つはこの山下君の親切にほだされて、一カ月も鴨川べりの宿に滞在するようなことになつたのである。
>
> その時は、むろん山下君の家も訪ねたが、やはり聖護院だつたと思う。額縁屋の店を開いていた。文筆は副業にすぎなかつたのである。

おそらくこの乱歩の記述と、先の「著者自伝」をふまえて、中島河太郎は前掲『日本推理小説辞典』その他で「額縁商を営んだり、いろいろ職業を変えた」と記したものと思われる。ただし、「著者自伝」以外の山下自身の回想を見ていくと、前後関係に齟齬が生じている。

雑誌『探偵文学』の特集「処女作の思ひ出」に寄せられたエッセイ「稚拙な努力」（三六・一〇）では、「ヤマシタ装飾研究所」という名義を掲げて、仲間とともに制作と額縁を販売していたと回想されている。そこで山下は、「熱汗のニジミ込んだ名画はチツとも買手がつかず、額ぶちだけが少しづゝ売れるので、残念ながら額ぶち屋に転向した」と書いている。あるとき、研究所の「アトリエ兼チンレツ所」で、ひょいと探偵小説らしい構想が浮かび、『新趣味』が公募していた懸賞に投稿したところ、みごと一等に当選したのが「誘拐者」であったそうだ。同作品は『新趣味』二二年一一月号に掲載された。

ところが、これより先に書かれたエッセイ「つら〳〵惟記《ゆいき》」(『探偵趣味』二六・一)では、「原稿稼ぎをやつてゐたもの丶、質より量で売らなければならない境遇はみじめだ、(略)たうとう悲哀極る原稿生活に見限りをつけた(略)自分は、原稿紙の代りにカンバスを、インキを画具にかへた。(略)幸ひ画は原稿よりよく売れる(略)友達の描く画も売る。/画家と画商を気取る自分はそれに必要の額縁を店へかけておくと、それも又売れた」と書かれている。二五年の夏に、大阪で江戸川乱歩・春日野緑《かすがのみどり》と会ったときには、「数枚の額縁を持つてゐた」そうであるから、この伝でいくと、「誘拐者」でデビューしたものの、次から次へと新作を書くことがかなわず、収入が安定しないから、装飾研究所を営業し始めたということになる。ちなみに、二五年の夏に乱歩と春日野に会ったのは、同年四月に両人が中心となって発足した「探偵趣味の会」の関係であろう。

管見に入った資料からは、これ以上のことは分らない。おそらくは、友人と山下装飾研究所を営業する傍ら、余技として(あるいは経営の足しにするために)『新趣味』に投稿していた、というのが真相ではないだろうか。『新趣味』の懸賞募集は、毎月十日〆切で、規定枚数は四百字詰め原稿用紙十枚以上二十枚以下、賞金は一等当選が二十円、二等が十円だった。「誘拐者」に続いて、翌年、「詩人の愛」が二等に当選する。当時、『新青年』でも、創刊当初から創作探偵小説の懸賞募集が行われていたが、こちらは規定枚数が十枚以内で、一等賞金が十円、二等賞金が五円であった。後に山下は「僚友の新青年でもやはり短篇探偵小説の懸賞募集をやつてゐて(略)その方へも書きたかつたが、一つの社から発行される両誌に投稿することは、何だか功利をアセリすぎるやうだし、両編輯者の思はくもどうか……と、そんな変梃な考へを抱いてゐた」(前掲「稚拙な努力」)ので投稿しなかったと回想している。ところが、「臨時募集規定が発表され」「枚数は四十枚、従来の型に囚れない自由な取材でといふ、まことに都合のいゝ條件」であったため、創作欲をそそられて、「折悪く罹つた感冒も何のその」、「家人が寝静まつてから突然筆を走らせて」、締め切りに間に合わせたのが「頭の悪い男」であったそうだ。

ただし、「頭の悪い男」以前にも、『新青年』の懸賞に投じていた。一九二三年二月号に載っている「探偵小説選評」には、山下利三郎「雪夜の鈴音」の題名が掲げられており、「通俗味の多い点に特徴を認めた。（略）前途ある応募家として一層の努力を希望する」と評されている（評者署名なし）。

山下が回想している「臨時懸賞募集」は、一九二三年三月号に掲げられている。そこに掲げられた規定は「㈠毎月募集の懸賞探偵小説とは異なり、一切細則を設けず。㈡紙数制限なし。㈢〆切、第二回四月十日。随時発表。（以下略）」というものであった。結果は四月号で発表され、「特別募集探偵小説を読んで」という森下雨村の選評が掲げられている。最終的に残ったのは四編で、雨村は「中でも山下君の「頭の悪い男」（原名大詐欺師）は群を抜いて傑れてゐた」といい、他の作品（そこには角田喜久雄の「罠の罠」も含まれている）にふれたあとで、「山下君の作は全く佳い作である。探偵小説として傑れてゐるばかりでなく、純然たる文芸上の作品として観ても、棄て難い巧味がある。殊に後半に於ける主人公の心理描写や、教会の牧師の描写などは決して凡手ではない。今後も一層の努力を致されんことを、特にこの作者に切望に堪へない」と、口を極めての賞讃ぶりであった。

乱歩は、前掲『探偵小説三十年』のなかで、「山下君は右の作〔「頭の悪い男」―横井註〕の前に『新趣味』の懸賞作品に二度当選していた。おそらく同君は、『新青年』の懸賞にも応募し、それが森下さんの目にとまつて、私の作と同時に、少し長いものを書かせ、起用発表せられたのではないかと思う。当時『新青年』『新趣味』両誌の懸賞当選者には、横溝、水谷、甲賀、角田の諸君もいたのだが、その中から森下さんが山下君を抜いたのには、やはり当時としては、それだけの理由があつたのであろう」と書いているが、実際には乱歩の投稿作の登場に刺激されて懸賞探偵小説の規定を変え、応募作の中から優れたものを並べて、創作の気運が高まっていることを演出しようとしたものであろう。一三年三月号の編集後記「編輯局から」には、乱歩の「二銭銅貨」と小酒井不木の推薦文の他に、「既に探偵小説の作家として文壇に打つて出た二三氏も執筆せらる、筈である」と書かれており、松本泰、保篠龍緒の他にもう一人、既成作家に依頼していたと推察されるのである。そのもう一人の原稿が取れず、特別募集の探偵小説に幸い優れたものがあったから、それを回したと見るのが妥当なところではないだろうか。

「頭の悪い男」掲載以後、山下は、一三年に「小野さん」「ある哲学者の死」を、一四年に「裏口から」を『新青年』に発表した。それぞれ、乱歩の「一枚の切符」「恐ろしき錯誤」「二廃人」と轡を並べての掲載だった。その後も、一六年に「第一義」「藻くづ」を、一七年に「素晴しや亮吉」を『新青年』に掲載したものの、当初「好敵手」と目していた乱歩の方は、一五年の内に「D坂の殺人事件」を皮切りに連続短編発表の責を果たし、『苦楽』や『写真報知』にも進出。さらには、第一創作集『心理試験』を上梓するという勢いであり、すでに水をあけられつつあったといってよい。

乱歩と春日野緑が中心となって一五年四月に大阪で発足した「探偵趣味の会」は、一六年に乱歩が東京に転居し、『探偵趣味』の版元も春陽堂に移ることとなり、自然と東京中心の活動になっていった。そのため関西在住の会員は無聊をかこつかたちになったわけだが、この時期、山下は、もともとの『探偵趣味』の発行元であるサンデー・ニュース社から、探偵趣味叢書の第三巻として『小奈祇の亡魂』を上梓した。また、翌二七年には『サンデー毎日』への作品の掲載を果たしている。同年一〇月には、京都探偵趣味の会編輯を謳った『探偵・映画』が創刊され、山下が編集長格で納まった。ただし雑誌はわずか二号で廃刊。このことが縁になってであろうか、勤皇思想家・高山彦九郎（一七四七～九三）の事跡を基にした映画の脚本を書き上げたりもしているが、こちらは原作者として別人の名前がクレジットされてしまったようである。翌二八年五月に、京都探偵趣味の会同人が中心となって『猟奇』が発刊され、山下も中心的なメンバーの一人として加わっていた（ただし、二九年六月号の「編輯手帖」では、「尚、同じ京都に居られる関係から、山下氏が本誌に特別な関係がある様に一般に思はれて、同氏が多大の迷惑を受けられて居られる様子だが、山下は直接的には本誌と何等関係のない立場にあることを、同氏のためここに明らかにしておきたい」と書かれているのだが）。また、江戸川乱歩・小酒井不木・国枝史郎・長谷川伸・土師清二《はじせいじ》で結成された合作組合・耽奇社同人を囲む「合作長篇を中心とする探偵作家座談会」（『新青年』二八・二）。司会は横溝正史。土師清二は欠席）へも、名古屋で行われたにも関わらず顔を出している。

このように、地方作家ではありながら、古くからの作家としてそれなりに尊重され、活躍していたといえなくもないのだが、たとえば、二七年五月から刊行の始まった平凡社の『現代大衆文学全集』では、第三巻として乱歩単独で一冊が編まれた（一〇月刊）のに対して、山下は、二八年一二月に第三十五巻として出た『新進作家集』の中の一人を占めるにすぎなかった。これを見ても、両者の文壇的な地位の格差は明らかだが、このことに発奮したものか、『新進作家集』巻末の「著者自伝」では、「つい先頃」「創作に一生をうちこまうと決心した」と書いているが、あまりに遅きに失した感がなくもない。

「創作に一生をうちこまうと決心した」山下は、『新進作家集』が出た翌二九年に、作家として身を立てるために上京していることが、『猟奇』の消息欄からうかがい知ることができる。その際、乱歩の許を訪ねており、その時のことを乱歩は次のように回想している。

今正確な記憶がないが、昭和四年か、五年のことだつたと思う。山下君が突然上京して、私の家を訪ねてくれた。（略）山下君の話を聞いて見ると、家庭の事情などもあつて、単身東京に出て、下宿生活をして、背水の陣を敷き、文筆に専念して見たいということであつた。しかし、その頃は山下君は「新青年」にも余り顔を見せなくなつており、ジャーナリズムの注意を惹くような存在ではなかつたので果して背水の陣がうまく行くかどうか、やつて行けるかどうか、私は甚だ危んだのであるが、見込みがないと云い切ることもできず、まあできるだけ原稿の紹介などするからと答えるほかはなかつた。

山下君は、たしか本所区だつたかに、遠い親戚がありそこの部屋を借りて、数カ月東京住いをつづけ、「新青年」その他にも連絡して、幾つかの作品を書いたが、編集者がこれを受入れてくれなかつた。そして、ついに失意のうちに京都に引上げることになつたのである。

乱歩は「本所区だつたかに、遠い親戚がありそこの部屋を借りて」と記しているが、『猟奇』二九年一一月号の「消息雑報」によれば、山下の止宿先は「東京市深川区海辺町一〇五小野方」となっている。山下自身のエッセイ「おえらい物語」（『猟奇』二八・一二）に、創作では「パンどころか水も呑めないぢやないかと、親の方から愛想をつかして、（略）出入差止」になったと書かれており、「家庭の事情」とは、そのことと関係していたものだろうか。

このとき乱歩は、博文館に在籍していた横溝正史に相談したところ、「あんな漱石ばりの文章では困る。あれを直さなければ、見込みがないんじゃないか」と言われたそうである。そのことを乱歩から「婉曲に」伝えられた山下の心境は、いかばかりであったろうか。同じ二九年には、『猟奇』に「朱色の祭壇」を連載しており、そうした中での上京だったわけだが、右のような事情からだろう、同作品を完結させて後は、筆を断ってしまうこととなった。

一九三三年五月、京都の資産家・熊谷晃一によって雑誌『ぷろふいる』が創刊された。この創刊号では、山下利三郎が平八郎と改名して、「横顔はたしか彼奴」の連載を始めている。その際、「読者及辱知諸氏へ懇請」と題して、「蟄伏三年の私は過去一切を清算して、利三郎の筆名も廃し、今後本名山下平八郎をもつてこれに代へることにいたします」と改名の弁を付している。

『ぷろふいる』に山下が参加した経緯については、九鬼紫郎「「ぷろふいる」編集長時代」(『幻影城』七五・六)が次のように伝えている。

次に、京都の山下利三郎と京都日出新聞のことになるが、同新聞の編集局長A氏というのが山本禾太郎、加納哲氏と共通の親友で、同社の記者たちも「ぷろふいる」の座談会に出たり、寄稿もしたということになる。山下利三郎氏の参加には、恐らくA氏が一役買っていたであろう、と考えられる。

加納哲は初期『ぷろふいる』の表紙絵を担当した人物である。熊谷晃一へのインタビューに基づく芦辺拓「プロファイリング・ぷろふいる」(『「ぷろふいる」傑作選』光文社文庫、二〇〇〇・三)によれば、熊谷晃一が熊谷家から別家した番頭である加納哲から紹介されたのは、都新聞社のモリ・

ミヨシということになっている。

在京の重鎮として迎えられてはいたのだろうが、ここでも若い世代からは時代遅れの作家と思われていたようだ。九鬼紫郎は前掲「「ぷろふいる」編集長時代」において、『ぷろふいる』を支えた神戸勢の作家・翻訳家を紹介した上で、次のように述べている。

京都のほうを見ると、山下利三郎という古い作家がいる。私は一度も会ったことはないが、山本禾太郎さんより先輩で、とにかく名が知れていた。ただし、山下さんには悪いが、われわれは問題にしていなかった。同氏の感覚の古さは「ぷろふいる」の創刊から連載の『横顔はたしか彼奴』という題名で、ほぼ想像がつこう。京都にはまた、滋岡透（河東茂生）という探偵小説キチガイがいて「猟奇」を編集した。（略）「ぷろふいる」が創刊されたときには、「猟奇」もなく、滋岡君も同志社大学を出て、ジャーナリストになり大阪・神戸間を往来して多忙であったから、探偵小説の知名人といえば、京都では山下利三郎一人であったろう。

「われわれ」というのは、九鬼も含めた神戸勢であろう。京都で発刊された『ぷろふいる』だが、雑誌を支えたのは、山本禾太郎や西田政治、戸田巽、九鬼紫郎といった、どちらかといえば神戸の作家たち（九鬼は後に上京）であることが、九鬼の文章からはうかがえるのである。

山下は「横顔はたしか彼奴」の連載を終えた後、ラジオ・ドラマ「運ちゃん行状記」や、初期のシリーズ・キャラクターである吉塚亮吉が久しぶりに登場する「野呂家の秘密」などを発表するものの、小栗虫太郎・木々高太郎などの作家が登場することによって到来した探偵小説ブームに棹さすことができず、また、軍国主義的風潮が強まり、探偵小説の執筆が制限されるようになったことも相俟って、わずか六編ほどの創作を発表したまま、再び沈黙してしまうのであった。

戦後になって『真珠』にエッセイを寄せたりもしたが、『宝石』などの主力メディアに登場することなく、一九五二年三月二九日に聖護院東町の自宅で歿した。同年四月に、乱歩は、山下の妹から、病逝したという通知を受けとったという。その通知をきっかけに、『宝石』に連載中の回顧録「探偵小説三十年」で、かなりの字数を割いて山下の思い出を綴ることになるのだが、その最後に乱歩は次のように述べている（以下の引用は前掲書から）。

小説家も天分や実力のほかに、性格によつて運不運があると思う。山下君は作風に常套古風の弱点はあつたがしつかりした文章力を持つていたのだから、やり方によつては相当の文筆生活も出来たのであろうに、それが、そうならなかつたのは、ジャーナリズム遊泳術を快しとしない自尊心があつたためではないかと思う。自尊心をくずさなかつたということで、差引勘定はついているにしても、やはり文筆的には不運な人であつたと云わなければなるまい。小説家の運不運には、一概に云い切れない微妙なものがある。

この記述からは、むしろ「ジャーナリズム遊泳術」のままに、いわゆる通俗長編によって「虚名大いにあがる」（前掲『探偵小説三十年』）ことに忸怩たるものを感じ続けていた乱歩自身の、自尊心を守り通した作家に対する憧憬すら感じさせよう。それはもちろん、乱歩のロマンチシズムにすぎないのだが、そうした憧憬を起こさせるという意味では、乱歩にとって山下は、生涯を通して「何か敵わないというようなものを、感じさせた」（同）作家だったといえるのかもしれない。

本書『山下利三郎探偵小説選』第一巻は、山下利三郎という筆名の下、一九二九年の断筆にいたるまでに発表された、確認・入手できた限りの全創作を収録している。乱歩によって「好敵手」として目されながら、不遇のうちに消えていった作家を偲ぶとともに、日本探偵小説黎明期の空気を味わっていただければ幸いである。

以下、本書収録の各編について、簡単に解題を付しておく。作品によっては内容に踏み込んでいる場合もあるので、未読の方はご注意されたい。

「誘拐者」は、『新趣味』一九二二年一二月号（一七巻一二号）に掲載された。なお、巻号数は前身の『新文学』を引き継いでいる。後に、ミステリー文学資料館編『幻の探偵雑誌7／「新趣味」傑作選』（光文社文庫、二〇〇二）に採録された。

『新趣味』第三回懸賞募集の一等当選作。私立探偵・春日とその助手・渡辺が登場するシリーズの第一作でもある。山下は後年、本作品について「自分の個性なんか、どの活字の中からも発見できなかつた」と回想しており、続けて「現在でいふ純正型ストーリーを無理やり圧縮したのだから、描写も余裕もヘチマもない、早く云へば探偵小説のエッセンスだつた」（「稚拙な努力」『探偵文学』三六・一〇）と述べているが、二十枚以内によくエッセンスがまとめられており、翌年三月、やはり『新趣味』の懸賞から「真珠塔の秘密」でデビューした甲賀三郎と比べても、引けを取らない出来ばえである。

「詩人の愛」は、『新趣味』一九二三年二月号（一八巻二号）に掲載された。単行本に収められるのは今回が初めてである。

『新趣味』第五回懸賞募集の一等当選作。私立探偵・春日とその助手・渡辺が登場するシリーズの第二作。「誘拐者」は、乱歩の「黒手組」（二五）を思わせるものがあったが、こちらもまた、

「人でなしの恋」（二六）を謎ときのスタイルで書けばかくもあろうかという出来ばえ。泉鏡花「活人形」（一八九三）などのエコーも聞き取れよう。

「**頭の悪い男**」は、『新青年』一九二三年四月号（四巻五号）に掲載され、探偵趣味の会編『創作探偵小説選集』第一輯（春陽堂書店、二六）に収められた。後に『日本探偵小説全集』第十五篇（改造社、三〇）に再録された。

　小学校教員・吉塚亮吉を狂言回しとするシリーズの第一作。「特別募集探偵小説」に投稿した作品で、先にもふれた通り、森下雨村によって「探偵小説として傑れてゐるばかりでなく、純然たる文芸上の作品として観ても、棄て難い巧味がある」と、選評で絶賛された。後に山下は「確か大詐偽《ママ》師といふ題名だつたのを、差支へがあつて変へたのである」（「処女作とか」『探偵趣味』二六・五）と回想しているが、「差支へ」とは、同時に掲載された松本泰の作品が「詐偽師」という題名だったからに他ならない。なお、作中に引かれている讃美歌の出典は不詳。

「**君子の眼**」は、『新趣味』一九二三年五月号（一八巻五号）に掲載された。単行本に収められるのは今回が初めてである。

『新趣味』第八回懸賞募集の一等当選作。私立探偵・春日ものではなく、家鼠の視点から事件と捜査の顛末を描くという趣向の作品。おそらく夏目漱石の『吾輩は猫である』（一九〇五〜〇七）を意識したものであろう。

「**小野さん**」は、『新青年』一九二三年七月号（四巻八号）に掲載され、前掲『日本探偵小説全集』第十五篇に収められた。

　亮吉シリーズの一編といってもおかしくないようなユーモア編。

「**夜の呪**」は、『新趣味』一九二三年七月号（一八巻七号）に掲載された。単行本に収められるのは今回が初めてである。

『新趣味』第十回懸賞募集の二等当選作。私立探偵・春日とその助手・渡辺が登場するシリーズの第三作。夢中の犯罪トリックをきれいにまとめ、当時の作品としては意外な犯人の演出に成功しているといえよう。

「ある哲学者の死」は、『新青年』一九二三年一一月号（四巻一三号）に掲載され、『現代大衆文学全集』第三五巻（平凡社、前掲）に収められた。後に前掲『日本探偵小説全集』第十五篇に再録された。

サロン的な集まりのなかで、後段の事件の因子を形成する会話がなされるという形式は、これまた『吾輩は猫である』から採られたものだろうか。幸田露伴の「不安」（一九〇〇）を思わせなくもないし、乱歩の「赤い部屋」（二五）などにもつながっていくスタイルである。

なお、本作品は初出誌と単行本とで異動がある。細かい箇所を指摘すればきりはないが、たとえば本書九六〜九七ページの東と佐村のやりとりは、次のように変えられている（以下、原文総ルビ）。


「君は何かい、それでも小説なんか読むかい」

「何だい失敬な、それでも……だなんて。だが近頃の小説は読む気がしないよ。下らない作家の生活描出や、お惚気を読ませられるんぢや、読む方で迷惑するばかりだ。だから些《ちつ》とも読まない」

「読まないで芸術を貶すのはひどいね。どんな小説なら気に入るんだい」

「気に入るも入らないもないが、沙翁やモウパツサンのものなら、以前に読んだことがある」

「ふん、可愛いね、探偵小説を読んだことがあるか」
「そんな低級なものは読まないよ」
「話せない男だ。強いて低級なものでなくても、立派な探偵小説があるぢやないか。単調な生活に飽々して、飛びこむところが犯罪の世界で、平凡な芸術に刺戟を得られない人間の趣味のおちつくところは探偵小説なのだ。君のやうな専門的な立場から読んでも、吃度《きつと》面白くて御注文どほり刺戟がある」
「左《さ》うかなあ」

主旨は変わらないのだが、「女の一生《ウーマンスライフ》やマクベス」を「沙翁やモウパッサンのもの」としたり、「ドストエフスキーやガボリオのもの」という奇妙な併記は廃したり、「オスカア・ワイルドだつて探偵小説を書いてゐる」を省いたりといった変更で、より自然な会話になっている。また、芸術家も書いているから探偵小説は馬鹿にできないというような事大主義的俗説に拠らなくなったことが、初出時から五年経つか経たないかのうちに、探偵小説がジャンルとして自立し始めたことをうかがわせて、興味深い。

「裏口から」は、『新青年』一九二四年六月号（五巻七号）に掲載され、『現代大衆文学全集』第三五巻（平凡社、前掲）に収められた。後に前掲『日本探偵小説全集』第十五篇に再録された。会社をリストラされて新しい職が見つからず、ふと魔がさして強盗に押し入った男が救われるという犯罪小説。「頭の悪い男」に続いて讃美歌が重要な役割を果たす。本作中で少女が口ずさむのは、第二五五番（旧二四一番）「灰と塵との中にひれふし」Saviour, when in dust to Thee である。

「温古想題」は、『探偵趣味』一九二五年九月号（第一輯）に掲載された。単行本に収められるのは今回が初めてである。

落語風のコントともいうべき一編。

「第一義」は、『新青年』一九二六年八月号（七巻九号）に掲載され、『現代大衆文学全集』第三五巻（平凡社、前掲）に収められた。後に前掲『日本探偵小説全集』第十五篇に再録された。

小学校教員・吉塚亮吉を狂言回しとするシリーズの第二作で、貧窮生活の不安を背景とした、ドイツ表現主義映画を連想させせなくもない悪夢的ストーリーが印象的な一編。

なお、長野県の上田小学校で火災があり、御真影と教育勅語謄本を焼失した責任をとって、久米由太郎校長（作家・久米正雄の父）が自殺したのは、一八九八（明治三一）年のことであった。

「藻くづ」は、『新青年』一九二六年一一月号（七巻一三号）に掲載され、探偵趣味の会編『創作探偵小説選集』第二輯（春陽堂書店、二七）に収められた。後に前掲『日本探偵小説全集』第十五篇に再録された。

縁談相手の女性が失踪した原因を「推理」するが、その裏にもう一段、隠された真相が存在したという物語で、「自分の生活をできるだけ、劇化させせようとする」「浪漫家《ロオマンチスト》」の「想像の力」を「推理力」と語り手が規定しているのが、この時代の「推理」の位相をうかがわせて興味深い。

「模人」は、『探偵趣味』一九二六年一二月号（二年一二号、第一四輯）に掲載された。単行本に収められるのは今回が初めてである。

今日でいうロボットをテーマとした一編。

「正体」は、『探偵趣味』一九二七年一月号（三年一号、第一五輯）に掲載された。単行本に収められるのは今回が初めてである。

山下が中耳炎を宿痾として抱えていたことは、小酒井不木の思い出を綴った追悼エッセイ「私の手を握って」（『猟奇』二九・六）にも書かれており、本作品は実体験をふまえたものかとも思われる。

「**規則違反**」は、『サンデー毎日』一九二七年七月二四日号（六年三三号）に掲載され、前掲『日本探偵小説全集』第十五篇に収められた。

モータリゼーションを背景とした掌編で、昔も今も、警察の検問は運転手泣かせ、といったところか。

「**流転**」は、『探偵趣味』一九二七年八月号（三年八号、第二二輯）に掲載され、前掲『日本探偵小説全集』第十五篇に収められた。後に、ミステリー文学資料館編『幻の探偵雑誌2／「探偵趣味」傑作選』（光文社文庫、二〇〇〇）に採録された。

例によってどんでん返しを効かせた一編だが、「中年者の恋はそれだけ棄身で真剣なのです」というフレーズは、「三十面下げて恋をして淋しがる」（前掲「おえらい物語」）という文章と併せ読むと、また違う読後感も生まれる。

「**素晴しや亮吉**」は、『新青年』一九二七年一二月号（八巻一四号）に掲載され、探偵趣味の会編『創作探偵小説選集』第三輯（春陽堂書店、二八）に収められた。後に前掲『日本探偵小説全集』第十五篇に再録された。

小学校教員・吉塚亮吉を狂言回しとするシリーズの第三作で、珍しく密室トリックをテーマとしている。ただし現在の眼からは、ポオ Edgar Allan Poe（一八〇九～四九、米）やドイル Arthur Conan Doyle（一八五九～一九三〇、英）の作品を換骨奪胎した印象を拭えまい。

「**愚者の罪**」は、『サンデー毎日』一九二七年一二月一一日号（六年五四号）に掲載され、前掲『日本探偵小説全集』第十五篇に収められた。

貧窮が招いた悲劇を描いた、山下節の典型といえそうな一編。

「仔猫と余六」は、『探偵趣味』一九二八年七月号（四年七号）に掲載され、前掲『日本探偵小説全集』第十五篇に収められた。

珍しくアリバイ・トリックめいたものが盛り込まれているが、眼目は因縁話めいたオチの方にあるのだろう。可愛がっていた猫が虐待されたことがきっかけとなって殺意が生れたという心理の描出には、現在の眼から見ても説得力が感じられよう。

「虎狼の街」は、初出不詳である。本作品は前掲『現代大衆文学全集』第三五巻（平凡社、二八・一二）に収められており、同書の刊行年月に拠って、ここに収録した。後に前掲『日本探偵小説全集』第十五篇に再録された。

女優志願の病に憑かれた若い女性への治療法の顛末が描かれる。題名から受けるイメージとは裏腹なユーモア編。当時人気の映画俳優の名前がズラリとあげられており、山下の映画通ぶりをうかがわせる。

「亮吉何をする！」は、『猟奇』一九二九年一月号（二年一輯）に掲載され、前掲『日本探偵小説全集』第十五篇に収められた。

小学校教員・吉塚亮吉を狂言回しとするシリーズの第四作。前作の名探偵ぶりとは打って変わって、格差社会に義憤を覚えた亮吉が、思わぬ足をすくわれる一編。

「朱色の祭壇」は、『猟奇』一九二九年七月～一二月号（二年七輯～一二輯）に掲載された。ただし二九年一〇月号（二年一〇号）は、九月号が発禁処分を喰らったため、前号掲載の第三回分の再録であった。後に、ミステリー文学資料館編『幻の探偵雑誌⑥／「猟奇」傑作選』（光文社文庫、二〇〇一）に採録された。

山下には珍しく長編といっていいボリュームの一編。科学的捜査と従来型の捜査との対立を描きながら、その興味を十全に展開できなかった点が惜しまれる。

「**地球滅亡前**」は、初出不詳である。本作品は前掲『日本探偵小説全集』第十五篇（改造社、三〇・二）に収められており、同書の刊行年月に拠って、ここに収録した。

地球滅亡を警醒し火星への移住を説く、「模人」に続いてSF的アイデアが盛り込まれた一編。

なお、山下利三郎名義の作品としては、以上の他に「小奈祇の亡魂」が知られているが、初出不詳である。同作品を表題とした『探偵趣味叢書』第三巻（サンデー・ニュース社、二六）は内容が確認できず、同書の収録作品も不詳である。また、浅川棹歌「創作探偵小説全表」（『探偵趣味』二八・三）には、『面白クラブ』掲載の山下作品として「羊羹とワッフル」があげられているが、該当作を確認できなかった。今回、以上の二作は未収録となったこと、諒とされたい。

[解題] **横井 司**（よこい つかさ）
1962年、石川県金沢市に生まれる。大東文化大学文学部日本文学科卒業。専修大学大学院文学研究科博士後期課程修了。95年、戦前の探偵小説に関する論考で、博士（文学）学位取得。『小説宝石』で書評を担当。共著に『本格ミステリ・ベスト100』（東京創元社、1997年）、『日本ミステリー事典』（新潮社、2000年）など。現在、専修大学人文科学研究所特別研究員。日本推理作家協会・日本近代文学会会員。

山下利三郎探偵小説選 I 〔論創ミステリ叢書27〕

2007年6月10日　初版第1刷印刷
2007年6月20日　初版第1刷発行

著　者　山下利三郎
装　訂　栗原裕孝
発行人　森下紀夫
発行所　論 創 社
〒101-0051 東京都千代田区神田神保町2-23 北井ビル
電話 03-3264-5254　振替口座 00160-1-155266

印刷・製本　中央精版印刷

Printed in Japan　ISBN978-4-8460-0715-7